Christi Caldwell
Die Küsse des Marquis

Montlake
Romance

Das Buch

Lord Robert Dennington, Marquis von Westfield, genießt sein Leben in vollen Zügen. Dass er irgendwann heiraten und für den Fortbestand der Familie sorgen muss, weiß er. Aber hat das nicht noch Zeit?

Helena Bradbury ist im gefährlichsten Viertel Londons aufgewachsen – eine schwere Kindheit, die sichtbare und unsichtbare Narben hinterlassen hat. Anders als der attraktive Marquis kennt sie weder Freiheit noch Müßiggang, sondern kümmert sich um die Buchhaltung einer berüchtigten Spielhölle. Sie ist dort in Sicherheit und wird von ihren Brüdern beschützt. Mehr als ihr lieb ist.

Als Lord Robert während eines Casinobesuches nachts aus Versehen in Helenas Schlafkammer landet, katapultiert sein Fauxpas Helena in die glanzvolle Welt des englischen Hochadels. Sie, die mit Waffen umgehen kann und sich gegen harte Kerle der Unterwelt zu wehren weiß, ist zu ihrem großen Ärger machtlos gegen Lord Roberts Charme …

Die Autorin

USA-Today-Bestseller-Autorin Christi Caldwell entdeckte die Welt der historischen Liebesromane durch Judith McNaughts »Sturm der Leidenschaft«. Eines Tages saß sie in ihrem Apartment an der University of Connecticut und beschloss, ihre Skripte beiseitezulegen, ihren Laptop zu holen und sich selbst an einem Roman zu versuchen. Sie glaubt fest daran, dass die besten Helden und Heldinnen die mit Fehlern sind, und sie genießt es sehr, sie ein wenig zu quälen, bevor sie sie mit einem wohlverdienten Happy End belohnt.

Christi Caldwell wohnt im Süden von Connecticut, wo sie ihre Zeit mit dem Schreiben von Historicals verbringt, ihren frechen sechsjährigen Sohn durchs Haus jagt und sich um ihre zwei Prinzessinnen in Ausbildung kümmert.

Christi Caldwell

DIE KÜSSE DES MARQUIS

Roman

Aus dem Amerikanischen von Lily Adrian

Montlake Romance

Die amerikanische Ausgabe erschien 2016 unter dem Titel »The Rogue's Wager« bei Montlake Romance, Seattle.

Deutsche Erstveröffentlichung bei
Montlake Romance, Amazon Media EU S.à r.l.
5 Rue Plaetis, L-2338, Luxembourg
Dezember 2017

Die Übersetzung dieses Buches wurde durch AmazonCrossing ermöglicht.

Umschlaggestaltung: bürosüd° München, www.buerosued.de
Umschlagmotiv: Samantha Everton / Getty
Lektorat: Ute-Christine Geiler, Birte Lilienthal, Agentur Libelli GmbH
Printed in Germany
By Amazon Distribution GmbH
Amazonstraße 1
04347 Leipzig, Germany

ISBN: 978-1-503-90102-5

www.montlake-romance.de

London, England

Winter 1810

Prolog

Er war einbestellt worden.

Und wenn der mächtige, gestrenge und gnadenlose Duke of Somerset einen zu sich bestellte, folgte man dieser Aufforderung. Insbesondere, wenn der Herzog die volle Kontrolle über die Finanzen des Einbestellten hatte. Und mehr noch, wenn man nur Stunden vor der eigenen Hochzeit stand und dringend auf dieses Geld angewiesen war.

Lord Robert Dennington schlüpfte aus seinem Mantel und reichte ihn Carmichael, dem Butler seines Großvaters. »Mein Großvater …?«

Der alternde Diener wich seinem Blick aus. »In seinem Studierzimmer, Mylord.« Die Wangen des Mannes färbten sich rot.

Natürlich war er dort. Robert zog sich seine Handschuhe aus und steckte sie sich in die Rocktaschen. Gab es einen anderen Raum, in dem sich der mächtige Aristokrat aufhalten konnte? Der Herzog kontrollierte jeden Bereich der Familie Dennington mit der gleichen Unnachgiebigkeit, die er bei jeder Art von Geschäft an den Tag legte.

Der Butler wippte vor und zurück und schluckte sichtbar. »Darf ich Sie zu dem herzoglichen Studierzimmer geleiten?«

Der unerschütterliche Butler mit dem immer ausdruckslosen Gesicht, der dem kühlen Herzog diente, seit Robert ein Junge von fünf gewesen war, hatte sich nie irgendeine Gefühlsregung anmerken lassen, weder gelächelt noch die Stirn gerunzelt oder gelacht. Und ganz gewiss schluckte er nicht auf diese laute, besorgte Art und Weise.

Nervosität erfasste Robert. Ausgerechnet heute war die knapp formulierte Aufforderung eingetroffen, herzukommen – der Zeitpunkt war zu passend gewählt, und Seine Gnaden, kalt und gefühllos, würde nie zu den liebevollen Patriarchen gehören, die die Gesellschaft ihres Enkels tatsächlich genossen. Nein, dieser Mann, der bestechliche Dienstboten benutzt hatte, um Roberts Liebe zu dem Kindermädchen auszuspionieren, und seinen Enkel dann eiskalt einen »verdammten Narren« genannt hatte, besaß keinen Funken Wärme in seinem Herzen.

Er weiß von unserem Plan, durchzubrennen.

»My-Mylord?«, unterbrach Carmichael Roberts sich überschlagende Gedanken.

Robert zog sich die Aufschläge glatt und zwang sich zu einem Lächeln. »Ich finde den Weg zum Studierzimmer allein.« Schließlich war er mit einundzwanzig schwerlich ein Mann, der sich von irgendwem einschüchtern ließ – auch nicht von dem gleichermaßen gefürchteten wie bewunderten Duke of Somerset. »Ich bin bestimmt oft genug zu meinem Großvater zitiert worden, um mich zurechtzufinden«, fügte er mit einem verzweifelten Versuch, nonchalant zu klingen, hinzu.

Doch Carmichael nickte nur fahrig und floh dann förmlich in die entgegengesetzte Richtung, mit einer Geschwindigkeit, die besser zu einem Mann gepasst hätte, der zwanzig Jahre jünger war als er.

Das stimmt nicht wirklich, flüsterte eine höhnische Stimme in einem verborgenen Winkel von Roberts Verstand. *Wenn du keine Angst vor ihm hättest, würdest du nicht planen, heute Nacht heimlich durchzubrennen, sondern Lucy Whitman genau die feierliche Hochzeitszeremonie geben, die sie verdient.*

Robert zwang seine Beine, sich in Bewegung zu setzen, und durchquerte das Foyer, ging weiter über den Korridor zu dem Studierzimmer seines Großvaters. Die Wahrheit lautete, alle fürchteten sich vor dem Herzog. Schließlich hatte er seine eigene Tochter, Roberts Tante, verstoßen, weil sie weit unter ihrem Stand geheiratet hatte, einfach so, ohne mehr Gedanken daran zu verschwenden, als wenn man sich einen losen Faden vom Rock riss.

Nein, so ein Mann würde niemals dulden, dass Robert ein Kindermädchen ehelichte. Eine Gouvernante, die aus einer angesehenen Familie stammte, vielleicht, aber niemals ein Kindermädchen. Robert rieb sich die feuchten Handflächen an der Hose trocken. Der Herzog war zu gefühlskalt, um jemals in einem Untergebenen einen Gleichberechtigten zu sehen – oder auch nur ein menschliches Wesen.

Ein solcher Mann würde niemals imstande sein, Lucys gütige, reine Seele zu erkennen. Wie sie schäkerte, errötete und lächelte. Nicht so Robert. Robert, der jeden Tag, wenn sie sich um seine Schwester Beatrice kümmerte, mehr in ihr sah als eine Dienstbotin. Er sah eine junge Frau, der nicht nur an seinem Titel lag und die ihn heiraten wollte, weil sie sich ein gemeinsames Leben mit ihm wünschte, nicht, weil sie irgendwann einmal Herzogin werden würde.

Er würde seinen Großvater von seiner Betrachtungsweise überzeugen müssen. Denn es gab keinen Zweifel daran, dass der Duke of Somerset, dem nichts verborgen blieb und der noch mehr wusste, ihn wegen dem herbestellt hatte, was er für heute Abend plante.

Vor dem verhassten Zimmer blieb Robert stehen. Er suchte in sich nach der Kraft, dem mächtigen Patriarchen der Familie gegenüberzutreten, holte tief Luft und fuhr sich noch einmal mit den Händen über die Rockaufschläge. Bevor sein Mut ihn im Stich lassen konnte, hob er eine Hand, um anzuklopfen, als ein leises, schmerzliches Stöhnen durch die hölzerne Tür drang. Er hielt inne, seine Hand in der Luft.

Ein weiteres gequältes Stöhnen, das Robert das Blut in den Adern zu Eis erstarren ließ, kam aus dem Zimmer – der Klang des Todes.

Bei Gott, er hatte seinen Großvater nie geliebt, aber er wünschte ihn auch nicht ins Grab. Mit einer entschlossenen Bewegung drückte Robert die Klinke und öffnete die Tür, um seinem Großvater zu Hilfe zu eilen. Doch dann erstarrte er mitten in der Bewegung.

Während er reglos dastand, bemerkte er ein dumpfes Dröhnen in seinen Ohren. Er blinzelte mehrere Male, aber egal, wie oft er das tat, das Entsetzen hielt ihn weiter wie gelähmt an Ort und Stelle fest – ein unbeteiligter Betrachter einer verderbten Szene voller Sünde und Hässlichkeit. Lucy lag mit gespreizten Beinen auf dem Schreibtisch, während der Herzog zwischen ihren Schenkeln auf und nieder pumpte. Sie fuhr ihm mit den Fingernägeln über den Rücken, drängte ihn zu höherem Tempo.

»Sie sind so gut, Euer Gnaden«, keuchte sie, hob sich den raschen Stößen des alten Mannes entgegen. »Ich will mehr.«

Galle stieg Robert die Kehle hoch, und er musste sich am Türrahmen festhalten. *O Gott, nein. Nicht Lucy.* Sie war die einzige Frau, die *ihn* wahrgenommen hatte und nicht nur den zukünftigen Herzog. Gewiss war er doch nicht so blind gewesen, so irregeleitet in seinem Urteilsvermögen, dass er sein Herz einer habgierigen Intrigantin geschenkt hatte? Nur … wie sonst ließe sich das widerliche Schauspiel vor seinen Augen erklären?

Sein Großvater blickte auf. Er hätte genauso gut vor seinen Rechnungsbüchern sitzen können, so kühl und berechnend war das Glitzern in seinen stahlgrauen Augen. »Bin ich besser als mein Enkel?«, wollte er wissen, atemlos von seinen Anstrengungen.

Lucy stöhnte als Antwort. »O ja«, keuchte sie.

»Und du wirst ihn verlassen, wie du es versprochen hast, und meine Herzogin werden.«

»Alles«, rief sie aus, bog den Rücken durch.

Roberts Magen verkrampfte sich, und er kniff die Augen zu. *Mir wird schlecht.*

Mit einer abrupten Bewegung richtete sein Großvater sich auf. »Das ist dann in der Tat alles«, erklärte er mit einem eisigen Unterton in seinen Worten.

Lucy blieb einen Moment überrascht ausgestreckt auf dem Schreibtisch liegen. Sie runzelte die schweißfeuchte Stirn. »Euer Gnaden?«

Der melodische Klang ihrer Stimme, der ihn früher einmal gefangen genommen hatte, riss Robert vom Rande des Wahnsinns zurück.

»Du kommst spät«, stellte der Herzog barsch fest, und Lucy wandte den Kopf zur Seite.

Sie keuchte auf, und alle Farbe wich aus ihren Wangen. »Robert.«

Während sein Großvater sich die Kleidung ordnete, ging Robert um Lucy herum. Lucy, die eine Frau, von der er geglaubt hatte, es kümmerte sie keinen Deut, ob er eines Tages Herzog werden würde. Lucy, die sein Herz erobert hatte. Er ballte die Hände an seinen Seiten so fest zu Fäusten, dass die Fingernägel ihm die Haut aufritzten.

»Sie haben mich herbestellt, Euer Gnaden?«, sagte er mit so viel Eis in seiner Stimme, dass es für einen ganzen Winter gereicht hätte und es selbst seinem Großvater Bewunderung abnötigen musste. Die ganze Zeit vermied er es absichtlich, zu der verzweifelt schluchzenden jungen Frau zu schauen, die sich mit fliegenden Händen das Kleid richtete.

»Robert …«, begann sie.

»Ruhe.« Der leise Befehl des Herzogs besaß mehr Befehlsgewalt und Autorität als donnerndes Gebrüll. »Ich hab dich vor ihr gewarnt.« Er deutete mit einer nachlässigen Handbewegung auf Lucy. »Sie hätte eine schreckliche Braut für dich abgegeben.«

Ein zynisches Lachen drang aus Roberts Kehle. Das waren vielleicht die einzigen wahren Worte, die dieser Mann je ausgesprochen hatte. »Allerdings«, erklärte er gedehnt, stolz auf diese glatte Erwiderung, obwohl ihm innerlich das Herz gefror, ihn von innen nach außen zu Eis erstarren ließ.

»Robert«, flehte Lucy einmal mehr, versuchte sich an dem Herzog vorbeizuzwängen, doch der mächtige Aristokrat machte einen Schritt zur Seite und verstellte ihr den Weg.

»Irgendetwas stimmt mit dem Blut in dieser Familie nicht, dass ihr euch immer zum gemeinen Volk hingezogen fühlt.« Seine Lippen wurden schmal. »Erst meine Tochter und der verdammte Lakai.« Er legte den Kopf schief. »Es war leicht genug, sie aus der Familie zu verstoßen. Eine Tochter ist ohnehin nicht zu viel zu gebrauchen, höchstens die Beziehungen, die eine vorteilhafte Ehe mit sich bringt, sind von Bedeutung. Aber du …«, sprach er über Lucys lautes Weinen hinweg.

Roberts Herz verhärtete sich weiter. Es waren die falschen Tränen einer verräterischen Lügnerin.

»Aber du, Robert, wirst eines Tages Herzog werden, und ich will verdammt sein, wenn ich tatenlos mit ansehe, wie eine dreiste Dirne das Blut weiter verdirbt.« Ohne innezuhalten und seinen Blick von Robert zu wenden, deutete der Herzog mit dem Finger auf die Tür. »Sie sind hier fertig, Miss Waltman.«

Der alte Bastard hatte sie wie eine gemeine Hure auf dem Schreibtisch genommen, mitten am Tag, kannte aber nicht mal ihren Namen. Andererseits, war es nicht genau das, was sie war?

Ein Schauder durchlief Robert. Er war angewidert vom Herzog, von Lucy und von sich selbst, weil er auf sie hereingefallen war und ihr geglaubt hatte. Er hatte gedacht, sie wäre anders als all die Frauen seiner Gesellschaftsschicht, weswegen er ihr sein Herz geschenkt hatte und ihr in nur ein paar Stunden seinen Namen gegeben hätte.

Seine Gnaden sprach, unterbrach Roberts Überlegungen. »Mein Mann für Geschäftliches wird sich um Ihre Bezahlung kümmern.«

Ihre Bezahlung. Wieder durchzuckte es Roberts Magen, und er konzentrierte sich ganz auf den Hass, der sich in ihm aufstaute wie ein langsam wachsendes Krebsgeschwür, auf alles andere, nur nicht auf den Schmerz seines brechenden Herzens.

Mit Wangen, die feucht und gerötet von Tränen waren, eilte Lucy hastig um den Herzog herum und blieb vor Robert stehen. »Robert«, flehte sie. »Er hat mir versprochen, ich würde seine Herzogin werden.«

Ich hätte dich zu meiner Frau gemacht, und du wärest meine Herzogin geworden … Nur dass ihre Habgier so groß gewesen war, und ihre Raffsucht noch größer, dass sie nicht hatte warten können, bis dieser Mann da sein Leben aushauchte. Robert verzog höhnisch das Gesicht. Andererseits war dann auch noch sein Vater im Weg, der sich derart robuster Gesundheit erfreute, dass Lucy gewiss nicht in absehbarer Zukunft Herzogin geworden wäre.

»Sicherlich verstehst du das, Robert. Ich bin keine Gouvernante. Ich bin nicht von guter Abstammung, ich bin immer …«

»Ich habe dir nichts mehr zu sagen«, schnitt er ihr das Wort ab. Unfähig, in diese trügerischen braunen Augen zu sehen, schaute er über ihre Schulter hinweg und erwiderte den Blick seines Großvaters.

»Ich werde Sie nicht noch einmal höflich auffordern, Miss Waltman«, erklärte sein Großvater in gelangweiltem Ton, wie er vielleicht mit einem Hausmädchen reden würde, wenn er ihm auftrug, seinen geliebten Schreibtisch mit einer Extraschicht Möbelpolitur einzureiben. »Wenn Sie nicht augenblicklich gehen, werde ich meinen Verwalter anweisen, Ihnen keinen Heller auszuzahlen.«

Das machte ihr Beine. Ohne einen weiteren Blick zurück verließ Lucy Whitman das Studierzimmer und Roberts Leben.

Sein Großvater trat zum Sideboard und schenkte sich ein Glas Brandy ein. »Du hasst mich, aber ich habe dich vor dir selbst gerettet«, verkündete er, während er mit seinem Glas zum Schreibtisch ging.

Robert stand da, die Hände immer noch zu festen Fäusten geballt. »Ich bin zutiefst gerührt von deiner großväterlichen Hingabe.« Verachtung klang aus seiner Stimme.

Der Herzog schürzte die Lippen. »Als Herzog, und in deinem Fall als der zukünftige Duke of Somerset, würdest du gut daran tun, nicht zu vergessen, dass die einzigen Risiken, die es wert sind, eingegangen zu werden, sich in Bereichen finden, die mit der Mehrung deines Vermögens zu tun haben.« Seine Lippen verzogen sich verächtlich. »Wir treffen keine Entscheidungen mit oder für unser Herz. Du kannst jetzt gerne einen Wutanfall kriegen oder mich hassen, aber eines Tages wirst du mir für diese Lektion dankbar sein.«

Niemals.

Noch während er den stummen Schwur in seinem Kopf tat, drängte er ihn zurück. Selbst wenn er Lucy geheiratet und sie ihm Hörner aufgesetzt hätte, ihn zum Narren gemacht hätte, er würde seinem Großvater niemals danken. Nicht für das hier. Der Herzog ließ sich auf seinem Stuhl mit der hohen Lehne nieder und streckte die Beine aus. »Ich bin nicht dein Vater, mein närrischer Sohn, der deiner Mutter romantischen Unsinn erzählt.«

Nein, die Seele des Herzogs war schwarz, auf eine Weise, wie es die seines einzigen Sohnes nie gewesen war und auch nie sein würde. Als der Herzog seine eigene Tochter aus der Familie verstoßen hatte, weil sie einen Lakaien geheiratet hatte, hatte Roberts Vater sie unterstützt und ihr unter die Arme gegriffen. Es war dieses Verhalten, das in Robert die Hoffnung geweckt hatte, nein, *den Glauben*, dass er mit Lucy eine ehrenvolle Ehe führen könnte, die auf Liebe aufgebaut war. Die Muskeln in seinem Bauch verkrampften sich. *Narr, Narr, Narr.*

»Mein Sohn hat Sinn für Geschäfte, aber ein törichtes Herz.« Der Herzog gab einen abfälligen Laut von sich. »Er hat dir keinen Gefallen erwiesen, indem er dir diese romantische Sicht auf Frauen und die Ehe vermittelt hat.«

Die Wahrheit in den harschen Worten seines Großvaters traf ihn hart. Nein, die romantischen Vorstellungen, die sein Vater ihm vermittelt hatte, hatten ihm nicht geholfen. Seine Eltern hatten Liebe gefunden, aber Robert musste nun erkennen, wie selten das in ihren Kreisen war.

»Du wirst gut daran tun, die Lektion des heutigen Tages nicht zu vergessen, Robert.« Mit einer abschließenden Bewegung stellte der Herzog sein Glas ab, nahm Rechnungsbuch und Stift und machte sich wieder an die Arbeit.

Die Audienz war vorüber. Robert sammelte sich. Sein Herz mochte gebrochen sein, aber sein Großvater hatte ihm in der Tat eine wertvolle Lektion erteilt. Die einzige Aufrichtigkeit, auf die er in der Ehe hoffen konnte, würde er mit einer Dame der guten Gesellschaft finden. Bislang hatte er die Frauen seines Standes für ihre Kaltherzigkeit verachtet. Jetzt wusste er ihre aufrichtige Berechnung zu schätzen. Wenigstens machten sie aus ihrem Interesse an seinem zukünftigen Titel keinen Hehl. Anders als Lucy, die ihm nichts als Lügen aufgetischt hatte und die ihre Seele für den Titel einer Herzogin verkauft hätte, wenn der Teufel ihr diesen Handel angeboten hätte.

Der Herzog blickte von seiner Arbeit auf. »Gibt es irgendetwas, was du noch willst, Robert?«

Robert presste seine Lippen zu einer harten Linie zusammen. »Gehen Sie zur Hölle«, sagte er leise und gestattete dem Mann, der seinem Rang nach direkt unter einem Prinzen stand, kein weiteres Wort, sondern schritt aus dem Raum. Er machte sich nicht die Mühe, die Tür hinter sich zu schließen, sondern durchquerte schnell das Foyer, bevor er aus dem verhassten Haus trat.

Vorhin hatte er sich geirrt.

In zwei Punkten: Erstens, er wünschte sich für den Duke of Somerset tatsächlich den Tod. Und zweitens, man durfte keiner Frau vertrauen.

St. Giles, England

Winter 1821

Kapitel 1

Regel 1

Halte dich unter allen Umständen von dem Bereich mit den Spieltischen fern.

Nachdem er den Frühstückssalon betreten hatte, war nur ein Blick auf den Duke of Somerset notwendig, der mit seiner gewohnten gesunden Gesichtsfarbe dasaß und unbeeindruckt Kaffee trank, damit Lord Robert Dennington, der Marquis of Westfield, eine entscheidende Tatsache bestätigt fand: Sein Vater lag ganz bestimmt *nicht* im Sterben.

Robert hielt auf der Türschwelle inne und kniff die Augen zusammen. Es war nicht etwa so, dass er unglücklich über die robuste Konstitution seines Vaters war – ganz im Gegenteil –, und das nicht nur, weil er all die Freiheiten, die ihm sein Status als Erbe eines Herzogs verschaffte, bis zur Neige auskosten wollte.

Vielmehr war es so, dass er seinen Vater aufrichtig liebte, was in der guten Gesellschaft viel hieß, wo Gefühle selten und zudem verpönt waren.

Was Robert nicht mochte, waren die mehr oder minder verdeckten Kuppelversuche seines Vaters, der vor Kurzem eine Hausgesellschaft mit einem sehr speziellen Zweck gegeben hatte: seinen Sohn unter die Haube zu bringen.

Sein Vater schaute von seiner Ausgabe der *Times* auf. »Robert«, begrüßte er seinen Sohn mit kräftiger, gesunder und ganz entschieden nicht im Todeskampf geschwächter Stimme, ehe er sich wieder seiner Zeitung zuwandte.

Ein Muskel an Roberts Auge zuckte, und Wut erfasste ihn. Er hatte den Großteil des Sommers auf dem Landsitz der Familie verbracht, den Kopf verzweifelt in die Hände gestützt, weil er glauben musste, dass sein Erzeuger mit dem Tode rang. Nur um jetzt auf diese beiläufige Art und Weise herauszufinden, dass man ihn getäuscht hatte. Arglistig hereingelegt. An der Nase herumgeführt. Und alles nur mit dem Zweck, ihn zur Heirat zu bewegen. Ein weiterer Muskel begann im Umfeld seines Auges zu zucken. Andererseits, hatte der vorherige Herzog nicht auf die gleiche Weise Einfluss auf das Leben anderer Menschen ausgeübt?

»Guten Morgen.« Robert zerrte sich ungeduldig die Handschuhe von den Fingern und steckte sie sich in die Rocktaschen. »Du bist die unbeeinträchtigte Gesundheit persönlich, Vater«, sagte er und ging zum Tisch.

»Guten Nachmittag«, erwiderte sein Vater, ohne den Blick von der Titelseite der Zeitung zu nehmen.

Robert winkte einem Lakaien, der sogleich herbeigeeilt kam und ihm den Stuhl hielt. »Wie bitte?«

»Der Morgen liegt schon viele Stunden zurück.«

Ach so. Das. Schon wieder.

Robert lehnte sich in seinem Stuhl zurück, legte seine Hände auf die Lehnen und trommelte mit den Fingerspitzen auf das Holz. »Ich war …«

»In einem deiner Clubs?« Sein Vater senkte die Zeitung ein wenig, betrachtete ihn über den Rand hinweg mit einem vielsagenden Blick.

Und vielleicht, wenn Robert wie die meisten Männer und nicht von Kindesbeinen an dazu erzogen worden wäre, ebendiesen herzoglichen Blick zu perfektionieren, würde der sicher bei ihm bewirken, dass … irgendetwas. Unter diesen Umständen jedoch … Robert zuckte die Achseln. »Ich würde sagen, wir haben Wichtigeres zu besprechen als meinen Besuch bei White's.« Er winkte wieder in Richtung eines Bediensteten, und der livrierte Lakai kam mit einer Kanne dampfendem Kaffee herbei. Robert ließ sich einschenken und blies dann über das heiße Getränk.

»Und was sollten wir zu besprechen haben?«, erkundigte sich sein Vater in einem gelangweilten Ton, bei dem Robert die Zähne aufeinanderbiss.

Robert nahm einen kleinen Schluck von dem bitteren Gebräu. »Ich weiß nicht?« Über den Rand seiner Tasse hinweg hob er eine Augenbraue. »Vielleicht deine plötzliche, ja beinahe wundersame Genesung?« Eine Genesung, die unmittelbar auf monatelange Andeutungen bezüglich des bevorstehenden Ablebens des Herzogs gefolgt war.

Sein Vater besaß immerhin den Anstand, rot zu werden. Er warf der Handvoll Bediensteter, die anwesend waren, einen Blick zu, den sie als stumme Aufforderung nahmen, umgehend den Raum zu verlassen. »Dr. Carlson ist selbst verwundert«, sagte er, sobald sich die Tür hinter ihnen geschlossen hatte.

»Oh, ich wette, das ist er zweifellos.« Roberts Stimme enthielt eine gehörige Portion Ironie, sodass sein Vater missbilligend den Mund verzog.

»Sei das, wie es wolle, wir haben nicht über meine Gesundheit gesprochen.«

»Deine spontan wiederhergestellte Gesundheit«, verbesserte ihn Robert und setzte seine Tasse ab.

»Sondern über dich.«

Ach ja? Robert dachte eigentlich, sie hätten über morgendliche Begrüßungen zu einer deutlich späteren Tageszeit geredet. Leider mündete jedes Gespräch mit seinem Vater unweigerlich auf den gleichen ausgetretenen Pfaden.

»Du bist dreiunddreißig, Robert«, begann sein Vater.

»Ich bin mir meines Alters sehr wohl bewusst, Vater. Ein Alter, das, wie ich mich genötigt fühle zu betonen, nicht unbedingt fortgeschritten ist.« Robert wappnete sich für den bevorstehenden Vortrag. Sein Vater konnte gerne darüber reden, dass er seine zukünftige Herzogin finden und seine Pflicht der Somerset-Linie gegenüber erfüllen müsse, aber Robert war es durchaus zufrieden, sein unbeschwertes, sorgenfreies Junggesellenleben weiterzuführen, das er seit vielen Jahren in vollen Zügen genoss.

Zu heiraten und den Fortbestand der Familie zu sichern, das waren alles Sachen, um die er sich noch kümmern würde. Irgendwann. Wenn er das tat, würde kein Mangel an Kandidatinnen herrschen. Frauen aller Schichten, aus der guten Gesellschaft und auch aus der Dienerschaft, hatten eine bemerkenswerte Gier nach diesem viel gepriesenen Titel an den Tag gelegt. Für den Moment jedoch, da sein Vater ja sehr lebendig war, würde er gerne noch eine ganze Weile so weiterleben, wie er es in den vergangenen zwölf Jahren getan hatte.

Auf den Tag genau zwölf Jahre.

Statt eine wohlstrukturierte Argumentationskette vorzutragen, saß sein Vater schweigend da, las seine Zeitung und hielt nur gelegentlich inne, um von seinem Kaffee zu trinken.

Robert trommelte mit den Fingerspitzen auf die Armlehnen seines Stuhls. Er hatte seinen Vater noch nie am Spieltisch gesehen, da dieser vehement alle Formen des Glücksspiels ablehnte und oft genug behauptete, wenn ein Herzog sich diesem Laster hingäbe, würde der Mann es verdienen, den Titel zu verlieren. Die angespannten Linien um den Mund seines Vaters und die Art und Weise, wie er sich auf seinem Stuhl vorbeugte, deuteten auf jemanden hin, der dringend etwas zu sagen hatte.

»Weißt du eigentlich, Robert, dass ich an dem Tag, als dir zum ersten Mal das Kindermädchen deiner Schwester aufgefallen ist, gar nicht unzufrieden war?«

Robert wurde ganz still, als die ruhige Erklärung seines Vaters alles auf den Kopf stellte. Er hatte seit über zehn Jahren nicht mehr von Lucy gesprochen, und das eine Mal auch nur gegenüber seinem einen Freund auf der Welt, Richard Jonas. Er hatte nie und vor niemandem sonst auch nur die leiseste Andeutung über seine romantischen Gefühle für die Bedienstete mit dem feuerroten Haar gemacht, mit der er hatte durchbrennen wollen.

Vielleicht hatte er in Bezug auf das Glücksspiel doch kein so gutes Händchen. Denn er hätte sein Leben darauf verwettet, dass sein Vater nichts von der jungen Frau gewusst hatte, die das Herz seines Sohnes erobert hatte. Anders als Roberts herrschsüchtiger Großvater, der es sich zur Lebensaufgabe gemacht hatte, alles zu kontrollieren, was auch nur entfernt mit der Familie zu tun hatte. Eine schwarze, immer noch mächtige Wut auf diesen inzwischen längst verstorbenen Patriarchen erfasste ihn.

»Und als dein Großvater zu mir kam und mir erzählte, dass er von deinem Plan erfahren hatte, mit dem Mädchen durchzubrennen«, fuhr der Herzog mitten in Roberts stummen Aufruhr hinein fort, »war ich glücklich.« Er verzog das Gesicht. »Vielleicht ist das der Grund, warum ich die Folgen seiner Entdeckung und meiner Billigung deiner Beziehung zu Miss Whitman falsch eingeschätzt habe. Er hätte eine solche Verbindung niemals geduldet.«

Nein. Er hätte sich eher mit dem Teufel persönlich duelliert, als zuzulassen, dass das Blut der Denningtons verdorben wurde. Robert schüttelte angewidert den Kopf. Wie unfassbar ahnungslos sein Vater in Bezug auf die Skrupellosigkeit des verstorbenen Herzogs gewesen war. Andererseits, hatte sich nicht Robert selbst einer ähnlichen Unbedarftheit schuldig gemacht?

Der Herzog schaute ihn aus traurigen Augen an. »Du bist so still«, stellte er unnötigerweise fest.

»Mir war nicht bewusst, dass du eine Antwort erwartest«, entgegnete Robert und schenkte sich Kaffee nach. Die Zeit für ein Gespräch über Lucy Whitman und die Einmischung des verstorbenen Duke of Somerset in Roberts Zukunft war längst vorbei. Nicht, dass er vor zwölf Jahren die Ereignisse des bewussten Nachmittags mit seinem Vater oder sonst irgendwem hätte besprechen wollen. Selbst Jonas hatte nicht mehr zu hören bekommen als eine knappe Zusammenfassung. Die beschämenden Einzelheiten hatte Robert lieber für sich behalten.

Sein Vater fuhr ein wenig zu beiläufig fort. »Dann habe ich diesen Sommer geglaubt, du würdest ein Auge auf Lady Diana Verney werfen.«

Ah, Lady Diana Verney. Die geliebte Tochter des Duke of Wilkinson. Diese Vermutung bewies nur, wie ahnungslos sein Vater immer schon in Bezug auf seinen Sohn gewesen war. »Gemma Reed.«

Der Herzog neigte den Kopf zur Seite und sah ihn fragend an.

»Ich hätte Gemma Reed geheiratet.« Die Freundin seiner Schwester, ein echter Blaustrumpf, war immerhin interessant gewesen, während jede andere Frau nur gähnende Langeweile in ihm weckte. Letzten Endes hatte die Dame aber lieber Roberts besten Freund Richard Jonas geheiratet. Was völlig in Ordnung war. Roberts Herz war nicht beteiligt gewesen. Denn dieses Organ war schon lange besonders geschützt – er hatte es sicher verwahrt.

»Was du nicht sagst«, bemerkte sein Vater halb zu sich selbst.

Robert lehnte sich auf seinem Stuhl zurück. »Ich habe Lady Diana noch nicht als mögliche Ehekandidatin ausgeschlossen. Ich hatte nur vor, ihr angesichts ihres zarten Alters noch etwas Zeit zu geben und zu warten, bis sie ihr Debüt in der Gesellschaft hatte, bevor ich um ihre Hand anhalte.«

Überraschung strahlte in den Augen des anderen auf. »Also hast du vor, Wilkinsons Tochter zu heiraten?« Nach all den nicht unbedingt diskreten Versuchen des Mannes, Robert während der Hausgesellschaft mit der jungen Dame zusammenzubringen, wunderte es ihn da, für wen Robert sich schließlich entschieden hatte? »Ich hatte keine Ahnung«, bemerkte sein Vater, und seine Mundwinkel bogen sich nach unten.

Robert setzte sich auf dem Stuhl anders hin. »Ja, sie ist durchaus passend.« Das Letzte, worüber er sprechen wollte, war sein Familienstand. Seine Ehe würde auf praktischen Gründen und nützlichen Beziehungen fußen, eine kühle Verbindung, die die einzige Aufrichtigkeit enthielt, die dem Adel zugestanden wurde.

Dafür würde Lady Diana vollauf genügen, so gut wie jede andere wohlerzogene Dame. Ihre Heirat würde zwei Herzogsfamilien miteinander vereinen, die schon seit Jahrhunderten befreundet waren. Liebe würde keine Rolle spielen, die Ehe würde vielmehr auf Regelungen zu Ländereien und Vermögen beruhen.

»Robert …?« Einen kurzen Moment spiegelte sich Schmerz auf den Zügen des Älteren, solches Bedauern und solcher Kummer, dass Robert den Blick abwenden musste. »Das mit Lucy Whitman tut mir leid«, fügte sein Vater mit gedämpfter Stimme hinzu. Die meisten Herzöge würden niemals zugeben, etwas zu bereuen. Und ganz bestimmt nicht der letzte Herzog vor seinem Vater.

Die schlichte Entschuldigung linderte die Last von Roberts stoischer Akzeptanz. Der gegenwärtige Titelinhaber war nie wie einer der anderen Aristokraten gewesen. Er war ein liebevoller Vater, ein treuer, liebender Ehemann, ein hingebungsvoller Bruder und hatte den idealen Weg aufgezeichnet, wie man sein Leben führen sollte. Und doch war er auch schwach gewesen … Das zeigte sich in der Art und Weise, wie der alte Herzog sich in Roberts Leben eingemischt hatte. *Ich wäre nie so schwach.* Für die Kinder, die er später einmal haben würde, würde Robert gegen Drachen kämpfen und ganz bestimmt niemals zulassen, dass ein boshafter Mistkerl wie sein Großvater über die Familie bestimmte.

Sein Vater starrte ihn eindringlich an, und Robert begann, sich unter dem prüfenden Blick unwohl zu fühlen. »Es gibt nichts, wofür du dich entschuldigen müsstest«, erklärte er knapp. Dabei hatte es eine Zeit gegeben, in der er es seinem Vater zutiefst übel genommen hatte, dass der die Einmischung geduldet hatte. Mit dem Verstreichen der Zeit war dieser Ärger schwächer geworden und schließlich ganz verschwunden, ersetzt durch die Erkenntnis, dass er sich glücklich schätzen konnte, vor einem Fehler bewahrt worden zu sein, den er sein ganzes Leben aus tiefstem Herzen bereut hätte. Aber warum zerrte sein Vater heute die Verbitterung und den Zorn vergangener Jahre ans Tageslicht?

»Es gibt unendlich viel, wofür ich mich entschuldigen muss.«

Ja, das stimmte.

Innerlich begehrte Robert gegen das Mitleid auf, das er in den Augen seines Vaters wahrnahm. Er musste nicht bemitleidet werden, weil er sein Herz einer Frau geschenkt hatte und es ihm mit dem beschämenden Schauspiel, das sein Großvater ihm aufgenötigt hatte, aus der Brust gerissen worden war. »Es war besser, dass ich ihre Absichten erkannt habe.« Und das war der Knackpunkt. Wäre er nicht vor zwölf Jahren in das Studierzimmer gekommen, hätte er eine Frau geheiratet, die ihn angelogen hatte und in deren Herz nur Platz für Habgier und kalten Ehrgeiz gewesen war.

»Du hast mich falsch verstanden«, erklärte sein Vater. Er legte seine Zeitung hin und faltete sie ordentlich zusammen, dann strich er die Seiten mit einer Hand glatt. »Es hat mich gefreut, dass du sie bemerkt hast, weil das gezeigt hat, dass du ein Mann bist, der über Standesdünkel hinwegschaut und auf den wahren Wert eines Menschen achtet.«

Ein zynisches Lachen entwich Robert. »Ich habe einen bedauernswerten Mangel an Urteilsvermögen bewiesen«, erklärte er und wollte nicht mehr darüber reden, wünschte sich, niemals den Frühstückssalon betreten zu haben und dass sein Vater jenen weit zurückliegenden Tag in Frieden ruhen gelassen hätte. Er wäre lieber weiter in dem Glauben, dass sein Vater nichts davon wusste, durchs Leben gegangen.

»Ja, stimmt«, pflichtete ihm der Herzog bei.

Es war ein Fehler, den Robert nie wieder machen würde. Nicht im Namen dieses launischen, unbeständigen Gefühls von Liebe.

»Aber«, sagte der Herzog und hob einen Finger. »Du hast auch ein bemerkenswertes Urteilsvermögen bewiesen, indem dir Liebe und Ansehen wichtiger waren als gesellschaftlicher Status.«

Dieses Mal lachte Robert laut auf. Sein Vater war weiß Gott der einzige Aristokrat im gesamten Königreich, der seinen Sohn dafür lobte, dass er sich unstandesgemäß verliebt hatte.

Sein Vater runzelte die Stirn und richtete einen festen Blick auf ihn, der fatal an den seines Vorgängers erinnerte. »Allerdings hast du danach durchaus mangelndes Urteilsvermögen gezeigt.«

Ah ja, jetzt die Standpauke. Alle Herzöge sorgten sich unweigerlich um den Fortbestand der Linie, und mit dreiunddreißig Jahren hatte sich Robert mehr Zeit dafür zugestanden, seinem Vergnügen nachzugehen, als die allermeisten seiner Standesgenossen und zweifelsohne alle anderen Herzöge.

»Ich bin nicht leichtsinnig«, erklärte er mit verkniffenen Lippen. »Ich schließe nicht mehr Wetten ab als die meisten anderen Gentlemen. Ich habe immer nur eine Mätresse und achte peinlich genau darauf, kein uneheliches Kind zu zeugen.« Während dieser kühlen Aufzählung vertiefte sich das Stirnrunzeln seines Vaters.

»Ich besuche White's und Brooks's und praktisch nie die skandalöseren Etablissements.« Obwohl er in Wahrheit mehrere der weniger angesehenen Clubs aufsuchte, allerdings immer nur zu einem bestimmten Datum. Es hatte etwas, absichtlich ein Risiko einzugehen an dem Jahrestag des Vorkommnisses, das ihn alles gekostet hatte, was einen Gentleman erdete.

Sein Vater lehnte sich weiter vor, und sein Stuhl knarrte protestierend unter der Gewichtsverlagerung. »Was dir vermutlich entgeht«, bemerkte er ruhig und stützte die Ellbogen auf den Tisch, »ist, dass es mir nicht wichtig ist, dass du wie alle anderen Gentlemen bist.« Er machte eine Pause. »Es wäre mir wichtig, dass du dich von ihnen unterscheidest.«

Beunruhigt von dem machtvollen Glitzern in diesen blauen Augen, die seinen eigenen beinahe bis aufs i-Tüpfelchen glichen, konzentrierte sich Robert wieder auf seinen Kaffee, blies über das langsam erkaltende Getränk. Er hatte nie das Lob von irgendjemandem gesucht. Stattdessen war er mit dem Mann zufrieden gewesen, der er geworden war. Er hatte nicht überall im Land verteilt Scharen unehelicher Kinder und hielt sich für einen liebevollen Bruder und respektvollen Sohn. Plötzlich mit seinen dreiunddreißig Jahren so infrage gestellt zu werden wühlte ihn auf eine Art und Weise auf, die er verabscheute.

»Ich bin nicht enttäuscht von dir«, fügte sein Vater hinzu, als Robert weiter schwieg.

»Danke.«

Hörte sein Vater den ironischen Unterton in diesem Wort? Oder vielleicht interessierte es ihn auch gar nicht.

»Mich enttäuscht vielmehr, dass du dein Leben nicht lebst.«

Er lebte sein Leben nicht? Eine ganz schöne Standpauke, ausgerechnet heute. »Ich bin zufrieden«, erklärte er schlicht. Und das entsprach der Wahrheit. Die Hoffnungen auf Liebe und eine Familie, die er einmal gehegt hatte, waren unrealistisch gewesen für jemanden seines Standes. Es war das Ende eines Traums, mit dem er sich arrangiert hatte.

Der Herzog hob die Augenbrauen. »Ah. Aber Zufriedenheit ist nicht Glück.«

Robert hielt inne. Stimmte das? Er hatte nicht viel drüber nachgedacht – bis jetzt. Er schlenderte durch seine Tage, seine Gesellschaft war begehrt, man widmete ihm Aufmerksamkeit, die natürlich großteils seinem zukünftigen Titel geschuldet war. Sein Leben war … sicher.

»Es ist an der Zeit, dass du einen Sinn für dein Dasein entdeckst.«

Robert schob seinen Stuhl zurück und grinste leicht. »Und dabei dachte ich, mein ganzer Lebenszweck bestünde darin, eine gute Verbindung einzugehen und für den erforderlichen Erben sowie einen weiteren für alle Fälle zu sorgen.«

»Aber noch nicht einmal das hast du getan.«

Der Vorwurf hing hörbar in der Luft. So wie es bei der vermaledeiten Sommergesellschaft vor nicht mal drei Monaten auch schon gewesen war, mündete alles letzten Endes in die Erwähnung einer angemessenen Braut. Robert rückte seinen Stuhl gerade, beugte sich vor, ahmte dabei die Position seines Vaters nach. »Geht es hier darum, dass ich meine Pflicht erfülle? Oder darum, ein besserer Mann zu sein?«

»Um beides«, antwortete sein Vater leise.

Roberts Nacken wurde heiß. Es geschah nicht jeden Tag, dass die Ehre eines Gentlemans infrage gestellt wurde – und auch noch vom eigenen Vater. Doch sollte er irgendetwas anderes von einem Mann erwarten, der der Sohn des verstorbenen Herzogs war?

»Ich habe alles, was du mir über unsere Ländereien und Besitzungen beibringen wolltest, gelernt. Ich habe mit dir unsere Anwesen besucht und mich mit dem Auskommen und den Lebensumständen unserer Pächter vertraut gemacht.« Und selbst das reichte nicht. Vielleicht ähnelte sein Vater seinem eigenen Vater doch mehr, als Robert immer geglaubt hatte.

Mit einem ungewohnten Riss in seiner Fassung rieb sich der Herzog mit einer Hand über das Gesicht. »Es geht hier nicht darum, dass ich deine Befähigung, in Zukunft einmal mein Nachfolger zu werden, anzweifle.«

»Worum dann?«, entgegnete Robert. Denn irgendwann hatten die Worte dieser Unterhaltung aufgehört, für ihn Sinn zu ergeben.

Eine lange Weile sagte der Herzog nichts. Richtete einfach seine durchdringenden, ernsten Augen auf seinen Sohn. Robert saß unter dieser stummen Musterung, war bereit für eine weitere Moralpredigt. Dann seufzte sein Vater und schüttelte betrübt den Kopf. »Wenn du es nicht weißt oder herausfindest, fürchte ich, dass ich es dir nicht sagen kann, Robert. Du musst selbst dahinterkommen, wer du bist.«

Die Standpauken und Lügen aller Dukes of Somerset von Herzen leid, trank Robert seinen Kaffee aus und stellte die Tasse ab. »Wenn du mich entschuldigen würdest? Ich habe noch was Dringendes vor.« Wozu auch gehörte, einen gewissen skandalumwitterten Club aufzusuchen, wie er das jedes Jahr an diesem Tag tat. Dieser Äußerung auf dem Fuße folgte ein nagendes

Schuldgefühl. *Du beweist nur, dass dein Vater recht hat, indem du dorthin gehst.*

Robert schob seinen Stuhl zurück und stand auf. »Es freut mich, zu sehen, dass deine Gesundheit wiederhergestellt ist.« Er wandte sich zum Gehen.

»Unser Vermögen ist beinahe vollständig aufgebraucht, Robert.« Diese leise gesprochenen Worte hallten wie ein Donnerschlag durch den Frühstückssalon. Robert blieb jäh stehen und drehte sich langsam um.

»Was?« Er hatte sich bestimmt verhört.

Noch einmal bekam die Selbstbeherrschung seines Vaters einen Riss, und er fuhr sich mit einer Hand erneut über das plötzlich hager wirkende Gesicht. »Wir haben enorme Schulden«, erklärte er, bestätigte Robert damit, dass ihn seine Ohren nicht getäuscht hatten.

Er verzog das Gesicht. »Unmöglich.« Ihnen gehörte eines der ältesten und reichsten Herzogtümer. *Andererseits, was weißt du schon wirklich darüber? Du führst seit mehr als zehn Jahren ein sorgloses, einzig deinem Vergnügen gewidmetes Leben.*

»Oh, lass dir versichern«, sagte sein Vater und nahm aufreizend gelassen einen Schluck von seinem Kaffee, »das ist sehr wohl möglich.«

Ein schmerzhafter Knoten bildete sich in Roberts Brust, und er wartete, bis der Druck nachließ. Angesichts der langen Geschichte der Manipulation ihrer Kinder durch die Herzöge hegte Robert an der Aussage seines Vaters durchaus Zweifel. Er würde nicht einfach so darauf reinfallen. »Ich habe jetzt keine Zeit für ein weiteres deiner Spielchen«, beschied er ihm knapp und ging zur Tür.

»Warum, denkst du, habe ich, der sich immer für eine Liebesheirat ausgesprochen hat, eine Hausgesellschaft ausgerichtet, um für meine Kinder vorteilhafte Verbindungen zu arrangieren?«

Bei diesen Worten verharrte Robert im Schritt, denn sie klangen aufrichtig. Er ballte die Hände zu Fäusten, und als er sich zutraute, ruhig sprechen zu können, drehte er sich wieder zurück und versuchte es erneut. »Wenn es dabei einfach nur darum geht, mich verheiratet zu sehen, dann …«

»Das ist es nicht, Robert«, unterbrach ihn sein Vater. Etwas blitzte in seinen Augen auf, aber es war so rasch wieder verschwunden, dass Robert sich nicht sicher sein konnte, dass es nicht doch nur eine Täuschung des Lichts gewesen war, eine Spiegelung der Sonnenstrahlen, die durch die bodentiefen Fenster in den Raum fielen.

Auf hölzernen Beinen kehrte er zurück und nahm wieder auf seinem Stuhl Platz. »Was ist passiert?«

Sein Vater umschloss seinen Kaffee mit beiden Händen. »Du kennst doch deinen Großvater.« *Nur zu gut.* »Seinen Reichtum, seine Macht – es hat ihm nie gereicht. Und am Ende …« Er starrte in seine Tasse. »Am Ende war er nicht mehr ganz klar. Er hat mich von allen Entscheidungen bezüglich der herzoglichen Finanzen ausgeschlossen und zugelassen, dass sein Vermögensverwalter große Summen investiert.«

Robert rückte seinen Stuhl dichter an den Tisch. »Und in was?« Seine Gedanken überschlugen sich, während sein Vater mit jeder weiteren Enthüllung die schlimme Lage ihrer Finanzen realer werden ließ.

»Dampf.«

»Dampf?«, wiederholte Robert. Sein immer so korrekter Großvater hatte sich auf waghalsige Geschäfte eingelassen?

»Im Gegenzug hat er die Besitzungen belastet.« Der Herzog schnitt eine Grimasse. »In großem Umfang. *Zu* großem. Bislang habe ich dafür gesorgt, dass unsere Pächter nicht für die Verbrechen meines Vaters zahlen müssen.«

Und darum standen die Denningtons nun vor der Pleite.

Robert spähte zu seinem Vater. Vielleicht war das so falsch wie die vermaledeite Hausgesellschaft?

»Es stimmt, Robert«, sagte sein Vater, folgte unbeirrbar seinen Gedanken. »Das ist der eine Grund, warum ich euch beide verheiratet sehen möchte.«

Robert ließ sich in seinem Stuhl zurücksinken, restlos verblüfft. »Der *eine* Grund?« Ein zynisches Lachen entwich ihm. »Jetzt sag nicht, dass Liebe der wichtigere ist?«

Sein Vater runzelte die Stirn. »Ja, ich hatte gehofft, dass du und deine Schwester günstige Verbindungen eingehen würden, die euch Liebe und gleichzeitig unsere Finanzen wieder in Ordnung bringen würden.« Er hustete in seine Hand. »Jetzt weißt du es.«

Jetzt weiß ich es. Ein übler Fluch drängte sich ihm auf die Lippen. Schuldgefühle, weil er nur an sich gedacht hatte, weil er sich nicht aktiver an der Verwaltung des Besitzes beteiligt hatte und mehr, drangen auf ihn ein. Und Erbitterung, dass sein Vater glaubte, der einzige Weg, wie Robert ihre Verhältnisse verbessern könnte, bestünde darin, sich eine reiche Braut zu nehmen.

Der Blick des Herzogs richtete sich auf die Tür. »Deine Schwester darf das nicht erfahren.«

»Nein«, stimmte Robert zu. So wütend er auch war, dass er von seinem Vater getäuscht worden war, wenn es um Bea ging, dachten sie gleich. Plötzlich waren das Gespräch über die Vergangenheit und die Enthüllungen des heutigen Tages zu viel. Er musste von hier fort. Abrupt schob er seinen Stuhl zurück. »Wenn du mich entschuldigen willst? Ich gehe in meinen Club.« Wenigstens für heute Abend konnte er der hässlichen Realität entkommen. Robert wappnete sich für einen Kampf. Hieß ihn willkommen.

Stattdessen und wie er es eigentlich hätte wissen sollen, blieb sein Vater so verbindlich wie immer. »Einen schönen Tag noch, Robert.« Einen schönen Tag? An dem heutigen Tag war nichts in irgendeiner Weise schön oder auch nur fair.

Den Blick seines Vaters im Rücken spürend verließ Robert hastig den Raum. Er ging durch die Korridore, genau die, die er als Kind immer gemieden und als junger Mann, dem das Herz gebrochen worden war, gehasst hatte. Er biss die Zähne zusammen, und die Ironie von allem war an ihn nicht verloren. Vor zwölf Jahren genau am heutigen Tag war sein Leben in Scherben gegangen. Und jetzt war erneut alles auf den Kopf gestellt worden.

Sein Vater wollte ihn zu einem verdammten Mitgiftjäger machen. Andererseits, wenn er an sein sorgloses In-den-Tag-hinein-Leben in den vergangenen Jahren dachte, warum sollte er dann glauben, Robert wäre dazu imstande, ihre Finanzen anders wieder in Ordnung zu bringen?

Robert erreichte das Foyer.

Seine Schwester Beatrice stand mit in die Hüften gestemmten Händen da und versperrte den Eingang – oder in seinem Fall den Ausgang – des Stadthauses der Dukes of Somerset. Ihre blonden Augenbrauen waren zusammengezogen, und zwischen ihnen hatte sich eine steile Falte gebildet. »Robert«, sagte sie in einem Ton, der eher zu einer Königin gepasst hätte als zu einer jüngeren Schwester. »Wo bist du gewesen?«

»Bea«, grüßte er sie mit einem erzwungenen Lächeln.

Seine einzige Schwester hatte ihr Debüt in der Gesellschaft schon vor vier Jahren gehabt, war jedoch immer noch unverheiratet, hoffte auf die große Liebe. Leider musste sie erst noch begreifen und sich damit arrangieren, dass die Denningtons insgesamt betrachtet für dieses Gefühl nicht geschaffen waren. Vor allem jetzt, wo sich ihre finanzielle Lage derart verändert hatte. Alle Welt, Lords und Ladys, Dienstboten und Arme, würde nie etwas anderes sehen als den alten Titel. Dieser Umstand könnte sie jetzt retten.

»Ich bin wegen Vater hier. Er ist …«

»In bester Verfassung«, beendete Robert den Satz für sie, griff in seine Rocktaschen und holte seine Handschuhe hervor. Er streifte sie sich über. »Wir haben gerade erst miteinander gesprochen«, entschied er sich zu sagen.

Sie runzelte die Stirn. »Kein …«

»Nein«, antwortete er, als Davidson, der Butler, mit Roberts Mantel herbeigeeilt kam. Er bedankte sich und schlüpfte hinein. »Er ist die personifizierte Gesundheit.«

Beatrice legte den Kopf schief. Sie war wirklich herzensgut und sah in jedem immer nur das Beste. Robert wusste, eines Tages würde unweigerlich der Punkt erreicht sein, an dem diese Unschuld zerstört werden würde. Und er wusste auch, dass er, wenn das geschah, den Bastard, der dafür verantwortlich war, zur Rechenschaft ziehen würde, weil er seiner geliebten Schwester wehgetan hatte.

Als Beatrice nichts sagte, erbarmte sich Robert ihrer. »Er hat versucht, uns zu verheiraten.« *Um die leeren Kassen der Familie aufzufüllen.* Immerhin ergab jetzt alles einen Sinn. Aber warum hatte er Robert nicht schon längst ins Vertrauen gezogen? Stattdessen hatte er versucht, ihn zu manipulieren. So wie es letztlich jeder tat.

Beatrice öffnete und schloss mehrere Male den Mund. »Ganz bestimmt nicht«, erwiderte sie schließlich entschieden. »Ich habe ihn gesehen.«

Ja, sie hatte genau das gesehen, was der Herzog wollte, dass sie beide sahen. »Er will, dass wir heiraten, Bea«, erklärte Robert mit sanfter Stimme.

Seine sture Schwester straffte die Schultern. »Nicht genug, um zu lügen.« Die Betonung auf dem letzten Wort zeigte nur, wie wenig sie das Hässliche zur Kenntnis nahm, das um sie herum existierte.

Robert klopfte ihr mit dem Finger gegens Kinn. »Ich versichere dir, er erfreut sich bester Gesundheit, und nichts könnte mich glücklicher machen.« Robert mochte sich dagegen auflehnen, dass sein Vater ihn zwang, sich das Leben, das er führte, genauer zu betrachten, und nicht unbedingt subtil Zweifel in ihm säte, aber er liebte ihn dennoch. Es war auch schwer, das nicht zu tun. Vor allem, wenn man wusste, was für ein Mistkerl der Herzog vor ihm gewesen war.

»Bist du sicher?«, erkundigte sich Bea gepresst. »Er sagt nicht einfach nur unseretwegen, dass es ihm besser geht?«

»Ich würde meine Apanage darauf verwetten«, versicherte er ihr, nur dass ihn, sobald die Worte seinen Mund verlassen hatten, Panik zu erfassen drohte. Ihr Leben war nicht mehr als eine Burg, die auf Sand gebaut war.

Beatrice' Schultern sanken herab, und er fand einen gewissen Trost in ihrer Ahnungslosigkeit. »O Gott sei Dank.« Dann verzogen sich ihre Lippen zu einem breiten Lächeln, und sie trat zur Seite. »Dann kannst du jetzt gehen.«

Davidson eilte herbei und öffnete die Tür. Von dem verzweifelten Wunsch beseelt, dieses Haus hinter sich zu lassen und sich ungestört mit den Enthüllungen seines Vaters zu befassen, eilte Robert hinaus.

»Oh, Robert?«, rief ihm Bea hinterher, hielt ihn auf.

Er warf ihr einen fragenden Blick über seine Schulter zu.

»Benimm dich.«

Er zwinkerte ihr zu. »Das tue ich doch immer.«

Seine Schwester verdrehte die Augen, und er ging mit einem kleinen Grinsen zu seinem Pferd.

Kapitel 2

Regel 2

Such die Spielhölle niemals während der frühen Morgenstunden auf.

Seit Helena Banbury ein kleines Mädchen gewesen war, hatten ihre »Brüder« sie damit aufgezogen, dass sie besser mit Zahlen umgehen konnte als mit Menschen. Angesichts des entschiedenen Fehlens von Kontakt zu Menschen fand sie, dass ihre scherzhaften Worte in Wahrheit durchaus Sinn ergaben. Der gegenwärtige Moment war keine Ausnahme in ihren ziemlich vorhersehbaren, dafür aber sicheren Tagen – und Nächten – im »Hell & Sin«-Club.

In ihrem kleinen Büro auf der Rückseite des Gebäudes und mit einer Brille auf der Nase ließ Helena den Blick über die fein säuberlichen Zahlenreihen wandern. Über den Flur drangen laute Rufe zu ihr, aber sie arbeitete weiter, während jenseits der schweren Holztüren irgendeine handgreifliche Auseinandersetzung stattfand. Es hatte auf jeden Fall etwas für sich, wenn zwischen einem und der Gefahr massives Eichenholz war. Bis zu ihrer Rettung vor vielen Jahren durch ihren Bruder Ryker hatte sie nichts vor den Gefahren der Welt geschützt. So war nun einmal das Los eines Kindes ohne Mutter und Vater auf Londons Straßen.

An ihrer Unterlippe nagend schrieb Helena rasch die Ausgaben für Alkohol untereinander.

Fünfzehn Kisten Whiskey.

Fünfzehn Kisten Sherry.

Zwanzig Kisten Brandy.

Eine lästige braune Strähne rutschte aus ihrem festen Haarknoten und fiel ihr in die Stirn. Aristokraten und ihre dummen Drinks. Ohne eine Pause einzulegen, blies sie die Haare zurück und machte eine letzte Notiz in der Reihe. Sie ließ ihren Blick über die Zahlen wandern und fluchte leise. Sie brauchten wesentlich mehr Brandy.

Sie reckte sich auf ihrem Stuhl, rieb sich das Kreuz. Ihr ach so lästig sturer Bruder beharrte darauf, nur die besten französischen Spirituosen zu kaufen, obwohl Helena davon überzeugt war, dass billigerer Brandy es genauso tun würde. Der rasch schwindende Vorrat in ihren Kellern war für sie Beweis genug.

Was die meisten nicht begriffen, war, dass Zahlen, wenn man wusste, wie man sie lesen musste, einem eine Menge über Leute erzählen konnten. Und die nicht zu übersehenden Details in den ordentlichen Tabellen ihres Rechnungsbuches verrieten eine ganze Menge wenig Vorteilhaftes über vornehme Gentlemen: Sie tranken zu viel Alkohol, sie gaben zu viel Geld für dieses Laster aus, und sie bewiesen in bemerkenswertem Ausmaß mangelnde Selbstbeherrschung.

Zugegeben, diese Charakterschwächen waren zu großen Teilen mitverantwortlich für den sagenhaften Erfolg des »Hell

& Sin«-Clubs. Und nachdem ihr Bruder aus dem Staub und der Asche der Straßen seinen Weg gemacht hatte und der Anführer der glitzernden Unterwelt von St. Giles geworden war, erwartete er nichts weniger als noch größeren Reichtum und mehr Macht. Es gab immer noch Raum für größeren Erfolg.

Helena tauchte die Spitze ihres Federhalters in das Tintenglas und addierte weiter die Kosten für die teuren Flaschen. Sie klopfte mit der Rückseite des Federhalters auf die glatte Mahagonioberfläche ihres Schreibtisches, betrachtete weiter die Reihen.

Schritte erklangen vom Flur her, und sie riss den Kopf hoch, als die Tür aufging. Raues Gelächter drang über die Gänge aus dem Club in den Raum, wurde jedoch sofort leiser, als ihr Bruder Calum eintrat.

»Dein Bruder hätte gerne die Zahlen.« Der hünenhafte Mann mit der gezackten Narbe an einem Mundwinkel, der am Eingang des Büros stand, hätte den meisten Frauen Angst eingejagt.

Aber sie war nicht wie die meisten Frauen. Die zornig roten Narben, die ihren Rücken überzogen, waren der Beweis dafür. »Welcher Bruder?«, fragte sie und ließ eine gewisse Langeweile in ihren Ton einfließen. Ihre vier Brüder von der Straße. Obwohl sie nur mit einem blutsverwandt war, war die Verbindung zwischen ihnen nicht minder stark.

Calum schnaubte nur. »Das weißt du ganz genau.«

Ja, tat sie. Es war Ryker, der seine Hände und seinen Kopf in nichts anderem als dem Club hatte … und falls er ein Herz besessen hätte, wäre es ebenfalls darin gewesen. Schon vor Langem hatte der Boss des Clubs seine kalte, berechnende Herangehensweise unter Beweis gestellt, mit der er an alles – und jeden – heranging, die Geschwister, mit denen er auf der Straße aufgewachsen war, eingeschlossen.

Helena wandte ihre Aufmerksamkeit wieder den Zahlenreihen zu. »Sag ihm, ich bin noch nicht fertig.« Die Antwort war mehr an die Seite vor ihr gerichtet, während sie sich mit dem Bereich befasste, in dem am ehesten Einsparungen zu erzielen waren.

»Das wird ihm nicht gefallen«, erwiderte Calum gedehnt, und sie schaute auf, schnappte erschreckt nach Luft.

»Herr im Himmel.« Der Federhalter rutschte ihr aus den Fingern. »Musst du dich so anschleichen?«

Mit einer Größe von deutlich über eins achtzig und einem breiten Brustkorb hatte er eigentlich kein Recht darauf, sich so leise bewegen zu können. Diese Fähigkeit war ihm gut zupassgekommen, als er einer der geschicktesten Taschendiebe ganz Londons gewesen war, aber sie erwies sich als äußerst störend, wenn Helena sich konzentrieren wollte.

Er lehnte sich mit der Hüfte gegen die Schreibtischplatte und schaute sie auffordernd an. »Die Zahlen, Helena«, verlangte er, strapazierte ihre Geduld.

So glücklich sie sich auch schätzte, nicht irgendein uneheliche geborenes Kind zu sein, das sich auf der Straße verdingen musste, hegte sie doch eine tief sitzende Verärgerung über die Umstände ihres Lebens als Frau von vierundzwanzig Jahren.

»Will er sie jetzt?«, fragte sie scharf, zog sich die Brille von der Nase und warf sie auf den Schreibtisch. »Oder möchte er sie korrekt?«

Calum grinste. »Möglichst beides.«

Helena verdrehte die Augen, warf auch ihren Federhalter hin. »Nun gut.« Sie schob ihren Stuhl zurück.

Ohne sich darum zu kümmern, dass Calum die dunklen Augenbrauen bis zum Haaransatz hochzog, ging sie zur Tür.

»Wo zum Teufel willst du hin?«

Sie erstarrte mitten in der Bewegung und drehte sich zurück zu ihm. »Ich möchte mit Ryker …«

»Er ist unten«, unterbrach er sie, und jeder Hinweis auf Erheiterung war verschwunden, ersetzt durch ein finsteres Stirnrunzeln. Und mit Grund. Schon der Gedanke, dass Helena während der geschäftigsten Zeit in den frühen Morgenstunden einen Fuß in den Spielsalon setzen könnte, oder gar außerhalb des Clubs, war strikt verboten. Es hatte sogar dazu geführt, dass ein achtloser Türsteher gefeuert worden war, als sie vor zehn Jahren mal in die Räumlichkeiten gewandert war.

Helena verschränkte die Arme vor der Brust. »Ich bin hier zu Hause.« Der Ort, an dem sie mehr als ihr halbes Leben verbracht hatte.

Calum schnaubte und passte sich ihrer Haltung an. »Ich weiß, wo du zu Hause bist. *Du* auch, Helena?«

Sie biss die Zähne zusammen und drängte die endlosen Fragen und Bitten zurück, mit denen sie ihre Brüder in den vergangenen Jahren bestürmt hatte – es war vergeblich gewesen. Es gab vernünftige Gründe, dass sie unsichtbar blieb, aber sie spürte auch eine Rastlosigkeit in sich, schließlich war sie eine erwachsene Frau, die die Verantwortung für die Finanzen des Clubs trug.

Welche Macht besaß sie wirklich? In einer Welt, in der vornehme Gentlemen und Aristokraten bei Tag regierten und erbarmungslose Männer bei Nacht, waren Frauen nur am Rand geduldet. »Ihr haltet mich wie eine Gefangene«, erklärte sie halblaut. Sie warf einen verstohlenen Blick zu der Tür, die unter der Macht des ausgelassenen Gelächters aus dem darunterliegenden Stockwerk erbebte.

Calum legte ihr eine große Hand auf die Schulter, und sie versteifte sich. »Es gibt diese Regeln aus gutem Grund«, erklärte er mit rauer Sanftheit.

Seit Ryker Helena als Sechsjährige aus Diggorys Klauen gerettet hatte, hatte er ihr die Notwendigkeit von Regeln eingeschärft. Es gab immer nur Regeln, sonst nichts.

Sie hob den Blick und erwiderte Calums offen und ohne zu blinzeln. »Ich bin kein kleines Mädchen mehr, Calum.« Trotzdem sahen sie alle in ihr nur die junge Helena, die beschützt werden musste. Dabei war sie jetzt eins fünfundsiebzig groß und überragte sogar die meisten Männer.

»Nein, du bist kein Mädchen. Du bist etwas viel Gefährlicheres.« Er knuffte sie unter das Kinn. »Du bist eine Frau.«

Seufzend begab sie sich wieder zurück zu ihrem Schreibtisch. Ja, sie war eine Frau, die mit je einem Fuß in zwei völlig verschiedenen Welten stand. Sie würde nie zu den eitlen Gecken und Lebemännern gehören, die die Spielsalons bevölkerten, aber sie würde auch nie als vollwertiges Mitglied des »Hell & Sin«-Clubs gelten. Nicht als kleine Schwester des gefährlichen Ryker Black. »Er wird mindestens zehn Kisten mehr Brandy brauchen, bevor die Woche um ist.«

Calum pfiff. Dass er sonst nichts weiter sagte, sprach mehr als tausend Worte.

Helenas Ohrmuscheln schienen zu brennen, und sie schluckte den Protest herunter, der ihr schon auf der Zunge lag. In ihrer Welt machte man keine Ausflüchte. Man übernahm Verantwortung für die eigenen Entscheidungen und Taten. Selbst wenn man gar nicht wirklich schuld war. Trotzdem … »Ich hab ihm geraten, billigeren zu kaufen und dafür mehr.« Schon während sie die Worte aussprach, erkannte sie, wie nutzlos sie waren.

Calum warf ihr einen beredten Blick zu, unter dem ihr nur noch wärmer wurde und Hitze in ihre blassen Wangen stieg. Verdammte helle Haut.

»Ryker erwartet nur das Beste.«

Sie schob das Kinn vor, wusste, was Calum meinte. Ryker erwartete nur das Beste für seine Kunden und Genauigkeit von seinen Angestellten. Dass sie die Schwester des Besitzers war, bedeutete nichts. Was zählte, war, dass alle sich um ihre Pflichten kümmerten und die Spielhölle mit reibungsloser Effizienz führten, die dem Eigentümer die Taschen füllte.

Calum ging zur Tür, und sie rief ihm nach. »Vielleicht wäre es nicht verkehrt, wenn man mir erlauben würde, die Spielsalons zu betreten, dann könnte ich die Gewohnheiten unserer Gäste besser …«

»Nein.« Der stählerne Unterton in dem einen Wort hätte alle weiteren Bemühungen im Keim ersticken müssen.

»Aber …«

»Bleib bei den verdammten Zahlen, Helena.« Calum unterdrückte weitere Einwände mit einem finsteren Blick.

Sie reckte das Kinn. Ob nun Bruder oder einflussreicher Adeliger, sie ließ sich von niemandem einschüchtern. Genau wie Ryker, Calum, Adair und Niall darauf stolz waren, aus der Gosse der Londoner Straßen aufgestiegen zu sein und ein Imperium von Reichtum und Macht errichtet zu haben, so fand sie ebenfalls Befriedigung in dem, was sie persönlich erreicht hatte. Das kleine Mädchen aus Seven Dials, das weder lesen noch schreiben konnte, dafür fluchen wie ein Kutscher, hatte einen Sinn für Zahlen entwickelt, den selbst ihr lästiger Bruder nicht zu erreichen hoffen konnte.

Calum brach das Blickduell ab und sah weg. Er schaute zu den Rechnungsbüchern und deutete mit dem Kinn darauf. »Du kannst nicht um Mitternacht in die Spielsäle gehen, Helena«, erklärte er mit brummiger Sanftheit. »Während des Tages kannst du dich hier überall frei bewegen, und am Abend hast du die Rechnungsbücher, die dir alles verraten, was du wissen musst.«

Ja, die Zahlen verrieten ihr alles über das Räderwerk des Clubs. Aber nichts über die Welt außerhalb dieser erdrückenden

Mauern. Helena ballte die Hände zu Fäusten. Sie könnte ihren Protest genauso gut in den Wind sprechen. »Sag ihm, morgen früh habe ich weitere Zahlen für ihn.«

Calum nickte und ging zur Tür.

Wieder rief sie ihm nach: »Und Calum?« Er drehte sich um. »Und sag ihm auch, dass es klug wäre, sich zu überlegen, eine neue Bezugsquelle zu finden. Der gegenwärtige Lieferant haut ihn übers Ohr und liefert zerbrochene Flaschen.«

Ein ironisches Grinsen spielte um Calums Lippen. »Du bist vielleicht frustriert von deinen gegenwärtigen Umständen, Helena, aber du bist verflixt gut bei dem, was du tust.«

»Ich vermute, Diggory hat den Lieferanten unter seiner Fuchtel.«

Jeder Anflug von Belustigung verflog, wurde ersetzt durch eine ernste Miene.

Diggory, Anführer einer Gang, die ebenfalls aus Seven Dials stammte, besaß den rivalisierenden Club »The Devil's Den«. Doch wohingegen zu der Kundschaft des »Hell & Sin« alle Gesellschaftsschichten gehörten – Kaufleute, Aristokraten, Seeleute auf Landgang –, besuchte Diggorys Spielhölle nur der Abschaum der Menschheit.

»Ich werde es Ryker sagen.«

Sie nickte, dankbar, als er ging. Sobald sich die Tür hinter ihm geschlossen hatte, ließ sie die Schultern sinken. Obwohl Calums Abschiedsworte und sein Vertrauen in ihre Fähigkeiten die meisten mit Stolz erfüllt hätten, machten sie sie nur ärgerlich. Mit einem Fluch, der selbst die übelsten Halunken aus Seven Dials schockiert hätte, begann sie auf und ab zu laufen.

Wie sehr sie gegen Calums Behauptungen aufbegehrte! Wenn er ihre Frustration spürte, dann tat Ryker das ebenfalls, und jeder andere der Eigentümer, jeder Türsteher und jede Dirne im Club. Und sie hasste es, dass sie es sahen … Vor allem, weil sie dadurch wussten, dass sie selbst sich mehr wünschte als das Leben im goldenen Käfig. Auch wenn der ihrem Schutz diente.

So gut sie auch den Grund kannte, aus dem sie die Straßen von London zu fürchten hatte, verspürte sie dennoch das immer stärkere Verlangen, die Welt als erwachsene Frau zu sehen und wenigstens *etwas* Kontrolle zu haben. Kontrolle, die nicht nur auf dem Schutz ihres Bruders beruhte.

Sie blieb jäh stehen und starrte blicklos auf die Tür, während ihre schlichten grünen Seidenröcke um ihre Knöchel raschelten. Wie viele Jahre schon wurde ihr gesagt, wann sie wo sein durfte? Sie hatte eine bestimmte Rolle zu erfüllen, so wie es jedes der Geschwister tat, und sie sollten auf nichts anderes achten.

Tu es ja nicht, Helena … Tu dies nicht, tu das nicht …

Ohne sich um die Stimme der Vernunft, die die Litanei der Regeln in ihrem Kopf herunterbetete, zu kümmern, schritt sie zur Tür und öffnete sie. Das entfernte Dröhnen von lautem Gelächter und Gegröle drang über den Flur bis zu ihr. Bevor der Mut sie verließ oder sie wieder klar denken konnte, trat Helena auf den Korridor.

Sie hielt den Atem an und schaute sich verstohlen um. Leider waren ihre Büroräume selbst den treuesten Angestellten im Club strikt verboten. An verschiedenen Eingängen und Treppen waren Wachen postiert, um zu verhindern, dass Gäste, die sich verlaufen hatten, bis zu den Wohnräumen und Arbeitszimmern gelangten.

»Du tust nichts Falsches«, murmelte sie vor sich hin.

Es würde nichts passieren, wenn sie sich nach unten stahl und sich persönlich ein Bild von den Trinkgewohnheiten der Gäste machte, oder? Der gleichen Gäste, die ihre Berechnungen ins Chaos stürzten.

Helena erreichte das Ende des Flurs und begann die Treppe hinunterzusteigen. Sie blinzelte mehrmals, wartete, bis ihre Augen sich an das schwächere Licht hier gewöhnt hatten. Unheimliche Schatten, die die Kerzenleuchter warfen, tanzten über die stuckverzierten, weiß gestrichenen Wände. Panik drohte sie zu überwältigen.

Vielleicht war es die Erwähnung von Diggory, dem Dämon ihrer Vergangenheit, oder etwas ganz anderes, jedenfalls überlief sie ein eisiger Schauer. *Sieh nicht hin. Sieh nicht hin …* Nur dass ihr Blick, wie eine Motte vom Verderben angezogen, zu der roten Spitze der Flamme wanderte. Der sengende Geruch von Rauch und verbrannter Haut überflutete ihre Sinne, und sie griff Halt suchend nach dem Treppengeländer.

Helena atmete langsam und gleichmäßig, während die Erinnerungen auf sie eindrangen. Die furchtbaren Qualen, als Diggory ihre Haut mit einer brennenden Kerze malträtierte, ihre eigenen Schreie, ihr Flehen … *Stopp!*

Lautes Gegröle erklang, holte Helena zurück in die Gegenwart. Sie schloss die Augen, als die überschäumende Aufregung im Club weiter die Treppe hochflutete, beruhigend und sicher. Ganz gewöhnliche Geräusche, die die erinnerten Schreie übertönten. Helena rieb sich die feuchten Hände an ihren Röcken ab.

War das der Grund, warum Ryker sie von den Spielsalons und der Welt draußen fernhielt? Erkannte er, dass, obwohl es ihr gelungen war, zu überleben, in ihr immer noch diese Schwäche war? Sie riss sich zusammen, stieß sich von der Wand ab und stieg entschlossen weiter die Stufen hinab.

Das Holz knarrte unter ihren Schritten, aber der zunehmende Lärm aus dem unteren Stockwerk mit den Spieltischen und Salons verschluckte jeden Laut, den sie machte. Sie kam unten am Fuß der Treppe an und strich sich noch einmal mit den Händen über ihr Kleid.

Eine der Wachen fuhr zu ihr herum. *Verdammt und zugenäht.* Offenbar war jetzt der Tag gekommen, an dem sie, früher eine der geschicktesten Taschendiebinnen überhaupt, nicht einmal mehr unbemerkt an einem Aufseher vorbeikam. Ihr Mund verzog sich. Wie überaus frustrierend, als fünfjähriges Kind mehr Bewegungsfreiheit gehabt zu haben als eine Frau, die beinahe zwei Jahrzehnte älter war.

Oswyn runzelte die Stirn. »Miss Banbury?«

»Hallo, Oswyn.« Alle Frauen, die im »Hell & Sin«-Club angestellt waren, beherrschten das perfekt gefällige Lächeln. Angesichts des gequälten Verzerrens, zu dem sie ihre Lippen bewegen konnte, musste ihres mehr einer Grimasse als irgendetwas anderem ähneln. Der große, muskulöse Mann vor ihr kratzte sich seine Glatze.

Ihre Zunge fühlte sich auf einmal ganz dick an. *Er wird mich wieder zurück nach oben schicken.* Und wieder wäre sie weggesperrt, während der Rest der Welt ohne sie weitermachte. *Sag was. Sag irgendetwas …*

»Ryker möchte, dass ich die Spirituosenvorräte für den Rest der Woche inspiziere«, erklärte sie rasch. Was nicht gelogen war. Schließlich *war* ihr aufgetragen worden, die Zahlen zu berechnen. Diese Berechnungen jedoch erforderten keinesfalls einen Besuch hier unten. Wenigstens nicht Rykers Meinung nach. Nach Helenas hingegen … Nun, sie musste weiter vorsichtige Erkundigungen einholen, hier vor Ort.

Mit einem Nicken ließ Oswyn sie vorbei.

Sie zögerte. Wie oft hatte sie als junges Mädchen oben auf diesen Stufen gesessen und versucht, sich einen Reim auf die Unterhaltungen und das Gelächter der mächtigen Aristokraten und vornehmen Herren hier unten zu machen? Sicherlich wäre es nicht immer so einfach gewesen, sich Zutritt zu verschaffen? Oswyn sah sie fragend an, und das holte sie aus ihren Gedanken.

Rasch ging sie an dem Mann vorbei und betrat das Foyer. Eine Wolke Zigarettenrauch hing in dem riesigen Raum, brannte ihr in den Augen. Sie blinzelte mehrere Male und schaute sich gründlich um, machte sich damit vertraut, wie es hier während der geschäftigsten Stunden aussah.

Die Bleikristall-Kronleuchter spendeten so helles Licht, dass man beinahe meinen konnte, es wäre Tag, obwohl draußen tiefste Nacht herrschte. Hastig glitt ihr Blick über die überfüllten Räume, während sie nach Ryker suchte.

Nachdem sie kein Anzeichen von ihrem Bruder entdecken konnte, wagte sie sich weiter vor, hielt sich aber immer am Rand, gab sich Mühe, Blicken auszuweichen und unbemerkt zu bleiben – eine Aufgabe, die ihr die geschickt platzierten Säulen erleichterten. Mit wild klopfendem Herzen verbarg sich Helena hinter einer und musterte die Gäste.

Überall um sie herum wurde freizügig Alkohol konsumiert, und das Klirren von Glas auf Glas, wenn aus einer Flasche eingeschenkt wurde, war allgegenwärtig. Die Frauen des »Hell & Sin«-Clubs bewegten sich zwischen den Tischen hin und her, versorgten die Gäste ständig mit Nachschub. Helena überschlug schnell im Kopf, zählte stumm. Eins, zwei, drei … »Mindestens fünfzehn Kisten Whiskey«, murmelte sie vor sich hin. Und das war mit Rücksicht auf ihren sparsamen Bruder noch zurückhaltend geschätzt.

Sie betrachtete die Männer, die achtlos Gold- und Silbermünzen auf die Kartentische warfen, und schüttelte den Kopf. Sicher, ihre Freigebigkeit und ihre geöffneten Geldbeutel versorgten sie und jeden anderen Angestellten hier mit allem, was sie zum Leben brauchten. Doch trotz dieses Wissens hinterließ die Verschwendung dahinter einen bitteren Nachgeschmack bei ihr. War das Leben dieser Männer so langweilig und inhaltsleer, dass dies all die Freude war, die sie fanden?

Helena fiel wieder ein, weswegen sie hier heruntergekommen war. Sie schüttelte den Kopf und zählte weiter die Flaschen auf den Tischen in ihrem Sichtfeld. Während sie stumm alles im Geiste addierte, schüttelte sie erneut den Kopf. Ihr Bruder mochte ihr die Schuld für die mangelnde Bevorratung geben, aber die angeheiterten Herren hier sprachen dem Alkohol zu wie ein Mann in der Wüste, der ein Wasserloch in einer Oase gefunden hatte.

Und woher bitte soll ich das wissen, es sei denn, ich erhalte Gelegenheit, mir mit eigenen Augen ein Bild davon zu machen?

Um mehr Tische betrachten zu können, machte sie einen Schritt zur Seite, verhielt dann aber jäh mitten in der Bewegung.

Ihr Blick begegnete dem eines Paars leuchtend saphirblauer Augen. Die Zeit stand still, während der nächtliche Trubel in einem Wirbel gedämpfter Geräusche weiterging. In einer Welt, in der sie für die meisten unsichtbar war, entriss ihr die brennende Intensität des Blicks des Fremden alle Anonymität, und es hatte etwas Berauschendes, auf diese Weise wahrgenommen zu werden.

Ihr Herz setzte einen Schlag lang aus. *Vielleicht ist das der Grund, warum Ryker mich wegsperrt.* Nicht aus Sorge wegen dem, was Diggory ihr antun könnte, sondern vielmehr um sie davor zu bewahren, dieses unvernünftige Sehnen zu verspüren, das einer Frau den Verstand raubte.

Und dann bemerkte sie die Leere in der bodenlosen blauen Tiefe. Eine umfassende Traurigkeit und ein so heftiger Schmerz, dass er die Entfernung zwischen ihnen quer durch den Raum überwand und sie an Ort und Stelle bannte.

Auf eine Weise, die weiter als die Schönheit seiner wie gemeißelt wirkenden Züge mit der vornehmen Nase reichte, hob er sich durch die kaum verhohlene Qual von der ausgelassenen Menge um ihn herum ab. Er war eine einsame Gestalt, die sogar noch weniger als sie in diese Räume gehörte.

Der Gentleman mit dem goldblonden Haar nahm sich eine Flasche Brandy und schenkte sich rasch ein. Dann begegneten ihre Blicke sich erneut. Dieses Mal war in seinen Augen keine Trauer, sondern eine durchdringende Intensität, unter der ihr Puls sich beschleunigte.

Sie schluckte schwer. Kein Gentleman hatte das Recht, so goldblond zu sein, und dazu das Sinnbild männlicher Perfektion. Trotz der räumlichen Distanz zwischen ihnen vermittelten seine breiten Schultern und sein energisches Kinn eine Aura beherrschter Kraft. Die leichte Einkerbung verlieh …

Ein Dandy in orangebraunen Seidenhosen trat zwischen sie, holte sie jäh zurück in die Gegenwart.

Mit brennenden Wangen schüttelte Helena erneut den Kopf, zum dritten Mal, seit sie heruntergekommen war, und ging weiter. Schließlich hatte ihr Besuch hier unten nichts mit einem Adeligen zu tun, der viel zu attraktiv war, als gut für ihn sein konnte, sondern galt allein ihren Pflichten im Club.

Trotz der Sorgen, die ihre Brüder sich um ihr Wohlergehen und ihre Sicherheit machten, verhielt es sich nun einmal so, dass Helena auf der Straße aufgewachsen war. Sie mochte wie eine vornehme Dame reden und konnte so mühelos anspruchsvolle Texte lesen und verstehen, dass sogar ein Gelehrter aus Oxford beeindruckt gewesen wäre, aber sie konnte sich auch besser selbst schützen als die meisten Männer.

Am anderen Ende des Foyers erhob sich leises Summen, das allmählich anschwoll, und sie richtete ihre Aufmerksamkeit dorthin. Ryker durchquerte den Raum. Sein Gesicht war eine harte, unnachgiebige Maske, als er an einem Tisch nach dem anderen vorbeikam. Ein entsetzlicher Augenblick dehnte sich in eine

Ewigkeit, während sie darauf wartete, dass er sie entdeckte. Erst als er stehen blieb, um mit Calum zu sprechen, ohne auch nur in ihre Richtung zu schauen, wagte sie es, wieder zu atmen. *Gott sei Dank.*

Es war eine Sache, die eigene Freiheit zu genießen und sich ein gewisses Maß von Kontrolle zurückzuholen, aber etwas vollkommen anderes, sich diesem Mann offen zu widersetzen. Bruder hin oder her, Ryker Black würde niemals einen Verstoß gegen seine Regeln tolerieren – in seinem Club nicht und noch viel weniger von seiner Schwester.

Kapitel 3

Regel 3

Trinke niemals übermässig Alkohol.

Wenn Robert Dennington, Marquis of Westfield, noch einmal von einem Duke of Somerset manipuliert oder getäuscht werden würde, würde er seinen verdammten Verstand verlieren. Unter diesen Umständen entschied er sich für die willkommene Ablenkung, die ihm der Brandy bot. Besonders da er ihm half, nicht auf die neugierigen Blicke zu achten, die ihm folgten … Alles nur wegen der Lüge seines Vaters.

Seine Lippen verzogen sich zu einem zynischen Lächeln. Es war offenbar sein Los, von anderen manipuliert zu werden, und zwar von denen, denen er am meisten vertraute. Ältere Matronen und heiratswütige junge Damen betrachteten ihn neuerdings mit wachsendem Interesse, hatten den Herzogstitel im Blick. Nachdem in den Zeitungen über das bevorstehende Ableben des gegenwärtigen Duke of Somerset spekuliert worden war, schien es die wichtigste Nachricht in ganz England zu sein, ob Robert zu heiraten beabsichtigte.

Er gönnte sich einen weiteren Schluck aus seinem Glas. Oder vielleicht hatte er bereits den Verstand verloren. Darum saß er im Moment auch mit einer Flasche Brandy vor sich in einem Club, der entschieden weder vornehm noch respektabel war, und hatte fest vor, sich zu betrinken.

Nach seinem dritten Glas hatte er aufgehört, das Brennen des Alkohols zu spüren. Dann war er wohl schon auf dem besten Wege, sein gestecktes Ziel zu erreichen.

»Meine besten Grüße an Ihren Vater, Westfield.«

Ach, verdammte Hölle. Was sollte das? Die leisen, höflichen Worte lenkten ihn von seinem hehren Ziel ab, sich gepflegt einen Rausch anzusaufen, und zwangen ihn, seine Aufmerksamkeit dem Gentleman zu schenken, der an seinem Tisch stand. Lord Hubert, oder? Er runzelte die Stirn. Oder Lord Halpert? Nach vier Gläsern ausgezeichneten französischen Brandys war es ziemlich schwierig, sich an seinen genauen Namen zu erinnern. Lord Sowieso schaute ihn erwartungsvoll an.

Robert hob sein Glas und murmelte, was von ihm erwartet wurde, angemessene Dankesworte, die man jemandem sagte, der einem sein Bedauern über das bevorstehende Ableben des eigenen Vaters ausdrückte. Schließlich gab es gesellschaftliche Erwartungen an einen zukünftigen Herzog – und dazu gehörte auch, höflich zu Leuten zu sein, die man insgeheim am liebsten zum Teufel jagen würde, um sich um seine eigenen Angelegenheiten zu kümmern.

Dankbar, dass der Mann weiterging, leerte Robert sein Glas und griff nach der Flasche.

Man hätte nun mit einiger Berechtigung einwenden können, dass es in keiner Weise akzeptabel war, wenn sich ein zukünftiger Herzog in einer der übelstbeleumundeten und berüchtigtsten Spielhöllen von St. Giles betrank.

Andererseits standen Herzögen gewisse Freiheiten zu. Und sogar noch mehr einem Marquis, dessen Vater kurz davor stand, das Zeitliche zu segnen. Seine Lippen verzogen sich angewidert. Nachdem er ihm den Sommer über nicht von der Seite gewichen war, hätte Robert sich auf einen Handel mit dem Teufel persönlich eingelassen, um das Leben seines Vaters zu verlängern. Aber vielleicht hatte er das ja sogar getan. Denn sein Vorsatz, sein Versprechen, zu heiraten und seine Pflicht den Somersets gegenüber zu erfüllen, war ihm hiermit vergolten worden.

Im Angesicht der Täuschungen von Lucy Whitman und seinem Großvater würde er nun seinen Vater zu der Liste jener hinzufügen müssen, die ihn verraten hatten. Denn obschon diese beiden Männer versucht hatten, ihn zu beschützen, hatten sie es auf eine Art und Weise getan, die einfach unverzeihlich war.

Zugegeben, in seiner Jugend war er zu geblendet von der Illusion von Liebe gewesen, um auf die berechtigten Argumente seines Großvaters zu hören. Allerdings war er nicht länger dieser leicht zu beeindruckende junge Mann. Hätte sein Vater den Anstand besessen, mit ihm über die finanzielle Lage des Besitzes zu sprechen, hätte er ihm zugehört. Doch stattdessen hatte der Herzog ein hinterhältiges Spiel getrieben, einen Plan ausgeheckt, wie er besser zum verstorbenen Duke of Somerset gepasst hätte.

Mit dreiunddreißig Jahren wusste Robert genau, was von ihm erwartet wurde. Es war ihm allerdings nicht klar gewesen, was diese Erwartungen alles genau beinhalteten – bis heute. *Aber das ist nicht wirklich die Schuld deines Vaters.* Er umfasste sein Glas fester, sodass seine Fingerknöchel weiß wurden, denn sein Verrat schmerzte ausgerechnet am heutigen Tag heftiger.

Robert lockerte seinen Griff, schwenkte den Inhalt seines Glases im Kreis. In den vergangenen zwölf Jahren hatte er nur für sein eigenes Vergnügen gelebt, eine ziemlich sorglose und beinahe unmoralische Existenz. Wie hätte sein Leben ausgesehen, hätte er einen anderen Weg eingeschlagen, wenn sein Plan in jener lang zurückliegenden Nacht geglückt wäre? Dann wäre er jetzt ein Ehemann und vermutlich auch Vater. Er würde sich nicht mit heiratswütigen jungen Damen und ihren ehestiftenden Müttern herumärgern müssen.

Robert hob den Blick von seinem Glas und ließ ihn über das fröhliche Treiben um sich herum gleiten. Er war kein Vater. Er war kein Ehemann. Und nach den Enthüllungen seines eigenen Vaters heute war Robert mit seinen so jäh veränderten finanziellen Umständen nicht anders als jeder andere gelangweilte Gentleman, der an ebendiesem Pharotisch ein Vermögen verloren hatte.

Diese Wahrheit hatte etwas so Demütigendes. Er schürzte die Lippen und richtete seine Energie wieder auf sein Getränk. Morgen konnte er sich mit den Erwartungen befassen, die die Welt an ihn hatte. Jetzt aber würde er die Nacht damit verbringen, die verschüttete Erbitterung und die Trauer um das, was beinahe gewesen wäre, nunmehr aber niemals sein würde, zu nähren.

Eine junge Frau mit langem blonden Haar und einladendem Lächeln stellte sich neben ihn. »Hätten Sie gern Gesellschaft, Mylord?«, schnurrte sie mit kehliger Stimme, die höchste fleischliche Genüsse verhieß. Sie ließ ihre Finger über seinen Ärmel gleiten und lehnte sich dichter zu ihm.

Er musterte die üppige Dirne. In einer anderen Nacht und wenn er nicht so melancholisch gewesen wäre und dafür mehr daran interessiert, sich in den geistlosen Zerstreuungen des Clubs und dem feinen französischen Brandy zu verlieren, hätte er erwogen, mit der namenlosen Schönen nach oben zu gehen. Aber nicht heute Nacht. Heute war er allein wegen einer Sache hergekommen.

Er winkte ab. Angesichts seiner klaren Ablehnung verzogen sich die vollen roten Lippen der Hure zu einem Schmollmund, ehe sie sich einem anderen Gast zuwandte.

Raues Gelächter und das Klimpern von Münzen auf dem Filz der Spieltische hallten durch die Räume des Clubs, und die ausgelassene Stimmung schien Robert zu verspotten. Er hob den Schwenker an seine Lippen, erstarrte dann jedoch. Eine leichte Bewegung hinten im Foyer erregte seine Aufmerksamkeit – eine Frau hielt sich am äußersten Rand des Raumes auf. Vielleicht war es der grüne Farbtupfer ihres Kleides, eine helle, reine Farbe inmitten von all dem grellen Kanariengelb und dem dunklen Orange der Westen der Dandys, die sich hier drängten.

Robert ließ die Flüssigkeit in seinem Glas weiter kreisen und musterte die Frau, während sie um die Tische herumging, zwischen den Männern, die ganz auf die Karten und ihre Wetten konzentriert waren, hindurchhuschte. Mit Ausnahme der auffälligen Narbe auf der rechten Seite ihres Gesichtes war nichts Bemerkenswertes an ihr.

Das zu straff nach hinten frisierte Haar betonte ihre spitzen Gesichtszüge. Ihr Kleid umschloss den schlanken Körper mit den schmalen Hüften locker. Nein, sie besaß kaum irgendeine Art von verlockender Schönheit. Es war viel eher die Vorsicht, mit der sie sich bewegte, die ihn innehalten ließ.

Die Frau schritt nicht aus, sie schlenderte weder, noch hastete sie. Vielmehr schlich sie auf Zehenspitzen durch den Raum. Gelegentlich hielt sie inne und schaute sich verstohlen um. Neben einer Säule blieb sie stehen und ließ den Blick schweifen. Ihre vollen, perfekt geformten Lippen bewegten sich, als spräche sie zu sich selbst.

Und in dem Moment hob sich alle vorherige Melancholie von ihm, wurde ersetzt durch plötzliches Interesse. Wollte sie jemandem Geld stehlen? Oder war sie auf der Suche nach einem Bettgefährten?

Er fluchte, als eine hochgewachsene Gestalt vor ihn trat und ihm die Sicht auf die geheimnisvolle Frau versperrte. Robert lehnte sich zur Seite, versuchte einen weiteren Blick auf das elfengleiche Geschöpf zu …

»Du siehst schrecklich aus.«

Nun, das war nicht die gewohnte höfliche Begrüßung, die er im vergangenen Monat immer wieder mit zusammengebissenen Zähnen zu hören bekommen hatte. Mit brennenden Augen richtete er seinen Blick auf den Eindringling und blinzelte mehrmals.

Richard Jonas stand vor ihm. Was nicht wirklich schockierend für die meisten Herren wäre … außer für ihn. Kürzlich verheiratet, zudem überaus glücklich, verließ der passionierte Pferdezüchter nicht oft sein Land, und gewiss kam er nicht in skandalumwitterte Clubs.

»Jonas«, sagte er. Nachdem sein Freund jahrelang an gebrochenem Herzen gelitten hatte, nachdem die Frau, die er geliebt hatte, seinen Bruder geheiratet hatte, war es ihm schließlich doch noch vergönnt gewesen, sein wohlverdientes Glück zu finden. Auch wenn er ohnehin nur sehr selten London besuchte, war er ein noch seltenerer Gast, seit er aus Liebe geheiratet hatte.

»Ich bin geschäftlich in London«, erklärte Jonas. »Wegen des Verkaufs einer Stute für Lord Drakes junge Tochter.« Jonas deutete auf den leeren Platz neben ihm. »Darf ich?«

Robert deutete mit dem Kinn in Richtung Stuhl. Er hatte die Parade verschiedenster Gentlemen über sich ergehen lassen müssen, die sich alle nach seinem Vater erkundigt hatten, aber nicht einen einzigen eingeladen, sich zu ihm zu setzen. Doch Jonas war ein Freund, den er nie wegschicken würde. Und angesichts all dessen, was er heute erfahren hatte, war Robert dankbar für seine Gesellschaft.

»Deine Schwester hat Gemma kürzlich einen Besuch abgestattet.«

Robert runzelte die Stirn. Das waren schwerlich Neuigkeiten. Die beiden jungen Frauen, die sich aus irgendeinem Grund in der Rolle von Mauerblümchen wiedergefunden hatten, waren rasch enge Freundinnen geworden. »Ach ja?«

»Deine Schwester ist besorgt«, erklärte Jonas.

Robert runzelte die Stirn. Hatte Bea herausgefunden, wie schlecht es um die Finanzen der Familie bestellt war? »Besorgt?«, wiederholte er ausdruckslos.

Jonas schaute sich vielsagend um. »Wegen der Clubs, die du frequentierst.«

Erleichterung erfasste ihn. »Deswegen muss sich niemand Sorgen machen«, versicherte er seinem Freund. Das war das geringste Problem der Denningtons. In dem Versuch, das Gespräch auf ein Gebiet zu lenken, das nichts mit einer Rechtfertigung seiner Anwesenheit hier zu tun hatte, fragte Robert: »Wie geht es der reizenden Mrs Jonas?«

Sein Freund zog den Stuhl ihm gegenüber hervor und ließ sich darauf nieder.

»Es geht ihr gut.« In einer Wirbelwindromanze hatte Jonas sie getroffen, ihr den Hof gemacht und schließlich das Herz von Gemma Reed erobert. Was Robert nur wieder an die vermaledeite Hausgesellschaft und die Ränke seines Vaters erinnerte. Er nahm einen weiteren großen Schluck.

»Heute ist der Tag, nicht wahr?« Bei dem abrupten Themenwechsel versteifte sich Robert und schwieg, während sein Freund weitersprach. »Nach der Sache mit Miss Whitman bist du nie wieder derselbe gewesen.« Nein, war er nicht.

Bevor er seine jetzige Frau kennengelernt hatte, hatte Jonas eine andere geliebt, eine junge Dame, die ihr Herz Jonas' jüngerem Bruder geschenkt hatte. Insofern kannte er besser als viele andere den Schmerz, den ein gebrochenes Herz verursachen konnte.

Was ihm jedoch nicht klar war, was er nie erfahren würde, war, dass Robert sich an Lucy Whitman nicht voller Zuneigung erinnerte. Der Gedanke an sie diente vielmehr dazu, ihn an die Fehler zu gemahnen, die er gemacht hatte. An die Dummheit, geliebt zu haben. Und Jonas kannte auch gar nicht alle Details, wusste nicht, mit wem Robert seine ehemalige Flamme in flagranti ertappt hatte.

Jonas schüttelte den Kopf. »Mit der Zeit lässt es nach«, murmelte er und unterbrach damit Roberts Gedanken.

Robert blinzelte mehrere Male. So wie Jonas Robert kannte und angesichts dessen, wofür dieser Tag stand, musste Jonas glauben, dass er wegen des Geschehenen Trübsal blies.

»Du denkst, du wirst nie wieder Liebe finden, weil du nicht glaubst, dass dein Herz noch einmal solchen Schmerz ertragen kann.« Jonas schaute ihn an. »Was du jedoch herausfinden wirst, ist, dass es jemanden gibt, der dich verdient und der dir ein Glück beschert, wie es Lucy Whitman nie gekonnt hätte.«

»Lass dir versichern, meine Besuche in meinen Clubs haben nicht das Geringste mit Lucy Whitman zu tun.« Und ganz gewiss nicht mit einem gebrochenen Herzen. »Es ist mein Vater«, stellte er klar.

Sein Freund schaute von der beinahe leeren Flasche zu Roberts Gesicht und wieder zurück. »Das tut mir leid. Natürlich. In den Zeitungen wurde es erwähnt«, sagte er. »Der sich verschlechternde Gesundheitszustand des Herzogs.«

Robert verzog die Lippen zu einem ironischen Grinsen. »Er liegt nicht im Sterben.« Wenn ihn irgendwas dazu hätte bringen können, eine Ehe einzugehen, dann wäre es aber in der Tat der bevorstehende Tod seines Vaters gewesen.

Jonas hielt den Kopf schräg. »Wie bitte?«

»Er liegt nicht im Sterben«, wiederholte Robert. »Er hat gelogen.« Er leerte den Rest seines Glases und stellte es ab. »Allerdings war er ziemlich überzeugend.«

Verwirrung spiegelte sich in den Augen des anderen Mannes. »Warum sollte er so etwas tun?«

Robert blickte verstohlen zu den Tischen in der Nähe. Was sein Vater ihm heute mitgeteilt hatte, gehörte zu der Sorte Klatsch, die der Gerüchteküche auf Jahre hinaus Nahrung liefern würde. Doch der Mann vor ihm war ihm mehr Bruder als nur Freund. Robert rückte seinen Stuhl näher und stützte die Ellbogen auf den Tisch. »Mein Großvater hat riskante Geschäfte gemacht, die mein Vater in den vergangenen Jahren nicht hat korrigieren können.«

Jonas runzelte die Stirn. »Was …?«

»Unser Vermögen ist beinahe aufgebraucht«, erklärte Robert mit gedämpfter Stimme, aber diese Worte zum ersten Mal auszusprechen ließ sie mit einem Mal wirklicher erscheinen. Ihnen auf dem Fuße folgte Panik.

Der andere Mann lehnte sich in seinem Stuhl zurück. »Meine Güte.«

Mit einer Handbewegung fuhr Robert fort: »Das ist der Grund, warum mein Vater mich zur Ehe drängt. Nicht wegen seines bevorstehenden Ablebens.« Ein irgendwie rostiges Lachen entschlüpfte ihm. »Wie merkwürdig, zugleich erleichtert und fuchsteufelswild wütend zu sein.« Die Täuschung seines Vaters schien noch schlimmer im Angesicht dieses Mannes, dessen eigener Vater vor nicht mal zwei Jahren gestorben war.

Mit raschen Bewegungen schenkte sich Jonas einen Drink ein.

Schweigen breitete sich zwischen ihnen aus, zwei Männern, die seit ihrer Zeit in Eton befreundet waren, und während Robert trank, blieb Jonas bei ihm und leistete ihm Gesellschaft.

Schließlich war es Jonas, der das Schweigen brach. »Erwartet dein Vater denn, dass du eine bestimmte junge Dame heiratest?«

»Es wäre ihm lieber, wenn ich es aus«, Roberts Lippen verzogen sich höhnisch, »Liebe täte.« Ein Mitgiftjäger, der die Liebe fand. Er schnaubte abfällig. Das gehörte zu der Sorte Unsinn, wie man sie auf den Seiten der romantischen Romane fand, die seine Schwester so liebte. Und die augenscheinlich auch Roberts Vater für eine wesentlich realistischere Möglichkeit hielt, als dass sein Sohn die Lage zum Guten wendete. »Ironisch, nicht wahr?«, erkundigte er sich und nahm einen weiteren Schluck.

Sein Freund furchte die Stirn.

»Der Sohn eines Herzogs und die Tochter eines Herzogs, und keinem von uns beiden gelingt es, einen Ehepartner zu finden.« Doch angesichts des Versprechens, das er gegeben hatte, würde er wohl nicht darum herumkommen.

Jonas runzelte die Stirn. »Nun, das stimmt nicht ganz. Ihr seid beide …« Der Mann schien seine Gedanken zu sortieren. »Wählerisch«, entschied er sich schließlich.

Robert schnaubte nur abfällig, sagte aber nichts. Wählerisch in dem Sinn, dass Robert für sein eigenes Vergnügen lebte und Bea … nun, Bea hegte noch den romantischen Traum, dass eines Tages ein Mann des Wegs käme, der sie nur ihretwegen lieben würde und nicht wegen ihrer Abstammung.

Robert legte die langen Beine an den Fußknöcheln übereinander. »Das ist auch unerheblich, denn die Sache ist praktisch entschieden.« Wenigstens in den Augen seines Vaters. Der erwartete, dass, wenn die siebzehnjährige Tochter des Duke of Wilkinson in London eintraf, die lose vereinbarte Verbindung endlich festgezurrt wurde, um den Fortbestand der Somersets zu sichern.

»Und die betreffende Dame ist …?«

»Die Tochter des Duke of Wilkinson«, antwortete er.

»Ah«, machte Jonas und nickte.

Ja, was gab es dazu schon mehr zu sagen? Robert setzte sich anders hin. Aristokraten heirateten jeden Tag jüngere Frauen. Man erwartete es, und es war normal, aber dennoch … Da war etwas überaus Abstoßendes an der Aussicht, ein Mädchen zu heiraten, das mehr als fünfzehn Jahre jünger war als er selbst.

»Immerhin ist die Familie Verney ehrenwert.« Und wohlhabend. Das hing unausgesprochen zwischen ihnen.

Robert rutschte unruhig auf seinem Stuhl herum. Wenn er eine Verbindung eingehen musste, um die Finanzen seiner Familie zu retten, dann war er nicht besser als Lucy Whitman. Er ballte die Hände zu Fäusten. Er konnte nicht mit solch hässlichen Absichten heiraten. Sicherlich gab es doch etwas …

»Es tut mir leid«, erklärte Jonas ruhig und holte ihn damit aus seinen Überlegungen.

Robert zwang sich zu einem Lachen. »Du bist so hoffnungslos verliebt, dass du mich wegen meiner unromantischen, aber immerhin vorteilhaften Heirat bemitleidest?«

Sein Freund antwortete auf diese witzig gemeinte Bemerkung mit einem traurigen, durchdringenden Blick. »Ich hätte mir mehr für dich gewünscht.«

Robert wandte seine Aufmerksamkeit wieder seinem Brandy zu. Er hatte nie zu den Adeligen gehört, die Sonette verfassten oder Romantik vom Leben erwarteten. Er war von Kindesbeinen an für die Position des Herzogs erzogen worden und hatte früh gelernt, welche Erwartungen an ihn gestellt werden würden und welche Verpflichtungen es mit sich brachte. Er zuckte die Schultern. »Das ist nun mal der Lauf des Lebens«, sagte er mit einem Pragmatismus, der Jonas ein weiteres Stirnrunzeln entlockte.

Robert lockerte seine Schultern und blickte sich erneut im Club um, als er aus dem Augenwinkel wieder die seltsame Frau bemerkte.

Ihr schlichtes grünes Seidenkleid ähnelte so gar nicht den gewagten Kreationen, die die anderen Frauen trugen, die sich hier zwischen den Gästen bewegten. Durch ihre blassen Wangen ohne jegliches Rouge und die farblosen Lippen unterschied sie sich noch mehr von den Dirnen, die hier im »Hell & Sin«-Club angestellt waren.

Während ihr Blick umherhuschte, wuchs Roberts Neugier. Ihre Mundwinkel bogen sich nach unten, und wieder duckte sie sich hinter eine Säule, presste sich dagegen, als wünschte sie, mit dem weißen Stein eins zu werden.

Trotz seiner regelmäßigen Besuche hier hatte er das schlanke, hochgewachsene Geschöpf noch nie gesehen. Er leerte sein Glas. An jemanden wie sie hätte er sich erinnert. Sie war nicht so schön, dass sie mit den üppigen Frauenzimmern hätte konkurrieren können, die üblicherweise hier anzutreffen waren, aber dennoch nahm ihn der sehnsüchtige Schimmer in ihren grünen Augen gefangen.

Robert konnte nicht wegschauen. Diese Augen hatten nichts von der abgestumpften Härte in denen der meisten anderen Angestellten hier. Vielleicht würde das noch kommen. Bis jetzt jedenfalls war es ihr irgendwie gelungen, den Anschein von Unschuld inmitten einer Lasterhöhle zu wahren.

Sein früherer Wunsch, sich gründlich zu betrinken, verschwand, ersetzt durch Neugier auf die faszinierende Frau, die von Zeit zu Zeit hinter der Säule hervorspähte. Robert sah zu seinem besten Freund. Dessen Glas Brandy war beinahe unberührt, aber er hielt es zwischen beiden Händen, machte mit seiner Anwesenheit hier klar, dass Robert seine loyale Unterstützung besaß.

»Geh nach Hause zu deiner Frau«, sagte Robert ruhig. »Du musst nicht hier sein.« Früher mal, als Jonas an gebrochenem Herzen gelitten hatte, hatten sie zusammen bis zum Morgengrauen getrunken. Doch jetzt nicht mehr.

Und Robert mochte eines Tages Herzogs sein, aber er würde niemals einer dieser aufgeblasenen Idioten sein, die erwarteten, dass die Welt stehen blieb und sich nach ihnen richtete – nur wegen des Titels, der zu seinem Namen gehörte.

Jonas zögerte.

»Geh schon«, wiederholte Robert. Er wackelte mit den Augenbrauen. »Ich blase noch ein bisschen Trübsal, und dann begebe ich mich zu meinen Räumen. Mach dir keine Sorgen, dass ich mich auf den Straßen von St. Giles herumtreibe.«

Sein Freund nahm einen letzten Schluck Brandy und stellte das Glas ab. »Tu bloß nichts Unüberlegtes«, riet er ihm. »Wir sind über so etwas längst hinaus.«

Robert hob die Hand wie zum Schwur. »Ich geb dir mein Wort«, und sein gespielt feierlicher Ernst entlockte Jonas ein Lachen. »Danke«, sagte er noch schlicht, und das war genug, wie das leichte Nicken von Jonas bewies. Worte waren nicht nötig. Während Jonas' dunkelster Stunden hatte Robert neben ihm ausgeharrt, hatte in Spelunken über ihn gewacht, während er seine Sorgen im Alkohol ertränkt hatte. »Richte Mrs Jonas meine Grüße aus«, fügte er hinzu.

»Wenn es irgendetwas gibt, was ich tun kann, das dir hilft«, bot sein Freund an. »Irgendetwas …« Was er meinte, war klar. Robert musste nur fragen.

»Danke«, sagte er erneut. Aber seine Familie konnte jetzt nur noch von einem echten Zahlenkünstler gerettet werden.

Jonas nickte und verabschiedete sich mit einer knappen Verbeugung.

Robert starrte ihm nach, während Jonas durch den Club ging, bis er die Tür erreichte, die ihm ein Lakai öffnete. Dann war er fort. Trotz dem, was sein Freund sich in Bezug auf Roberts Familienstand erhofft oder gewünscht hatte, blieb die Verantwortung, den Fortbestand der Familie zu sichern. Als zweiter Sohn eines Viscounts hatte Jonas immer Freiheiten genossen, die einem Herzog nie gestattet werden würden. So war einfach, wie Robert schon angemerkt hatte, der Lauf der Welt.

Energisch Gedanken an zukünftige Bräute und herzogliche Verantwortlichkeiten beiseiteschiebend, wandte sich Robert erneut seinem Drink zu.

* * *

Kurz darauf – oder vielleicht auch etwas später, denn die Zeit war zu einem vage umrissenen Ganzen verschwommen – stand Robert vom Spieltisch auf. Der Raum schwankte unter seinen Füßen, bevor er sein Gleichgewicht fand. Er fasste die Kanten des Tisches und bewegte sich dann mit langsamen, genau bemessenen Schritten durch den Club. Die Begrüßungen und Bemerkungen, die man ihm zurief, klangen, als kämen sie durch einen langen Tunnel zu ihm.

Es schien ziemlich viel Gerede zu geben, oder? Am Hazard-Tisch um die Trunkenheit des Marquis of Westfield. Er blinzelte. *Moment. Der Marquis of Westfield bin doch ich.*

Er runzelte die Stirn, störte sich an der Verschwommenheit. Normalerweise betrank er sich nicht. Nun ja, heute Abend hatte er sich genau das vorgenommen, aber er hatte doch nur einen … Oder waren es zwei gewesen? Vielleicht sogar drei …? Er drehte sich um und schaute auf den leeren Brandy-Schwenker, der auf seinem Tisch stand. Ein einzelner bernsteinfarbener Tropfen hing am Rand. Waren es am Ende gar vier gewesen? Sicherlich hatte er doch nicht vier getrunken …

Er schüttelte den Kopf und fuhr so rasch herum, dass nur die Kante des Pharotisches verhinderte, dass er zu Boden stürzte. Der Geber teilte ihm sogleich mit ausdrucksloser Miene Karten aus.

»Danke«, murmelte er.

Die Karten verschwammen vor seinen Augen. Er warf sie hin. Jemand klopfte ihm auf die Schulter, und anerkennende Rufe erklangen rund um den Tisch.

Er verzog das Gesicht. Warum taten sie das? Der Croupier schob den Gewinn in Roberts Richtung. Der blinzelte angestrengt, hatte wieder Karten, die ihm den Gewinn sicherten, und sammelte seine Münzen ein, stopfte sie sich in die Rocktaschen.

Das Stimmengewirr im Club wuchs in seinem Kopf zu einem Dröhnen, bis sein Magen davon zu rumoren begann. Oder vielleicht war es auch von zu viel Brandy.

Während er sich seinen Weg in dem von Zigarrenrauch vernebelten Korridor suchte, hätte er sich am liebsten mit beiden Händen die Ohren zugehalten, um das laute Gelächter und die aufgeregten Rufe zu dämpfen. Er verließ den Spielsalon durch die Tür und gelangte an eine breite Treppe, die hinauf zu den Privatsuiten führte, die an Gentlemen vermietet wurden.

Robert fuhr sich mit einer Hand über die Augen, wünschte sich, er hätte nach der halben Flasche Brandy aufgehört. Eine ganze war viel zu viel. Wenigstens wenn danach von einem erwartet wurde, dass man – er spähte hinauf – eins, zwei, drei, vier …

Hatte er die vierte Stufe schon gezählt?

Er fluchte.

Er deutete mit dem Finger auf die mit einem dünnen, blutroten Teppich überzogene Treppe. »Eins … zwei … drei …« Zum Teufel, das hier funktionierte nicht wirklich. Vielleicht wäre es einfacher, hochzugehen und die Stufen dabei zu zählen.

Robert kratzte sich an der Stirn. Nur … *Warum zum Teufel zähle ich die überhaupt?*

Der Boden unter seinen Füßen kippte zur Seite, und Robert fasste nach dem Geländer, um sich abzustützen.

Ach ja, genau, die Sache mit den Täuschungen. Letztlich manipulierte jeder mal.

Er scheute vor der Wahrheit seiner eigenen mangelhaften Urteilskraft zurück, selbst all diese Jahre später, und richtete stattdessen seine Aufmerksamkeit auf drängendere Angelegenheiten: die Treppe hochzukommen, ohne zu stürzen und sich dabei das Genick zu brechen.

Was hatte er vor den niederdrückenden Erinnerungen an Lucy Whitman getan?

Ah, ja … Er hatte die Stufen zu seinen Privaträumen gezählt. Und zwar aus Gründen, an die er sich nicht mehr erinnern konnte. Robert holte langsam Luft und stellte seinen Fuß auf die erste Stufe, begann den langen, anstrengenden Aufstieg.

Auf halber Höhe sank er gegen die Wand. Er kniff die Augen zusammen und versuchte, den Boden mit schierer Willenskraft dazu zu zwingen, still zu halten. »Bin schließlich ein Marquis«, ermahnte er ihn. Bei diesen Worten wankte er wieder. Ja, es war etwas anmaßend von ihm. Und es wäre auch nicht günstig, die Treppe noch weiter gegen sich aufzubringen.

Er erreichte das obere Stockwerk und schwankte unsicher.

Robert fluchte, streckte beide Arme aus, um das Gleichgewicht zu halten.

Dann machte er vorsichtig einige Schritte auf dem langen, schmalen Flur, in dem mehrere Wandleuchter Licht spendeten. Er stolperte gegen eine Tür.

Eine Frau in einem bieder wirkenden, hochgeschlossenen Nachthemd erschien am Ende des langen Flures. Eine Frau, die ihm bekannt vorkam. Robert kniff die Augen zusammen, als eine Erinnerung an ein faszinierendes Geschöpf am Rand des Spielsalons durch sein vom Alkohol umnebeltes Hirn huschte. Das gleiche faszinierende Geschöpf, das nun den Arm hob und … Etwas Silbernes blitzte im Dunkel auf.

Er kratzte sich die Stirn. Vielleicht hatten die Männer im Club unten recht, und er hatte viel zu viel getrunken. Die Frau war ihm zuvor nicht wie eine Halsabschneiderin vorgekommen.

»Haben Sie da etwa ein Messer?« Er zuckte zusammen, als seine Stimme von den Korridorwänden widerhallte.

Die Frau mit den blitzenden Augen fixierte ihn, und dann kam die schmale Gestalt wie Wellingtons Männer, die den Angriff begannen, so rasch auf ihn zugestürzt, dass ihr Nachthemd und der Morgenrock ihr um die schlanken Fesseln flatterten.

»Allerdings«, murmelte er vor sich hin. Offensichtlich hatte er wohl doch nicht so viel getrunken, wie er zunächst gedacht hatte. Sie hatte tatsächlich eine Klinge in der Hand. Einen hässlich aussehenden Dolch, den sie wie eine Kriegerprinzessin schwenkte.

»Sie da!« Sie streckte ihm das Messer entgegen und fuchtelte in seine Richtung. »Was haben Sie auf dieser Etage verloren? Hier befinden sich Mr Blacks private Räume.«

Mit einem Mal klarer im Kopf, als er zuvor je gewesen war, benötigte Robert einen Moment, um die energische Tigerin zu betrachten. Mit ihren blassen, scharfen Zügen würde sie nie als Schönheit angesehen werden. Das schlichte Nachthemd betonte, wie schmal ihre Hüften und ihre Taille waren.

Doch so farblos die Frau auch sonst wirkte, in ihren grünen Augen glomm ein Feuer, das sie interessant erscheinen ließ. Das wurde noch verstärkt durch die Farbe ihrer Haare, die sie zu einem schmerzhaft straffen Chignon auf ihrem Hinterkopf frisiert hatte. Wobei … Er kratzte sich die Stirn. Welche Farbe genau hatte ihr Haar eigentlich? »Weder rot noch braun«, murmelte er vor sich hin. Rote Strähnen in Braun. Sicherlich gab es eine Bezeichnung für so …

Die Frau kniff ihre Augen zu schmalen Schlitzen zusammen. »Was haben Sie vor?«, fuhr sie ihn barsch an und schwenkte wieder ihren Dolch.

Robert hielt beschwichtigend eine Hand in die Höhe. Er konnte sich eine ganze Menge Dinge vorstellen, die er lieber mit diesem Drachen anstellen wollte, als von ihr niedergestochen zu werden. Für die Skandalblätter wäre es ein gefundenes Fressen, wenn der zukünftige Duke of Somerset in dem berüchtigten Club sein Leben verlor. Die Sache mit der Trunkenheit verblasste daneben zur Bedeutungslosigkeit.

»Ich muss zu meinen Räumlichkeiten.« Er deutete den Flur entlang, hinter ihre Schulter.

Die plötzliche Bewegung brachte sein Gleichgewicht in Gefahr. Er griff nach einer Türzarge, um nicht umzukippen, verfehlte sie aber. Oder bewegte sich die Tür? Aber wie sollte das möglich sein … Seine Hand stieß gegen die Klinke, als er schon vorwärtsfiel.

Robert keuchte und hob die Arme, um seinen Sturz abzufangen. Er landete hart auf seinen Handflächen, und Schmerz zuckte seine Arme empor. Mit einem Stöhnen rollte er sich auf den Rücken. Sein Blick blieb an einem Wandgemälde mit lächelnden vollbusigen Damen hängen, die einander nackt umarmten.

Er stöhnte, als sich die große, entschieden nicht zum Lächeln aufgelegte Frau über ihn beugte und ihm diesen erfreulichen Anblick versperrte.

»Ich habe gefragt, was Sie hier tun«, wiederholte sie und musterte ihn dabei kritisch. Robert öffnete den Mund, um ihr zu antworten, als sie ihn mit der Fußspitze anstieß, was ihm ein weiteres Stöhnen entlockte.

»Haben Sie mich gerade getreten?«, wollte er wissen, aber die Worte verschwammen zu einem. Verdammter Brandy. Wenn es je einen Moment für einen herzoglich-arroganten Ton gegeben hatte, dann war es dieser.

»Ja.«

Ganz schön kurz angebunden. Mit einem neuerlichen schmerzlichen Stöhnen, das in seinem dröhnenden Schädel nachhallte, hielt er sich eine Hand vor die Augen. »Konnte die Schönheit mit den süßen Lippen nicht finden.«

»Wie bitte?« Als er den scharfen Stich von Metall durch den Stoff seines Rockes spürte, riss er die Augen auf und ließ den Arm sinken. Er verharrte ganz still. Die Frau hielt den Dolch mit gleichbleibender, ruhiger Kraft.

Er schluckte und verkniff sich einen Fluch, war mit einem Mal stocknüchtern. Mit dem Tod bedroht zu werden hatte nun einmal diese Wirkung. Eine rasche Bewegung von ihr und eine unbedachte von ihm, und er hätte die glänzende Klinge in der Brust. Mit von zu viel Alkohol verwirrtem Verstand suchte er verzweifelt nach den schmeichelnden Worten, die ihm in den vergangenen Jahren beim weiblichen Geschlecht erfreuliche Dienste geleistet hatten. Es wäre wirklich keine gute Idee, eine Frau zu beleidigen, die eine Waffe auf einen gerichtet hatte.

»Äh …« Das war alles, was er zustande brachte. Er schüttelte den Kopf. *Ich werde nie wieder auch nur einen verdammten Drink anfassen.*

Die Frau kniff jedoch nur stärker die Augen zusammen. »Egal«, murmelte sie vor sich hin. »Sie müssen gehen.«

Etwas von der Anspannung wich aus ihm. Immerhin schienen sie in dem Punkt einer Meinung zu sein. Er … Sein Blick fiel wieder auf die gewagte Malerei mit den geflügelten Wesen. Robert versuchte etwas zu erkennen. Hatten sie wirklich Flügel? Wie vollbusige Engel. Eine reichlich lachhafte …

Seine Angreiferin trat ihn noch einmal in die Seite, was ihm wieder ein schmerzhaftes Stöhnen entlockte. »Haben Sie mich schon wieder getreten?«

»Ja.« Sie sprach mit zusammengebissenen Zähnen. »Raus mit Ihnen.«

Robert rappelte sich auf seine Ellbogen und versuchte aufzustehen.

Endlich ließ sie die Klinge sinken. »Bei der heiligen Johanna von Orléans und ihrer gesamten Armee«, stieß sie aus, und es klang ganz so, als würde sie gleich die Geduld verlieren. Dennoch hielt sie ihm ihre Hand hin. Die ohne Messer.

Er musterte sie wieder. Trotz ihrer ungewöhnlichen Größe war die Frau so schlank, dass sie gewiss ein stärkerer Windstoß umwehen konnte. Er grinste und legte seine Finger in ihre, wenn auch aus keinem anderen Grund, als die Hitze ihrer zierlichen Hand in seiner so viel größeren zu spüren.

Sie zog.

Vergeblich.

Die namenlose Fremde keuchte und zog noch einmal.

Sie strengte sich mehr an, und dann flog sie nach hinten und landete hart auf dem Po. Ihr Messer fiel zu Boden, und das Klappern wurde durch den dicken Teppich gedämpft. Sie saß mitten auf dem Flur, die Röcke hochgerutscht bis zu den Knien. Der strenge Knoten an ihrem Hinterkopf hatte sich gelöst, und einige Locken ihres rotbraunen Haars fielen ihr über die Schultern und bis zu ihrer schlanken Taille.

Er blinzelte mehrere Male. »Gütiger Himmel.« *Sie ist ja wirklich ziemlich … hübsch.* Auf eine seltsame, irgendwie zu große, scharfzügige Art und Weise. Auf eine Art und Weise, die er sonst nicht bevorzugte.

Die große Frau blies die Strähne zurück, die ihr in die Stirn gerutscht war. »Was ist los?« Selbst betrunken, wie er war, hätte er taub sein müssen, um nicht das Zögern zu hören, das in dieser

Frage mitschwang und das so gar nicht zu dem unerschrockenen Geschöpf passte, das ihn mit der Klinge bedroht hatte.

Angesichts ihres Austauschs bis hierhin wären Komplimente an sie verschwendet. Also ignorierte er die Frage und versuchte sich zu erheben.

Die Frau sprang auf und holte sich rasch ihren Dolch. Einen Moment später stand sie erneut vor ihm und hielt ihm die Hand hin.

Dieses Mal ließ er sich von ihr auf die Füße ziehen. »Ich brauche meine eigenen Räume, ein warmes Bad und was zu essen.« *Sonst ist mir morgen beim Aufwachen hundeelend.*

Ein wenig damenhaftes Schnauben kam ihr über die vollen Lippen. »Ich vermute, Sie wachen elend auf, egal, was Sie zu dieser späten Stunde noch zu sich nehmen, Sir.«

Sir?

Er kratzte sich die Stirn und schaute sich nach diesem »Sir« um, mit dem sie da sprach.

Sie seufzte. »Sie müssen dort entlang, Sir.«

Ach so, sie meinte *ihn*. Nicht Mylord, nicht Lord Westfield. Er stellte fest, dass ihm die Anonymität des einfachen »Sir« gefiel.

Missvergnügen blitzte in ihren ausdrucksvollen Augen auf, und sie machte eine ungeduldige Handbewegung. Robert schüttelte den Kopf und folgte der Richtung ihres ausgestreckten Fingers. Der Raum hob sich wieder, doch Robert gelang dennoch ein abgehacktes Nicken.

Die Frau schaute ihn von oben herab an. Er runzelte die Stirn. Als zukünftiger Duke of Somerset war er überall gern gesehen, junge Damen suchten seine Nähe, und die vornehmsten Gastgeberinnen schätzten sich glücklich, wenn er ihre Einladung annahm, und niemand hatte ihn je so herablassend gemustert wie diese Frau mit den blitzenden Augen, deren Verachtung selbst den trunkenen Nebel in seinem Kopf durchdrang.

War er in ihren Augen nicht besser als die leichtsinnigen, geistlosen Dandys, die ihr Vermögen an den Spieltischen unten verprassten und sich allabendlich betranken? »Ich muss Ihnen mitteilen, dass ich nicht übermäßig trinke«, bemerkte er. Denn irgendwie störte es ihn, wenn sie ihn in einem so ungünstigen Licht sah.

Sie schnaubte abfällig.

»Das tue ich wirklich nicht«, erklärte er indigniert.

»Das ist jetzt unerheblich«, erwiderte sie und warf ihr üppiges Haar nach hinten. Sie zeigte noch einmal hinter sich. »Sie müssen den Flur hinab an der Standuhr entlang …« Sie redete weiter. Der heisere, melodiöse Klang ihrer Altstimme lenkte ihn ab.

Die Erde schien sich unter seinen Füßen aufzubäumen, und er stürzte wieder, landete in einem unwürdigen Haufen zu Füßen des dolchschwingenden, blutrünstigen Hitzkopfes.

Sie fluchte lästerlich, die Worte vulgär genug, dass sie einem Gefängniswärter in Newgate die Röte ins Gesicht treiben würden.

Wie überaus erfrischend, dass ihre Reaktion inmitten all der geschliffenen Worte und des falschen Lächelns um ihn herum so unverstellt und aufrichtig war. Er grinste.

Die Frau stemmte sich die Hände in die Hüften. »Finden Sie das etwa lustig?«

»Äh …« Bei ihrem Blick erstarb ihm das Geständnis auf den Lippen. Er hätte es anders bezeichnet – als unterhaltsam oder abwechslungsreich, und ja, eigentlich auch lustig. Angesichts dessen, wie sich alles entwickelt hatte, war der gesamte Austausch irgendwie lustig. Der spitzzüngigen Fremden mit den blitzenden Augen bei ihren durchaus fantasievollen Flüchen zuzuhören war bei Weitem den Grübeleien vorzuziehen, die ihn heute hierhergeführt hatten.

Sie stieß ihn mit der Fußspitze an, und als er den Kopf zur Seite drehte, fiel sein Blick auf ihre zierlichen Zehen. Seltsam, nie zuvor war ihm aufgefallen, wie verführerisch Füße sein konnten. Er richtete seinen müden Blick auf ihren rechten Fuß und die leicht gekrümmte kleine Zehe. Wie überaus niedlich, diese kleine Unvollkommenheit an einem sonst perfekten Fuß.

Seine Lider wurden schwer, während ihre melodische Stimme über ihn hinwegspülte und ihn in den Schlaf lullte.

Kapitel 4

Regel 4

Nähere dich niemals einem Betrunkenen.

Mit Ausnahme ihres Bruders Ryker, seiner Partner und von Clara, die für die Prostituierten zuständig war, betrat niemand den Wohnbereich des Hauses.

Viele, nein, fast alle Frauen wären in Tränen ausgebrochen oder hätten einen hysterischen Anfall bekommen, wenn sie einen fremden Gentleman in ihrem Zuhause angetroffen hätten, aber es würde mehr als einen betrunkenen Mann brauchen, um Helena Banburys Herz mit Angst zu erfüllen.

Sie befand sich mit einem großen, muskulösen Unbekannten im Korridor der Suite des Besitzers im »Hell & Sin«-Club, und Rykers vierte Regel fiel ihr ein.

Nähere dich niemals einem Betrunkenen.

Wie häufig hatte er ihr diese Worte eingeschärft? Wenn ihr Bruder wüsste, dass sie so dumm gewesen war, dem Lärm selbst auf den Grund zu gehen, statt die Tür zu verschließen und nach einem Bediensteten zu klingeln, würde er tatsächlich eine Burg errichten und sie dort zu ihrer eigenen Sicherheit einsperren, wie er es immer angedroht hatte, als sie noch ein kleines Mädchen gewesen war.

Nur hätte Ryker diese Regel insoweit abändern sollen, dass sie lautete: »Nähere dich niemals einem muskulösen Gentleman, der einen halben Kopf größer ist als du selbst.« Denn dann war man wirklich im Nachteil.

Ein lautes Schnarchen kam von dem Mann, den sie früher am Abend schon im Spielsalon beobachtet hatte. Jetzt, betrunken und nicht sehr elegant, hatte er keinerlei Ähnlichkeit mehr mit der faszinierenden, etwas traurig wirkenden Gestalt, die allein an einem Tisch gesessen hatte.

Sie lehnte sich vor, den Dolch auf ihn gerichtet, und schwang die Klinge vor seinem attraktiven Gesicht hin und her. Also wirklich … Er war hier einfach eingeschlafen! *Hier!*

Helena stieß ihn mit dem Fuß an. Sie runzelte die Stirn, als ihre Bemühungen nur ein weiteres abgerissenes Schnarchen zur Folge hatten. Ein Teil der Anspannung wich aus ihrem Körper, als von der Bedrohlichkeit eines betrunkenen, unberechenbaren Fremden nichts mehr übrig war. Sie senkte ihre Waffe, und ihr Blick glitt unwillkürlich über ihn.

In den vergangenen Jahren hatte sie es sich zur Gewohnheit gemacht, die Adligen, die den Club besuchten, nicht genauer zu betrachten, nicht von ihrem Fenster aus und auch nicht in den Räumen, in denen sie sich tagsüber aufhalten durfte. Diese Männer waren unberechenbare Bestien, die nur eines im Sinn hatten, wenn es um eine Frau ihres Standes ging.

Die meisten Regeln, die Ryker ihr immer wieder eingeschärft hatte, drehten sich um die Verkommenheit von Aristokraten, die glaubten, dass Frauen nur existierten, um ihnen als Ablenkung von ihrem langweiligen, ach so ehrbaren Leben zu dienen. Sie durfte um keinen Preis ihre Aufmerksamkeit auf sich ziehen. Doch die Lektion, die sie von ihrer Mutter mit ihrem gebrochenen Herzen gelernt hatte, hätte da schon gereicht.

Oder vielleicht auch nicht, wenn man bedachte, wie sehr der Mann vor ihr sie faszinierte. Es war nur ... Sie biss sich auf die Innenseite der Wange.

Nervös blickte sie sich um. Andererseits konnte doch nichts Falsches daran sein, den vornehmen Lord einen Moment zu betrachten. Vor allen Dingen, wenn dieser vornehme Lord das in seinem bewusstlosen, betrunkenen Zustand nicht einmal mitbekam. Sie trat einen Schritt näher.

Der Fremde in seinem tadellosen schwarzen Rock und dem akkurat gebundenen weißen Halstuch war in der Tat faszinierender als jeder andere Mann, den sie je zuvor getroffen hatte. Sicher, sie hatte noch nicht viel von der Welt gesehen, aber seine unerklärliche Anziehungskraft hielt sie an Ort und Stelle. Vielleicht waren es die unmodisch langen goldenen Locken, die seinen Kopf wie ein Heiligenschein umgaben, oder das feste, energische Kinn, dessen Unnachgiebigkeit nur durch ein kaum wahrnehmbares Grübchen in der Mitte gemildert wurde.

Den Messerschaft noch immer fest umklammert, setzte Helena sich vorsichtig auf den Boden und fuhr mit ihrer Betrachtung fort. Mit seinen dunkelblonden Wimpern und den wie gemeißelt wirkenden, markanten Zügen war er viel hübscher, als ein Mann eigentlich sein sollte.

Sie schluckte schwer und ließ den Blick ein weiteres Mal umherschweifen. Wenn man sie entdeckte, würden ihre Brüder sie ins Irrenhaus stecken, wegen des offensichtlichen Wahnsinns, neben einem betrunkenen Adligen sitzen zu bleiben. Doch sie fühlte sich wie festgenagelt, hypnotisiert von der Perfektion vor ihr.

Ihr Herz schlug wild, und sie wandte ihre Aufmerksamkeit wieder dem Fremden zu, atmete erschrocken ein, als er die Augen öffnete und lächelte. Schmetterlinge machten sich in ihrem Magen breit. Wo waren die Angst und die Vorsicht? Sie hatte sich lange eingebildet, in allen Dingen stets logisch und praktisch zu handeln.

In dem schwach beleuchteten Flur hatte sie die Farbe seiner Augen zuvor nicht erkennen können. Endloses Blau. Die Farbe, von der sie sich vorstellte, dass ein Sommerhimmel auf dem Land sie haben würde. Nicht dass sie jemals die dunklen, dreckigen Straßen von London hinter sich gelassen hätte. Und sie würde es wahrscheinlich auch nie tun, um solche Überlegungen auf ihren Wahrheitsgehalt hin zu überprüfen. Aber sie stellte es sich so vor … genau so wie die Augen dieses Mannes.

Obwohl er betrunken war, bemerkte sie die Intelligenz in seinem Blick und eine Intensität, als könnte er jede närrische Sehnsucht erkennen, die sie sich sogar selbst nicht eingestand.

Augen, die auch verrieten, er wusste, dass sie ihn betrachtet hatte. Ein teuflisches kleines Grinsen stahl sich auf seine Lippen und holte Helena aus dem vorübergehenden Wahnsinn, der ihre Sinne umfangen hatte.

Sie errötete und sprang auf. »Sie müssen gehen.« Sie zeigte mit dem Finger auf die Standuhr. »Unverzüglich.«

Sie reckte die Schultern und stand da, die Hände in die Hüften gestemmt, bis der Eindringling auf die Beine kam und in die entgegengesetzte Richtung davonstolperte. Er bog um die Ecke, und sie entspannte sich leicht. Vom anderen Ende des Korridors drang ein lautes Geräusch an ihre Ohren, gefolgt von einigen interessanten Flüchen. Dann Stille, als er endgültig entschwand.

Sie schüttelte angewidert den Kopf und begab sich zurück zu ihren Räumen. Es war schon sehr traurig, dass eine kurze Unterhaltung mit einem betrunkenen Fremden den Höhepunkt ihres ansonsten langweiligen Alltags hier darstellte.

Sie erreichte ihr Zimmer und drückte die Klinke hinunter.

Wieder erfasste sie Unruhe, und sie begann im Raum auf und ab zu gehen. Was für eine Frechheit! Hier einfach betrunken einzudringen und auch noch das Bewusstsein zu verlieren. Sie klopfte sich mit dem Griff ihres Dolchs auf die Handfläche. Es wäre dem Schuft recht geschehen, wenn sie einen der Aufpasser gerufen und ihn hätte rauswerfen lassen.

Und warum hast du das nicht getan?

Die strategisch im Gebäude platzierten Wachen arbeiteten im Schichtdienst, und es stand immer jemand bereit. Nur ihr eigener Ausflug ins Stockwerk mit den Spielzimmern, den vollen Tischen und dem Gedränge der Gäste vorhin hätte dafür sorgen können, dass einer von ihnen seinen Posten verließ.

Ryker hätte einen derart pflichtvergessenen Angestellten umgehend mit einem Tritt in den Hintern auf die Straße gesetzt. Da sie wusste, wie es war, in Hunger und Angst zu leben, würde sie den Job eines Mannes nicht auf diese Weise aufs Spiel setzen … selbst wenn der einen schmerzlichen Mangel an Verstand bewiesen hatte.

Aber das ist nicht der einzige Grund, meldete sich eine Stimme in ihrem Hinterkopf. Denn wenn sie ehrlich war, zumindest mit sich selbst, waren ihre Gründe dafür, Ryker nicht zu rufen, nicht nur der, zu verhindern, dass eine Wache ihre Stelle verlor.

Hätte sie Alarm geschlagen, hätten die Männer ihres Bruders dem Fremden vermutlich nicht nur die Nase gebrochen, da er es gewagt hatte, die Räume zu betreten, die zu Helenas Zimmern führten – und eine so elegante, aristokratische Nase verdiente ganz sicher kein derart schreckliches Schicksal.

Erfüllt von unruhiger Energie ging sie zu dem intarsienverzierten Sekretär, auf dem die Geschäftsbücher lagen. Seit ihr Bruder die besten Lehrer für sie engagiert und sie in der verlässlichen Gleichförmigkeit dieser Zahlen innere Ruhe gefunden hatte, ergaben nur sie noch Sinn. Sie konnten verstanden und erklärt werden. Und mehr noch … Sie waren eine Ablenkung von den schrecklichen Erinnerungen aus der Zeit, in der sie auf der Straße gelebt hatte und der Gnade skrupelloser Schurken ausgeliefert gewesen war.

Helena ließ ihren Dolch auf das in Leder gebundene Buch fallen, das die Abrechnungen des letzten Jahres für den Club enthielt, und presste die Fingerspitzen gegen die Schläfen. Im Moment war ihr Geist zu verwirrt, um die Listen durchzugehen, die Ryker morgen von ihr erwartete.

Ruhelos zog sie den schweren saphirblauen Vorhang zurück und blickte hinaus auf die gefährlichen Gassen von St. Giles. Obwohl ihr Zimmer ein gutes Stück über dem Boden lag, drangen noch das Rattern der Kutschenräder und die wilden Rufe von unten zu ihr hoch. Sie lehnte die Stirn gegen das Fenster und beobachtete zwei Dandys, die aus dem Club gestolpert kamen, ein heller Fleck greller Farben in der dunklen Nacht. Wie klein ihre Welt war.

Neid erfüllte sie wegen der Freiheit, die Männern zugestanden wurde. Die Begegnung mit dem betrunkenen Fremden hatte all ihre tiefsten Sehnsüchte, die Welt jenseits dieser Mauern kennenzulernen, wiedererweckt. Oh, sie sehnte sich nicht nach der Gesellschaft eines Trunkenbolds. Sie hatte bereits zur Genüge unter den Fäusten eines dieser unberechenbaren Bastarde gelitten: des Mannes, bei dem ihre Mutter gelandet war, nachdem ihr Gönner ihrer überdrüssig geworden war und sie vor die Tür gesetzt hatte.

Aber wollte sie wirklich nur eine Buchhalterin sein und nichts anderes? Es waren nicht mehr so viele Jahre bis zu ihrem dreißigsten Geburtstag, und doch hatte sie London niemals verlassen oder mit irgendjemandem Umgang gepflegt außer ihrer angenommenen Familie im »Hell & Sin«-Club. War es ein Wunder, dass sie sich mit Zahlen wohler fühlte als bei Menschen?

Mit einem Seufzer ließ sie den Vorhang zurückfallen und griff nach dem Rechnungsbuch, das zuoberst auf dem Stapel lag, zusammen mit einer der vielen Brillen, die im Club herumlagen. Sie betrachtete sie, spielte mit dem Drahtgestell.

Sie war so zufrieden damit gewesen, sich um die Buchhaltung zu kümmern, dass sie nicht wirklich darüber nachgedacht hatte, wie ihre Zukunft aussehen sollte. Ihre Bewegungsfreiheit innerhalb und außerhalb des Clubs war immer weiter eingeschränkt worden, bis sie begonnen hatte, sich dagegen aufzulehnen. Trotz der wichtigen Rolle, die sie beim Erfolg des Clubs spielte, war sie im Großen und Ganzen immer noch … machtlos.

Gleichzeitig mit dieser Erkenntnis war ihr klar geworden, wonach sie sich sehnte: nach der Möglichkeit, dahin zu gehen, wohin sie wollte, der Freiheit, mit allen zu sprechen, und dem Recht, eine öffentliche Rolle bei der Führung des Clubs zu spielen, statt ihr Dasein als sorgsam gehütetes Geheimnis zu fristen.

Sie verdrängte ihre Erbitterung, setzte sich die Brille auf, nahm sich das oberste Rechnungsbuch und durchquerte den Raum. Sie hatte keine Zeit, fruchtlosen Gedanken nachzuhängen, vor allem nicht, solange ihr Bericht noch nicht fertig war.

Helena kletterte in das große Himmelbett und ging im matten Schein des Feuers im Kamin die Zahlen für die Spirituoseneinkäufe des letzten Jahres durch. Die Porzellanuhr neben ihrem Bett tickte störend laut, was sie immer wieder ablenkte.

Unwillkürlich wanderte ihr Blick von der Seite, mit der sie sich gerade befasste, zur Tür, genau wie ihr das Gesicht des Fremden noch einmal im Geiste erschien. Wer war er, der Unbekannte mit den traurigen Augen, der sein Leid im Alkohol ertränkt hatte?

Ihr ganzes Leben lang hatte sie von ihrem Bruder gelernt, Aristokraten als gefühllose Bastarde zu betrachten. Dabei hatte sie das schon aus eigener Erfahrung gewusst, wenn sie um ein Geldstück aus der Hand der Lords und Ladys gebettelt hatte, für die sie gar nicht existierte.

Und doch, die Tiefe der Empfindungen, die sie im schmerzerfüllten Blick des Mannes erkannt hatte, widersprach diesen lange für wahr gehaltenen Annahmen. Was für ein Schmerz war das, dass er in einer berüchtigten Spielhölle so lange trank, bis er bewusstlos wurde?

Sicher, ihr Bruder behauptete, dass alle Männer dem Alkohol zusprachen, aber als sie ihn im Club gesehen hatte, hatte so viel in seinen Augen gestanden. Intelligenz und Ernsthaftigkeit, die den meisten Männern gänzlich abging. All diese Gefühle waren unter dem Einfluss des Alkohols verschwunden, aber die Frage blieb bestehen, was ihn dazu getrieben hatte, seinen Kummer in der Flasche zu ertränken.

»Genug«, murmelte sie. Sie wusste, sie würde ohnehin nicht mehr arbeiten, und schloss das Rechnungsbuch mit einem befriedigenden Geräusch, bevor sie es auf den Nachttisch legte.

Es verriet viel über die Vorhersehbarkeit ihrer Existenz, wenn sie es zuließ, dass eine zufällige Begegnung ihre Gedanken beherrschte. Sie nahm sich die Brille ab und platzierte sie auf dem Rechnungsbuch.

Helena kuschelte sich tief in die daunenweiche Federmatratze … und starrte mit weit geöffneten Augen an die Decke. Sie runzelte die Stirn und bewegte sich unruhig hin und her. Zu viele Nächte hatte sie wach gelegen, sich vor den Albträumen gefürchtet, die sie überfielen, wenn sie einschlief.

Mit einem entnervten Seufzen drehte sie sich auf die Seite und blickte an die gegenüberliegende Wand. Ihre Unruhe heute Nacht hatte nichts mit den Dämonen ihrer Vergangenheit zu tun.

Vielmehr war es das verführerische Grinsen eines muskulösen Gentlemans, das durch ihre Gedanken geisterte.

* * *

Feste Lippen fanden die empfindsame Stelle an ihrem Nacken, wo ihr Puls flatterte. Stöhnend wand sich Helena unter dieser süßen Liebkosung. Als Reaktion darauf strich eine große, starke Hand über ihren Rücken, tiefer und immer tiefer. Jemand zog an dem Saum ihres Nachthemds. Finger glitten über ihre Haut, und sie bog den Rücken durch. Ein atemloser Schrei kam ihr über die Lippen.

Sein Mund verließ ihren Hals, und sie wimmerte protestierend, aber er wandte seine Aufmerksamkeit nur einer ihrer Brustspitzen zu. Ihre Hüften hoben sich vom Bett, während sie um mehr bat. In ihrer Unschuld wusste sie nicht, was dieses Mehr sein sollte, aber sie war sich sicher, er würde es ihr zeigen.

Und das tat er.

Ein weiteres Stöhnen kam über ihre Lippen, während er ihr züchtiges Nachthemd noch höher schob. Er strich mit seiner Handfläche über ihre Hüfte und zog sie an ihrem Hintern fest gegen seine harten Schenkel.

Hitze, wie von einem Sonnenstrahl, breitete sich in Helena aus, und das Gefühl füllte jeden Winkel ihres eben noch kalten Körpers …

Sie fuhr jäh hoch. Ihre Brust hob und senkte sich hastig unter der Erinnerung an ihren Traum. Nicht einer der Albträume, die sie so oft überfielen, sondern vielmehr eine Fantasie, die eine Jungfrau von vierundzwanzig Jahren nicht haben sollte. Während die Uhr immer noch überlaut in der Stille des Zimmers tickte, presste Helena sich die Hände gegen die flammenden Wangen und konzentrierte sich darauf, langsam und gleichmäßig zu atmen. Es war schamlos und skandalös und doch …

Sie schloss ihre Augen und versuchte die Erinnerung an den gesichtslosen Fremden, der zu ihr gekommen war, wieder heraufzubeschwören. Seine unidentifizierbaren Züge veränderten sich, bis er sich in den kühnen nächtlichen Besucher verwandelte, mit dem Gesicht und dem Körper eines griechischen Gottes, aus Marmor gemeißelt.

»Genug«, murmelte sie. Sie musste sich um ihre Zahlen kümmern. Sie musste sich immer um ihre Zahlen kümmern. Sie warf einen Blick zu dem Schlitz in den Brokatvorhängen und keuchte erschreckt auf. Sonnenlicht drang durch die schmale Öffnung. War es schon Tag? Sicher nicht. Ihr Blick zuckte zur Uhr. Zehn nach neun? Ein Stöhnen kam über ihre Lippen, und sie schlug die Hände vors Gesicht.

Sie legte darauf Wert, stets aufzustehen, bevor die Sonne über den Horizont stieg, und sie verschlief nie. Faulheit war eine unverzeihliche Sünde im »Hell & Sin«-Club, und die hohen Ansprüche, die Ryker an all seine Mitarbeiter stellte, galten auch für sie. Sie hatte viel Mühe darauf verwendet, wegen ihrer Position respektiert zu werden, wegen ihrer Arbeit für den Club, und nicht wegen ihrer Verwandtschaft mit seinem Besitzer.

Helena ließ sich in das weiche, noch warme Kissen zurückfallen. Sie schloss die Augen und ging im Kopf ihre täglichen Aufgaben durch. Sie musste sich um die Bücher kümmern. Sie musste immer noch den Bericht über den Spirituosenverbrauch für Ryker vorbereiten, und so ungeordnet, wie die Abrechnungen waren, und da sie noch immer im Bett lag, war sie weit im Verzug. Sie verspätete sich niemals – niemals –, wenn es darum ging, einen Bericht vorzulegen.

Da ertönte in der Stille ein lautes Schnarchen.

Helena riss den Kopf herum, und ihr Blick landete auf ebenjenem goldenen Fremden, der sich in ihre Träume geschlichen hatte. Erschreckt schnappte sie nach Luft, als die Erinnerung an ihren sündhaften Traum sie überfiel.

Es war ein Traum gewesen. Vielleicht war es immer noch ein Traum.

Rasch sah sie nach oben, konzentrierte sich auf den kaum wahrnehmbaren Riss in der Zimmerdecke, die tickende Uhr oder alles andere außer der Panik in ihrer Brust.

Sie legte den Kopf leicht zur Seite und wagte einen weiteren Blick. Oh, verdammte Hölle!

Die aristokratische Nase und die hohen Wangenknochen verliehen dem nächtlichen Wanderer selbst im Schlaf eine Aura von Kraft und Selbstbewusstsein. Ihr Atem kam in schnellen, hastigen Zügen, und sie presste die Lider zusammen.

Während sie lautlos einen Strom wüster Flüche ausstieß, zwang sie sich, den Mann anzusehen, der neben ihr lag. In ihrem Bett. Ihre Gedanken wirbelten wild durcheinander, und sie versuchte, sie zu beruhigen. Ihr Mund brannte immer noch von …

Sie presste ihre Finger auf ihre geschwollenen Lippen und unterdrückte ein Stöhnen. Er hatte sie geküsst. Helena schlug die Hände vors Gesicht. Wie hatte sie vergessen können, ihre Tür abzuschließen? Diese Regel war doch die einfachste von all den verdammten Regeln, die Ryker aufgestellt hatte.

Druck bildete sich hinter ihren Augen, während sie versuchte, sich an die Details dessen zu entsinnen, was geschehen war, nachdem es ihr endlich gelungen war, einzuschlafen. Sie musste durch ihre Begegnung im Korridor so abgelenkt gewesen sein, dass sie nicht daran gedacht hatte, hinter sich abzusperren.

Sie rieb sich die Schläfen in einem verzweifelten Versuch, aus dem schrecklichen Albtraum aufzuwachen. Umsonst. Ihr drehte sich der Magen um, während sie versuchte, zu ergründen, was ein Traum gewesen war und was tatsächlich Realität.

Und wenn er sie geküsst hatte … Ihre wirren Gedanken kamen zu einem abrupten Stopp und liefen dann panisch weiter. O Gott. Ihr Körper prickelte überall bei der Erinnerung an die Berührung des attraktiven Unbekannten. Was, wenn sie ihm unwissentlich ihre Jungfräulichkeit geschenkt hatte? Was, wenn sie sich ihm im Schlaf, irgendwo zwischen Traum und Fantasie, hingegeben hatte?

Helena biss sich fest auf die Unterlippe. Es war ihr gelungen, sich ihre Tugend zu bewahren, obwohl die meisten Kinder und Frauen, die ihr Leben auf der Straße fristeten, ihrer rasch beraubt wurden. Ganz sicher würde sie es doch wissen, wenn sie sie jetzt nicht mehr hätte? Eines der Mädchen, die bei Ryker angestellt waren, hatte sich die Freiheit genommen, Helenas Fragen zu beantworten, die sie zu den Vorgängen in den Zimmern hatte, die die mächtigen Adligen anmieteten.

Entschlossen, sich ihre Freiheit und Sicherheit zu bewahren, hatte Helena sich geschworen, niemals zu heiraten. Daher hatte sie diesen schon länger zurückliegenden Antworten nicht viel Aufmerksamkeit geschenkt. Jetzt wünschte sie sich, sie hätte es getan.

Sie ging im Kopf noch einmal durch, woran sie sich entsinnen konnte. Es war von Schmerz die Rede gewesen und Unbehagen und Blut. Sie wackelte vorsichtig mit dem Hintern und bewegte ihre Beine. Sie verspürte keinen Schmerz.

Vorsichtig hob sie die Decke an und hielt Ausschau nach irgendwelchen verräterischen roten Flecken. Stattdessen … Sie schluckte hörbar, als ihr Blick auf der breiten nackten Brust ihres Bettpartners landete. Helle Locken auf straffer Haut. Ihr wurde der Mund trocken, und sie suchte verzweifelt nach der viel sichereren Panik und Wut. Ihr Blick wanderte weiter nach unten.

Er hatte immer noch Hosen an.

Ob dieser kleinen Gnade sandte Helena ein Dankgebet gen Himmel.

Der Gentleman neben ihr ließ ein weiteres lautes Schnarchen hören, und sie zuckte erschreckt zusammen. Er legte ihr einen muskulösen Arm über den Bauch und hielt sie damit praktisch fest. Seine Körperwärme drang durch den dünnen Stoff ihres Nachthemdes.

In wilder Panik versuchte sie, ihn von sich zu heben, aber er hätte genauso gut aus Eisen gemacht sein können.

Wenn es ihr gelingen würde, sich unverzüglich anzuziehen und zu entkommen, würde niemand je erfahren, dass sie die Nacht mit diesem Mann verbracht hatte. Bei ihrer Abstammung und der Art und Weise, wie sie aufgewachsen war, würde sie nie eine ehrbare Dame werden, aber sie hatte ihre Tugend, und das bedeutete etwas in ihrer Welt, wo Mädchen ihre Jungfräulichkeit für eine Münze und eine warme Mahlzeit weggaben.

Sie presste sich die Hände gegen die Augen. Oder sie hatte sie wenigstens bis gestern Nacht gehabt. Panik machte sich in ihrer Brust breit und drohte sie zu ersticken.

Sie bewegte sich energischer und schaffte es, sich unter seinem Arm hervorzuwinden. Von ihm befreit verharrte sie. Sie hielt den Atem an und wagte einen weiteren Blick auf den Fremden.

Seine dichten dunkelblonden Wimpern hoben sich flatternd, Wimpern, wie sie kein Mann das Recht hatte zu besitzen. Er drehte den Kopf auf dem Kissen, und ihre Blicke begegneten sich.

Ein langsames Grinsen erschien um seine festen Lippen. »Sie«, sagte er heiser und verzog prompt das Gesicht.

Ohne Zweifel hatte der Alkohol ihm schreckliche Kopfschmerzen beschert. Das geschah ihm recht, dem verdammten Mistkerl.

Und weil er außerdem grinste wie die Katze, wenn sie eine der Küchenmäuse gefangen hatte, zischte sie: »Sie Bastard.« Wie konnte er es wagen, so … so … verdammt zufrieden auszusehen?

Sein Grinsen verschwand, und er blinzelte mehrmals.

Helena zog die Augenbrauen zusammen. Hatte er geglaubt, dass sie begeistert von seiner Anwesenheit in ihrem Bett sein würde? Wie eingebildet diese Aristokraten waren. Sie öffnete den Mund, um ihm eine ordentliche Abreibung zu verpassen.

»Was machen Sie in meinem Zimmer?«, fragte er mit rauer Stimme. »Nicht dass ich mich beschwere oder undankbar erscheinen will.« Er zwinkerte ihr zu.

Zwinkerte ihr zu!

Zwinkerte ihr zu?

Als wäre sie irgendein hergelaufenes Covent-Garden-Paradiesvögelchen. »Haben Sie mir gerade zugezwinkert?« Ihr leises Flüstern zitterte vor unterdrückter Wut.

»Ich …«

Sie wollte nicht noch mehr von seinen selbstgefälligen Äußerungen und versetzte ihm mit aller Kraft einen Stoß, um ihn aus dem Bett zu befördern. Sie keuchte, atemlos von ihrer Anstrengung, aber einen Moment später wurde sie mit einem lauten Plumpsen belohnt.

Er gab einen unartikulierten Laut von sich und war dann still.

Sie zog sich über den Rand der Matratze, um nach unten zu spähen. Ohne den Blick von ihm zu wenden, tastete sie an der Kante des Bettes entlang, um ihren Dolch zu finden. Erleichterung durchströmte sie, als sie unter ihren Fingern die beruhigende Kühle der Stahlklinge spürte.

»Sie hätten doch nicht in meine Räume kommen müssen, wenn Sie meine Aufmerksamkeit nicht wünschen«, erklärte er in diesem heiseren, trägen Bariton, bei dem es sie warm durchrieselte.

»Ihre Räume?«, quietschte sie. Mit steifen Bewegungen stieg sie vom Bett und trat ihn gegen das Schienbein. »Sie, Sir, sind in meine eingedrungen.« Sie hätte gestern Abend doch eine Wache rufen sollen. Dumm, wie sie war, hatte sie geglaubt, das Problem des herumwandernden Unbekannten sei gelöst, als sie ihm den Weg gezeigt hatte und er über den Flur verschwunden war.

So viele Fehler. Zu viele.

Der Gentleman wischte sich mit der Hand über die Augen. »Unmöglich«, murmelte er mit einer exakten Aussprache, die seine Herkunft verriet und sie nur noch wütender machte.

In einer Welt, in der man nichts Wertvolleres besaß als das eigene Wort, stellte dieser Mann ihre Ehre infrage? »Ich bin keine Lügnerin«, zischte sie und trat ihn wieder, dieses Mal in den unteren Bereich seines muskulösen Bauches. Wer hätte geahnt, dass Aristokraten in dieser Region so perfekt gebaut waren?

Wut loderte in seinen Augen auf, und er knurrte. »Wenn Sie klug sind, Madam, werden Sie es unterlassen, mich weiter zu treten.«

Helena sprach durch zusammengebissene Zähne. »Ich habe in meinem Leben schon viel bedrohlicheren Kreaturen gegenübergestanden«, und auch noch unbewaffnet, »als einem faulen, aufgeblasenen Gecken wie Ihnen.«

Er verzog unwillig den Mund. »Ich muss schon sagen, so eine Reaktion habe ich bisher noch nie erlebt, nachdem ich die Nacht im Bett einer Frau …«

Helena stieß ihn mit dem Fuß gegen die Hüfte. »So eine Frechheit«, fauchte sie wütend. Als würde sie jemals jemanden wie ihn in ihr Bett lassen. Einen Moment musterte sie ihn: vornehm, elegant, kultiviert. Alles, was sie nie sein würde. Und sich auch nicht wünschen sollte. Er blieb mit hochgezogenen Knien sitzen, sündig schön selbst in dieser Pose.

Sie schluckte hart. Regel siebenundfünfzig: Begehre nicht unerträglich überhebliche Aristokraten. Sie zog ihren Fuß zurück. Mit einer schnellen Bewegung griff er nach ihrem Knöchel und zerrte ruckartig daran.

Helena schnappte nach Luft und verlor beinahe das Gleichgewicht. Sie streckte die Arme aus, stellte sich gerade hin und trat ihm mit der Hacke fest auf die Hand. Befriedigung erfüllte sie, als er schmerzvoll die Luft zwischen den Zähnen ausstieß.

»Zur Hölle«, knurrte er.

Wieder umfasste er ihren Knöchel.

Sie stolperte vorwärts. Ihr Dolch flog über seine Schulter und landete nutzlos auf dem Boden. Gegen seine nackte Brust gepresst, sah sie entsetzt ihrer Waffe hinterher. Entwaffnet von einem arroganten Lord. Was würde ihr Bruder dazu sagen?

Helena versteifte sich, als ihr der Mann die Hände um die Taille legte, dort einen Moment verweilen ließ und dann nach oben schob, fast suchend, und sie erkundete. Er rollte sie auf dem Teppich unter sich, stemmte sich auf die Ellenbogen und verhinderte so effektiv ihr Entkommen.

Gehalten von seinen kraftvollen Armen schluckte sie hart. Waren Lords nicht eigentlich erbärmliche Gestalten mit Schmerbauch? Dieser Gentleman jedoch war muskulös wie die antiken Statuen, die sie einst im Britischen Museum gesehen hatte, als sie Ryker genötigt hatte, sie anlässlich ihres Geburtstags dorthin zu begleiten. Sie hatten beide missbilligende Blicke und herablassende Grimassen von den anderen Besuchern auf sich gezogen. Es war das letzte Mal gewesen, dass sie den Wunsch gehabt hatte, die Welt der guten Gesellschaft zu betreten.

»Mein Name ist Robert.«

Sie biss die Zähne zusammen. »Es ist mir egal, ob Sie ein Herzog oder Prinz oder der König von England sind.«

Ein kleines Lächeln spielte um seine Lippen, und er legte eine Hand an ihre Wange, unterbrach die Flüche, die sie ihm gerade an den Kopf hatte werfen wollen.

Ihr stockte der Atem. In ihrem ganzen Leben hatte noch nie ein Mann mit irgendetwas anderem als brutaler Gewalt seine

Hände auf sie gelegt. Ihr Bruder würde jeden, der es wagte, sie so anzufassen, wie dieser Aristokrat es gerade tat, verstümmeln oder umbringen. Für einen kurzen wahnsinnigen Moment schloss sie die Augen und akzeptierte die zärtliche Berührung.

»Ich erinnere mich nicht an letzte Nacht, an das, was nach unserem Treffen im Korridor passiert ist«, sagte er leise. Er strich ihr mit dem Daumen über die Unterlippe, und ihr Mund zitterte.

Lag Bedauern in seinen Worten?

Sie biss sich auf die Zunge, um still zu bleiben.

»Wie heißt du?«, wollte er von ihr wissen.

Sie warf einen sehnsüchtigen Blick zur Tür, und eine kastanienbraune Locke fiel ihr über das Auge. Sie blies sie zurück. Als deutlich wurde, dass er nicht vorhatte, sie loszulassen, gab sie auf. »Helena.«

»Helena«, wiederholte er, als würde er es ausprobieren. Er strich ihr die widerspenstige Strähne zurück. »Das passt zu dir.«

Vielleicht waren Aristokraten doch Hexer. Denn statt angemessene Zurückhaltung hervorzurufen, erregte sein harter Körper sie, erzeugte eine schamlose, leidenschaftliche Hitze in ihr. »Warum?« Das Wort kam ihr unwillkürlich über die Lippen.

Rupert führte die Locke an seine Nase und atmete ein. »Fantasievoll, wunderbar, kühn. Du hast nichts Gewöhnliches an dir, Helena.«

Sie krümmte die Zehen. Eine uneheliche Tochter, aufgewachsen auf der Straße, in einer brutalen Welt streitbarer junger Männer, war sie vor allem eines, und das war gewöhnlich.

Was nur den lange gehegten Hass und die Wut auf alle Männer seiner Art nährte, denen es nicht gelang, unter ihnen stehende Menschen wie sie wahrzunehmen, und es beendete den hypnotischen Bann, den er über sie geworfen hatte.

»Wie hübsch Sie Ihre Worte setzen«, hielt sie ihm vor. »Aber ich bin nicht so dumm, mich von Ihren Schmeicheleien beeinflussen zu lassen.« Tief in ihr, wo die Wahrheit wohnte, erkannte sie den Selbstbetrug. »Aber einem Mann, der sich in das Zimmer einer Frau und in ihr Bett drängt, ist das sicher egal.« Sie fing wieder an, gegen ihn zu kämpfen, wand sich unter ihm und entlockte Lord Robert ohne Nachnamen ein qualvolles Stöhnen.

»Halt still!« Da war eine Qualität in den Worten, als hätte er Schmerzen.

Dann fühlte sie seine Männlichkeit, die gegen ihren Bauch drückte, und erstarrte. Sie war noch Jungfrau, aber sie war nicht so unschuldig, dass sie nicht verstand, was diese Härte bedeutete. Hitze brannte sich einen feurigen Pfad durch ihren Körper.

Mit seinem Daumen fuhr er fort, diese kleinen Bewegungen zu machen, die die merkwürdigsten kurzen Schauer durch sie sandten. Er sprach weiter, sein Tonfall war viel sanfter, als sie es von jemandem wie ihm erwartet hatte. »Ich habe mich noch niemals einer Frau aufgedrängt.«

Nein, mit einem Gesicht und einem Körper, um die ihn der Erzengel Gabriel beneiden würde, hatte er das auch nicht nötig. Sie presste die Lippen zusammen.

»Und normalerweise betrinke ich mich auch nicht …« Fleckige Röte stieg ihm in die Wangen, als wäre ihm der letzte Abend peinlich. Was lächerlich war.

Aristokraten waren hemmungslose Mistkerle, die stets ihre eigenen Wünsche über die aller anderen stellten. »Ich trinke normalerweise nicht so viel«, beendete er den Satz leise.

Sie presste die Lippen zu einer festen Linie zusammen und wartete ab. Alle Gentlemen tranken so wie er gestern Abend. Der schrumpfende Wochenvorrat im Club bewies das.

»Sie müssen gehen«, erklärte sie, als ihr Verstand wieder richtig arbeitete. Ihre Nachlässigkeit, die letztlich dazu geführt hatte, dass er in ihr Zimmer gekommen war, war unerheblich, genau wie ihre empörte Wut. Jetzt war alles, was wichtig war, dass sie ihn loswurde, bevor …

Sie hörte Schritte auf dem Flur, und dann klopfte jemand an. Helenas Herz setzte einen Schlag aus, und ihr Blick zuckte zur Tür. »Bist du wach?«, fragte Clara durch die Holztür. »Ryker möchte dich in seinem Büro sehen«, fügte sie hinzu.

Helenas Gedanken überschlugen sich. Sie hatte keinen Termin mit Ryker ausgemacht. Warum also sollte er …

Das Ticken der Uhr hallte überlaut durch ihre Räume. Unwillkürlich wanderte ihr Blick zu dem Eindringling. Sie musste ihn hier rausschaffen – sofort!

Ein weiteres Klopfen dröhnte durch die Stille. »Helena?« Sorge klang im Ton der anderen Frau mit. Nun, vielleicht besser nicht genau jetzt sofort.

»Ich glaube, sie …«

Als er zum Sprechen ansetzte, riss Helena sich los und hielt ihm mit einer Hand hastig den Mund zu. »Äh … Einen Moment bitte«, rief sie und funkelte ihn wütend an.

»Hast du was gesagt?«

»Nein!«, antwortete sie.

Clara drückte den Türgriff herunter. »Ist alles in Ordnung? Soll ich Ryk…«

»Es ist alles gut. Mir geht es gut«, erwiderte Helena und versuchte, ihre Stimme ruhig klingen zu lassen. »Sag ihm, ich bin sofort da.«

Sie hörte, wie die Frau sich entfernte, wandte ihren Blick wieder zu dem Eindringling und fuhr sich mit den Fingern durch ihr vom Schlaf zerzaustes Haar. O Gott. Was, wenn Clara Ryker holte? Wenn er einen Mann in ihrem Zimmer entdeckte, würde er ihn erst prügeln, und dann würde er sie fragen, was sie sich dabei gedacht hatte, mit einem Adligen zu schlafen, und sie wusste schon, was dann passieren würde. Sie schloss wieder die Augen, wie erstarrt.

Verdammte Hölle. Das war schlecht. Wirklich ganz schlecht.

Kapitel 5

Regel 5

Sei immer bereit, dich angemessen zu verteidigen.

Robert täte vermutlich besser daran, die temperamentvolle Schöne loszulassen. Das war es schließlich, was ein Gentleman tun würde, und niemand im Land konnte Robert beschuldigen, irgendetwas anderes zu sein. Nun, vielleicht ein Schurke … Aber niemals ein Wüstling, der sich einer Frau aufdrängte, die seine Aufmerksamkeiten gar nicht wollte.

Als er die zu dem Zeitpunkt noch namenlose Wildkatze unter sich festgehalten hatte, hatte er eigentlich nur ihren Angriff möglichst rasch abwehren wollen. Jetzt, da sie keinen Dolch mehr in der Hand hatte und sie ihre Füße nicht mehr frei bewegen konnte, wandte er sich angenehmeren Details zu. Ihr kleiner Busen presste sich gegen seine nackte Brust, die Spitzen deutlich spürbar. Verlangen durchströmte ihn, beraubte ihn für den Moment jeder Logik und ließ ihn all die wüsten Drohungen aus dem Mund dieser Frau vergessen.

Er legte seine Stirn gegen ihre.

In ihren Augen blitzte es. »W-was tun Sie da?«, flüsterte sie, und ein leichtes heiseres Zittern verriet ihr Verlangen.

»Ich küsse dich.« Denn auch wenn sie niemals die Schönheit besitzen würde, die Poeten zu Sonetten inspirierte, war sie doch überaus reizvoll.

Sie quietschte auf. »Das werden Sie ganz sicher nicht tun. Nicht wenn Sie nicht Rykers Zorn zu spüren bekommen wollen.« Doch statt sich abzuwenden, schloss sie die Augen und drehte den Kopf ein klein wenig, so als bäte sie um seinen Kuss.

Er lächelte. Die temperamentvolle kleine Hexe war wahrlich ein Rätsel.

»Also gut«, sagte er langsam, und Helenas Augen öffneten sich abrupt. »Wer ist Ryker?« Er legte seine Hand auf ihre Taille, um ihre betörenden Bewegungen zu unterbrechen.

Ihre Augen wurden groß und rund. »Äh … Mr Black. Ihm gehört der Club.« Ah, der berüchtigte Besitzer der Spielhölle, der nur als Black bekannt war. »Er würde es nicht dulden, dass irgendjemand in die Privaträume eindringt oder mich anfasst.«

Dann war sie also Blacks Mätresse. Robert verspürte jähe Enttäuschung. Mit ihrem Witz und ihrer Leidenschaft war sie vermutlich eine enthusiastische Geliebte. Der skrupellose Mann würde ganz gewiss keine Gnade walten lassen, wenn ihr jemand zu nahe kam. »Dann erwartet er also Treue.«

Helena reckte das Kinn. »Sein Tun fordert von uns allen Loyalität.«

Eine Welle der Eifersucht, stark und mächtig, durchströmte ihn bei diesem Beweis ihrer Ergebenheit. Da er selbst Verrat und Betrug erfahren hatte, hatte er schon vor langer Zeit akzeptiert, dass keine Frau je wirklich ehrenhaft handelte, sondern dass sie stets nur ihren eigenen Vorteil im Blick hatten. Doch diese Frau widersprach allem, was er für eine unumstößliche Tatsache gehalten hatte.

»Vielleicht«, flüsterte er an ihrem Ohr, forderte sie bewusst heraus. »Aber deine Atemlosigkeit verrät dein Verlangen nach mir.« Robert hauchte ihr einen flüchtigen Kuss auf die Lippen und ließ zu, dass sie sich ihm entzog. Doch sie schmiegte sich an ihn, erwiderte den Kuss. Robert löste sich von ihr, und sie blinzelte verwirrt.

Ein Keuchen kam ihr über die Lippen, und sie riss ihr Knie hoch. »Bastard«, presste sie zwischen zusammengebissenen Zähnen heraus, während er gerade noch rechtzeitig ausweichen konnte. »Ich will, dass Sie verschwinden, und wenn Sie klug sind, kommen Sie auch nicht zurück.«

Ohne Zweifel waren das die wahrsten Worte, die je in diesem Club gesprochen worden waren. Und doch …

Mit einem unartikulierten Laut rollte er sich zur Seite und zog sie in einer geschmeidigen Bewegung mit dem Rücken an sich. Die kleine Hexe wackelte mit ihrem runden Hintern, und er wurde hart. Mit einem Stöhnen schloss er die Augen und zählte bis zehn.

Er betrachtete aufmerksam ihr Gesicht, dann beugte er sich vor. »Willst du, dass ich dich loslasse?«, flüsterte er an ihrem Ohr.

Ihre langen braunen Wimpern flatterten heftig, und sie presste sich an ihn, schüttelte leicht den Kopf.

Nach Lucys Betrug hatte er erkannt, dass bei einer Frau einzig auf das Vergnügen, das man in ihren Armen finden konnte, Verlass war. Robert drehte sie geschickt so schnell um, dass ihre Körper nie den Kontakt verloren.

»Was wollen Sie tun?« Ihre atemlose Frage weckte all seine Sinne.

Er berührte ihre Unterlippe mit einem Finger. Selbst so betrunken, wie er gestern Abend gewesen war, hatte er sie anziehend gefunden. Auch wenn sie wahrlich keine klassische Schönheit besaß, gab es etwas Echtes an dieser Frau, das sie von all den ehrbaren Ladys oder weniger ehrbaren Kurtisanen unterschied, die er bisher getroffen hatte. »Dich noch mal küssen.«

Er wappnete sich für das Aufblitzen in ihren ausdrucksvollen Augen. Stattdessen kam ihr ein leiser Seufzer über die Lippen – ein leichter Luftzug strich über seine Haut –, und sie ließ den Kopf zurückfallen.

Verlangen erfasste ihn, und Robert senkte seinen Mund auf ihren. Wenn sie ihn auf irgendeine Art zurückwies, würde er das respektieren. »Ich weiß nicht, wie ich in deinem Bett gelandet bin, nur dass es so war. Das Einzige, was ich bereue, ist, dass ich zu verdammt betrunken war, um mich daran zu erinnern, wie du dich in meinen Armen anfühlst.«

Sie atmete scharf ein.

Er erinnerte sich nicht, was vorgefallen war, falls überhaupt etwas vorgefallen war, und das war wirklich tragisch. »Und wenn ich dich jetzt gehen lasse, wenn ich dich einfach so freigebe, werde ich das mein Leben lang bereuen.«

Nur dass er vermutete, dass ein einfacher Kuss nicht genug sein würde, nicht nachdem er ihre Hüften und die Rundung ihres Hinterns gestreichelt hatte.

Er fuhr mit der Zungenspitze über den Rand ihrer Lippen.

Ihr Atem strich heiß über seinen Mund. »Das … das sollten Sie nicht«, protestierte sie halbherzig.

Er berührte ihre Mundwinkel. »O doch«, flüsterte er. »Darf ich dich küssen?«

Überraschung flammte in ihren Augen auf, aber sie erwiderte nichts, und mit einem Stöhnen eroberte er ihre Lippen. Der verführerische Duft von Lavendel und Zitrone, der ihrer Haut anhaftete, verwirrte ihm die Sinne, betörender als der ganze Brandy, den er letzte Nacht zu sich genommen hatte, und er vertiefte den Kuss.

Mit einem Seufzen zog sie die Arme zwischen ihren Körpern heraus und schlang sie ihm um den Hals, und er presste sie fester an sich.

Ein tiefes, ersticktes Keuchen entschlüpfte ihr, und er verschluckte das Geräusch. Robert schmeckte sie, erkundete sie, machte sie zu der Seinen.

Ihre Schenkel öffneten sich einladend. Schnell schob er ein Knie zwischen ihre langen, schlanken Beine und begann, sich in einer langsamen, rhythmischen Bewegung an ihr zu reiben.

»Bitte«, stöhnte sie und presste sich gegen ihn.

Er ließ seine Hand zwischen sie gleiten und streichelte sie.

Ein leise klagender Laut entschlüpfte ihr, und wieder schluckte er das betörende Geräusch. Er löste sich von ihren Lippen und zog eine Spur von Küssen über ihr Kinn zu ihrem Hals, dann weiter herunter zu der sanften Wölbung ihrer sahneweißen Brüste, und nahm schließlich eine Brustspitze in den Mund.

Sie griff nach seinem Kopf und hielt ihn fest.

Verlangen durchströmte ihn, und er zog ihr Nachthemd hoch. »Helena«, hauchte er an ihrer Haut.

Sie schlug die Augen auf, Entsetzen trat auf ihr Gesicht, und in einer schnellen Bewegung riss sie ihr Knie hoch.

Mit einem schmerzlichen Zischen rollte er sich weg, versuchte sich mit den Händen zu schützen.

Empört sprang Helena auf. »Wie … wie können Sie es wagen …!«

»Schale Worte, Prinzessin«, keuchte er heiser und kam trotz seiner unerträglichen Schmerzen auf die Füße.

Sie hatte die Hände in ihr Nachthemd gekrallt, öffnete und schloss die Finger. »Wie können Sie es wagen!«, wiederholte sie.

Ihre Augen waren weit geöffnet. Sie schaute sich suchend um, und er folgte ihrem Blick zu einem metallischen Schimmer auf den Dielen. Seine Muskeln spannten sich, und er war bei dem Dolch, bevor die Furie es sich in den Kopf setzen konnte, ihm die Klinge ins Herz zu rammen. Oder Schlimmeres …

Helena stolperte rückwärts. »Geben Sie mir sofort meine Waffe, Sir.«

Wenn sie ihn nicht gerade eben erst fast entmannt hätte, hätte er sich wegen der Panik, die er in ihrer Stimme hören konnte, wie der übelste Schuft überhaupt gefühlt.

Aber er hielt den Dolch weiter hoch, sodass sie nicht drankam. Falls sie auch nur für einen Augenblick glaubte, dass er vorhatte, einer Frau eine Waffe an die Hand zu geben, die so wütend war – eine Wut, die ihm galt –, war sie verrückter als der alte König George selbst. »Weißt du, was?«, sagte er. »Ich glaube nicht, dass ich das tun werde.«

Während er sein zerknittertes Hemd nahm und es sich umständlich über den Kopf zog, füllte ein ganzer Strom überaus einfallsreicher Flüche den Raum. Es machte ihm großen Spaß, die Wut der Frau zu ignorieren, während er in seinen Rock schlüpfte.

»Haben Sie mich gehört?«, fuhr sie ihn an. Ihre Brust hob und senkte sich hektisch.

Er setzte sich auf die Bettkante, wo die Laken noch immer von ihrer gemeinsam verbrachten Nacht verknittert waren, und zog sich einen Stiefel an. »Welchen Teil?«, fragte er gedehnt. »Das Anzweifeln meiner Abstammung väterlicherseits?«

Robert hielt inne, griff nach seinem anderen Stiefel und hob eine Braue. »Oder deine Mutmaßungen über meine vermeintliche Vorliebe für widernatürliche Handlungen mit einer Hündin?«

Sie biss die Zähne so fest zusammen, dass er ein Knirschen hören konnte. »Ich habe gesagt, ich will meine …«

»Ich werde dir deinen Dolch geben. Sobald ich bereit bin, mich zu verabschieden. Ich wäre verrückt, mich darauf zu verlassen, dass du mir diese Klinge nicht in den Magen rammst.«

Wenn Blicke töten könnten, läge er bereits leblos auf den Dielen am Fußende ihres Bettes. »Ich würde es Ihnen nicht in den Bauch rammen.«

Genau wie er vermutet hatte. Er wackelte mit den Augenbrauen. »Das erfüllt mich nicht unbedingt mit Vertrauen darauf, dass es klug wäre, dir die Waffe zurückzugeben«, erwiderte er. Er fuchtelte mit dem Dolch vor ihr herum, und die Frau verfolgte die Bewegungen mit wütendem Blick. »Aber sei wenigstens ehrlich, Prinzessin. Ich habe dir die Möglichkeit gegeben, meinen Kuss abzulehnen.«

Er nahm die Klinge kurz zwischen die Zähne, damit er sich den anderen Stiefel anziehen konnte. »Gewöhnlich trinke ich nicht so viel und zwinge meine Aufmerksamkeiten auch nicht Frauen auf, die daran nicht interessiert sind«, erklärte er, nachdem er die Klinge wieder in der Hand hielt. »Und ich habe mir dein Stöhnen und die Wärme zwischen deinen wunderschönen Schenkeln auch nicht eingebildet.«

Röte überzog ihre Wangen, eine Reaktion, die nicht zu den erfahrenen Frauen passen wollte, die in diesem Sündenbabel lebten. »Bei Gott, wenn Sie mir meinen verdammten Dolch geben, werde ich ihn Ihnen ins Herz rammen, Sie Bastard.«

Nun, diese giftigen Worte waren schon eher, was man von jemandem erwarten würde, der in einer Hölle wie dieser lebte.

Er hatte vorgehabt, ihr den Dolch zurückzugeben. Aber er wäre ein Narr, wenn er ihr irgendeine Waffe überlassen würde. Als es Robert endlich gelungen war, sich den Stiefel anzuziehen, stand er auf.

Das Aufkeuchen der Teufelin hallte durch den Raum. »Was tun Sie da?«, rief sie, als seine Finger sich um den Türgriff schlossen.

Robert hielt inne und warf ihr einen Blick über die Schulter zu. »Das, was man normalerweise Sich-Verabschieden nennt,

Madam.« Er hatte schon die Tür geöffnet, als ein leiser Schrei von ihr kam.

»Sir, mein Dolch!«

Er trat durch die Tür und schloss sie mit einem leisen, aber entschiedenen Klicken. Er würde einen Moment warten, bis die Frau sich beruhigt hatte, und dann würde er ihr die Klinge aushändigen. Robert griff nach dem Türknauf.

Das Holz erbebte unter einem dumpfen Aufschlag, und er würde die verknitterte Kleidung, die er jetzt trug, darauf verwetten, dass die Xanthippe ihren Schuh gegen die Tür geschleudert hatte.

Es folgte ein weiterer Aufprall.

Er schob die Klinge in den Stiefelschaft. Vielleicht würde er ihr die Waffe zu einem späteren Zeitpunkt geben. Wozu es nötig wäre, die widerborstige Miss ein weiteres Mal zu sehen. Robert grinste. Ja, vielleicht würde er tatsächlich lieber warten.

Leise Männerstimmen ertönten vom anderen Ende des Korridors her, und Robert schlug die entgegengesetzte Richtung ein. Er beschleunigte seine Schritte und wandte sich zur Treppe. Ohne Zweifel würde der berühmt-berüchtigte Besitzer, Marquis-Titel hin oder her, sich dagegen verwahren, dass ein Gast in seine Privaträume eindrang.

Die Stimmen wurden immer lauter, und Robert nahm rasch die Dienstbotentreppe. Er hielt inne, gab seinen Augen einen Moment, um sich an die nur schwach erhellte Umgebung zu gewöhnen. Und er hatte sogar noch weniger Zweifel, dass der skrupellose Herrscher über die Welt des Glücksspiels jedem Mann, der es wagte, seine Geliebte zu berühren, die Eingeweide rausreißen würde.

Etwas Dunkles und Nagendes, etwas, das sich fast wie Eifersucht anfühlte, erhob in ihm sein Haupt. Er schüttelte verächtlich den Kopf. Warum sollte die Vorstellung von Black und der Wildkatze, die gedroht hatte, ihn aufzuschlitzen, ihn so stören? Und doch tat sie das. Als Erbe eines Herzogtums war er daran gewöhnt, dass nahezu alle Frauen sich förmlich um einen Platz in seinem Bett rissen: die unglücklich Verheirateten, die kürzlich Verwitweten, die nicht so kürzlich Verwitweten. Doch trotz all dieser Frauen hatte es nie eine wie Helena gegeben, die so unbeeindruckt war von seinem Rang und seinem Titel – und sie gehörte Black.

Er lief die Holztreppe hinunter, bemühte sich, leise zu sein. Nach einem ganzen Leben, in dem man ihm jeden Wunsch von den Augen abgelesen und ihm geschmeichelt hatte, war die Aufrichtigkeit ihrer Antwort, diese vollkommene Missachtung seines Ranges oder Geburtsrechts … erfrischend. Von Anfang an, selbst als er noch in der Wiege gelegen hatte, hatten alle immer nur gesehen, dass er ein zukünftiger Herzog war. Er hatte seinen Rang getragen, wie jemand sein Haar oder ein Geburtsmal auf der Haut trägt. Ein kleines Grinsen umspielte seine Lippen.

Er würde all seinen frei verfügbaren Besitz darauf verwetten, dass, wenn die Frau erfahren hätte, dass er einen der ältesten Titel des Königreiches trug, ihre Reaktion trotzdem genau gleich ausgefallen wäre.

Robert erreichte den Fuß der Treppe. Doch trotz ihrer Wut und ihrer Behauptungen, dass er ihr egal wäre, war ihre Haut unter dem Beweis ihrer Lust erglüht. Sein Körper regte sich, als er sich an alles ganz genau erinnerte: die aufgerichteten Spitzen ihrer kecken Brüste, die Hitze, die von ihrer Mitte ausging. Ja, sie hatte ihn vielleicht erstechen wollen, aber sie hatte ihn auch begehrt … Selbst als sie das vor sich selbst abgestritten hatte.

Er trat aus dem Korridor und erstarrte.

Auf der anderen Seite blieb ein Schrank von einem Mann stehen, und Robert schluckte einen wüsten Fluch wegen seiner Unachtsamkeit herunter. Mit einer unglaublichen Leichtigkeit für jemand von seiner Größe stellte der Hüne den Wassereimer ab und trat auf ihn zu.

»Was machen Sie denn hier?«, wollte er wissen.

Robert heuchelte Gleichmut und zupfte sich den Rockaufschlag gerade. »Ich scheine mich verlaufen zu haben.« Die Lüge kam ihm mühelos über die Lippen. »Wenn Sie so freundlich wären, mir den nächsten Ausgang zu zeigen.«

Der vernarbte Kerl mit dem fast kahlen Schädel starrte ihn voller Misstrauen an. Dann brummte er unwillig. »Folgen Sie mir, Chef«, sagte er. »Black mag es nicht, wenn hier hinten feine Pinkel rumrennen.«

Robert ging hinter dem Mann her, der ihn weiterhin immer wieder verstohlen von der Seite musterte, während sie dem langen Korridor folgten. Die Wandleuchter mit den Kerzen warfen unheimliche Schatten an die scharlachroten Wände.

»Hier entlang, Eure Lordschaft«, murmelte der Mann und deutete auf eine massive Eichenholztür. Er riss sie auf, und blendend helles Licht von dem großen Kronleuchter des Hauptsaales drang durch die Öffnung. Der zu Recht misstrauische Mann verschränkte die Arme vor der Brust und stand wartend da, bis Robert in den menschenleeren Raum trat.

Er hielt seinen Blick nach vorn gerichtet. Bei jedem Schritt prickelte die Haut in seinem Nacken.

Ein breiter, sehr großer, auffällig, wenn auch elegant gekleideter Mann vertrat ihm den Weg. Auch wenn sie nie miteinander gesprochen hatten, erkannte er in ihm Niall Marksman, einen der Besitzer des Clubs, der regelmäßig durch die Räume schlenderte.

Misstrauen flackerte in den Augen des Mannes, die von einem so dunklen Blau waren, dass sie fast schwarz schienen. »Kann ich Ihnen behilflich sein, Mylord?« Die Andeutung eines Cockney-Akzents passte nicht zu der Aufmachung eines Gentlemans.

Die gnadenlosen Schattenseiten von London waren etwas, was Robert nur sehr selten wahrnahm. Er wusste sein Leben genug zu schätzen, dass er zufrieden gewesen war mit den Vergnügungen, die das respektable White's und Brooks's zu bieten hatten. Dennoch würde er sich nicht von diesem Mann einschüchtern lassen, der das skrupellos errichtete Spielimperium leitete.

Robert bedachte den Mann, der ihn immer noch genau betrachtete, mit einem kühlen Blick. »Ich gehe«, teilte er ihm mit.

»Sie werden feststellen, dass Ihre Kutsche bereits auf Sie wartet.« Ein Muskel zuckte an Marksmans linkem Auge, und er verschränkte die Arme auf bedrohliche Art vor seiner breiten Brust.

Robert nickte ihm zu und lief weiter. Er erreichte die Vorderseite des Clubs, ein livrierter Lakai zog die Tür auf, und Robert trat hinaus ins Morgenlicht. Er schaute sich auf den stillen Straßen um. Sein Kutscher sprang vom Bock herab und zog die Tür des Gefährts auf. Robert stieg ein. »Oxford Street«, wies er den Mann an.

Die faszinierende Helena war eine sehr willkommene Abwechslung von seinen gegenwärtigen Problemen gewesen, aber sobald er den Club hinter sich gelassen hatte, drang die Realität wieder zu ihm durch. Er musste sich mit dem Verwalter seines Vaters treffen, um von ihm einen vollständigen Überblick über die Finanzen der Familie zu erhalten.

Während seine Kutsche durch die Straßen von London rollte und Robert fort von den heruntergekommenen, dreckigen Gassen von St. Giles brachte, zwang er sich, nicht länger an die Frau zu denken, die sich mit ihrer Wut auf ihn als ehrlicher erwiesen hatte als jede andere, die er je gekannt hatte.

Kapitel 6

Regel 6

Lass dich nie ohne deine Waffe erwischen.

Er hatte ihren Dolch gestohlen.

Helena erledigte hastig ihre Morgentoilette und fuhr sich mit einer Bürste durch die wirren Locken. Jedes Mal wenn sie hängen blieb, verspürte sie eine fast perverse Freude über das schmerzliche Ziehen. Obwohl Diebstahl nicht das schlimmste der Verbrechen war, die Lord Robert ohne Nachnamen gegen sie begangen hatte.

Ihre Brustspitzen richteten sich bei der Erinnerung an seine Liebkosungen auf. Seine erfahrenen Liebkosungen. Mit einem leisen Knurren zerrte sie ein letztes Mal an der Bürste und begann sich dann Zöpfe zu flechten. Sie war kein hohlköpfiges junges Ding, das sich über einen Mann empörte, der sich Freiheiten herausgenommen hatte … selbst wenn seine Küsse ihr die Seele versengt hatten.

Alles, was sie tun musste, war, die Mitgliederlisten des Clubs durchzugehen und nach allen zu suchen, die Robert hießen. Nur was dann?

Sie nahm sich ein Kleid aus ihrem Schrank. »Jede Gäste-Suite durchsuchen?«, murmelte sie vor sich hin. Und es riskieren, entdeckt zu werden, was jede Menge Probleme heraufbeschwören könnte … für den Club … und mit Ryker. Was sie nur daran erinnerte, dass ihr Bruder, der auf niemanden wartete, schon vor einer halben Stunde mit ihrem Erscheinen gerechnet hatte. Ihre Panik wuchs.

Ein weiteres Klopfen ertönte an der Tür zu ihren Räumen.

Helena streifte sich das Kleid über und eilte durch das Zimmer, um die Tür aufzureißen.

Clara kam herein. »Was dauert das denn so lange?«

»Hilf mir rasch«, bat Helena und ignorierte die Frage.

Die andere Frau schaute auf Helenas Hand, mit der sie das Kleid vorne festhielt.

Geschickt drehte Clara sie um und begann ihr das Kleidungsstück hinten zu schließen. Als sie noch ein Mädchen gewesen war, hatte sich Helena größte Mühe gegeben, die wulstigen Narben, die sich kreuz und quer über ihren Rücken zogen, zu verbergen – bis Ryker sie zu Gesicht bekommen hatte.

In knappen, beinah barschen Worten hatte er sie als Beweis ihrer Stärke und ihres Mutes bezeichnet und sie aufgefordert, stolz auf sie zu sein. Von dem Augenblick an hatte sie mehr in ihnen gesehen als zornige, hässliche Male. Sie waren vielmehr eine Mahnung an die Gefahren, die einer Frau drohten, die auf sich allein gestellt war und die keine anderen Talente besaß außer denen im Schlafzimmer.

»So.« Clara schloss den letzten Perlenknopf. »Dein Bruder ist *nicht* glücklich«, unterrichtete sie sie, während Helena sich bückte, um ihre Schuhe zu holen.

Sie setzte sich auf die Bettkante und ließ sich Zeit dabei, sie sich überzuziehen und zu schnüren. Der Zopf rutschte ihr über die Schulter. »Vermutlich nicht.«

Ein Mann, der über so viel Macht verfügte und derart erfolgsverwöhnt war, würde sich ebenso über ihre ungünstige Prognose zum Spirituosenbedarf ärgern wie darüber, dass er hatte warten müssen.

Helena nahm noch schnell ihre Brille und setzte sie sich auf die Nase. Obwohl sie froh über die Ablenkung war, weil sie so nicht immer über den goldhaarigen Aristokraten mit dem gefährlichen Lächeln nachdachte, verspürte sie eine gewisse Anspannung bei der Vorstellung, dass ihr eine Konfrontation mit ihrem unnachgiebigen Bruder bevorstand.

»Danke, Clara.« Sie gab der Frau einen Kuss auf die Wange und holte ihre Rechnungsbücher, ging damit zur Tür.

Clara öffnete sie für sie. »Viel Glück.«

Helena betrat den Flur. Ja, sie hätte sich wirklich auf das bevorstehende Treffen konzentrieren sollen, vor allem angesichts des Ergebnisses, das sie Ryker präsentieren musste. Dann würde sie sich vielleicht sicherer fühlen.

Und als wäre das nicht genug, war sie auch noch von einem Gentleman entwaffnet und zu allem Überfluss auch noch der Waffe beraubt worden. Was würde ihr Bruder dazu sagen, von den anderen gar nicht zu reden?

Sie erreichte die Tür zu Rykers Arbeitszimmer und verlagerte die Last auf ihren Armen, drückte die Klinke und trat ein. Rasch schaute sie sich nach ihrem Bruder um.

Am Sideboard stand Calum und goss sich einen Brandy ein. »Adair hat ihn wegen irgendetwas gerufen«, erklärte er, als er ihren suchenden Blick bemerkte.

Mit einem Nicken trug sie ihre Bücher zu dem gigantischen Mahagonischreibtisch, auf dem sich Papiere und ledergebundene Kladden stapelten, wollte sich auf den Stuhl davor setzen.

»Wo hast du gesteckt?«

Helena erstarrte und lehnte sich auf dem ungepolsterten Holzstuhl zurück. Die Möbel in Rykers Büroräumen waren grundsätzlich hart und düster. Bis auf die absurd gelungene Kopie des Gemäldes »Tod des Geizhalses«, das über seinem Schreibtisch hing, gab es hier keinen Gegenstand, der nicht irgendeine Funktion erfüllte. Sie vermutete schon lang, dass er das bewusst so eingerichtet hatte, damit seine Angestellten und Besucher sich nicht zu wohl fühlten.

Mit einer absichtlich lässigen Bewegung ließ sie die Rechnungsbücher auf eine Ecke von Rykers Schreibtisch fallen, nahm das oberste und schlug es auf. »Ich habe länger als sonst geschlafen«, bemerkte sie trocken. »Da es das erste Mal war in den ganzen zehn Jahren, die ich nun schon die Bücher führe, denke ich, das ist verzeihlich.«

Was hingegen entschieden nicht verzeihlich war, war, sich nach dem Kuss eines der vornehmen Kunden des Clubs zu verzehren. Hitze stieg ihr in die Wangen. Was war das für ein Mann, dem es gelungen war, ihr Blut zum Kochen zu bringen und das Verlangen in ihrem Körper zu entflammen? Sie verkniff sich ein Stöhnen. Und ein von sich eingenommener Adeliger noch dazu.

»Warum machst du das?«, erkundigte sich Calum.

Sie konzentrierte sich auf die Zahlenreihen, die die Kosten für Spirituosen im letzten Herbst darstellten. »Es ist meine Aufgabe, die Bücher zu führen.« Und es war ihr bisher eigentlich immer bewundernswert gelungen, ihre ganze Aufmerksamkeit auf nichts anderes zu richten als die Finanzen des »Hell & Sin«. Doch seit einiger Zeit verspürte sie wegen der Einschränkungen, die ihr im Namen der Sicherheit auferlegt worden waren, eine gewisse Rastlosigkeit. Einen Hunger nach mehr.

Calum nahm einen Schluck und musterte sie über den Rand seines Glases hinweg. »Ich meinte das Erröten.«

Unter seinem argwöhnischen Tonfall breitete sich nur noch stärkere Hitze über ihren Hals aus. Sie umklammerte die

Kanten des Buches in ihrer Hand. Konnte man ihr immer noch Roberts Kuss ansehen?

»Warum wirst du rot?« Groß, dunkel und bedrohlich für die allermeisten, Furcht einflößend für den Rest, war Calum es gewohnt, dass Männer in seiner Gegenwart erbebten, wie Helena es von ihrem geheimen Beobachtungsposten über dem Spielsalon und auf den Straßen Londons beobachtet hatte.

Aber nicht sie. Für sie würde er immer der ernsthafte junge Bursche sein, auf dessen Schoß sie sich hatte zusammenrollen dürfen, wenn die Albträume kamen. Es war schwer, ihn zu fürchten, obwohl er einer der berüchtigtsten Spielhöllenbesitzer von ganz London war.

»Oh, keine Ahnung. Weil ich so eine helle Haut habe? Weil ich mich ärgere? Zweifellos ist es eine Kombination aus beidem.« Sie hob den Kopf und wölbte eine Augenbraue. »Wenn du allerdings eine wissenschaftliche Erklärung dafür haben möchtest, fürchte ich, kann ich dir damit nicht dienen.«

Er zog die Brauen finster zusammen.

Sie suchte tief in sich nach der angemessenen Nonchalance und trommelte mit den Fingerspitzen auf das aufgeschlagene Buch.

»Und du verschläfst doch sonst nie«, stellte er fest.

Sie unterbrach ihr Trommeln. Seine Hartnäckigkeit verriet seinen Argwohn. Zur Hölle mit ihrer hellen Haut, aber sie hatte nicht umsonst wie alle anderen Besitzer des »Hell & Sin«-Clubs gelernt, Ausflüchte zu machen.

»Ich war müder als sonst.« Was nicht wirklich gelogen war. Einen Fremden im eigenen Zuhause zur Rede zu stellen, und auch noch mitten in der Nacht, und am Morgen vom Kuss ebendieses Mannes aufzuwachen hatte diese Wirkung.

Calum trug seinen halb getrunkenen Brandy zum Schreibtisch und hockte sich auf die Kante. »Niall sagt, er habe gestern Nacht Lärm bei unseren persönlichen Räumen gehört.« Er musterte sie weiter unter halb gesenkten Lidern.

Helena wurde ganz still. Der Club hatte Augen und Ohren in jedem Zimmer und jedem Korridor. Sorgsam ordnete sie ihre Gedanken. Wenn sie den goldhaarigen Gentleman erwähnte, der nicht nur auf dem Flur vor den Privatzimmern gewesen war, sondern sogar in ihrem eigenen Bett, würden Calum, Ryker und die anderen Männer, die sich als ihre Beschützer betrachteten, ihn ausfindig machen, zur Strecke bringen und ihm die Eingeweide herausreißen. »Ist das eine Frage?«

Die Falte zwischen Calums Brauen vertiefte sich. »Helena?«

Und ich habe mir dein Stöhnen und die Wärme zwischen deinen wunderschönen Schenkeln auch nicht eingebildet …

Ihre Haut prickelte unter Calums Blick, und sie bemühte sich um eine ausdruckslose Miene. »Ich habe nichts gehört.« Die Lüge kam ihr mühelos über die Lippen. Zu mühelos.

Gnadenlos beugte er sich vor. »Diggory ist vor dem Club gesehen worden. Ryker vermutet, dass er Spitzel eingeschleust hat.«

O Gott. Und einfach so verblassten alle Erinnerungen an ihren arroganten nächtlichen Besucher. *Diggory.* Der verhasste Name eines noch verhassteren Mannes. Ein Monster, das zu gleichen Teilen Entsetzen und Zorn in ihr weckte. Ungewollt flog ihr Blick zu dem Kerzenstummel am Rand des Schreibtisches. Ihr Herzschlag dröhnte laut in ihren Ohren. *Bitte, bitte aufhören. Bitte …* Sie schloss die Augen, als ihre Schreie von vor langer Zeit in ihrem Kopf widerhallten.

»Hast du mich gehört?« Calums besorgte Stimme holte sie zurück, und mit Mühe befreite sie sich von dem nie fernen Schrecken. »Ich habe gesagt, dein Bruder glaubt, dass Diggory uns mit seinen Leuten unterwandert.«

Ihr gelang ein abgehacktes Nicken. »Ich hab dich schon gehört«, erwiderte sie und hasste es, wie dünn ihre Stimme klang. Beinahe zwanzig Jahre später, und allein der Name des Mannes konnte sie wieder in das schluchzende, flehende Mädchen verwandeln, das sie damals gewesen war. »Es war nicht Dig… er«, erklärte sie.

Er betrachtete sie auf die gleiche Weise, wie er die Kunden im Spielsalon ansah, und unter dieser Musterung wurde sie ganz ruhig.

»Du erkennst nicht, was für eine Bedrohung er bedeutet.« Das war eine Tatsachenfeststellung, und seine schmalen Lippen verrieten seine Missbilligung.

Sie konnten in ihr nicht mehr sehen als ein kleines Mädchen, das immer noch mit den Albträumen seiner Vergangenheit rang. Doch dabei waren sie es, die Dämonen im Dunkel ausmachten. Das Gerede von Diggory, der Bedrohung, die er *jetzt* darstellte, so vollkommen anders als damals, als sie noch ein Kind gewesen war, damit konnte sie mit der Stärke einer Frau umgehen.

»Ich erkenne die Gefahr, Calum. Für den Club«, erklärte sie. »Nicht für mich.«

Eine lange Weile erwiderte Calum ihren Blick ungläubig. Sie blieb still. »Glaubst du das wirklich?«, erkundigte er sich schließlich. Seine Befragungstechnik passte besser zu einem Bow Street Runner als zu einem Bruder, der sie beschützen wollte.

Während ihre Brüder glaubten, eine Art krankes Rachespielchen würde den Mistkerl antreiben und dass er ihr etwas antun wollte, war Helena vernünftig genug, um zu erkennen, dass sie für Diggory keinen Zweck mehr erfüllte.

»Ich hab keinen Zweifel daran, dass er für die beschädigten Lieferungen verantwortlich ist«, sagte sie pragmatisch. »Aber das ist alles. Er weiß nicht, dass ich die Bücher führe.« Wenn er das täte, dann hätte er schon längst versucht, sie auszuschalten.

Calum verzog die Lippen. »Wenn du das glaubst, bist du eine Närrin.«

Das leise Klicken der Tür machte Schluss mit dem Gespräch über Diggory und seine Pläne. Calum und Helena wandten sich beide zum Eingang um.

Ryker stand auf der Schwelle. Fast einen Meter neunzig groß, stark und muskulös, mit einer schiefen Nase von zu vielen Kämpfen auf Londons Straßen, pechschwarzem Haar, das einen Mann noch furchteinflößender aussehen ließ, der ohnehin schon von allen gefürchtet wurde. Und meistens schloss Helena sich selbst gar nicht davon aus.

Der einzige Bruder, mit dem sie tatsächlich blutsverwandt war, schaute finster zwischen ihr und Calum hin und her. Helena saß unter seiner eindringlichen Musterung reglos und mit unbewegter Miene da. Schließlich blieb Rykers Blick bei ihr. »Was soll das?« Bedrohlich unnachgiebiger Stahl in seinem Ton unterstrich seine Forderung.

Helena klappte das Rechnungsbuch zu und erhob sich. »Ryker.«

Calum deutete mit dem Kinn auf sie. »Deine Schwester hat verschlafen.«

Schon wieder das?

Ihr Bruder schloss hinter sich die Tür. Seine eisblauen Augen betrachteten sie eindringlich. »Warum?«, erkundigte er sich mit barscher, heiserer Stimme, wie jemand, der nur wenige Worte sprach und Schweigen zu schätzen wusste.

Sie verabscheute die heiße Röte, die ihre Wangen flutete. »Ich war einfach müde.«

Ryker verschränkte die Arme vor seiner breiten Brust. »Warum?« Er war unnachgiebig.

Weil ich einen Mann aus dem Korridor vor unseren Räumen weggezerrt habe. Weil ich voller Leidenschaft einen viel zu gut aussehenden Adeligen geküsst habe. Einen Adeligen, dessen vollständigen Namen sie sich noch nicht die Mühe gemacht hatte, herauszufinden.

Helena verdrehte die Augen. »Weil ich müde war, weil ich ...«

»Waren es die Albträume?«, erkundigte er sich.

Ryker und die anderen hatten sich schon oft und bitterlich darüber beklagt, dass sie die schlechteste Lügnerin von ihnen allen war. Sie hatten sich größte Mühe gegeben, ihr die Kunst, Ausflüchte zu machen, beizubringen. Schließlich retteten Lügen oft genug Leben.

»Ja«, schwindelte sie.

Manche Lügen fielen einem leichter als andere.

Er ließ die Schultern kreisen. »Bist du dir sicher?«

Das Glitzern in seinen Augen verriet, dass er wusste, sie hielt etwas zurück. Schließlich baute man nicht aus dem Nichts ein Imperium aus Spieltischen und Rouletterädern auf, wenn man nicht die Fähigkeit perfektioniert hatte, Menschen zu durchschauen. Aber ihm von dem Mann namens Robert zu erzählen wäre wenig hilfreich. Was sie getan hatte, gehörte zu den Verstößen, die Ryker niemals verzeihen würde. »Ganz sicher.«

»Sie ist sich sicher«, sagte er zu Calum. Und damit war die Sache erledigt.

Wieder einmal verspürte sie Erbitterung. Obwohl sie dankbar war für die Unterstützung und Sicherheit, die sie ihr seit Jahren boten, war sie mittlerweile eine erwachsene Frau. Trotzdem wurde sie weiterhin so übermäßig beschützt wie ein kleines Kind.

»Ich dachte, ich sei herbestellt worden, um die Menge des benötigten Spirituosennachschubs zu besprechen«, erklärte sie, stolz auf ihren ruhigen Tonfall. »Oder bin ich in Wahrheit hier, um über meine Schlafgewohnheiten Rede und Antwort zu stehen?« Sie warf das Rechnungsbuch auf die Tischplatte, stellte das Bein vor und tippte mit der Fußspitze ungeduldig auf den Boden.

Ryker sagte nichts. Stattdessen musterte er sie mit diesem undurchdringlichen Blick, der alles sah und sogar noch mehr wusste. Dann begab er sich mit der lässigen Eleganz eines Mannes, der die Welt regierte, zu seinem Schreibtisch. Bei seinem Näherkommen versteifte sie sich, aber er ging einfach an ihr vorbei.

»Da du gerade zu Antworten aufgelegt zu sein scheinst, kannst du mir vielleicht eine auf die Frage geben, wie es kommt, dass der Brandyvorrat beinahe aufgebraucht ist«, sagte er in kühlem, emotionslosem Ton, während er auf dem Stuhl hinter seinem Schreibtisch Platz nahm.

Bei dem jähen Richtungswechsel der Befragung blinzelte Helena und bemühte sich, sich nicht aus dem Konzept bringen zu lassen. Er schaute sie auffordernd an.

»Ich habe dich letzten Monat auf den Kostenanstieg bei der Spirituosenbeschaffung hingewiesen.« Sie setzte sich auf den Stuhl ihm gegenüber. »Um diese Zeit letztes Jahr hatte der Club sieben Prozent weniger Mitglieder und Besucher.« Helena drehte das Buch zu ihm um, sodass er es selbst sehen konnte.

Er nahm den Blick nicht von ihr.

Helena deutete mit dem Finger auf die entsprechende Zahlenreihe. »Aber du hast nur fünf Prozent mehr als Budget für Alkoholika vorgesehen.« Sie schüttelte den Kopf. »Selbst jemand, der so ein hervorragender Buchhalter ist wie ich, kann nicht dafür sorgen, dass diese Zahlen aufgehen.«

»Ich« – *mag keine Ausflüchte* – »dulde keine Ausflüchte.« Nur ganz knapp daneben. »Egal bei was.«

»Das sind keine Ausflüchte«, erwiderte sie ungerührt. Ihre Brille verrutschte, und sie rückte sie wieder gerade. »Es ist einfach eine Tatsache.« Und die Zeit hatte gezeigt, dass Tatsachen das waren, was jeden Aspekt von Ryker Blacks Leben bestimmte. »In deinem Versuch, dem Devil's Den Konkurrenz zu machen …«

Die Miene ihres Bruders verdunkelte sich, aber sonst verriet er durch nichts, dass ihre Erwähnung von Diggorys Club irgendeine Wirkung auf ihn hatte.

Sie fuhr fort, ignorierte den warnenden Blick, den Calum ihr zuwarf. »Du bist entschlossen, die beste Qualität …«

»Soll ich etwa den Ruf gefährden, den wir uns so mühsam erarbeitet haben?« Seine leise gestellte Frage war kaum zu verstehen.

Ryker war überaus stolz auf das Imperium, das er errichtet hatte. Wie es ihm auch zustand. Niemand – nicht einmal sie, seine einzige Schwester – kannte die Einzelheiten, wie er zu seinem Reichtum gekommen war. Aber trotz all seines Erfolges war denen, die ihm am nächsten standen, klar, dass er mit Albträumen lebte, die ihren Ursprung darin hatten, wie er zu Beginn einen Teil des Geldes hatte zusammenkratzen müssen.

Helena schob ihren Zopf nach hinten. »Und ich rate dir, klug zu entscheiden in Bezug auf die Händler, die du wählst«, erklärte sie mit einer Unverblümtheit, die er ihr selbst beigebracht hatte. »Die Lieferungen, die hier eintreffen, sind beschädigt, im Schnitt vier bis sechs Flaschen pro Kiste pro Monat.«

Das allein war schon verdächtig genug. Es war mathematisch zu präzise. Und zudem war es von Ryker und den anderen viel zu rasch als Zufall abgetan worden. Da sie leider immer noch mit den Dämonen ihrer Vergangenheit kämpfte, zweifelten sie an ihrem misstrauischen Verstand, was Geschäfte anging.

Ryker setzte seine mitleidlose Befragung ohne Verschnaufpause fort. »Wie viele Kisten benötigen wir, um den Club einen Monat lang ausreichend zu versorgen?«

»Zehn Kisten Brandy, sieben Kisten Whiskey und sechs mit Sherry«, antwortete sie ohne das geringste Zögern. Denn wie die andern immer scherzten, wusste Helena wenig über Menschen, aber zweifellos eine Menge über Zahlen.

»Und um wie viel Prozent sind die Mitgliederzahlen des Clubs seit letztem Monat gestiegen?«, wollte er wissen.

Helena umklammerte die Armlehnen ihres Stuhles, und Schuldgefühle erfassten sie. Sie räumte die Rechnungsbücher zusammen, schob sie zu einem ordentlichen Stapel. »Ich habe meine Berechnungen noch nicht fertig.« Nie zuvor in der Zeit, die sie als Buchhalter fungierte, hatte sie eine ihr zugewiesene Aufgabe nicht rechtzeitig erledigt.

Die Lippen ihres Bruders wurden schmal, und dieses kleine Zeichen seiner Missbilligung war auffälliger, als wenn er sie mit Worten zurechtgewiesen hätte. Sie krümmte die Zehen in ihren Schuhen. Was würde er dazu sagen, dass sie anderweitig beschäftigt gewesen war, mit einem seiner hochwohlgeborenen Kunden?

»Ich werde mich bis zum Ende des Tages darum gekümmert haben«, versprach sie.

Ryker schaute an ihr vorbei, und sie folgte seinem Blick zu Calum, der hinter ihr stand. »Gib die Bestellung auf.«

Der andere Mann nickte.

Helena faltete die Hände und legte sie sich in den Schoß. »Ich würde gerne selbst die Verhandlungen führen.«

Zwei Augenpaare richteten sich auf sie.

Ryker lehnte sich in seinem Stuhl zurück und legte die gespreizten Finger an den Spitzen aneinander. »Was?« Dieses raue, gefühllose Flüstern hätte andere in Angst und Schrecken versetzt.

Helena reckte das Kinn. Sie hatte noch nie zu den Frauen gehört, die eine Schwäche für schöne Kleider und Flitterkram hatten. Sie hatte schon vor langer Zeit begriffen, wie nutzlos beides war. Seide allein half nicht, einen gegen die Kälte eines Londoner Winters zu schützen. Sie selbst fand Freude in Zahlen und Verhandlungen.

»Ich möchte mit unserem Spirituosenhändler sprechen.« Sie hätte sie genauso gut darum bitten können, den Monarchen zu erschlagen und sie selbst zur Königin auszurufen, so verdutzt waren die Blicke, die ihr diese Worte eintrugen. Sie bat nicht um viel. Meistens, weil sie das nicht musste. Durch ihr Geschick für Finanzen und die harte Arbeit ihrer Brüder lief der Club wie eine gut geölte Maschine.

Diese Bitte jedoch war mehr als ein schlichtes Geschäft … Es ging darum, diese Mauern hinter sich zu lassen und ein Wort dabei mitzureden, was für eine Klinge sie zur Selbstverteidigung bei sich trug.

Calum nahm einen Schluck von seinem Brandy und musterte sie weiter mit dieser unergründlichen Miene. Er war der Erste, der das Schweigen brach. »Niall kümmert sich darum«, antwortete er anstelle ihres Bruders.

Seinen Einwurf ignorierend, blickte sie zu Ryker. »Ja, aber das macht er nicht gut.«

Ein weiterer Blickwechsel der beiden. Calum pfiff leise, trat einen Schritt zurück und gab die Unterhaltung mit einer Handbewegung wieder an Ryker. Denn genauso, wie sie nicht zuließen, dass sie auch nur einen Fuß vor die Tür setzte, würden sie auch diese wichtige Verantwortung nicht an sie abtreten.

»Ich brauche eine neue Waffe«, fuhr sie fort. »Und ich dachte, wenn ich zum Markt gehe, könnte ich auch …«

»Du hast doch schon eine Waffe«, warf Ryker stirnrunzelnd ein.

Es überraschte sie nicht, dass er sich dadurch ablenken ließ und nicht durch die Bitte, die sie an ihn gestellt hatte.

»Ich habe seit beinahe zwanzig Jahren die gleiche.« Die ihr außerdem ein vornehmer Lord abgenommen hatte. Die Selbstverachtung hinterließ einen bitteren Geschmack in ihrem Mund.

Er musterte sie mit seinem dunklen Blick, und sie bezähmte den Drang, unruhig hin und her zu rutschen. Niemand sollte die Macht haben, jemanden mit einem einzigen Blick derart unter Druck zu setzen.

»Also gut. Sag es Adair.«

Sag es Adair. Weil Ryker selbst zu beschäftigt war, um sich solch alltäglicher Dinge anzunehmen, wie Helena einen weiteren Dolch zu besorgen, und weil sie in seinen Augen unfähig war, sich selbst um so etwas zu kümmern.

»Und der Spirituosenhändler«, begann sie und lenkte das Gespräch wieder auf ihre ursprüngliche Bitte.

»Nein«, beschied ihr Ryker knapp.

»Aber …«

Er bedachte sie mit einem Blick, der jeden Protest auf ihren Lippen ersterben ließ. Sie erhob sich steif, nahm ihre Rechnungsbücher und war entlassen. Wieder mal.

Merkwürdig, dass sie, die für die Finanzen des Clubs allein verantwortlich war, dennoch wie ein kleines Kind behandelt wurde, das nicht wusste, was es wollte. Zugegeben, es war deutlich besser als das Schicksal der meisten Frauen. Aber sie wollte nicht »deutlich besser«. Sie wollte die Kontrolle, die sie verdiente.

Helena schickte sich an, das Zimmer zu verlassen. Sie runzelte die Stirn, weil sie einfach so weggesandt wurde. Aber das war Ryker. Sie zweifelte nicht an seiner Liebe zu ihr. Sie zweifelte nicht einmal daran, dass er sein eigenes Leben geben würde, um ihres zu retten, wenn das nötig wäre. Aber er würde eben einfach nicht der liebevolle, herzliche Bruder sein, der sie trösten würde. Vielleicht hatte sein Leben als Taschendieb im Zusammenspiel mit den anderen dunklen Geheimnissen, die er vor ihr hatte, dazu geführt, dass sein Herz zu Eis gefroren war.

Helena ging weiter zur Tür.

»Ach, Helena?«

Sie blieb stehen, die Finger auf der Klinke.

»Niall hat heute Morgen einen Mann gesehen, der den Club verlassen hat.«

Verdammte Hölle. Zum Teufel mit Niall, dessen Aufgabe darin bestand, alles im Auge zu behalten, was im Salon passierte, und dem nichts entging.

Erzähl es Ryker. Wenn sie das tat und ihm beichtete, wie sie damit umgegangen war, dann könnten sie ihr zürnen, aber wenigstens hätte sie es dann eingeräumt und hätte keine Geheimnisse. Nur dass etwas verhinderte, dass sie die Worte aussprach. Woher kam der Wunsch, diesen Fremden zu beschützen?

»Hast du mich gehört?« Ryker, der nie etwas wiederholte, fragte sie das ein zweites Mal.

Wenn er erfuhr, was am letzten Abend passiert war und – ihre Haut wurde noch heißer – heute Morgen, würde er dem anderen die Hände abhacken.

Sie hob eine Augenbraue. »Ist das eine Frage?«

Er verschränkte die Arme. »Weißt du irgendetwas darüber?«, erkundigte er sich schlicht.

Bei einer Befragung war Ryker nicht zu schlagen. Sie schüttelte den Kopf. »Nein. Nichts.« Sie befeuchtete sich die Lippen. »Warum denkst du, ich könnte etwas wissen?« Ihre ausweichenden Antworten erstarben unter seinem Blick aus schmalen Augen. Sie reckte trotzig das Kinn. »Ich weiß überhaupt gar nichts über irgendeinen Mann auf dem Flur mit den Privatgemächern.«

Ryker sagte für eine lange Weile nichts, musterte sie nur weiter mit dem gleichen unnachgiebigen Ausdruck, der ihm den Ruf eines der gnadenlosesten Männer auf den Straßen von St. Giles eingetragen hatte.

»Ist das alles?«, fragte sie und drehte den Spieß um.

Er nickte knapp, und sie griff erneut nach der Klinke.

»Helena?«

Sie versteifte sich.

»Ich habe mit keinem Wort einen Gentleman vor den Privatgemächern erwähnt. Es gab Regeln.«

Ihr rutschte das Herz in die Hose, und sie verfluchte ihre unbedachte Zunge. *Gab* Regeln? Nicht geschickt mit Worten, entging ihr dennoch nicht die verwendete Zeit. Doch Furcht verhinderte jeden zusammenhängenden Gedanken.

»Du bittest mich um mehr Mitsprache bei der Führung des Clubs, aber dennoch …« Er zog eine schwarze Augenbraue hoch. »Mir wurde berichtet, dass einer der Gäste in deinen Zimmern war.«

Es war, als käme die Welt mit einem Knirschen zum Stehen. *Er weiß Bescheid.* Panik erfasste sie. Natürlich wusste er es. Er wusste alles. Dass er sie hierherbestellt hatte, hatte nichts mit der Buchhaltung zu tun. Seine früheren Fragen zu den Büchern waren nichts weiter gewesen als ein Test ihrer Loyalität und ob sie die Wahrheit sagte. Wie mühelos sie in seine Falle getappt war. »Es war ein Fehler.«

Seine Lippen wurden schmal. »Ja, das war es.«

Schweigen senkte sich über sie, und sie trat unbehaglich von einem Fuß auf den anderen. Sicherlich war das nicht alles, was er dazu zu sagen hatte. Sicherlich würde es eine weniger gelassene Antwort als »Ja, das war es« geben.

Helena drückte die Rechnungsbücher enger an sich. »Gibt es sonst noch etwas, was du möchtest?« Wie kam es, dass ihre Stimme so ruhig klang?

»Das ist alles.«

Helena nickte. Vielleicht war sie ein größerer Feigling, als sie geglaubt hatte. Sie sagte nichts mehr, zog die Tür auf und floh vor Rykers und Calums wissenden Blicken. Sie lief über die Flure, und ihr Atem ging keuchend. Vor ihrem eigenen Büro kam sie stolpernd zum Stehen und riss die Tür auf. Sobald sie drinnen war, schloss sie sie wieder und fluchte lästerlich.

Es hatte kaum einen Grund gegeben, irgendetwas zurückzuhalten von dem, was gestern zwischen ihr und dem namenlosen Gentleman geschehen war. Warum also hatte sie nicht einfach die Wahrheit gesagt?

Helena ließ langsam ihren Kopf gegen die Tür sinken. Warum war sie nur so dumm gewesen, nicht abzusperren? Jetzt hatten ihre Brüder tatsächlich Anlass, an ihrer Fähigkeit, auf sich selbst aufzupassen, zu zweifeln. Unweigerlich hatten sie von dem Mann erfahren müssen, der in die Privaträume vorgedrungen war.

Sie lehnte sich gegen die Holztür. Selbst angesichts der Missbilligung ihres gestreng blickenden Bruders musste da irgendein Makel an ihrem Charakter sein. Denn in diesem Moment dachte sie nicht an die unausweichlichen Folgen davon, dass sie Ryker nicht nur einmal, sondern zweimal belogen hatte. Nein, sie dachte an den Fremden in all seiner goldenen Vollkommenheit. Ihr Atem beschleunigte sich.

Und zur Hölle mit der Missbilligung ihres Bruders, sie würde diese Nacht – und Roberts Kuss – für nichts in der Welt eintauschen.

Kapitel 7

Regel 7

Der Club und die, die darin wohnen, kommen vor allen anderen. Immer.

Am folgenden Morgen verzichtete Helena auf ihre gewohnte Buchhaltung, um einen Eindruck von dem Treiben unter der Woche in den Räumlichkeiten des Clubs zu gewinnen, und begab sich in den Wintergarten, von dem aus man einen Blick in die Salons hatte.

Und nein, ihr Besuch hier hatte *nichts* mit dem goldhaarigen Gentleman zu tun, der ihr Blut erhitzt und ihre Haut zum Prickeln gebracht hatte. Überhaupt gar nichts.

Lügnerin.

Alle Gedanken an Lord Robert ohne Nachnamen energisch beiseiteschiebend, setzte Helena ihre Musterung fort.

Die Roulettetische waren voll besetzt.

Die Pharotische nicht.

Zehn teilweise leere Tische insgesamt, drei weniger als in der vorherigen Woche.

Sie erstarrte. Diese alltäglichen Details und ihr mitternächtlicher Besucher waren für den Moment vergessen, und sie trat näher an die Fensterscheibe und spähte nach unten. Vielleicht brauchte sie die Brille nicht länger ausschließlich fürs Lesen und für ihre Berechnungen, denn es sah ganz so aus … Es sah ganz so aus, als würde Ryker mit jemandem reden.

Nein, nicht mit jemandem, sondern mit einem Gentleman. Sie rieb sich kurz die Augen. Ganz gewiss nicht. Aber an dem, was sich ihren Augen da bot, änderte sich nichts.

Ryker sprach normalerweise mit niemandem. Niall, Calum und Adair, ja, die taten das oft. Ryker hingegen nie. Gewöhnlich bewegte er sich wie ein Geist zwischen den Gästen, schaute niemanden an, sondern betrachtete einfach sein Reich. Das war alles. Sie spielte mit ihren Röcken. *Was, wenn er mich wegen meines törichten Verhaltens ersetzt?*

Helena merkte, wie die Tür geöffnet wurde und sich dann wieder schloss. »Helena«, sagte Calum unüberhörbar überrascht. »Was tust du denn hier?«

Sie hob ihre Hand abwesend zum Gruß, schaute aber weiter auf das Treiben unter sich. »Ich mache mir ein Bild vom Geschäft heute«, erklärte sie vage.

Wenn jemand, der sonst stets allein auftrat wie Ryker, plötzlich in Gesellschaft eines anderen war – und auch noch eines Fremden –, war das Grund genug, einen nachdenklich zu stimmen. Und umso seltsamer, wenn Ryker, stets kühl, gefühllos und zurückhaltend, mit einem untersetzten, lächelnden und heftig gestikulierenden Mann sprach.

Helena beugte sich vor und betrachtete die beiden aus zusammengekniffenen Augen. Ihr Atem schlug sich an der Glasscheibe nieder, aber sie wischte rasch darüber, ließ einen Handabdruck zurück. Die Unterhaltung zwischen diesen beiden Männern sollte sie nicht interessieren. Besonders angesichts des Umstandes, dass ihre Berichte für Ryker immer noch nicht fertig waren. Doch der Mann mit den ausgeprägten Koteletten und dem kahl werdenden Kopf hatte etwas vage Vertrautes. Und dann klopfte er Ryker auf den Rücken.

Sie runzelte die Stirn.

Klopfte ihm auf den Rücken? Auch wenn es von hier bis zu den beiden Männern ein gutes Stück war, konnte Helena erkennen, dass Rykers Körper unter der Berührung zusammenzuckte.

»Was fasziniert dich denn da so?«

Erschreckt fuhr sie herum. »Die Tische«, antwortete sie.

Calum nickte abgelenkt. »Ryker hat dich vorhin gesucht«, bemerkte er.

Er hatte sie gesucht? Und jetzt hatte Ryker sich gerade mit einem Kunden im Salon unterhalten. Eine ungute Vorahnung erfasste sie, ließ sie reglos verharren.

Die einzigen Leute, die Ryker tatsächlich suchte, waren Männer und Frauen, die er rauswerfen wollte. Ansonsten sah man ihn nur zu den Zeiten, die er für einen in seinem Terminkalender erübrigen konnte. Und das galt auch für seine Familie.

Aber sie machte sich grundlos verrückt. Ryker würde sie nicht rauswerfen. Nicht nur, weil sie seine Schwester war, sondern weil er sie brauchte. Der Erfolg des Clubs war zu großen Teilen ihrem Geschick mit den Büchern geschuldet. *Aber du bist bei einer Lüge ertappt worden, und zwar bei einer, die alle Mitglieder der Familie in Gefahr bringen kann.* Und dann war da noch der Gentleman, mit dem Ryker im Salon gesprochen hatte.

»Er sucht also nach mir?«, gelang es ihr, mit dünner Stimme hervorzupressen.

»Du warst nicht in deinem Büro.« Sie war hier gewesen. »Du weißt, dein Bruder verrät auch mir nicht alles«, fuhr Calum fort und wich ihrem Blick aus.

Der Kieselstein der Sorge in ihr wuchs sich zu einem Felsen aus. *Warum schaut er mir nicht in die Augen?*

»Jedenfalls weiht er dich in mehr ein als mich.« Bitterkeit gewann bei ihrem Versuch, einen Scherz zu machen, die Oberhand.

Calum kam zu ihr an die Glasscheibe und stellte sich neben sie. Trauer flackerte in seinem Blick auf, während er ihr Gesicht musterte, wodurch ihre Besorgnis nur noch zunahm.

»Dein Bruder liebt dich«, erklärte er so sanft, wie sie es sonst von ihm nur kannte, wenn sie aus ihren Albträumen hochgeschreckt war. »Bei allem, was er je getan hat, hatte er dich im Sinn.« Er hielt inne. »Uns alle.«

Seine Worte klangen irgendwie nach Abschied. Sie schob den dummen Gedanken beiseite. Ryker würde sie niemals wegschicken. *Doch. Wenn er einen wichtigen Grund findet, weswegen du nicht hier sein solltest …* Und sie hatte ihm ganz gewiss mehr als genug Gründe geliefert. Jeder andere Angestellte wäre ohne viel Federlesens entlassen und für sein Vergehen schon gestern auf die Straße gesetzt worden.

»Das stimmt. Ich werde jetzt weiterarbeiten.« Wenn sie nicht eigens zu ihrem Bruder gerufen wurde, war sie klug genug, ihn nicht von sich aus aufzusuchen. Ein Mann, dessen ganzes Denken und Streben einzig seinem Spielsalon-Imperium galt, würde immerhin ihre Hingabe an ihre Aufgaben respektieren.

Helena schaute über ihre Schulter noch einmal zurück, versuchte ihren Bruder auszumachen. Ryker und der joviale, rundliche Aristokrat waren verschwunden. Calums kryptischer Bemerkungen müde, hüstelte sie. »Wenn du mich bitte entschuldigen würdest? Ich muss mich um die Spirituosenrechnung kümmern.«

Calum warf ihr einen langen Blick zu, und Bedauern blitzte in seinen Augen auf. Er trat ihr aus dem Weg.

Helena ballte ihre Hände zu Fäusten und ging an ihm vorbei.

Nachdem sie den Wintergarten verlassen hatte, atmete sie ein paarmal langsam ein und aus, bevor sie sich auf den Weg zu ihrem Büro begab. Obwohl der Umstand, dass Ryker nach ihr gesucht hatte, sie nervös machte, weil es so unvorhergesehen war und nicht zu einem Mann passte, der an immer gleichen Routinen festhielt, fürchtete sie sich nicht wirklich. Es war schließlich nicht so, als hätte er konkret nach ihr gefragt. Wenn er sie zu sich bestellt hätte, nun, dann wäre sie zu Recht in Panik verfallen.

Sie erreichte das Ende des Flures, als sie plötzlich rasche Schritte aus der entgegengesetzten Richtung hörte.

»Ist er in meinem Büro?« Rykers tiefe Stimme hallte in der Stille.

»Ich habe ihn gerade dorthin gebracht. Er hat gefragt, wann er …« Der Rest von Nialls Antwort auf Rykers barsche Frage war unverständlich. »Du musst das nicht tun.« Nialls leise vorgebrachter Einwand drang hingegen wieder zu ihr. »Helena ist nicht …«

Mit schmerzhaft klopfendem Herzen duckte sich Helena rasch in eine Abstellkammer. *Helena ist nicht … was?*, schrie ihr Verstand. Sie ließ die Holztür einen Spaltbreit offen und spähte hindurch.

»Es geht nicht anders.« In Rykers harschem Urteil lag Endgültigkeit.

Es geht nicht anders? Das klang unheilvoll, und so wie Nialls vorherige Erwähnung ihres Namens steigerte es ihre Angst. *Er wird mich rauswerfen.* Sie umklammerte die Türklinke fester und presste ihr Ohr gegen das Holz.

»Glaubst du wirklich, wir können sie nicht beschützen …«

Helenas Finger rutschten von der Klinke, und sie stolperte so heftig gegen die Tür, dass sie sie aufstieß und auf ihren Knien davor landete. Sie keuchte vor Schmerz auf.

Verdammte Hölle.

Ryker und Niall am anderen Ende des Flures drehten sich gleichzeitig zu ihr um.

Sie setzte ein Lächeln auf, erhob sich, als wäre sie nicht gerade eben dabei ertappt worden, wie sie sie belauschte. »Ich habe den Wäscheschrank inspiziert«, schwindelte sie.

Die Mienen der beiden Männer verrieten, dass sie wussten, dass sie nicht die Wahrheit sagte. Helena stand da, und vor Verlegenheit stieg ihr Hitze in die Wangen.

Niall kam zu ihr geeilt. »Hast du dir …?«

»Nein, es ist nichts«, versicherte sie ihm. Wie sehr sie sich immer bemühten, sie zu beschützen. Als Kind und junges Mädchen hatte sie das genossen. Als erwachsene Frau drohte es sie zu ersticken.

Ryker hingegen blieb stehen, wo er war. »Ich habe dich vorhin gesucht. Niall, bring sie in mein Büro.« Das war ein Befehl und keine Bitte.

Verdutzt starrte sie auf seinen sich entfernenden Rücken. Dann setzte sie ein ironisches Lächeln auf und sah zu Niall, der ihren Blick offen erwiderte. »Ich vermute, es geht um etwas Wichtiges, wenn er mich dafür von meiner Arbeit wegruft.«

»Du kennst doch deinen Bruder.« Niall schenkte ihr ein sanftes Lächeln, und sie musste sich auf die Innenseite der Wange beißen. Calum und Niall zeigten beide die gleichen bedauernden Mienen. Von all ihren Brüdern war es stets Niall gewesen, der am leichtesten lächelte und ihr am ehesten etwas verriet.

»Warum hat er mich gesucht?«, fragte sie unverblümt, während sie nebeneinanderher gingen.

»Es steht mir nicht zu, dir das zu sagen.«

Was bedeutete, dass er es wusste. Also gut. Dann war er wohl heute weniger freizügig mit seinen Worten. »Aber warum konnte er nicht einfach auf mich warten?«, entgegnete sie.

Niall hob eine Schulter zu einem schiefen Achselzucken. »Er hat jemanden in seinem Büro, und du weißt doch, wie Ryker sich mit Pünktlichkeit hat.«

Ja, das war auch der Grund, weshalb sie gewusst hatte, dass es Fragen nach sich ziehen würde, als sie verschlafen hatte – mit Robert in ihrem Bett. In ihr Unbehagen mischte sich wachsende Panik.

»Mit wem trifft er sich denn?« *Es ist der Mann, den er als Ersatz für mich einstellt.* Sie kämpfte gegen die Angst vor dieser Möglichkeit an.

»Das wirst du schon noch herausfinden, Helena«, antwortete Niall und blieb neben ihr vor Rykers Büro stehen. Vielleicht fürchtete er weitere Fragen, denn als sie den Mund öffnete, stieß er abrupt die Tür auf.

Helena trat ein. Ihr Blick richtete sich erst auf Ryker, der hinter seinem Schreibtisch saß, seine harten Züge eine starre Maske. Aber dieser unerreichbare, gefühlskalte Mann, der er schon immer gewesen war, war nicht derjenige, der ihre Aufmerksamkeit erregte. Das war vielmehr der lächelnde, untersetzte und vage vertraut wirkende Gentleman, der auf einem Stuhl gegenüber von Ryker Platz genommen hatte.

Sie betrachtete forschend sein freundliches Gesicht mit den ausgeprägten Hängebacken, suchte nach einem Hinweis, weshalb er ihr so bekannt vorkam.

Das Lächeln des Mannes wurde breiter, als er sie erblickte, und sie schaute weg, beunruhigt wegen seiner Musterung. Wer war dieser Mann, dass Ryker sie jetzt hierhergerufen hatte? *Er ist der Ersatz für dich …* Was war sie schon ohne ihre Zahlen? Sie bemühte sich, Ordnung in ihre aufgescheuchten Gedanken zu bringen.

Wortlos zeigte Ryker auf den leeren Stuhl.

Mit hölzernen Schritten ging Helena hin und hockte sich auf die Kante. Sie schaute ihn erwartungsvoll an. Und in diesem

Paralleluniversum, in dem Ryker sich auf die Suche nach ihr gemacht hatte, sagte der Fremde etwas.

»Du siehst aus wie deine Mutter.«

Helena versteifte sich. Nun, das war es nicht, was sie von diesem Fremden zu hören erwartet hatte. Sie richtete ihren Blick auf den unverschämten Mann. »Dann kannten Sie also meine Mutter, Sir?«, erwiderte sie eisig.

Da die nur wenige Zentimeter größer als ein Meter fünfzig gewesen war und blassgoldene Haare gehabt hatte, waren die einzige Ähnlichkeit zwischen Mutter und Tochter ihre grünen Augen. Sonst nichts. Wie konnte es dieser Kerl wagen, in das Büro ihres Bruders zu kommen und solche falschen Behauptungen aufzustellen?

Ein Funkeln trat in seine Augen.

Der Mann war ein verdammter Idiot, und wenn Ryker ihn an ihrer Stelle anheuerte, war er ein ebensolcher Narr.

»Du besitzt ihren Geist und ihren Mut.«

Hitze flutete ihre Wangen, und sie drehte sich weg, zeigte ihm die kalte Schulter. »Du wolltest mich sehen, Ryker«, wandte sie sich an ihren Bruder.

Der betrachtete sie aus halb geschlossenen Augen. »Du hast mir Anlass zu der Sorge gegeben, dass deine Sicherheit hier nicht mehr gewährleistet ist.«

Robert. Sie blickte vielsagend zu dem feinen Schnösel neben ihr. »Ich glaube kaum, dass dies ein Thema ist, das vor Fremden besprochen werden muss«, erklärte sie und war stolz auf ihren ruhigen Tonfall.

Ryker lehnte sich in seinem Polsterstuhl zurück und legte die Hände auf die Armstützen. »Ich habe dir gestattet, hierzubleiben …« *Gestattet, hierzubleiben?* »… weil ich geglaubt habe, dass du hier sicher sein würdest.« Vor Diggory. Der Name hing unausgesprochen zwischen ihnen in der Luft.

»Oh.« Sie zog den Laut in die Länge. »Und ich dachte, ich dürfte bleiben, weil ich die Bücher so makellos führe.« *Und weil ich verdammt noch mal deine Schwester bin.* Ihre Nägel gruben sich fest in ihre Handballen. Zur Hölle mit ihrem Bruder, dafür, dass er so ein kalter, gefühlloser Bastard war.

»Du bist ziemlich unzufrieden mit deinem Leben hier.«

Wie auch nicht? Sie biss die Zähne zusammen. Clara, Calum, Adair. Sie hatten sie alle verraten. Wo war der Ehrenkodex, den sie im Leben auf der Straße gefunden hatten? *Aber andererseits bist du einfach nur Helena Banbury für sie.* Und Ryker ist ein Herr, dem man besser nicht in die Quere kommt.

»Ich werde dieses Gespräch nicht führen, solange ein Fremder anwesend ist.« Und er stellte *ihr* Urteilsvermögen infrage? Sie blickte zu dem jetzt ernsten Mann.

Der wollte sich erheben, aber ihr Bruder winkte ihn zurück in seinen Stuhl.

»Dein mangelhaftes Urteilsvermögen hat sich als deine verhängnisvollste Schwäche erwiesen.«

Helena zuckte zusammen, fühlte sich, als hätte er sie geohrfeigt. Die Narben auf ihrem Rücken, in ihrem Gesicht und auf ihren Händen waren ein Beweis ihrer Stärke. Eine Frau vergaß nie die Hölle, durch die sie geformt worden war.

»Diese Schwäche könnte dein Ende sein, Helena. Angesichts deines Fehlverhaltens …«

»Es war ein einzelner Fehler«, unterbrach sie ihn. Ein schrecklicher Fehler.

»Und angesichts des größer gewordenen Risikos, das dir droht«, fuhr er fort, als hätte sie nichts gesagt, »habe ich einen Entschluss gefasst.«

Ein Entschluss. *Sein* Entschluss. Nicht ihrer. Nichts, wobei sie um Rat oder wenigstens um ihre Meinung gefragt worden wäre. Sie scheute zurück vor der Endgültigkeit seiner Erklärung, klammerte sich stattdessen an etwas Sichereres.

»Das größer gewordene Risiko, das mir droht? Geht es um Diggory?«, fragte sie, verwünschte das leichte Zittern ihrer Stimme, als sie den Namen aussprach, da das nur die Stichhaltigkeit des Argumentes ihres Bruders bestätigte.

»Unter Berücksichtigung all dessen«, sagte Ryker mit seiner tiefen Stimme über sie hinweg, »fand ich, dass jetzt der ideale Zeitpunkt für dich ist, um zu entscheiden, was genau du möchtest.«

»Weißt du, was ich möchte?« Sie lehnte sich auf ihrem Stuhl vor. »Ich möchte mich frei im Haus bewegen können, so wie jeder von euch. Ich möchte die Freiheit haben, zu kommen und zu gehen, wie und wann ich es will.« Ohne erst die verdammte Erlaubnis von jedem Bruder einholen zu müssen. »Und jetzt, jetzt möchte ich zu meinen Büchern zurück.«

»Du führst keine Bücher.«

Ihr entging nicht, wie geschickt er über ihre vorherige Antwort hinwegging. »Nein, das tue ich nicht«, pflichtete sie ihm mit einem Nicken bei. »Ich sitze hier und rede mit dir über mein Tun, als wäre ich ein Kind und keine Frau von beinahe fünfundzwanzig Jahren.« Sie stand auf.

»Setz dich, Helena.« Der leise Befehl bewirkte, dass sie sich langsam zurücksinken ließ. Solange sie ihren Bruder kannte, hatte er sich bemüht, keine Namen zu benutzen. Als sie noch ein Mädchen gewesen war, hatte sie versucht, das zu verstehen. Jetzt würde sie sagen, es war ein durchaus erfolgreicher Versuch, Leute auf Abstand zu halten.

»Du möchtest wissen, wie das Leben außerhalb dieses Clubs aussieht.«

Sie presste die Lippen zu einer schmalen Linie zusammen. Was war daran schlimm, mehr sehen zu wollen als die Wände dieses Hauses?

»Du musst herausfinden, welches Leben du führen möchtest.« Ohne seinen eisigen Blick von Helena zu wenden, deutete er auf den stummen Adeligen neben ihr. »Das hier ist der Duke of Wilkinson.«

Sie drehte sich um und schaute genauer hin, bemerkte, was ihr bisher entgangen war. Die bunte Kleidung. Schokoladenbraune Augen. Viele Pfund schwerer, war er dennoch der gleiche Mann – ihr Vater. *O Gott.* Das Blut rauschte ihr in den Ohren, und sie war dankbar für den robusten Stuhl unter ihr.

»Der Herzog hat zugestimmt, dich bei sich aufzunehmen. Dort wirst du sicher sein.«

Dort würde sie sicher sein? Getrennt von ihrer Familie? »Mich bei sich aufnehmen?«, wiederholte sie, und ihre Worte klangen, als kämen sie aus weiter Ferne. Die ganze Zeit baute sich Panik wie eine mächtige Welle in ihr auf, die sie nach unten zu ziehen drohte.

»Für die Saison«, warf der Herzog ein, faltete die Hände über seinem rundlichen Bauch. »Es wird dir Spaß machen. Theaterbesuche und Bälle und Ausfahrten im Park …«

Während er weitersprach, drehte sich Helena zu Ryker um. »Du bist verrückt«, keuchte sie. »Völlig übergeschnappt.«

Er kniff die Augen zusammen. Jeder andere würde vermutlich seine Faust zu spüren bekommen für so eine Äußerung, und in diesem Augenblick wünschte sie sich, als Mann geboren zu sein, von gleicher Körperkraft, damit sie ihm für seinen Verrat eine blutige Nase verpassen könnte.

»Ich will nicht gehen. Ich will hierbleiben.«

»Du bittest doch die ganze Zeit darum, das Haus verlassen zu dürfen«, erwiderte er ruhig.

Sie blinzelte überrascht. Woher wusste er das? Denn dies war das Leben, das sie führen wollte. Das einzige, das sie kannte. »Woher weißt du, dass du hier leben möchtest und nicht in Mayfair?«, hielt sie ihm vor, als sie schließlich wieder sprechen konnte.

Der Geist eines Lächelns spielte um seine vernarbten Lippen. Ein Anflug von Stolz? Belustigung? Er war ein Mann, der sich große Mühe gab, der Welt nichts von sich preiszugeben.

»Vier Monate. Den Rest der Saison«, erklärte er, und jegliche Belustigung war verflogen.

Ihr Atem kam laut und abgehackt. »Die Bücher«, keuchte sie. Sie war ihm ganz offensichtlich gleichgültig. Wenn man bedachte, wie leicht es ihm anscheinend fiel, sie fortzuschicken, hatte sie ihm nie etwas bedeutet. Aber sicherlich konnte er das nicht tun, wo er doch so auf ihr Geschick mit Zahlen angewiesen war.

»Adair wird das übernehmen.«

Helena sank zurück auf ihren Stuhl. Einfach so, mit vier Worten, tat er ihre Bedeutung für diesen Club als unwichtig ab. »Ich h-habe diesen Club immer an die erste Stelle gestellt, vor a-alles und jeden«, flüsterte sie und hasste das Beben in ihrer Stimme.

Den Blick fest auf Helena gerichtet, bat Ryker den Herzog, draußen zu warten.

Sie verfolgte ungläubig, wie der korpulente Lord auf die Füße kam. »Natürlich, natürlich«, murmelte er und verschwand.

Sobald sich die Tür mit einem leisen Klicken hinter ihm geschlossen hatte, begann Helena. »Ich bin stets loyal gewesen, und der Lohn für all meine Arbeit soll das hier sein?«

Ryker zog eine Augenbraue hoch. »Ah, das stimmt nun nicht ganz, oder?« Die gefährliche Härte in seiner Stimme traf sie so sicher wie der Dolch, den der goldblonde Bastard ihr abgenommen hatte. »Du hast Lord Westfield den Vorzug gegeben.«

Sie schüttelte verständnislos den Kopf. Wer zur Hölle …?

»Lord *Robert* Westfield.«

Robert.

Der verdammte Mistkerl.

Die Mundwinkel ihres Bruders bogen sich verächtlich nach unten. »Du hast einen Mann, dessen vollen Namen du nicht mal kennst, über die Leute hier gestellt.«

»Er ist in mein Zimmer gekommen«, erklärte sie durch zusammengebissene Zähne.

»Und hat dort die Nacht verbracht«, fügte Ryker hinzu und schaute dann auf die Uhr hinter ihrer Schulter.

Er wird diese Diskussion beenden, die eigentlich gar keine richtige Diskussion ist. Er wird mich abfertigen und wegschicken, damit er sich wieder um seine wichtigen Geschäfte kümmern kann. Ihre Wut nahm zu, auf ihren Bruder, auf die Familie, die sie verraten hatte, auf den Mistkerl, der in ihr Zimmer gestolpert war, und auf sie selbst, weil sie alles so vermasselt hatte.

»Du willst mich also seinetwegen wegschicken?«, fragte sie scharf. Ryker, der den Adel mehr hasste als alles andere auf der Welt, würde sie zwingen, bei dem Herzog zu leben, der sie einst im Stich gelassen hatte.

»Ja«, antwortete er mit einer Direktheit, bei der sie blass wurde. »Du wünschst zu wissen, wie das Leben außerhalb dieser Mauern aussieht, daher sollst du genau das herausfinden. Du hast vier Monate. Wenn du in vier Monaten das Leben, das du hier hattest, zurückhaben möchtest, dann ist es deins.« Angesichts der Endgültigkeit, die in seiner Stimme zu vernehmen war, ging Helenas Atem noch schneller.

Sie sprang auf. »Tu das nicht«, flehte sie ihn an. »Ich bitte dich inständig.« Tränen traten ihr in die Augen, und sie hasste es, dass sie durch ihre Worte und Taten zu diesem schwachen, armseligen Geschöpf wurde.

Wenn es ihm irgendetwas ausmachte, dann ließ Ryker sich das nicht anmerken. »Dann ist es geregelt. Deine Sachen sind bereits gepackt worden. Seine Gnaden wartet.« Damit schaute er erneut zur Uhr. »Ich habe noch Geschäftliches zu regeln.«

Geschäftliches.

Und sie war ja nur Familie. Nicht so wirklich wichtig. Der Club kam zuerst. Das hatte sie immer gewusst, aber in einer Nacht der Torheit hatte sie zugelassen, dass Lord Westfield ihre Welt aus den Angeln hob.

Vier Monate. Sie musste nur vier Monate lang die gute Gesellschaft erdulden.

Eine dunkle Wut drohte sie zu überwältigen, als sie den Tag verdammte, an dem sie das unfassbare Pech gehabt hatte, Lord Westfield zu begegnen.

St. Giles, England

Frühling 1822

Kapitel 8

Regel 8

Hüte dich vor Lebemännern und Wüstlingen.

Jeder, der glaubte, dass Helena Banbury, ein Mädchen von der Straße, jemals einen ehrbaren Ehemann finden würde, war so verrückt wie die Insassen von Bedlam.

Nachdem sie nach Mayfair verfrachtet worden war, war Helena das klar geworden.

Die Ehefrau des Herzogs hatte einen Blick auf sie geworfen, sofort erkannt, was genau sie war, und hatte es auch begriffen.

Und viel wichtiger – alle Mitglieder der guten Gesellschaft hatten es ebenfalls begriffen.

Eine Frau wie Helena würde niemals einen ehrbaren Ehemann finden. Niemals.

Nicht, dass sie einen wollte.

Oder um genauer zu sein … überhaupt irgendeinen Ehemann. Allein die Vorstellung, sich an einen Mann zu binden, der Gewalt anwenden und sie nehmen konnte, wann immer er wollte … Nun, sie war ohne Zweifel besser dran ohne all die Probleme, die ein Ehemann mit sich brachte.

Sie stand im hinteren Bereich des Modesalons, während die Herzogin mit Madame Bisset sprach, die genauso wenig Französin war wie Helena eine echte Lady. Immer wieder sahen die anderen Kundinnen in ihre Richtung und schüttelten ihre Köpfe. Genau wie die Gouvernante, die ihr Bruder eingestellt hatte, als Helena eine größere Vorliebe für Zahlen gezeigt hatte als für wie auch immer geartete damenhafte Unternehmungen.

Helenas Haut prickelte unter den vertrauten Blicken, und sie versteifte sich.

Zwei junge Damen, makellos schöne brünette Zwillinge, deuteten auf sie und steckten die Köpfe zusammen. Bitterkeit regte sich in ihrer Brust. Es kam nicht jeden Tag vor, dass eine echte Lady die Gelegenheit erhielt, die narbenübersäte uneheliche Tochter eines Herzogs zu bestaunen. Was die beiden nicht wussten, war, dass sie bereits viel größere Grausamkeiten ertragen hatte als alles, was sie ihr antun konnten.

Sie wandte ihre Aufmerksamkeit einem Arrangement von Schleifen zu, und um ihre Hände zu beschäftigen, ließ sie die Finger über die einzelnen Bänder gleiten, zählte stumm jeden blauen Stoffstreifen, während sie durch den schmalen Gang spazierte.

Eins.

Zwei.

Drei.

Vier.

Wie viele Male hatte sie als Kind vor dem Schaufenster genau so eines Geschäfts gestanden, sich danach gesehnt, hineingehen zu können und mit den Fingern über diese schimmernden Seidenstoffe zu streichen?

Sie hielt inne und starrte blicklos auf das fünfte blaue Band. Sie hatte so viele Tage damit verbracht, sich danach zu sehnen, einmal zu erfahren, wie die Bessergestellten lebten, hatte immer wieder Wünsche in den schmutzig grauen Londoner

Himmel gesandt, nach einer Gelegenheit, nur ein einziges Mal statt in den Straßen von Seven Dials in den Ballsälen der eleganten Lords und Ladys zu tanzen, die ein kleines hungerndes Mädchen wie sie nicht einmal wahrnahmen.

Jetzt sah Helena sich die ahnungslosen Damen im Laden an, die so nebenbei mit vollen Händen ein Vermögen ausgaben, genau wie ihre Ehemänner, Brüder und Väter Unsummen an den Spieltischen riskierten. Wie viel diese Frivolität und Verschwendung über die Leute aussagte, zu denen ihr Bruder sie geschickt hatte.

»Die sind wunderschön, nicht wahr?«, ertönte eine Stimme hinter ihr. »Ich denke, bei deinem Teint und Haar würde dir diese Schattierung von Grün großartig stehen, aber leider beharrt Mutter darauf, dass du dich in Hellgelb und Beige kleidest.«

Das Geplapper riss Helena aus ihren Gedanken. Sie wandte ihre Aufmerksamkeit von den verschiedenen Schleifen ab und der jungen, stets fröhlichen Tochter des Duke of Wilkinson zu. Seine einzige legitime Tochter. Mit siebzehn und kurz nach ihrem Debüt war Lady Diana entweder hoffnungslos naiv oder unglaublich großzügig, da es ihr offenbar nichts ausmachte, dass ihre Saison von dem Bastard ihres Vaters gestört wurde.

»Hmm?«, fragte Lady Diana und hielt zwei Bänder hoch: ein mint und weiß gestreiftes Stoffstück und eine salbeigrüne Schleife. »Welches würdest du aussuchen?«

Sosehr Helena die Welt auch verachtete, in die Ryker sie gezwungen hatte, konnte sie doch keinerlei Wut auf die freundliche Halbschwester in sich finden, die sehr viel toleranter war, als jede andere es gewiss gewesen wäre.

Abwesend berührte Helena das Band in Dianas rechter Hand.

»Wunderbare Wahl.« Das Mädchen strahlte sie an. »Ich werde Mutter sagen …«

»Nein«, erwiderte Helena, und ihre mit zu hoher Stimme ausgesprochene Bitte ließ die junge Frau jäh im Schritt verhalten. Bei dem fragenden Blick, den sie ihr zuwarf, zwang sich Helena zu einem Lächeln. »Ihre Gnaden ist schon großzügig genug gewesen.«

Was stimmte. Die Frau spendierte freigiebig all die Kleidungsstücke und Accessoires, die rasch Helenas einst langweilige Garderobe verdrängten. Aber nicht aus Güte. Von der Vorderseite des Geschäfts sah die blonde Herzogin mit verbissenem Mund zu Helena. Sie gab sich wenig Mühe, die Verachtung, die sie für sie empfand, zu verhehlen.

»Oh, sei nicht albern«, protestierte Diana. »Papa würde wollen, dass du es hast. Du bist schließlich ihre Tochter.«

Helena verschluckte sich beinahe, doch das Geräusch ging unter in dem Gekicher der Zwillingsschönheiten, die immer noch miteinander tuschelten. Sie würde niemals die Tochter der verhassten Duchess of Wilkinson sein, und sie war nur streng biologisch betrachtet das Kind des Herzogs. Trotz der Gemeinheit der anderen Mädchen plauderte Diana weiter, wie sie es immer tat. Sie bemerkte nichts, nahm die Bänder und brachte sie zu einer von Madame Bissets Angestellten.

Helena verspürte das plötzliche Bedürfnis, dieser erstickenden Welt zu entfliehen, zu der sie niemals gehören würde. Die Narbe auf ihrer rechten Wange pochte, eine Art höhnische Erinnerung daran, wie fehl am Platz sie hier war.

Die heiße Wut, das grelle Gefühl des Verrats brannte jetzt genauso stark wie an dem Tag, als sie gegangen war. Nicht zum ersten Mal, seit Ryker sie fortgesandt und zu dem Mann geschickt hatte, der niemals in Wahrheit ihr Vater sein würde – außer in streng biologischer Hinsicht –, ergriff sie heftige Wut auf den Fremden, der in ihre Räume eingedrungen war und damit ihr Leben ruiniert hatte.

Lord Robert Westfield. Sie hatte genug über ihn in den Gazetten gelesen, um zu wissen, dass er ein Frauenheld und ein zukünftiger Herzog war. Sonst sprach nichts für den Mann. Absolut *nichts*.

Was, wenn ich meine Tür verschlossen hätte? Dann wäre er niemals in mein Zimmer eingedrungen. Ich hätte einfach weitergeschlafen. Er wäre weitergegangen. Und sie würde jetzt unbehelligt in ihrem Büro im »Hell & Sin«-Club sitzen, wo es niemanden interessierte, ob sie eine Narbe auf der rechten Seite ihres Gesichts hatte oder Male auf ihren Armen und auf ihrem Rücken, weil sie unter Menschen war, die den inneren Wert einer Person sahen.

Krampfhaft schluckte sie gegen das heftige Verlangen an, wieder in den Club zurückzukehren, in die Spielhölle, die mehr ein Zuhause gewesen war als alles andere, was sie vorher gekannt hatte.

Sie kniff die Augen zu. Hatte sie sich wirklich gewünscht, aus ihrer vertrauten Umgebung herauszukommen? Denn jetzt, da sie sich in dieser kalten, inhaltsleeren Welt aufhielt, wo sie herumgeschubst, zurechtgemacht und angekleidet wurde wie eine Puppe, ohne wirkliche Aufgabe, sehnte sie sich dorthin zurück.

Aber das sollte nicht sein.

Nicht bis zum Ende der Saison, da es die närrische Erwartung gab, dass sie heiraten würde. Und wenn sie das nicht tat … Helena atmete bebend ein. Dann Freiheit.

Wieder fand sie Trost in Zahlen und Berechnungen und in den drei verbleibenden Monaten, neunzig Tagen, zweitausendeinhundertsechzig Stunden und … Helena runzelte die Stirn. Den Tag auf Stunden und Sekunden herunterzubrechen ließ die Zeit, die sie hier verbringen musste, nur unendlich erscheinen.

Dennoch, sie war seit einem Monat im eleganten London und hatte sich noch nicht mit einem einzigen Verehrer auseinandersetzen müssen. Während andere Ladys klagen würden, war ihr nach Feiern zumute. Denn wenn die Frist um war und sie keinen Heiratsantrag bekommen hatte, würde sie frei sein, in die Welt zurückzukehren, in die sie hineinpasste.

Sie richtete ihren Blick abwesend auf die Tür des Modesalons. Doch glücklich war sie auch in Rykers Welt nicht wirklich gewesen. Im »Hell & Sin«-Club war sie auf andere Weise gefangen gewesen, hatte die ganze Zeit gearbeitet, sich aber ebenso nach Freiheit und einem selbstbestimmten Leben gesehnt, die ihr immer versagt blieben.

Oh, sie hatte eine Aufgabe gehabt – eine Aufgabe, die ihr gefallen hatte. Aber niemand hatte auf sie gehört. Nicht ernsthaft. Ihre Brüder waren so darauf versessen gewesen, sie vor Diggory zu beschützen und die Spielhölle zu einem Erfolg zu machen, dass sie ihre Stimme erstickt hatten … und damit auch ihr Glück.

»Miss Banbury«, holte die Herzogin sie aus ihren Gedanken. »Wir brechen auf.«

Eine Welle der Erleichterung durchlief Helena, und sie ging mit langen Schritten zur Vorderseite des Geschäfts, woraufhin die Zwillinge wieder kicherten. Erhobenen Hauptes marschierte Helena an ihnen vorbei. Man hatte sie mit einer Rute geschlagen und ihr Verbrennungen zugefügt. Jegliche Grausamkeit, die diese Mitglieder der guten Gesellschaft ihr antun konnten, verblasste im Vergleich damit.

Während ein Ladenmädchen herbeieilte, um der Herzogin die Tür zu öffnen, rauschte die Duchess of Wilkinson wie eine Königin hindurch, hielt nicht einmal inne, um festzustellen, ob ihre neue Stieftochter ihr folgte. Helena zögerte und spielte kurz mit dem Gedanken, aus dem Geschäft zu schlüpfen und in die entgegengesetzte Richtung davonzulaufen, bis die mondänen Straßen dreckigen Gassen wichen, in denen an jeder Ecke Gefahr lauerte.

Drei Monate. Sie musste nur noch drei Monate durchstehen.

Diese Worte ständig in Gedanken wiederholend, folgte sie der Herzogin und ihrer Tochter. Sie trat nach draußen in das helle Sonnenlicht, das sie blendete. Schnell hob sie eine Hand, hielt sie schützend vor die Augen. Sie blickte sich um und entdeckte den livrierten Kutscher des Herzogs, der gerade der Herzogin in die elegante schwarze Barouche half. Lady Diana folgte dicht hinter ihr.

Helena beschleunigte ihre Schritte, begab sich zu dem Gefährt und erlaubte dem Mann, ihr ebenfalls beim Einsteigen behilflich zu sein. Sie murmelte ein Dankeswort und setzte sich auf die Bank neben ihre Halbschwester.

»Sie haben heute Nachmittag Unterricht bei einem Tanzlehrer.« Die Herzogin sah bei diesen Worten nicht Helena an, sondern eine Stelle über ihrem Kopf. »Danach folgt dann Aquarellmalerei.« Schließlich ließ sie ihren eisigen Blick doch über Helena gleiten. »Aber zuerst hat der Herzog um ein Gespräch mit Ihnen gebeten.«

Helena sank das Herz. All die Bemühungen der Lehrer, die ihr Bruder angeheuert hatte, waren verschwendet gewesen. »Es besteht wirklich keine Notwendigkeit für all diese Unterweisungen, Euer Gnaden«, murmelte sie. »Auch wenn ich …«, sie suchte nach dem richtigen Wort, »dankbar für die Bemühungen bin, werde ich hier nicht lange bleiben.«

»Nein, das allerdings nicht«, stimmte ihr die Herzogin zu, und ihre Lippen verzogen sich. »Aber solange Sie bei uns sind, werden Sie Seine Gnaden nicht in Verlegenheit bringen.«

Diana warf ihr aus dem Augenwinkel einen Blick voller Verständnis und Mitgefühl zu, denn sie war oft genug selbst Zielscheibe der missbilligenden Bemerkungen ihrer Mutter gewesen.

Helena ignorierte die Herzogin, schob den Vorhang zurück und starrte auf die vorüberziehenden Straßen. Als Kind hatte sie die Mädchen beneidet, die in vornehme und wohlhabende Familien hineingeboren worden waren. Welche Unbill konnten sie je erfahren? Doch selbst in den kurzen Wochen, in denen Helena sich jetzt schon in der glitzernden Welt der guten Gesellschaft bewegte, hatte sie herausgefunden, dass auch diese Frauen Leid kannten.

Das Leben hatte den Beweis geliefert, dass Unfreundlichkeit sich nicht auf eine Klasse beschränkte. Männer hatten sich generell als vollkommen egoistisch erwiesen, sie stellten ihre Bedürfnisse vor die aller anderen. Wieder einmal drängte sich die Erinnerung an den goldblonden Adonis, der in ihr Zimmer gestolpert war und ihre Welt auf den Kopf gestellt hatte, in den Vordergrund, und ein unwilliges Knurren stieg ihr tief aus der Kehle.

»Es ist unhöflich, Geräusche wie ein Tier zu machen«, wies die Herzogin sie zurecht und unterbrach ihre Gedanken.

Hitze stieg Helena in die Wangen, und nicht zum ersten Mal verfluchte sie Lord Westfield, den skrupellosen Schurken. Dieses Mal dafür, dass sie seinetwegen weitere Schelte von der Duchess of Wilkinson bezog.

Kurze Zeit später kam die Kutsche vor der Stuckfassade des eleganten Stadthauses des Herzogs in Mayfair zum Stehen. Bedienstete eilten herbei, öffneten die Tür und stellten einen Schemel für die Herzogin hin. All der übertriebene Pomp und der Aufwand, mit dem solch eine einfache Aktivität verbunden war, standen im direkten Gegensatz zu dem einfachen Leben, das Helena bisher gekannt hatte.

Helena wartete, dass Diana ausstieg, aber das Mädchen zögerte. Sie nestelte an ihrem Umhang aus Musselin und biss sich auf die Unterlippe. »Wenn du Lust hättest, mit mir zusammen Aquarell zu üben, könnte ich dir vielleicht helfen.« Helena öffnete den Mund zu einer Antwort, aber Diana sprach rasch weiter. »Ich maße mir nicht an, dir irgendetwas Wichtiges beibringen zu können.« Sie senkte den Kopf. »Ich dachte einfach nur, es könnte vielleicht … Spaß machen«, beendete sie den Satz leise.

Helena versuchte sich vorzustellen, wie die Tage dieses Mädchens aussehen mussten, das nicht darauf hoffen durfte, dass sich sein gesetzter, künstlicher Lebensstil jemals ändern würde, und das daher sogar eine Veränderung begrüßte, die in Form einer Halbschwester, der unehelichen Tochter ihres treulosen Vaters, kam. »Das wäre sehr schön«, erwiderte sie sanft, und das Mädchen strahlte sie an.

»Wunderbar!« Mit neuem Schwung verließ Diana die Kutsche.

Sich für einen Tag voller Langeweile in Form von mehr Lektionen und Vorträgen wappnend, folgte Helena ihr mit größerer Zurückhaltung. Sie lächelte den Diener an, der den Blick abwandte. Auch wenn Helena sich im Umgang mit jenen wohlfühlte, die beim Herzog angestellt waren, war die Dienerschaft insgesamt doch unsichtbar für ihre Herrschaft.

Sie marschierte die wenigen Stufen hinauf, und ihre Haut prickelte wieder einmal unter den Blicken, die ihr die Passanten zuwarfen. Es kam nicht jeden Tag vor, dass ein Herzog seine jahrelang verschollene Tochter wiederfand und sie für die Saison in die Stadt brachte. Es war köstlicher Klatsch für Leute, die sich sonst mit nichts anderem beschäftigten als dem Schnitt ihrer Kleidung.

Als Helena das Foyer betrat, legte sie den Umhang ab, und ein Diener eilte herbei, um ihn ihr abzunehmen. Sie strich mit einer Hand über den weichen Stoff, aber ihre Finger sehnten sich nach der raueren, vertrauten braunen Wolle, die sie sonst immer trug.

Der Lakai wartete geduldig, und sie blinzelte. Dann ließ sie das Kleidungsstück hastig los, und es wechselte von ihren Händen in seine.

»Miss Banbury, der Herzog erwartet Sie in seinem Arbeitszimmer«, mahnte die Herzogin streng. Sosehr Helena die Kälte dieser Frau auch verabscheute, enthielt die Wut der zornigen Ehefrau wenigstens Aufrichtigkeit, was Helena immerhin Achtung abnötigte. Denn wie schrecklich musste es schließlich für jemanden sein, der so stolz war, wenn der Beweis der Untreue ihres Mannes in die gute Gesellschaft eingeführt wurde? Nur dass ihre Unfreundlichkeit sich nicht auf Helena beschränkte, sondern auch auf ihre eigene Tochter ausdehnte.

Helena knickste steif und entfernte sich aus dem riesigen, mit weißem italienischen Marmor ausgekleideten Foyer. Ihre Slipper machten kein Geräusch, während sie durch die mit Teppich ausgelegten Korridore schritt. Im Vorbeigehen warf sie einen Blick auf die Porträts der Vorfahren des Herzogs an den Wänden.

Als sie zuerst hier eingetroffen war, hatte sie geglaubt, sie würde sich nie in diesem Haus zurechtfinden, das mehr an ein Mausoleum erinnerte. Die einzige Möglichkeit, wie sie sich irgendwie in diesen prachtvoll ausgestatteten Fluren orientieren konnte, bestand darin, den Gemälden Nummern zuzuweisen.

Helena blieb neben Bild sechsundzwanzig stehen und klopfte einmal an die Tür des Herzogs. In periodischen Abständen wurde sie zu ihm gerufen, um ihm zu versichern, dass es ihr in der Tat gut ging. Was stimmte. Denn jeder Tag brachte sie ihrer Rückkehr nach Hause näher.

»Herein«, ertönte die stets fröhlich klingende Stimme.

Helena drückte die Klinke herunter und trat ein. »Euer Gnaden«, murmelte sie und schloss die Tür hinter sich. Sie knickste vor dem rundlichen Gentleman mit Bart.

Wenn sie ihn traf, suchte sie immer wieder nach Spuren ihrer selbst bei ihm. Doch außer seiner hellen Gesichtsfarbe konnte sie keinerlei Hinweise darauf entdecken, dass sie tatsächlich seine Tochter war.

»Helena, Helena, komm rein, Mädchen«, rief er sie in seiner üblichen jovialen Art. Er erhob sich und trat mit ausgestreckten Händen um seinen Schreibtisch herum.

Helena, die bei ihren älteren Brüdern gelebt hatte, die ihr aus Vorsicht generell keinerlei Zuneigung gezeigt hatten, wusste noch immer nicht, wie sie mit der freundlichen Begrüßung des Mannes umgehen sollte. Sie stand auch so im Gegensatz zu seiner eiskalten Frau. Vielleicht war es diese Kälte, die ihn in die Arme von Helenas warmherziger Mutter getrieben hatte.

»Euer Gnaden«, erwiderte sie leise.

»Ach, hör auf damit«, verlangte er und führte sie zu einem Stuhl vor seinem Schreibtisch. Statt hinter dem breiten Mahagonimöbel Platz zu nehmen, entschied er sich für den Lederstuhl bei Helena. »Hast du dich gut eingewöhnt?«, fragte er und rückte näher.

Sie zögerte kurz und nickte dann. »Oh, ja«, log sie. Denn wem auch immer sie die Schuld dafür gab, dass sie hier war – Ryker, sich selbst oder diesem Lord Robert Westfield –, dieser Mann hatte sich doch keinerlei Fehlverhalten geleistet. Er hatte versucht, sie gut zu behandeln, obwohl es den meisten mächtigen Adligen durchaus recht gewesen wäre, einen Bastard einfach in der Unterwelt Londons verschwinden zu lassen.

»Gut. Das ist gut«, erwiderte er, und sein Lächeln wurde breiter, während er sich auf seinem Stuhl zurücklehnte.

Helena rutschte unruhig umher und sah sich um. Sie hatte noch nie viel geredet. Anders als die legitime Tochter des Herzogs, deren Mund nie stillstand, war es für Helena oft mühsam, müßige Konversation zu machen.

»Du hast noch keinerlei Verehrer«, stellte der Herzog vorsichtig fest, als wenn er ihr irgendwelche unangenehmen Neuigkeiten beibringen müsste.

»Nein«, erwiderte sie. Was sollte sie auch sonst sagen? Sie hatte ihm nicht erzählt, dass sie sehr zufrieden damit war, nichts mit diesen selbstverliebten, überheblichen Lords zu tun zu haben, die heirateten und dann in genau die Spielhölle zurückkehren wollten, die Helena bis vor Kurzem ihr Zuhause genannt hatte.

»Hm«, brummte der Herzog. »Über Geschmack lässt sich nicht streiten.«

Sie biss sich innen auf die Wange. Wie viele Male hatte sie das über ihre Mutter gemurmelt, die eine schreckliche Neigung dazu gehabt hatte, sich stets mit den übelsten Männern einzulassen?

»Also, dann brauchen die Gentlemen vielleicht ein wenig Hilfe, was?« Ein kleines Funkeln glomm in seinen freundlichen braunen Augen auf.

Helena runzelte die Stirn. »Wie meinen Sie das?«, erkundigte sie sich zögernd, während in ihrem Hinterkopf Alarmglocken losgingen.

»Alle Gentlemen erwarten eine Braut mit Mitgift.«

Helena erstarrte. Für einen Monat war sie trotz der gemeinen Bemerkungen und grausamen Blicke mehr oder weniger unsichtbar für die gute Gesellschaft geblieben. Außer Lady Diana hatte sie keine Freundinnen. Und sogar noch weniger Verehrer, und dieser Umstand hatte sie zutiefst befriedigt. *O Gott, nein.* Sie schüttelte den Kopf, aber der Herzog sprach einfach über ihre wachsende Hysterie hinweg.

»Ich werde dir zehntausend Pfund als Mitgift geben.«

»Zehntausend«, wiederholte sie dumpf, während ein Summen ihre Ohren füllte und die Stimme des Herzogs übertönte.

Als sie ein junges Mädchen mit einer Gouvernante gewesen war, hatte Helena alle Fächer, die sich nicht mit Mathematik befassten, gehasst. Eines Nachmittags, während sie sich durch Berichte über antike griechische Schlachten gequält hatte, war sie über die Legende der Zehntausend gestolpert, dieser allseits gefürchteten und verehrten Söldnereinheit, die versucht hatte, dem persischen Imperium die Macht zu entreißen. Die Geschichte von zehntausend skrupellosen Kriegern hatte ein Mädchen, das umgeben von der Brutalität der Straße aufgewachsen war, auf besondere Weise berührt.

Und jetzt, in einer großen ironischen Wendung, hatte ihr Vater sie zu einem jener bedauernswerten Geschöpfe gemacht, die nur wegen der Höhe ihrer Mitgift einen Mann fanden. Er würde ihr die Anonymität nehmen und ihren Wert in Geld bemessen, sodass das alles wäre, was jeder sehen würde. Mitgiftjäger würden sich um sie scharen, und am Ende wäre sie in einen neuen Käfig gesperrt – einen goldenen. Helena schlug die Hände vors Gesicht.

»Das ist doch nicht nötig, Mädchen«, sagte der Duke, der ihre Reaktion fehlinterpretierte. Er tätschelte ihr das Knie. »Ich hätte mehr für dich und deine Mutter getan …« Seine Stimme brach, und sie ließ die Hände in ihren Schoß fallen.

Oh, wie gern sie diesen Mann hassen wollte. Sie hatte Jahre damit verbracht, ihn zu hassen. Jeder Schlag von Diggory auf ihren Rücken, jede Träne, die ihre Mutter vergossen hatte. Bei alldem hatte sie Trost in ihrem Hass gefunden. *Ich möchte kein Mitleid für ihn empfinden … Ich möchte gar nichts empfinden …*
»Das ist zu großzügig, Euer Gnaden«, erwiderte sie still. »Bitte, ich bitte Sie … Tun Sie das nicht.« *Bitte.*

»Denk nicht weiter darüber nach, Mädchen«, erwiderte er und kam auf die Füße. »Es ist schon geschehen.« Er strich ihr über den Scheitel, wie man es bei einem Kind von fünf Jahren tun würde und nicht bei einer Frau von fast fünfundzwanzig. »Jetzt, glaube ich, musst du zu deiner Tanzstunde.«

Sie zwang sich zu einem Lächeln und fürchtete, dass ihre Wangen Risse bekommen müssten. »In der Tat. Danke.« Helena knickste wieder.

Während sie sich vom Herzog verabschiedete, dachte sie fieberhaft darüber nach, wie sie mit dieser neuen Komplikation umgehen sollte, wie es ihr gelingen konnte, für drei weitere Monate unsichtbar zu bleiben. Wenn sie als Mann geboren worden wäre, würde sie sich jetzt nicht in dieser Lage befinden.

Ihre Brüder, Lord Westfield … sie konnten einfach wegen ihrer Geburt allein über ihr Leben bestimmen. Und Männer wie der Marquis of Westfield hatten sogar noch größere Macht und Kontrolle.

Helenas Schritte wurden langsamer, während eine interessante Idee in ihrem Kopf Gestalt annahm.

Kapitel 9

Regel 9

Vermeide es auf jeden Fall, Aufmerksamkeit auf dich zu ziehen.

Als Robert Dennington, der Marquis of Westfield, aus dem Ballsaal des Earl of Sinclair schlüpfte, wurde ihm etwas bewusst. Jemand beobachtete ihn.

Nicht dass das an sich etwas Ungewöhnliches gewesen wäre. Egal ob Debütantinnen oder ihre Mütter, Witwen oder verheiratete Ladys – ein zukünftiger Herzog zog immer die Blicke auf sich. Und deshalb fühlte er sich auch nicht geschmeichelt, sondern war sich darüber im Klaren, dass diese Frauen ihn nur wegen seines zukünftigen Titels beachteten.

Es war natürlich überaus lästig. Er hatte arrangiert, sich in einem der hinteren Räume im Stadthaus des Earl of Sinclair mit Lady Danvers zu treffen, und es wäre nicht günstig, wenn das bemerkt werden würde.

Er war in der guten Gesellschaft als Junggeselle und Lebemann bekannt – und man erwartete, dass er einer hübschen Witwe nicht widerstehen konnte.

Während Robert entschlossen durch das Haus seines Gastgebers schritt, verzogen sich seine Lippen zu einem Grinsen. In diesem Fall war es eine ganz bestimmte Witwe, deren Avancen er nicht zu widerstehen gedachte.

Allerdings verstärkte sich das Gefühl, beobachtet zu werden, nur noch, und vielleicht war es die nächtliche Stille oder seine überaktive Fantasie, aber es war etwas deutlich … nun, *Missbilligendes* an dem Prickeln in seinem Nacken.

Die Dielen knarrten, und er erstarrte, sah sich um. Schatten von den brennenden Kerzen in den Leuchtern tanzten in unheimlichen Mustern über die Wände. Er blickte in beide Richtungen den Korridor entlang. Als Schritte an sein Ohr drangen – definitiv nicht weiblich –, fluchte Robert leise und suchte Zuflucht in dem nächsten Raum, schloss die Tür schnell, aber leise hinter sich.

In dem leeren Salon herrschte Stille, und er starrte die getäfelte Eichentür an, bis die schweren Schritte verklungen waren. Dann ließ er noch eine Weile verstreichen.

Unwillig verzog er das Gesicht. Nach seiner Beinahe-Hochzeit mit Lucy Whitman und ihrem Betrug mit seinem Großvater hatte Robert sich geschworen, das Leben eines sorglosen Taugenichts zu führen. Und daran hatte er auch sehr viel Spaß gehabt. Es gab keinerlei Risiko, dass Herzen gebrochen oder Gefühle zu stark wurden. So war auch sein eigenes Herz sicher, und niemand erwartete etwas von ihm, das er nicht zu geben bereit war.

Dennoch, dieses Versteckspiel, zu dem er in den letzten zwölf Jahren zu oft hatte greifen müssen, erfüllte ihn mit einer gewissen Unzufriedenheit. Wegen der bemerkenswerten Gleichförmigkeit seines Lebens machten sich in ihm zunehmend

Langeweile und Frustration breit. Und dann fielen ihm wieder die harten Worte seines Vaters vor einigen Monaten ein, mit denen er Robert beschuldigt hatte, genauso zu sein wie jeder andere Lord. Damals hatte ihn tief sitzende Verärgerung über seinen Vater ergriffen, der sogar sein bevorstehendes Ableben vorgetäuscht hatte, nur um Robert seinen Willen aufzuzwingen.

Jetzt waren es vielleicht die Ruhe hier und der Umstand, dass er beinahe entdeckt worden wäre, aber es schien ihm, als sei etwas sehr … Hohles an diesen Treffen im Verborgenen. Er grinste langsam. Nicht dass er auf diese Treffen verzichten wollte. Trotz der Langeweile genoss er noch immer das Vergnügen, eine Frau in den Armen zu halten. Und Frauen hatten mit ihren atemlosen Schreien und sanften, beweglichen Körpern bewiesen, dass es ihnen umgekehrt genauso ging.

Robert blickte auf seine Taschenuhr, kniff die Augen leicht zusammen und versuchte, in der Dunkelheit die Zahlen zu entziffern. Es war spät. Schnell steckte er die goldene Uhr wieder in seine Weste, öffnete langsam die Tür und spähte vorsichtig aus dem Zimmer. Er sah nichts außer dem leeren Korridor und flackernden Schatten. Rasch trat Robert hinaus.

Es war Unsinn, zu glauben, dass irgendwelche missbilligenden Blicke auf ihn gerichtet wären. Es gab niemanden auf der Welt, der ihm feindselig gesinnt war. Er runzelte die Stirn. Jedenfalls niemanden, von dem er wusste. Auch musste er sich keine Gedanken über erzürnte Ehemänner machen. Der Lustgreis, den Lady Danvers leider vor einigen Jahren hatte heiraten müssen, hatte sie zuvorkommenderweise recht schnell zur Witwe gemacht.

Plötzlich tauchte die Erinnerung an eine gewisse wutschnaubende Bettpartnerin auf, in deren Zimmer er unwissentlich geraten war. Sein Lächeln wurde breiter. Da er beinahe von den skrupellosen Besitzern des Clubs entdeckt worden war, hatte er in den letzten Wochen darauf geachtet, diese spezielle

Spielhölle zu meiden. Aber er hatte immer noch den Dolch in seinem Besitz, der der kleinen Hexe gehörte. Allerdings überstieg Roberts Liebe zur Unversehrtheit seines Halses und zum Leben allgemein bei Weitem jedes Ehrgefühl einer Frau gegenüber, die angedroht hatte, ihn aufzuschlitzen.

Ja, er bevorzugte seine Frauen willig und anschmiegsam. Lady Danvers war in dieser Hinsicht perfekt.

Er erreichte das Ende des Korridors, blieb vor der letzten Tür stehen und drückte sie auf.

»Sie sind spät, Lord Westfield.« Das verführerische Gurren der Baroness drang aus der Tiefe des Raums zu ihm. Die Lady trat mit raschelnden Seidenröcken auf ihn zu und blieb in der Mitte des Raumes stehen.

Mit einem trägen Grinsen zog Robert die Tür hinter sich zu und sperrte ab. »Lady Danvers«, begrüßte er sie. Mit ihrem üppigen Busen, der sich über dem skandalösen Dekolleté wölbte, erinnerte sie ihn an eine Fruchtbarkeitsgöttin. Er ließ seinen Blick über ihre angefeuchteten goldenen Röcke gleiten. Großzügige, geschwungene Hüften und ein genauso großzügig geformter Hintern erfüllten genau wie ihre mitternachtsschwarzen Locken und roten Lippen alle Erwartungen eines Gentlemans. Also warum verspürte er in diesem Moment … Langeweile?

Die sinnliche Witwe schlenderte auf ihn zu. »Und, gefällt Ihnen, was Sie sehen?« Ihr heiseres Flüstern hüllte ihn ein.

Er kämpfte gegen seine innere Unruhe und zwang sich, sie voller Wohlwollen zu betrachten. »Oh, in der Tat«, erwiderte er träge, und ein neckisches Lächeln spielte um ihre Lippen, als sie vor ihm stehen blieb.

»Sind Sie vielleicht gelangweilt?« Das Versprechen in ihren Worten erreichte seine Ohren.

»Und wenn ich Ja sagen würde?« Er ließ seine Hand über die üppige Rundung ihres Busens gleiten, der fast aus ihrem

Kleid quoll, und die Lider der Lady senkten sich flatternd, während sie sich näher lehnte.

»Dann würde ich erwidern, dass mir durchaus einige Dinge einfallen, um etwas dagegen zu unternehmen, Mylord.« Sie schmiegte sich an ihn und schlang ihm die Arme um den Hals, zog seinen Mund auf ihren.

Angesichts der Leidenschaft in ihrem Kuss und der Art, wie ihre Finger über seinen Rücken wanderten, bestand kein Zweifel, dass die Dame über Einfallsreichtum verfügte und er ihr seine ungeteilte Aufmerksamkeit schenken musste. Oder es zumindest sollte. Doch während er die Umarmung erwiderte, beschlich ihn wieder das störende Gefühl, beobachtet zu werden.

Während er abgelenkt seine Lippen über ihren Hals wandern ließ, öffnete Robert die Augen und sah sich im Raum um …

Zwischen den dicken goldenen Brokatvorhängen hervor musterte ihn ein Paar wütender und entschieden unfreundlicher Augen.

Robert erstarrte. Das Aufblitzen von hellem Stoff und das Funkeln in den Augen der Lady deuteten auf Unschuld hin, und trotz der Entfernung zwischen ihnen war die Ablehnung in ihrem Blick klar zu erkennen. Dann war sie wieder hinter den dicken Stoffbahnen verschwunden.

Jedes Verlangen war sogleich erloschen. Robert zog sich zurück.

»Mylord?«, flüsterte Lady Danvers, verwirrt von dem jähen Verlust seines Interesses.

»Ich muss … mich um etwas kümmern, das mir gerade eingefallen ist.« Was nicht einmal gelogen war. Eines war sicher: Er hatte nicht die Absicht, sich von der Unschuld, die sich hinter den Vorhängen verbarg, in die Falle locken zu lassen. Und je eher er die Identität der kleinen Intrigantin herausfand, desto besser.

Die Witwe öffnete und schloss den Mund und ließ dann ein kehliges Lachen ertönen. »Sie scherzen.« Sie streckte die Hand aus und rieb ihn durch den Stoff. »Ich habe sogar noch wichtigere Dinge zu besprechen.« Lady Danvers ließ sich auf die Knie fallen und machte sich am Verschluss seiner Hose zu schaffen.

Ein abfälliges Geräusch drang hinter den Vorhängen hervor, und Roberts Blick wanderte wieder durch den Raum. Und er, der lange geglaubt hatte, er könne nie wieder erröten, fühlte, wie ihm Hitze den Nacken hochstieg. Er machte einen Schritt zurück, entfernte entschlossen die Hände der Dame und zog sie auf die Füße. »Ich fürchte, wir werden unser Treffen verschieben müssen, Lady Danvers.«

Seine verhinderte Geliebte schürzte die Lippen, und in diesem Moment war nichts auch nur ansatzweise Hübsches oder Freundliches in ihrem Gesicht. »Sie werden herausfinden, dass ich in Zukunft sehr viel weniger zuvorkommend sein werde, Mylord«, zischte sie.

»Ich bitte um Entschuldigung«, murmelte er und sah ihr zu, wie sie empört aus dem Raum rauschte und die Tür mit einem lauten Knall zuschlug.

Robert machte drei lange Schritte und sperrte hinter ihr ab. Durchaus verärgert drehte er sich um und verschränkte die Arme vor der Brust. »Sie können jetzt rauskommen, Mylady.«

Für einen langen Moment blieben die Vorhänge still. Er fühlte eine weitere Welle der Frustration angesichts der ruinierten Chance auf etwas Vergnügen. »Oder …«, er zog das Wort in die Länge, »warten Sie, bis Ihre Mutter eintrifft, bevor Sie sich mir in die Arme werfen? Ich fürchte, wenn das Ihre Absicht ist, Mylady, hoffen Sie vergeblich.«

Wobei er, wenn er fair sein wollte, sagen musste, dass er ein beunruhigendes Prickeln in seinem Nacken fühlte. Dadurch, dass er versucht hatte, ihre Identität aufzudecken, und nicht gleich gegangen war, mochte er sehr wohl genau in ihre Falle getappt sein.

Der Goldbrokat wurde zur Seite geschoben, und eine junge Dame trat dahinter hervor. Robert betrachtete sie im Licht der Kerzenleuchter, und irgendwie kam sie ihm vage bekannt vor, wie sie da vor ihm stand, halb verborgen in den Schatten. *Wer ist sie?*

»Ich versichere Ihnen, Mylord«, erwiderte die Frau verächtlich, »das Letzte, was ich wünsche, möchte oder je tun würde, ist, mich an jemanden wie Sie zu binden.«

Robert blinzelte verwirrt. Die Stimme schien ihm so vertraut. Und die temperamentvolle Reaktion der Fremden erinnerte ihn an eine andere Begegnung. Eine andere Nacht. In einer Spielhölle. *Es ist mir egal, ob Sie ein Herzog oder Prinz oder der König von England sind …*

Er schüttelte den Kopf. Unmöglich. Er hatte offensichtlich mehr Champagner getrunken, als er gedacht hatte. Anders ließ sich nicht erklären, dass er die Hexe, die ihn in der Spielhölle betört hatte, hier sah … im Salon eines Earls.

Plötzlich war er es leid, dass ihm nachgestellt wurde, und ihm riss der Geduldsfaden. »Madam, habe ich etwas getan, womit ich Sie verärgert habe?«, erkundigte er sich knapp.

»Tatsächlich haben Sie viel mehr als das getan«, erwiderte sie bissig und kam auf ihn zu. Und mit jedem Schritt, den sie auf ihn zu machte, wuchs in ihm die Überzeugung, dass er sie kannte, bis sie vor ihm stand. Größer als die meisten Frauen, gekleidet in feinste hellgelbe Seide, sah sie aus und klang wie eine Lady.

Doch jetzt, wo sie so dicht vor ihm stand, erkannte er das Detail, das ihm bisher entgangen war – die lange Narbe, die an ihrer rechten Wange entlanglief. Er atmete überrascht aus. »Du.« Wie kam Ryder Blacks Geliebte hierher? Tausend Fragen schossen ihm durch den Sinn.

»Sie erinnern sich also an mich«, stellte sie trocken fest. »Ich muss zugeben, ich bin beeindruckt.« Ihre Lippen verzogen sich höhnisch. »Ich hätte gedacht, Sie hätten mich bereits vergessen.«

Hätte eine andere diese Worte ausgesprochen, wäre es ein plumper Versuch gewesen, ihm ein Kompliment zu entlocken. Doch bei ihr war es eine schneidende Zurechtweisung.

»Ich habe dich nicht vergessen«, erwiderte er, und an seinem Augenwinkel zuckte ein Muskel. Kein geistig gesunder Mann würde je imstande sein, ihre herrlichen Lippen und die samtweiche Haut zu vergessen. Verlangen ergriff ihn.

»Das ist egal«, teilte sie ihm mit einer kühlen Gleichgültigkeit mit, die das Feuer in ihm wirkungsvoll löschte. »Auch wenn ich nicht vermute, dass jemand, der Frauen ruiniert und sich heimlich mit verheirateten Damen trifft, über viel Ehre verfügt. Dennoch erwarte ich, dass Sie zumindest etwas davon haben.«

Wut erfasste ihn, und er presste seine Lippen zu einer harten Linie zusammen. »Ziehen Sie etwa meine Ehre in Zweifel, Madam?«, herrschte er sie in einem herzoglichen Tonfall an, der selbst seinen Großvater beeindruckt hätte.

Die Frau schnaubte verächtlich. »Ich vermute, wenn Sie das fragen müssen, dann sollte ich wohl auch Ihre Intelligenz anzweifeln.«

»Außerdem«, teilte er ihr mit zusammengebissenen Zähnen mit, »war das eben eine Witwe.« Ein großer Unterschied zu einer verheirateten Frau, mit der Robert sich ganz sicher nicht eingelassen hätte.

»Ah, das macht Ihr geheimes Rendezvous hier natürlich sehr viel ehrbarer«, spottete sie.

Robert verengte die Augen, als die Frau ihre weißen Handschuhe auszog und sie gegeneinanderschlug, wodurch sein Blick auf ihre langen Finger und die Male auf ihren Händen gelenkt wurde. Die ätzende Erwiderung erstarb auf seinen Lippen, während er diese Narben betrachtete.

Sie folgte seinem Blick, errötete und streifte sich die Handschuhe hastig wieder über.

»Helena aus der Spielhölle«, stellte er ungläubig fest, immer noch überrascht über ihr plötzliches Auftauchen in seinem Leben.

Sie schürzte die Lippen und schwieg.

Mit immer noch vor der Brust verschränkten Armen trommelte Robert sich mit den Fingerspitzen auf die Arme. Wie kam eine der Huren aus dem »Hell & Sin«-Club hierher in den Ballsaal des Earl of Sinclair? Der Mann musste verrückter sein als der verstorbene König George selbst, um eine Frau mit Helenas Leidenschaft gehen zu lassen.

»Ich bin keine Hure«, fuhr sie ihn an.

»Das habe ich auch nie behauptet«, entgegnete er, während ihm Hitze in den Nacken stieg. Er hatte es nur gedacht.

»Das brauchten Sie auch gar nicht«, gab sie zurück.

Das stimmte wohl.

Da er diese merkwürdige Unterhaltung nicht fortsetzen wollte, die einen Weg eingeschlagen hatte, der kein gutes Ende nehmen konnte, wandte er sich mit einer Frage an sie. »Was wollen Sie?« Denn unweigerlich wollten alle Frauen etwas. Diese Lektion hatte ihn Lucy Whitman eindrucksvoll gelehrt. Es drehte sich zwangsläufig immer um Ehe und Geld. Wobei beides Hand in Hand ging.

Die junge Frau reckte das Kinn. »Dass Sie mich anständig behandeln.«

Ah, da war es. Wie immer. Ein hartes, humorloses Lächeln spielte um seine Lippen. »Soso, du erwartest also, dass ich dich heirate?«

»Sie heiraten?« Sie schnaubte abfällig. »Eher würde ich Napoleons Gebeine aus dem Grab holen und ihn zum Altar zerren, als mich an jemanden wie Sie zu binden.«

Jemanden wie ihn? Er sollte verletzt und entrüstet sein. Und doch … Es kam kaum jeden Tag vor, dass der zukünftige Duke of Somerset diese Antwort als Reaktion auf die Idee einer Heirat erhielt.

Die Lady musterte ihn aus zusammengekniffenen Augen. »Finden Sie das etwa komisch?«

Vage erinnerte er sich noch an ihre zierlichen Füße, mit denen sie ihn so fest getreten hatte. »Natürlich nicht«, erwiderte er und brachte seine Miene unter Kontrolle.

Sie beugte sich vor und fixierte seinen Mund. Wenn er sie nicht entwaffnet und ihr den Dolch abgenommen hätte, würde er sich jetzt Sorgen wegen eines erneuten Angriffs machen.

Robert betrachtete sie von Kopf bis Fuß. »Geht es um deinen Dolch?«, wollte er wissen, als sie immer noch nichts sagte. »Dann hättest du dir nicht die Mühe machen müssen, dieses Kleid anzuziehen«, ein ziemlich schreckliches Kleid zudem, »und dich in das Haus eines Earls zu schleichen.«

Genau wie er verschränkte die junge Frau jetzt die Arme vor der Brust. »Glauben Sie allen Ernstes, deswegen sei ich hier? Um mir meinen Dolch zurückzuholen?« Einen Dolch, den er ihr unterdessen allerdings wirklich hätte zurückgeben sollen. »Eine Waffe, die Sie mir unterdessen wirklich hätten zurückgeben sollen«, sagte sie in einem unheimlichen Echo seiner eigenen Gedanken.

»Ich werde mich darum kümmern«, erwiderte er in dem Tonfall, mit dem er ein nervöses Pferd beruhigen würde.

Sie musterte ihn und tippte abgelenkt mit dem Fuß ein Stakkato auf den Holzboden. Dann kniff sie die Augen zu noch schmaleren Schlitzen zusammen. »Sie haben also tatsächlich keine Ahnung, was ich hier tue?« Das klang fast so, als wenn er es eigentlich wissen müsste. Die missgelaunte kleine Hexe stieß einen ungeduldigen Laut aus. »Aber warum sollten Sie?«

Sie betrachtete ihn wieder abfällig. »Sie haben keine Ahnung, was passiert ist, nachdem Sie gegangen waren.«

Sein Magen zog sich zusammen. *Was passiert ist, nachdem ich gegangen bin?* In seinem Egoismus hatte er keinen weiteren Gedanken an die Frau verschwendet, die ihm im »Hell & Sin«-Club begegnet war, außer in den flüchtigen Momenten, wenn ihm die Erinnerung an sie unvermittelt in den Sinn gekommen war. »Was ist passiert?«, fragte er leise. »Bist du die Mätresse eines Gentlemans geworden?« Wenn, dann war ihre Stellung doch gewiss sehr viel sicherer und ganz klar der einer Hure in einer berüchtigten Spielhölle vorzuziehen.

Sie schnaubte. »Ich würde eher noch Sie heiraten, als mich zum Spielzeug irgendeines vornehmen Herrn zu machen.«

Was, wenn man ihre eben geäußerte Absicht berücksichtigte, Boneys Gebeine aus dem Grab zu holen und zum Altar zu führen, wenig Zweifel daran ließ, was sie davon hielt, die Geliebte eines Mannes zu werden.

»Ich bin Ihretwegen hier«, fuhr sie fort und brachte damit zumindest ein wenig Licht in das Rätsel ihrer Anwesenheit an diesem Ort. »Nachdem Sie den ›Hell & Sin‹-Club verlassen hatten«, sie verzog das Gesicht, »wurde entdeckt, dass ich Ihre Anwesenheit in den oberen Räumen nicht gemeldet hatte.«

Er erstarrte. »Und deswegen wurdest du weggeschickt«, folgerte er leise.

Sie nickte knapp.

Wieder einmal überfielen ihn Schuldgefühle wegen seiner Selbstbezogenheit. Bis auf seine Neugier wegen ihrer temperamentvollen Reaktion hatte er keinen weiteren Gedanken an die Frau verschwendet.

»Und zwar wurde ich weggeschickt, um bei …«, hektisch rote Flecken erschienen auf ihren Wangen, »meinem Vater zu leben.« Sie stolperte über diesen letzten Teil und funkelte ihn dann wütend an, als würde sie ihn herausfordern, es zu wagen, auch nur ein Wort dazu zu sagen.

Er bemerkte die gute Qualität ihrer Kleidung und ihr widerwilliges Geständnis. Sie war ein Bastard. Deshalb war sie hier.

Zorn glomm in ihren grünen Augen. »Ich erwarte, dass Sie mich anständig behandeln.«

Alle Schuldgefühle verschwanden sofort. Ein trockenes Lächeln spielte um seine Lippen. Wie immer ging es letztendlich ums Heiraten. Selbst bei dieser starrköpfigen Frau.

Sie verdrehte die Augen. »Ich habe gerade schon gesagt, dass ich …«

»Eher Boneys Gebeine ehelichen würde«, unterbrach er sie mit einer abrupten Geste. »Ja, ich erinnere mich.« Wieder ergriff ihn Frustration. »Warum sagen Sie nicht, was Sie auf dem Herzen haben, Miss …?«

»Black. Helena *Banbury*«, korrigierte sie sich, und bei der Eiseskälte in ihrem Blick wurde ihm klar, dass er ihren Nachnamen eigentlich schon hätte wissen müssen.

»Ausgehend von Ihrem Auftauchen hier«, und das bei einem privaten Stelldichein, »haben Sie keine Mühen gescheut, um meinen Aufenthaltsort herauszufinden und mir hierher zu folgen.«

Sie seufzte. »Wie arrogant alle Aristokraten doch sind«, sagte sie, mehr zu sich selbst.

Es gefiel ihm nicht, dass sie ihn in dieselbe ziemlich wenig beeindruckende Kategorie wie alle anderen Männer eingeordnet hatte. Doch wenn man seine bisherige Gleichgültigkeit ihr gegenüber bedachte, hatte er in ihrer Einschätzung ohne Zweifel genau diesen Platz verdient.

»Ich habe belauscht, wie Sie mit Ihrer Geliebten gesprochen haben«, verkündete sie, wobei sie immer noch ihre Fußspitze in diesem enervierenden Rhythmus auf den Boden klopfte.

»Belauscht?« Er war in einer Ecke des Ballsaals gewesen, abseits von neugierigen Augen, und die Einladung von Lady Danvers war kaum mehr als ein Flüstern gewesen. Wenn es ihm gefallen hätte, hätte er sie korrigiert, dass die Lady nicht seine Geliebte war – weder jetzt noch überhaupt. Dank ihrer lästigen Unterbrechung.

»Ihr Aristokraten kennt die Bedeutung des Wortes ›leise‹ nicht«, erklärte sie.

Er ließ die Arme sinken. Bei ihrem Tonfall schien sie vorzuhaben, ihn mit einem Vortrag über unauffälliges Verhalten zu beglücken. Nicht unbedingt überraschend bei einer Dame, die den »Hell & Sin«-Club ihr Zuhause nannte und einen Dolch bei sich trug.

Robert lehnte sich mit der Hüfte gegen ein nahe stehendes Ledersofa. »Wenn man Ihre Gefühle, was eine Ehe mit mir betrifft, bedenkt, würde ich vorschlagen, dass Sie jetzt zum Punkt kommen, bevor wir entdeckt werden und Sie ruiniert sind.« Erneut. Das Wort hing still und unausgesprochen zwischen ihnen, und er verspürte leise Schuldgefühle.

Helena nickte. »Ich werde die ganze Saison hier verbringen.« Sie verzog das Gesicht. »Wenn ich in drei Monaten keinen Ehemann finde, steht es mir frei, in den Club zurückzukehren.«

»Und das würden Sie bevorzugen?«

Ihr Blick zuckte zu seinem. Robert wappnete sich für eine weitere spitze Bemerkung. »In der Tat«, lautete die knappe Antwort. Sie begann auf und ab zu gehen. »Mir bleiben noch drei Monate, und ich wünsche nicht zu heiraten.«

Bei ihrem Temperament und ihrer unkonventionellen Haltung sollte das nicht schwierig zu bewerkstelligen sein. Aristokraten waren meist Dummköpfe, die unfähig waren, hinter die Maske einer Person zu sehen. »Es sind nur drei Monate«, stellte er fest und ließ sein Bein vor- und zurückschwingen.

Die Frau blieb jäh stehen und funkelte ihn wütend an.

Er unterbrach die gedankenverlorene Bewegung. Offenbar hatte er ihr Problem nicht erfasst. »Sind Sie …«, er suchte nach den richtigen Worten, »sehr umworben worden?« Robert bemühte sich, sich keine Überraschung anmerken zu lassen.

Ein weiteres wenig damenhaftes Schnauben kam über Helenas Lippen. »Komme ich Ihnen wie jemand vor, der sich mit zu vielen Verehrern herumschlagen muss?«

Sie bezog sich ohne Zweifel auf ihr vernarbtes Gesicht und ihre Hände. Er machte sich nicht die Mühe, darauf hinzuweisen, dass es vor allem ihr schwieriges Temperament war, das die Gentlemen vermutlich abschreckte. Und ihre uneheliche Abstammung. Für die meisten Lords wäre das alles andere als unwichtig.

»Bisher musste ich mir keine Sorgen wegen Verehrern machen«, murmelte sie und lief weiter auf und ab. »Aber jetzt hat mein Vater eine Mitgift für mich ausgesetzt.« Sie hielt inne und sah ihn an.

Ihrem auffordernden Blick nach zu urteilen, erwartete sie irgendetwas von ihm. Er zog eine Augenbraue hoch.

»Zehntausend Pfund«, fügte sie hinzu.

Robert riss die Augen auf. Nun ja, das würde der jungen Dame ganz sicher jede Menge Verehrer bescheren. Die meisten von ihnen allerdings sicher verarmt und auf der Suche nach einer ansehnlichen Mitgift. Alles Männer, denen man besser aus dem Weg gehen sollte. Er presste die Lippen aufeinander. Männer, in deren Gesellschaft er das zweifelhafte Glück hatte, sich häufig zu befinden.

Sie blieb vor Robert stehen. »Ich will, dass Sie mir den Hof machen«, sagte sie.

Er glaubte eigentlich nicht, dass er sie missverstanden hatte. Auch wenn er schon dreiunddreißig Jahre zählte, war er doch weder taub noch senil. »Ich bitte um Entschuldigung?«

»Machen Sie mir den Hof«, wiederholte sie. »Sie sind ein zukünftiger Herzog, richtig?« Die Art, wie sie verächtlich die Lippen verzog, verriet ihm, dass diese Frage eher eine Verurteilung als ein Kompliment war.

Ihre Verachtung für seinen Titel stand in völligem Gegensatz zu allem, was er über Frauen wusste. Er fühlte sich wie ein Schauspieler, der auf die Bühne geschoben worden war, ohne das Stück zu kennen, und nickte.

»Ich vermute, Sie sind daran gewöhnt, zu bekommen, was Sie wollen, wann immer Sie es wollen?«, fuhr sie fort. »Die Damen umschwärmen Sie ohne Zweifel.« Diese Frau tat das jedenfalls nicht. »Und kein Gentleman würde je irgendetwas tun, das Sie verärgert.«

Wenn sie sein Leben mit so deutlichen und passenden Strichen malte und so kühl analysierte, war das ernüchternd.

»Und Sie wollen, dass ich Ihnen den Hof mache? Warum?«, fragte er, seine Stimme war bewusst ungerührt. Er gönnte ihr nicht die Genugtuung, sie wissen zu lassen, dass ihre Worte ihn getroffen hatten.

Sie seufzte und bemerkte dann in einem Tonfall, den man normalerweise für ein leicht zurückgebliebenes Kind verwendete: »Niemand würde es wagen, einem zukünftigen Herzog in die Quere zu kommen. Ich müsste nur Ihre gelegentlichen Besuche und ab und zu Ihre Gesellschaft ertragen, und dann könnte ich zurückkehren.«

»Das ist der Plan?«, erkundigte er sich, und es klang ungläubig, woraufhin sie wieder die Stirn runzelte. »Sie erwarten, dass ich Ihnen den Hof …«

»Drei Monate lang«, fiel sie ihm ins Wort. »Ja. Und dann werde ich in den ›Hell & Sin‹-Club zurückkehren können, und Sie …«, sie wedelte mit ihrer Hand, »sind frei zu tun, was immer es ist, das Sie tun.«

Ihre treffenden Worte und knappen Anweisungen führten dazu, dass er dicht davorstand, sie zum Teufel zu schicken.

Doch etwas hielt ihn zurück.

Vielleicht war es die Einsicht, dass er tatsächlich die Schuld an ihrer Lage trug.

Vielleicht war er sich nur allzu sehr bewusst, dass er sich nicht wirklich Gedanken darüber gemacht hatte, was mit der Frau geschehen würde, nachdem er den »Hell & Sin«-Club verlassen hatte.

Oder vielleicht war es auch die Erinnerung an seine eigene noch nicht lange zurückliegende Erkenntnis dazu, wie es wirklich um seine Familie bestellt war.

»Nun?«

»Ich denke nach«, erwiderte er langsam.

Sein Vater glaubte, dass die einzige Art, auf die Robert die Familienfinanzen sanieren konnte, darin bestand, eine reiche Frau zu heiraten. Daher erwartete er von ihm, eine vorteilhafte Verbindung einzugehen. Wenn er Helena Banbury den Hof machte, würde er die Bemühungen ehrgeiziger Mütter im Keim ersticken, ihn für ihre Töchter zu gewinnen, und erhielte die Freiheit, daran zu arbeiten, den einstigen Reichtum der Familie wiederherzustellen.

Doch seine Bereitschaft, bei ihrem Plan mitzuwirken, ging über persönlichen Gewinn hinaus. Nachdem sein Leben so von anderen manipuliert worden war, würde er dieser Frau ein wenig von der Kontrolle über ihr Leben geben, die man ihm so häufig vorenthalten hatte.

»Also gut«, sagte er schließlich. »Ich werde Ihnen helfen …« Sie verengte die Augen. »Es tun«, korrigierte er sich rasch. Diese Frau besaß mehr Stolz als alle Männer zusammen, die er kannte.

Bei seiner Kapitulation hätten die meisten Frauen Dankbarkeit gezeigt oder Überraschung. Helena Banbury nickte nur zufrieden und wandte sich zur Tür.

Das sollte es gewesen sein?

»Und was erwarten Sie, wie diese Werbung aussieht, Miss Banbury?«, rief er und hielt sie mit seinen Worten zurück.

Sie blieb an der Tür stehen und warf ihm einen Blick über die Schulter zu. »Lord Westfield. Ich bin ebenso sehr ein Mitglied der Aristokratie wie Sie ein Dieb aus Seven Dials«, entgegnete sie gedehnt. »Ich denke, Sie wissen sehr viel besser als ich, wie man um eine Frau wirbt.« Ihre Lippen zuckten. »Wo Sie doch angeblich so ein Schürzenjäger sind.« Mit einer abschließenden Bewegung ihrer Röcke sperrte sie die Tür auf.

»Ich vermute, ich sollte erfahren, wo ich meine Aufwartung machen kann?«

»Beim Duke of Wilkinson«, erwiderte sie, sparte sich aber die Mühe, sich umzudrehen.

Er wurde ganz still, als der Schock ihn traf. »Der Duke of Wilkinson?«, rief er ihr hinterher.

Vielleicht hatte er doch Probleme mit den Ohren …

Helena Banbury warf noch einen Blick zu ihm zurück. »Ich versichere Ihnen, Ihr Gehör funktioniert hervorragend, Mylord. Wenn Sie den Klatschspalten mehr Aufmerksamkeit geschenkt hätten, hätten Sie gelesen, dass die uneheliche Tochter des Herzogs in die Stadt gekommen ist.« Und damit rauschte sie aus dem Raum.

Und Robert, der den Klatschkolumnen noch nie irgendwelche Aufmerksamkeit geschenkt hatte, im Übrigen genauso wenig wie dem geflüsterten Tratsch, wünschte sich, er hätte genau das ausnahmsweise getan. Er rieb sich mit einer Hand über das Gesicht.

Von all den verdammten Frauen, in deren Schlafzimmer er hätte landen können, die dann wiederum mit diesem Vorschlag gekommen wären, konnte es doch nicht sein … dass ausgerechnet sie es war. Ein ersticktes Lachen entschlüpfte ihm. Die spitzzüngige Helena Banbury war die Tochter des engsten

Freundes seines Vaters, des Duke of Wilkinson. Angesichts der romantischen Veranlagung seines Vaters und der merkwürdigen Gedanken über Klassenunterschiede würde er Roberts plötzliches Interesse an der kürzlich aufgetauchten, verdächtig lange verschollenen Helena unterstützen.

Robert ließ die Schultern kreisen und versuchte, etwas von der Spannung loszuwerden. Es waren nur drei Monate. Welcher Schaden konnte schon bei dieser vorgetäuschten Werbung um eine Frau entstehen, die sich so überhaupt nicht in der Welt der guten Gesellschaft zurechtfand?

Kapitel 10

Regel 10

Lass dich niemals von schönen Worten verführen. Vor allem nicht, wenn sie von einem Adligen kommen.

Am folgenden Morgen, während es im Haus noch still war, beschrieb Helena hektisch das Blatt Papier, das vor ihr lag. Sie kaute auf ihrer Lippe und las noch einmal die Handvoll Sätze. Dann straffte sie die Schultern, schob ihren Stuhl zurück und klingelte nach ihrer Zofe.

Einen Augenblick später öffnete die junge Frau die Tür. »Miss Banbury?«

»Würdest du bitte dafür sorgen, dass ein Lakai das hier zum ›Hell & Sin‹-Club bringt?« Helena reichte ihr das Schreiben. *Es ist egal. Sie werden ohnehin nicht antworten …*

Mit einem Nicken nahm das Dienstmädchen den Brief entgegen, knickste und eilte davon.

Helena war nun schon zwei Stunden wach, reckte sich und ging aus ihren Räumen in den Blauen Salon. Worin bestand der Sinn hinter dieser trivialen Welt? Eine Lady saß herum und wartete … auf Bälle und Abendgesellschaften und alle möglichen Dinge, die völlig unwesentlich waren.

Sie suchte sich einen Platz auf dem Fenstersitz und starrte hinaus auf die Londoner Straßen. Ihr ganzes Leben lang hatte sie immer etwas zu tun gehabt. Mit ihrer Begabung für Zahlen und Buchhaltung hatte sie, töricht, wie sie war, geglaubt, dass sie bei der Führung des Clubs unersetzlich wäre. Und jetzt hatten ihr die vielen Briefe, die sie ihnen gesandt und in denen sie darum gebeten hatte, wieder ihre Stellung dort einnehmen zu dürfen, auf die sie aber nicht eine einzige Antwort erhalten hatte, bewiesen, wie unwichtig sie tatsächlich war. Wie leicht sie sie aus ihren Leben gestrichen hatten.

Auf ihrem Platz, die Beine an die Brust gezogen, stützte Helena ihre Ausgabe von Jean-Robert Argands Werk auf ihre Knie. Sie nahm sich die Brille ab und legte sie auf das offene Buch, bevor sie ihre Aufmerksamkeit wieder der eleganten Straße zuwandte, in der sie eigentlich nichts verloren hatte. Sie dürfte hier gar nicht sein, und ganz bestimmt nicht hier wohnen. In der willkommenen Stille ihrer eigenen Gesellschaft akzeptierte sie ihren Widerwillen und ihren Schmerz, ließ sie zu.

So viele Frauen sehnten sich nach Tand und unnützem Flitterkram, doch Helena hatte das nie getan. Sie hatte sich danach gesehnt, wahrgenommen zu werden, eine Frau zu sein mit Gedanken und Meinungen, Meinungen, die angehört und dadurch geachtet wurden. Sie wollte als fähige Person betrachtet werden, jemand, dem man Verantwortung übertrug – und nicht nur für Rechnungsbücher.

Ja, ihre Brüder hatten ihr Talent für Buchführung anerkannt, aber sie hatten sie nie mit ihren Lieferanten oder gar Gästen reden lassen. Stattdessen waren diese Aufgaben allein den männlichen Besitzern vorbehalten gewesen. Wenn sie jetzt zurückkehrte, würde sich irgendetwas davon ändern?

Eine Kutsche fuhr vorüber, riss sie mit ihrem Geratter aus ihren Grübeleien, und sie wandte ihre Aufmerksamkeit einer Sache zu, über die sie überraschend viel Kontrolle hatte – die vorgetäuschte Werbung des Marquis of Westfield. Ihr Treffen hatte sich als sehr viel angenehmer erwiesen, als sie es sich erhofft hatte. Oder erwartet.

Und dennoch … Sie kaute auf ihrer Lippe. Sie hatte erwartet, dass ein Mann seines Ranges sich empört zeigen würde über die Forderungen, die sie gestellt hatte. Sein Blut war blauer als ein Saphir, und er hatte es schwerlich nötig, sich um die Bedürfnisse eines dahergelaufenen Bastards zu kümmern. Obgleich sie die Tochter eines Herzogs war, würde sie niemals den Respekt der Aristokratie erringen.

Nach ihrer Heimkehr von Lord und Lady Sinclairs Ball hatte sie im Bett gelegen und sich auf der ungewohnten Matratze hin und her gewälzt. Das Leben auf der Straße hatte sie gelehrt, misstrauisch zu sein, wenn etwas zu leicht ging. Und auch wenn die harten Linien an den Winkeln seines perfekt geformten Mundes und seine blitzenden Augen aus seiner Wut keinen Hehl gemacht hatten, hatte er ihr doch zugehört … und eingewilligt, ihr zu helfen.

»Warum hat er das getan?«, flüsterte sie. Sie nahm ihre Brille von dem Buch und setzte sie sich wieder auf. Erneut biss sie sich auf die Lippe. Vielleicht war er so darauf erpicht gewesen, sie loszuwerden, dass er auch zugestimmt hätte, sich an einer Revolte gegen den König zu beteiligen, wenn sie nur endlich verschwand. Vielleicht hatte er gar nicht die Absicht, ihr tatsächlich zu helfen.

Helena nahm den schmalen Band und blätterte darin. Nachdem sie miterlebt hatte, wie ihrer Mutter das Herz brach, weil der Herzog sie verlassen hatte, hatte Helena täglich am eigenen Leib all die Gründe erfahren, weshalb man sich vor Männern hüten musste … Männern aller Klassen.

Nachdem sie danach den größten Teil ihres Lebens in einer Spielhölle verbracht hatte, waren ihr die Niedertracht und die Falschheit nur noch deutlicher vor Augen geführt worden. Aus welchem Grund sollte der Marquis ihr helfen? Sie war Ryker wichtig und ihren anderen Brüdern, aber sie hatten sie dennoch einfach aus ihrem Leben ausgeschlossen. Lord Westfield bedeutete sie noch viel weniger. Er war …

Hier.

Helena runzelte die Stirn. Jetzt? Er war gekommen? Mit dem Buch in den Händen drückte sie ihre Stirn gegen die Scheibe, was ihr eine strenge Zurechtweisung der Duchess of Wilkinson eingetragen hätte, wenn sie es gesehen hätte. Durch das Fenster, das auf die Straße vor dem Haus hinausging, musterte sie den Marquis, der gerade von seinem edlen schwarzen Pferd absaß.

Ein Straßenjunge lief herbei, um ihm die Zügel abzunehmen, und ein trauriges Lächeln spielte um ihre Lippen. Männer wie er hatten immer jemanden, der sich darum riss, ihnen zur Hand zu gehen, während Frauen wie sie ignoriert wurden. Der Marquis gab dem Jungen einige Münzen und sagte etwas, woraufhin der Junge heftig nickte.

Helena nutzte die Gelegenheit, um Lord Westfield genauer zu betrachten. In ihrem Zimmer, mit zerknitterter Kleidung und Bartstoppeln im Gesicht, hatte er immer noch eine männliche Schönheit besessen, die eine Frau innehalten ließ. Die Schatten im Salon des Earls hatten ihn nur noch geheimnisvoller erscheinen lassen. Nun, da sie ihn im hellen Tageslicht erblickte, glatt rasiert, mit seinen aristokratischen Zügen und dem markanten Kinn, wurde ihr klar, dass er so gut aussah, dass die Frauen sich seinetwegen zum Narren machten.

Nicht dass sie zu diesen armen Närrinnen gehörte. Ganz sicher nicht. Sie war kühl und praktisch veranlagt. Sie dachte logisch und würde sich niemals wegen irgendeines feinen Gentlemans zu irgendetwas Dummem hinreißen lassen.

Er machte sich auf den Weg zur Haustür. Als er die oberste Stufe erreichte, nahm er den Hut ab. Die Morgensonne schimmerte auf seinen goldenen Locken.

Ihr Atem ging schneller, und sie schloss kurz die Augen, als Erinnerungen sie überfielen. An seinen Kuss. An sein zärtliches Streicheln. Das verbotene Prickeln seiner Lippen auf ihrer Haut.

Sie biss die Zähne zusammen. Denn so kenntnisreich seine Berührung auch gewesen war, sie war doch nichts, weswegen eine Frau ihre Zukunft, Freiheit und Sicherheit wegwerfen würde. Was allerdings genau das war, was sie getan hatte – wegen etwas, das zum größten Teil sein, aber zum Teil auch ihr Fehler gewesen war. Schließlich hatte sie sich nicht die Mühe gemacht, ihr Zimmer abzuschließen.

Einige Augenblicke später hörte sie Schritte vor der Tür, und sie stand auf, gerade als Scott, der Butler des Herzogs, über die Schwelle trat.

»Miss Banbury«, sagte er, auf dem runzligen Gesicht ein Lächeln, das allem widersprach, was man vom Butler eines Herzogs erwarten würde. »Seine Lordschaft, der Marquis of Westfield, möchte Sie sehen.«

Mit einem gemurmelten Dankeswort erwiderte sie das Lächeln. Neben dem Herzog und seiner jungen Tochter schien auch Scott tatsächlich erfreut über ihre Anwesenheit hier zu sein. Er senkte das Kinn.

Helena schüttelte leicht den Kopf. Was versuchte er ihr zu sagen?

Scott hüstelte und starrte aus dem Augenwinkel auf den Marquis.

Es gab etwas, was sie wissen sollte. Ihre Gedanken überschlugen sich. Das alles, die Bälle und Abendgesellschaften genauso wie etwas so Einfaches wie ein Morgenbesuch, befand sich weit außerhalb ihrer Erfahrung, und sie wusste nicht, wie sie sich verhalten sollte.

Der Diener hatte Mitleid mit ihr … oder vielleicht hatte er es auch einfach aufgegeben, darauf zu hoffen, dass ihr wieder einfiel, was sie bei dem Besuch eines Marquis tun sollte.

»Ich werde Erfrischungen bringen lassen, Miss Banbury.«

»Äh … Ja … Danke«, murmelte sie, während Scott ihr ein weiteres Lächeln und einen beruhigenden Blick zuwarf, ehe er den Salon verließ.

Sie blieb allein mit dem Marquis zurück, der sich verbeugte. »Miss Banbury«, begrüßte er sie in diesem trägen, wohltönenden Bariton, der ihr einen wohligen Schauer über die Haut sandte.

»Mylord.« Sie forderte ihn mit einer Geste auf, einzutreten.

Er kam mit langsamen Schritten herein, die sie an den Gang eines Raubtieres erinnerten. Helena blieb ruhig stehen. Sie hatte sich viel größeren Gefahren gestellt und sie überwunden. Auch wenn sie bei diesem Mann zu der Erkenntnis gelangt war, dass es manchmal Gefährlicheres gab als die brutale Gewalt, die sie hatte ertragen müssen.

Wie zum Beweis schenkte Lord Westfield ihr ein vernichtendes kleines Lächeln. »Darf ich?« Kein Gentleman hatte das Recht, so perfekt zu sein. Vor allen Dingen, wenn man selbst so schreckliche Narben trug.

Helena leckte sich nervös über die Lippen. »Dürfen Sie was?« Sie folgte seinem Blick zu einem der Polsterstühle. »Oh … Äh … Ja«, stotterte sie vollkommen verwirrt und ließ sich auf den nächsten sinken.

Statt sich selbst zu setzen, trat der Marquis näher, und Helena wurde die Brust eng, als er auf dem Louis-quatorze-Stuhl

Platz nahm, der ihrem am nächsten stand. Als er sich mit seinem großen, muskulösen Körper so dicht neben ihr niederließ, schien die Entfernung zwischen ihnen plötzlich viel zu gering, und sie schluckte heftig.

Krampfhaft schloss sie die Finger um ihr Buch. Bei ihrem Plan, der vorsah, dass dieser Mann sich die nächsten drei Monate praktisch ständig in ihrer Nähe aufhielt, hatte sie das Offensichtliche nicht bedacht, nämlich dass sie sich mit ihm würde unterhalten müssen.

Der Marquis legte seine Arme auf die Lehnen und schaute sich interessiert im Raum um, als wäre er noch nie hier gewesen. Er trommelte mit den Fingerspitzen auf das Holz. »Wenn man die Länge der Zeit bedenkt, die wir vorhaben, gemeinsam zu verbringen, vermute ich, dass es am besten wäre, wenn wir ein Thema finden, über das wir miteinander sprechen können.«

Die meisten Frauen hätten diese Direktheit und die Weigerung, irgendetwas vorzugeben, ohne Zweifel empört, doch Helena wusste es zu schätzen. Hieß es willkommen. Tatsächlich war Direktheit nichts, was sie von diesem Mann erwartet hätte, der Charme im Übermaß besaß und sich so geschickt auszudrücken wusste. Sie war für den Moment aus dem Konzept gebracht. »Ich sehe kaum die Notwendigkeit für so ein Vorgehen«, erwiderte sie und war stolz auf ihre Antwort.

Er lächelte und zog sich die Handschuhe aus. »Aber geht es nicht genau darum?«, gab er zurück, während er sie in seinen Gehrock steckte.

Ja, nun, das stimmte allerdings. Auch wenn sie sich eher den kleinen Finger abgeschnitten hätte, als es zuzugeben.

Lord Westfield beugte sich vor, verringerte die Distanz zwischen ihnen weiter, was ihren Verstand lähmte. »Außerdem wäre es nicht klug, in irgendeiner Form über die vorgetäuschte Werbung zu sprechen, da wir Aristokraten doch nichts von der Bedeutung des Wortes ›leise‹ verstehen.«

Als er ihre Worte von gestern Abend so gegen sie verwendete, stieg ihr Hitze in die Wangen. »Nun, ja«, gab sie zu, wobei sie es hasste, dass er recht hatte. Es war viel angenehmer, ihn als verantwortungslosen Trinker zu sehen, der in ihr Zimmer gekommen war und ihr Leben auf den Kopf gestellt hatte.

Er hob eine Augenbraue. »Lesen Sie?«

Sie blinzelte verwirrt und folgte seinem Blick zu dem vergessenen Buch in ihren Händen. »Nein.« Helena fühlte, wie sie errötete. »Ja.«

Ein kleines Lächeln spielte um seine Lippen. Merkwürdig. Es war nicht mal einen Monat her, dass diese Lippen ihren Mund bedeckt und ihr ungeahnte Empfindungen bereitet hatten. Ihre Haut kribbelte.

»Also, was von beidem?«

Helena hielt das Buch hoch, sodass er den Titel erkennen konnte.

Er runzelte die Stirn.

Wusste er nicht, wer Argand war? Oder hatte er etwas an ihrer Wahl auszusetzen? Sie entschied sich für Ersteres und fragte: »Sagt Ihnen der Name Argand etwas, Mylord?«

»Leider nicht.« Er lehnte sich zurück und betrachtete sie unter seinen wunderschönen dunkelgoldenen Wimpern hervor.

»Es handelt sich um einen Mathematiker«, erklärte sie und erwärmte sich für das Thema, über das sie tatsächlich mit einiger Sachkenntnis sprechen konnte. »Er befasst sich mit der geometrischen Interpretation von komplexen Zahlen.«

Die Augen des Marquis weiteten sich erstaunt. »Sie sind ein Blaustrumpf.«

Sie reckte trotzig das Kinn. »Haben Sie Vorbehalte gegen Frauen, die gebildet sind?«

»Warum nur vermute ich, dass Sie denken, Sie würden die Antwort bereits kennen?«, gab er zurück.

Weil sie genau das tat. Männer aller Klassen wollten nur eines von einer Frau, und über ihr Gesicht und ihren Körper hinaus besaß sie für diese Männer wenig Nutzen.

»Und kennen Sie sie?«, murmelte er und rutschte nach vorn, sodass sich ihre Knie berührten. »Ich hatte geglaubt, dass Sie nur gegen mich eine Abneigung gefasst haben.« Er senkte seine Stimme so weit, dass sie nur noch ein Flüstern war. »Aber unterdessen habe ich begriffen, dass Sie die Motive aller Männer anzweifeln, Helena.«

Sie hob das Kinn noch etwas weiter. Was wusste er schon? »Man hat mir gute Gründe gegeben, misstrauisch zu sein«, beschied sie ihm und erwiderte kühn seinen Blick.

Er hielt ihren Blick für eine lange Zeit und schaute dann auf ihre vernarbte Wange. In ihren Schuhen krümmte Helena die Zehen. Vor langer Zeit schon hatte sie aufgehört, sich um die Male auf ihrem Körper zu scheren. Sie hatte sie akzeptiert, betrachtete sie als Abzeichen von Mut und Stärke, wie ihre Brüder sie genannt hatten.

Wie erniedrigend, unter dem intensiven Blick dieses Mannes des Selbstbetrugs überführt zu werden. Sie scherte sich sehr wohl um diese weißen Male und darum, was sie von ihrem Leben erzählten.

Wortlos setzte er sich entspannter hin. »Genau wie ich«, er zog eine Augenbraue hoch, »wie haben Sie es ausgedrückt? … Gute Gründe habe, misstrauisch zu sein.«

Fragen stiegen in ihr auf, beendeten ihr kurzes Abgleiten ins Selbstmitleid. Er hatte Gründe, misstrauisch zu sein? Sie schnaubte spöttisch. »Geldgierige Frauen«, riet sie.

Sein Blick verfinsterte sich, und die sarkastischen Worte erstarben ihr auf den Lippen. Die dunklen Emotionen, die in seinen himmelblauen Augen glitzerten, hatte sie zu häufig im Spiegel gesehen. »Ich würde sagen, wir sprechen lieber über unsere Interessen, Helena, nicht über unsere Vergangenheit.«

Diese Warnung, die sie eigentlich abschrecken sollte, bewirkte bei ihr nur, dass sie sich weitere Fragen zu den Dämonen stellte, mit denen er rang. Helena schüttelte leicht den Kopf. Es war egal, was er erlebt hatte. Da er als Sohn eines Herzogs geboren worden war, als Erbe eines Titels, nur eine Stufe unter dem Königshaus, konnte er niemals den Schmerz und das Leid erfahren haben wie Menschen, die auf der Straße lebten.

»Mir gefällt Mathematik«, gab sie zu und lenkte ihre Diskussion schnell auf ein sichereres Thema, das besser geeignet war für zwei Menschen, die angeblich Gefallen aneinander gefunden hatten, als jede Erwähnung seiner oder ihrer Vergangenheit.

»Reiten Sie?«

»Nein.« Zum einen hatte sie kein Geld gehabt, und zum anderen hatte nie die Notwendigkeit bestanden.

»Malen Sie?«

»Sehr schlecht.«

Er grinste, und die ehrliche Erheiterung war so anders als das geübte Lächeln und irgendwie viel wirksamer. Ihr Herz geriet aus dem Takt.

»Gehen Sie gern ins Theater?«

»Da war ich noch nie.« Ein Leben außerhalb des »Hell & Sin«-Clubs hatte es für sie nicht gegeben.

»Noch nie?«, fragte er überrascht nach.

Helena schüttelte den Kopf. Niemals im Inneren. Als kleines Mädchen hatte sie bei den vornehmen Herrschaften, die in jene prachtvollen Gebäude gingen, gebettelt. Sie hatte mit ausgestreckten Händen auf den Stufen ausgeharrt.

»Sie haben damit einen Ausritt im Park, einen Besuch im Museum und einen im Theater ausgeschlossen.«

Ah, das war also der Grund für seine Fragen gewesen. »Nur weil ich nicht male oder nicht weiß, wie man reitet, heißt das nicht, dass mir ein Ausflug ins Museum oder ein Spaziergang im Hyde Park nicht gefallen würde.«

Unter der Intensität seines Blickes hielt sie inne, voller Angst, dass er all ihre Geheimnisse und die Hoffnungen, die sie einst gehegt hatte, erraten könnte.

»Das stimmt wohl. Wir werden morgen Nachmittag mit einem Ausflug in den Hyde Park beginnen«, sagte er und erhob sich.

Eine unerklärliche Enttäuschung ergriff sie, während sie ebenfalls hastig aufstand. »Sie wollen schon gehen?« Es sollte ihr egal sein, wenn es so war. Seine Anwesenheit hier verfolgte nur das Ziel, mögliche Verehrer, die vor allem an ihrer Mitgift interessiert waren, in die Irre zu führen. Dennoch, wie konnte sie sich dieses … Bedauern erklären?

Wie aufs Stichwort trat ein Bediensteter mit einem Silbertablett ein. Helenas Zofe eilte hinter ihm herein. Mit gesenkten Augen suchte sich die junge Bedienstete einen Stuhl in der Ecke des Raumes.

Robert ergriff Helenas bloße Hand, und Helena verspürte das Bedürfnis, ihre vernarbte von seinen makellosen dunkleren wegzuziehen. Obwohl sie unwillkürlich zurückzuckte, ließ er sie nicht los, sondern hob ihr Handgelenk an seine Lippen. Sein Atem strich über ihre Haut, als er einen flüchtigen Kuss darauf platzierte.

»Es war mir ein Vergnügen, Helena.« Er senkte die Stimme zu einem verführerischen Flüstern. »Wenn ich über die Natur unserer … Beziehung nachdenke, denke ich, Sie sollten mich Robert nennen«, fuhr er fort und ließ seinen Daumen über die empfindliche Stelle auf der Innenseite ihres Handgelenks gleiten.

Schauer liefen ausgehend von seiner Berührung über ihre Haut, über ihren Arm, und sandten Hitze in ihren ganzen Körper. Es gelang ihr, zu nicken, und dann zerrte sie wieder an ihren Fingern. Dieses Mal gestattete er es. Was sich jedoch nicht im Geringsten wie ein Sieg anfühlte.

»Robert«, wiederholte sie und hasste, wie atemlos sich sein Name anhörte.

Ein leichtes triumphierendes Lächeln auf seinen Lippen verriet ihr, dass er das wusste. »Und Helena?«

Schmetterlinge begannen in ihrem Bauch zu flattern.

»Du hattest unrecht. Ich tue es nicht.«

Sie legte fragend den Kopf zur Seite.

»Ich missbillige gebildete Frauen nicht. Ganz im Gegenteil.« Dann verneigte er sich mit aufreizender Ruhe und verabschiedete sich.

Helena schloss die Augen. Nie hatte sie die beruhigende Wirkung von Zahlen mehr gebraucht als jetzt. Sie konzentrierte sich auf die Porzellanuhr auf dem Kaminsims, das rhythmische Ticken, das jeden vergehenden Moment markierte. Auf alles außer ihren verwirrten Gedanken an seine sanfte Berührung. Eine Berührung, die ihr den Morgen in ihrem Schlafzimmer neulich in Erinnerung rief.

Schnelle Schritte erklangen im Korridor, und sie sah auf, als die Herzogin gerade auf der Schwelle erschien.

»Lord West…« Die Worte der Herzogin erstarben, und das falsche Lächeln auf ihren Lippen wich einer ärgerlichen Miene. Sie warf einen wütenden Blick in den Raum. »Wo ist Seine Lordschaft?«

Helena blieb ganz still. »Er ist vor einem Augenblick gegangen, Euer Gnaden«, murmelte sie.

Die Frau presste die Lippen aufeinander, und ihr Gesicht verzog sich zu einer hässlichen Grimasse. »Aber … wo ist Diana? Hat Seine Lordschaft sie zu einer Ausfahrt in den Park eingeladen?«

Helena nestelte an ihren Röcken und dachte zum ersten Mal über diesen Besuch nach, wie die Duchess of Wilkinson es tun würde. Ihre siebzehnjährige Tochter, die perfekte englische Lady: Es gäbe keine bessere Kandidatin für die Rolle einer zukünftigen Herzogin. Oh, verdammt. Helena wählte ihre Worte mit Bedacht. »Lord Westfield hat … mich besucht«, fuhr sie fort, während sich die andere Frau abwandte, um zu gehen.

Vielleicht würde sie die Sache auf sich beruhen lassen. Vielleicht …

Mit uncharakteristischem Elan wirbelte die Herzogin herum. »W-was?«, stotterte sie. Sie blickte Helena an, starrte von oben herab auf diesen Bastard ihres Ehemanns in ihrem Haus. »Ganz sicher soll das ein Scherz sein?«

Helena sah zu der Zofe in der Ecke, die sich auf ihrem Stuhl zusammenkauerte. Versuchte sie, sich unsichtbar zu machen? In diesem Moment konnte Helena sie verstehen. »Ich scherze nicht.«

Das Detail, das sie verschweigen würde, war, dass es nur eine List war, die sie sich ausgedacht hatte und bei der Lord Westfield – Robert – zugestimmt hatte zu helfen.

Wenn Blicke töten könnten, läge Helena jetzt leblos auf dem Boden zu Füßen der Herzogin. Die warf den Kopf in den Nacken und stieß ein humorloses Lachen aus.

Helena versteifte sich. Zum Teufel mit der vorgetäuschten Werbung – zusammen mit Rang und Titel. Sie würde sich nicht von dieser Frau oder irgendjemand anderem auslachen lassen.

»Der Marquis würde Ihnen niemals aus irgendetwas anderem als Höflichkeit einen Besuch abstatten. In der guten Gesellschaft ist die Verbindung zwischen der Wilkinson-Familie und den Somersets beileibe kein Geheimnis. Mein Ehemann« – nicht »dein Vater« – »und der jetzige Herzog sind seit ihrer Zeit in Oxford enge Freunde.«

Zwei befreundete Herzogsfamilien, wie gut das passte. Zum ersten Mal, seit sie die Idee gehabt hatte, sich des Marquis zu bedienen, um unerwünschtes Interesse an ihr zu verhindern, plagten Helena Zweifel. Diana war mit keinem Wort erwähnt worden. Da die Verbindung der Familien so weit zurückreichte, was, wenn ihre Schwester Gefühle für ihn hegte?

»Ist Diana … in den Herzog verliebt?« Wenn sie das wäre, würde Helena den Plan sofort fallen lassen, den Marquis freigeben und sich mit den Verehrern, die an ihrer Mitgift interessiert waren, auf irgendeine andere Weise auseinandersetzen.

»Liebe.« Die Herzogin spie das Wort praktisch aus. »Wie gewöhnlich.« Sie ließ ihren Blick abschätzig über Helenas zu große Gestalt gleiten. »Wir geben uns nicht mit Liebe ab. Es geht um Greifbares, Dauerhaftes. Vermögen. Macht. Prestige.« Bei diesen hartherzigen Worten erstarrte Helena. Viele Male hatte sie sich darüber beklagt, dass ihre Brüder keinerlei Gefühle zeigen konnten, aber es hatte nie diese emotionale Kälte gegeben, wie sie in der schwarzen Seele dieser Frau herrschte. »Außerdem«, fuhr die Herzogin fort, »ist es egal, oder …«

»Was diskutiert ihr denn so leidenschaftlich?« Eine amüsierte Stimme erklang von der Türschwelle her. Sie drehten sich um zu dem rundlichen Herzog, der wie immer ein Lächeln auf den Lippen hatte. »Hm?«, fragte er und trat vor. »Könnte es sich um einen bestimmten Marquis handeln?« Er wackelte mit seinen buschigen Augenbrauen. »Macht er dir den Hof, Helena?«

Als sie sich ihren Plan ausgedacht und sich Roberts Hilfe versichert hatte, hatte sie einzig die abschreckende Wirkung auf interessierte Mitgiftjäger gesehen. Da sie mit dieser Welt nicht vertraut war, war ihr nicht klar gewesen, was für Feinde sie sich machen würde, wenn sie die Aufmerksamkeit eines zukünftigen Herzogs auf sich zog. Ihre Haut brannte unter dem Blick der anderen Frau. Helena nickte leicht.

Denke einen Plan immer komplett bis zum Ende durch …

Wie viele Male war ihr diese Regel von Ryker eingeschärft worden? Sie hatte einen Fehler gemacht, weil sie vergessen hatte, dass diese Regeln *immer* angewendet werden mussten, aber die

Gefahr, Opfer eines Mitgiftjägers zu werden, war viel schwerwiegender, als das Missfallen der Herzogin zu erregen.

Der Herzog legte seine Hände auf die Aufschläge seines erbsengrünen Rocks und strich sich über den Bauch. »Westfield ist immer ein guter Junge gewesen.« Trotz der gespannten Atmosphäre im Salon lächelte Helena. Der Marquis mit seinem muskulösen Körper und seiner Ausstrahlung hatte nichts auch nur entfernt Jungenhaftes an sich. »Er wäre ein sehr guter Ehemann, nicht wahr, Nerissa?«

Die Herzogin errötete.

»Und ich fand immer schon, dass sich meine Familie mit den Denningtons verbinden sollte.«

Ein erstickter Laut kam von der Herzogin, und ohne weiteres Wort wirbelte sie herum und stürmte aus dem Raum.

Meine Familie.

Dieser Mann, der eine andere Helenas Mutter vorgezogen hatte und seine illegitime Tochter niemals anerkannt hatte, sah sie als … Familie? Helena starrte den Mann, dessen Blut sie teilte, verwirrt an.

Der Herzog tätschelte ihr den Arm. »Kümmere dich nicht um sie. Die Freude, dass du Westfield heiraten könntest, war einfach zu viel für sie.«

Wenn ihre Situation durch die Verbindungen, die diese beiden mächtigen Herzogsfamilien schon hatten, nicht so unglaublich verwirrend geworden wäre, hätte Helena gelacht. So wie die Dinge standen, hatte sie den Hass in den Augen der Herzogin glitzern gesehen, und sie wusste, dass sie sich diese Frau noch mehr zum Feind gemacht hatte.

Drei Monate.

Sie musste nur drei Monate durchhalten, und dann würde sie endlich wieder frei sein.

Kapitel 11

Regel 11

Lass dich nie von einem hübschen Gesicht zu irgendetwas verleiten.

Kurz nach seinem Besuch bei der hitzköpfigen Helena Banbury stieg Robert in Mayfair vor dem eleganten Stadthaus des Duke of Somerset von seinem Pferd. Während er die Zügel einem wartenden Stallburschen in die Hand drückte, durchlief ihn ein Schauer. Stirnrunzelnd betrachtete er das imposante Gebäude, unterdrückte die irrationale Reaktion und ging die Eingangsstufen hoch.

Der Butler öffnete ihm die Tür, und Robert schlüpfte aus seinem Mantel. Ein Lakai eilte herbei, um das Kleidungsstück in Empfang zu nehmen.

Mit einem gemurmelten Dank blickte Robert zu Davidson. »Mein Vater?«, erkundigte er sich und reichte ihm seinen Hut.

»Der Herzog ist im Studierzimmer, Mylord«, antwortete der Mann.

Robert nickte und durchquerte das Foyer. Die schmerzliche Erinnerung daran, das verhasste Zimmer zu betreten und seinen Großvater mit seiner Verlobten in flagranti zu erwischen, drängte sich in sein Bewusstsein. Der heutige Besuch hatte viel zu viel Ähnlichkeit mit jenem entsetzlichen Tag. Der Vorfall hatte ihn dazu bewogen, sich ein Junggesellenquartier zu suchen, um den Schmerz von Lucys Verrat nicht ständig erneut durchleben zu müssen. Mit der Zeit war der zwar oberflächlich verblasst, hatte aber dennoch weiter in ihm geschwelt. Wie sein Großvater es damals angekündigt hatte, hasste Robert ihn vielleicht noch, war aber insgeheim dankbar für die Lehre, die er daraus gezogen hatte.

Darum auch wusste er nicht so recht, was für einen Reim er sich auf Helena Banbury machen sollte, die seinen Titel so verachtete und – wenn er es sich denn eingestehen wollte – ihn auch.

Berücksichtigte man, in welchen Lebensumständen sie sich nun wiederfand, obschon sie die gute Gesellschaft so wenig ausstehen konnte und das vorherige Leben, das sie vor seiner Einmischung geführt hatte, so vermisste, erklärte das ihre Einstellung hinreichend. Ein Lächeln spielte um seine Lippen. Trotzdem, ihre leisen, atemlosen Worte hatten den Eindruck einer Frau erweckt, die nicht völlig ungerührt von ihm war.

Robert erreichte die Tür zum Studierzimmer seines Vaters und sparte sich die Mühe, anzuklopfen, drückte die Klinke einfach herunter und trat ein. »Vater.«

Der Herzog blickte von seinen Büchern auf, und Überraschung malte sich auf seinen Zügen. »Robert«, begrüßte er ihn, den Stift über seinen Büchern.

In der Folge ihrer Begegnung vor einem Monat, nach seiner Entdeckung, dass sein Vater versucht hatte, ihn zu manipulieren, damit er heiratete, herrschte ein gewisses Unbehagen zwischen ihnen. Nachdem er sich vergewissert hatte, dass sein

Vater in der Tat sehr lebendig war und sich bester Gesundheit erfreute, hatte sich Robert wieder in sein Junggesellenquartier zurückgezogen.

»Es überrascht mich, dich zu sehen«, sagte der Herzog, während sein Sohn weiter schweigend dort stand.

Ja, Robert hatte die Gesellschaft seines Vaters nach dessen vorwurfsvollen Bemerkungen über seinen Wert vor einem Monat gemieden.

»Geht es dir gut?«, erkundigte sich der Herzog. Er betrachtete das Gesicht seines Sohnes forschend. Erwartete er, dort die Antwort auf die Frage zu finden, was Robert hergebracht hatte?

»Ja«, antwortete er knapp. »Dir ebenfalls?«

Etwas blitzte in den Augen seines Vaters auf. Im einen Moment war es da, im nächsten bereits wieder verschwunden, sodass Robert vermutete, es wäre schlicht eine Täuschung des Lichts gewesen.

»Tut es das nicht immer?«, entgegnete sein Vater. Weiße Linien der Anspannung bildeten sich um seine Mundwinkel.

Vielleicht fühlte er sich schuldig, weil er versucht hatte, ihn dazu zu bringen, zu heiraten. Doch das vermochte Robert nicht zu trösten. Sein ganzes Leben lang war er von anderen manipuliert worden: Lucy, seinem Großvater, seinem Vater. Das konnte einen schon argwöhnisch machen.

»Was führt dich zu mir?«, erkundigte sich sein Vater, legte den Federhalter hin und lehnte sich auf seinem Stuhl zurück.

Robert nahm vor dem wuchtigen Mahagonischreibtisch Platz. Sein Blick blieb einen Moment an dem Möbel hängen, das eine so wichtige Rolle in seinem Leben gespielt hatte. Unweigerlich ballte er die Hände zu Fäusten.

Sein Vater folgte seinem Blick, und ein wehmütiger Ausdruck legte sich über seine scharfen Züge. »Ich hätte einen neuen Schreibtisch anfertigen lassen sollen«, bemerkte er leise.

Robert presste die Lippen zusammen. An dem Tag, an dem er in seinen Besitz übergehen würde, würde er ihn zerhacken und verbrennen lassen. Selbst aus dem Grab übte der verstorbene Herzog immer noch Einfluss aus.

Wie merkwürdig. Die Gesellschaft sah im gegenwärtigen Duke of Somerset einen mächtigen Aristokraten, der stolz das Erbe seines allseits geschätzten Vaters weiterführte. Die Leute sahen nicht die eiserne Herrschaft, die dieser Mistkerl ausgeübt hatte – ein Mann, der seine eigene Tochter verstoßen hatte.

»Was weißt du über die Tochter von Wilkinson?«, erkundigte Robert sich und lenkte das Gespräch von dem verstorbenen Herzog weg.

»Lady Diana?« Sein Vater legte die gespreizten Hände aneinander. »Sie ist siebzehn, beinahe achtzehn. Wilkinson sagt, sie sei künstlerisch begabt.«

Nur weil ich nicht male oder nicht weiß, wie man reitet, heißt das nicht, dass mir ein Ausflug ins Museum oder ein Spaziergang im Hyde Park nicht gefallen würde …

»Seine illegitime Tochter«, unterbrach Robert ungeduldig die Aufzählung der Vorzüge der jungen Dame, mit der sein Vater ihn letzten Sommer gerne zusammengebracht hätte.

»Ah.« Der Herzog klopfte die Fingerspitzen aneinander. »Nachdem das Mädchen und ihre Mutter verschwunden waren, glaubte Wilkinson, beide wären umgekommen.« Er betrachtete seine Hände. »Bei seinem letzten Besuch war er außer sich vor Glück, dass Helena wieder aufgetaucht ist.«

Ja, lebhaft, redselig und überraschend freigiebig dabei, seine Gefühle mit allen zu teilen, würde der Duke of Wilkinson niemals dem Bild der Gesellschaft von einem echten, steifen Herzog entsprechen.

»Ist es möglich, dass sie eine Hochstaplerin ist?«, erkundigte Robert sich mit einer Direktheit, die ihn das Leben gelehrt hatte.

Angesichts ihres Aufenthaltes im »Hell & Sin«-Club gab es Grund, auf der Hut zu sein. Bloß dass die Frau, die ihn herumkommandierte und ihm gesagt hatte, sie hasse die gute Gesellschaft, ganz eindeutig nichts mit dieser Gesellschaft zu tun haben wollte.

»Eine Hochstaplerin?«, wiederholte sein Vater überrascht. »Ich denke nicht«, erklärte er, für Roberts Geschmack bei Weitem zu vertrauensselig. »Wilkinson hat Helen gut gekannt, als sie …«

»Helena«, verbesserte Robert ihn.

»Ja, ja. Helena … Ihre Mutter war seine Mätresse, und er hat das Mädchen … oh«, er machte eine vage Handbewegung, »bis sie fünf oder sechs Jahre alt war, regelmäßig gesehen. Er hatte Mutter und Tochter in einem Haus in der Stadt untergebracht.« Seine Miene verdüsterte sich. »Dann verschwand sie, und Wilkinson war am Boden zerstört. Er hat sie geliebt.«

Indem er seine verstorbene Frau geliebt und seine Schwester nach der Verstoßung durch den Vater unterstützt hatte, hatte der gegenwärtige Duke of Somerset seine eigene romantische Ader bewiesen. Diese großzügige Einstellung hatte sich auch auf seine Nichte erstreckt, als die vor Jahren nach einem Skandal in seinem Haus Zuflucht gefunden hatte. Obwohl er sich also selbst tiefe Emotionen erlaubte, sprach er von den Gefühlen des anderen, als seien sie etwas sehr Ungewöhnliches gewesen.

»Er hat sie so sehr geliebt, aber trotzdem ist sie einfach verschwunden?« Robert konnte nicht verhindern, dass sich Zynismus in seine Stimme schlich. Hatte die Dame am Ende einen anderen Beschützer gefunden, der ihr mehr versprochen hatte, ihr und ihrer Tochter aber für die Zukunft keine Sicherheiten hinterlassen hatte? Frauen hatten sich ihm gegenüber als überaus launisch in Bezug auf ihre Gefühle gezeigt, schienen hauptsächlich von dem Wunsch nach Reichtum angetrieben.

Sein Vater sah ihn ausdruckslos an. »Es steht mir nicht zu, über Wilkinson oder Miss Banburys Mutter Mutmaßungen anzustellen.« Er beugte sich vor und erwiderte den Blick seines Sohnes. »Aber ich würde denken, dass die junge Dame die Antworten hat, die du suchst.«

Helenas Gesicht erschien vor Roberts geistigem Auge: ihre vernarbte Wange, ihre Hände. All diese Male sprachen von einem Leben in der Hölle.

Mit einer Grimasse verlagerte sein Vater sein Gewicht.

Robert runzelte die Stirn. »Vater?«

»Es geht mir gut«, erwiderte der Herzog schroff. »Und wir reden hier auch nicht über mich.« Er lehnte sich auf seinem Stuhl zurück, der protestierend knarrte. »Warum die Fragen über Miss Banbury?« In den Augen des älteren Mannes stand Interesse.

Seine Worte ließen Robert innehalten, und um gelassen zu wirken, hob er die Schultern zu einem leichten Achselzucken, überlegte sich seine Antwort sorgfältig. Er entschied sich für die vagste und gleichzeitig wahrste Erklärung.

»Ich habe die junge Frau auf dem Ball des Earl of Sinclair getroffen.« Schließlich konnte er nicht einfach herkommen und Fragen stellen und nicht im Gegenzug ebenso welche erwarten. Trotzdem hatte Robert mit seinen Erkundigungen die Grenzen leichter Neugier auf eine Frau überschritten, der er in einem Augenblick des Wahnsinns seine Unterstützung versprochen hatte.

»Ihre Mutter war wunderschön«, murmelte der Herzog. Er rieb sein Kinn zwischen Daumen und Zeigefinger. »Ich glaube, ihr Name war Dahlia oder Delia. Ich vermute, ihre Tochter hat ihre Schönheit geerbt.«

Robert gab einen unverbindlichen Laut von sich. Er hatte an ihr bisher keine Schönheit entdeckt, die seiner Definition oder der der Gesellschaft davon entsprach. Sie war größer als die meisten Männer und so schlank, dass es schien, als könne ein heftiger Windstoß sie umwerfen, dennoch hatte sie sich in anderer Weise als so faszinierend erwiesen, dass die Frage nach Schönheit sich eigentlich gar nicht stellte.

»Also ist sie nicht hübsch?«, hakte sein Vater nach. Die Falten auf seiner Stirn verrieten seine Verwirrung.

»Sie ist … interessant«, entschied Robert sich schließlich zu sagen.

»Nun, interessant ist nicht zu verachten.«

Der Herzog nahm irrigerweise an, dass Roberts Fragen von einem Gentleman kamen, der sich zu einer Dame hingezogen fühlte. Dabei würde Robert diesen fatalen Fehler nie wieder begehen. Nicht noch einmal. Sein Vater konnte das nicht wissen, da er keine Ahnung von dem hatte, was der vorige Herzog in ebendiesem Raum getan hatte.

Ohne die Vermutung seines Vaters zu bestätigen oder zu bestreiten, setzte Robert sich anders hin. »Weißt du sonst noch etwas über die junge Dame?«, erkundigte er sich. Sicherlich würde doch ein Mann, der mit Wilkinson befreundet war, seit sie gemeinsam die Universität besucht hatten, noch mehr Informationen als das wenige, was er bisher erzählt hatte, über die junge Dame haben.

Sein Vater zuckte die Achseln. »Nein.« Ein Funkeln trat in seine Augen. »Ich fürchte, du wirst die Antworten auf deine Fragen selbst finden müssen.«

Der Herzog glaubte wohl, er hätte Roberts Motiv durchschaut. Doch er konnte unmöglich ahnen, wie der Plan aussah, bei dem Robert ihr zu helfen versprochen hatte – alles in der Hoffnung, unehrenhafte Verehrer fernzuhalten.

Ich würde eher Napoleons Gebeine aus dem Grab holen und ihn zum Altar zerren, als mich an jemanden wie Sie zu binden …

Bei der Erinnerung an ihre Worte lachte Robert leise. Wie es aussah, hatte er die einzige Dame im ganzen Königreich gefunden, die restlos desinteressiert an ihm und dem Titel war, mit dem sein Name verbunden war.

Schritte erklangen auf dem Flur, und dann öffnete sich die Tür. Beatrice stand auf der Schwelle. »Robert«, sagte sie in einem überraschten Ton, der zu der Reaktion ihres Vaters vorhin passte.

Bei dem leicht anklagenden Funkeln in ihren Augen verspürte er einen Stich der Schuld. Mit dreiundzwanzig sollte sie einen Ehemann haben und einen ganzen Stall voll Kinder. Der Umstand, dass sie keinen Gentleman finden konnte, der ihr den Hof machen wollte, verriet mehr als genug, wie wenig ehrenwerte Männer es im Königreich gab.

»Bea«, sagte er und erhob sich.

Beatrice verdrehte die Augen und trat ins Zimmer. »Pah, verschwende deinen Atem nicht an höfliche Worte für mich. Du kommst viel zu selten her.« Sie ließ sich auf den Stuhl neben ihm fallen und deutete auf den, von dem er sich soeben erhoben hatte. »Also?«, fragte sie.

Aus dem Augenwinkel entdeckte er ein Lächeln auf den Lippen seines Vaters. »Also was?«, wiederholte Robert. Mit all ihren Sorgen und Fragen war sie mehr in die Rolle einer besorgten Mutter geschlüpft als in die der jüngeren Schwester, die ihm als kleines Mädchen auf Schritt und Tritt gefolgt war.

»Geht es um deinen Morgenbesuch bei einer gewissen Herzogstochter?«

Ah, also hatten der Klatsch und die Gerüchte bereits begonnen. Wenn sie jetzt schon seine Schwester erreicht hatten, bedeutete das, dass spätestens morgen früh die Zeitungen über sein plötzliches Interesse an der Dame berichten würden.

Er schnalzte missbilligend mit der Zunge. »Ach, hörst du jetzt auf Klatsch und Tratsch, Bea?«

»Versuch nicht, das Thema zu wechseln«, schalt sie ihn. »Sie ist viel zu jung und unschuldig für dich, Robert. Stimmst du mir nicht zu, Papa?«

Bruder und Schwester schauten den Herzog an, der die Hände hob. »Es steht mir nicht zu, mich in Herzensangelegenheiten einzumischen.«

Mit Ausnahme von geschickt zusammengestellten Hausgesellschaften auf dem Lande. Robert lächelte ironisch, und sein Vater besaß den Anstand, zu erröten.

»Danke für deine Sorge, Bea«, erwiderte Robert und stand auf. »Ich versichere dir, ich weiß, was ich tue, was die Dame betrifft.« Als sie den Mund öffnete, um entweder zu protestieren oder ihm weitere Details abzupressen, machte er eine rasche Verbeugung.

Der Besuch hier mit der Absicht, weitere Informationen über Helena Banbury zu erhalten, hatte sich als weniger erfolgreich erwiesen als erhofft. Obwohl es schwerlich drauf ankam. In Anbetracht des närrischen Planes, dem er gestern Abend zugestimmt hatte, würde er sicherlich alles, was es zu wissen gab, über sie herausfinden.

Und irgendwie verspürte er, als er das Studierzimmer seines Vaters verließ, erstaunlicherweise nichts von der Langeweile, die ihn bis gestern Abend verfolgt hatte.

Kapitel 12

Regel 12

Zeige nie Schwäche.

Helena hätte wirklich darauf bestehen sollen, dass Lord Westfield bei allen Bällen anwesend war, bei denen sie das Pech hatte, die Einladung akzeptieren zu müssen.

Diese Erkenntnis kam ihr allerdings wesentlich zu spät, und jetzt saß sie zwischen dem Duke und der Duchess of Wilkinson. Sie hatte zwischen ihnen Zuflucht gesucht, nachdem sie bemerkt hatte, dass einige der anwesenden Herren sie gemustert hatten wie ein hungerndes Kind eine Scheibe Brot.

Sie ließ sich noch etwas weiter zurücksinken in dem Versuch, sich so klein wie möglich zu machen. Was reichlich unmöglich war für eine Frau ihrer Körpergröße.

Während der Herzog und die Herzogin sich unterhielten, suchte Helena mit den Blicken rasch Lord und Lady Drakes Ballsaal ab, spähte über die Köpfe der Anwesenden hinweg, bemühte sich, einen gewissen Gentleman ausfindig zu machen – einen Gentleman, der ihre einzige Hoffnung darstellte, der Aufmerksamkeit von Männern zu entkommen, die entschlossen waren, sie zur Strecke zu bringen, zu ruinieren und mit ihren zehntausend Pfund das Weite zu suchen.

Obwohl es ja in Wahrheit gar nicht ihre zehntausend Pfund waren. Wenn sie in drei Monaten (zwei Monaten und achtundzwanzig Tagen, wenn man es genau nahm) ging, dann würde diese Summe in der Obhut des Herzogs verbleiben. Ihr Blick landete auf dem Hals einer Dame auf der anderen Seite des Raumes. Ihn schmückten mehr als genug Diamanten und Saphire, um damit Helena und ihre Familie jahrelang zu ernähren.

Während jener dunkelsten Tage, wie sie sie im Geiste bezeichnete, als sie Diggorys Misshandlungen ausgesetzt gewesen war, hätte sie ohne Weiteres ihre Seele für ein einziges Pfund verkauft, ganz zu schweigen von Tausenden. Jetzt würde sie liebend gerne die zehntausend Pfund verbrennen, die für ihre Mitgift ausgesetzt waren.

Unwillkürlich ballte sie die Hände zu Fäusten. Sie wollte verdammt sein, wenn sie auch nur einen einzigen Heller vom Duke of Wilkinson annahm. Seit sie hier zu seinem eleganten Stadthaus in Mayfair geschafft worden war, hatte er sich als freundlich erwiesen, stets bereit zu einem Lächeln. Aber diese Freundlichkeit würde nie, *niemals* die Hölle wiedergutmachen, die sie und ihre Mutter durchlitten hatten.

Helena atmete langsam und beruhigend ein. Bedauerlicherweise hatte sie nun den Erinnerungen die Tür geöffnet, und Diggory hatte die Chance genutzt.

Nicht hier. Nicht jetzt …

Dies waren die Augenblicke des Wahnsinns, die dafür sorgten, dass Frauen in Bedlam landeten. Dieser Gedanke steigerte ihre rasch wachsende Panik nur noch.

In ihrem Kopf hallten ihre Schreie wider, bis sie sich mit dem lauten Gelächter von Lady Drakes Gästen vermischten und eine Kakofonie verzerrter Geräusche bildeten. Ihre Brust hob und senkte sich schnell, und sie konzentrierte sich darauf, langsam und gleichmäßig zu atmen.

Schau nicht in das Licht. Schau nicht in das Licht …

Nur dass sie wie ein Kind, das zu unbedarft war, um es besser zu wissen, mit dem Feuer spielte und ihren Blick zu dem Kronleuchter über ihr hob, und ihr war, als ob ihr Magen nach unten sackte.

Helena kniff die Augen fest zusammen, als ihr der beißende Gestank von versengter Haut in die Nase stieg. Ihrer eigenen Haut, die schmolz … Quälende Schmerzen. So unerträglich …

Du bist stärker als das … Wehr dich gegen diese Gedanken, Helena.

»Helena?« Die laute Stimme des Duke of Wilkinson drang in ihre quälenden Erinnerungen und riss sie von dem Abgrund zurück.

Sie blinzelte mehrmals, nahm vage den gütig lächelnden Herzog und seine finster dreinblickende Herzogin wahr und … Helena legte den Kopf schief, musterte den Herrn, der sich irgendwann zu ihrem Trio gesellt hatte.

Robert. Hier. Makellos gekleidet in mitternachtsblaue Kniehosen und einen farblich leicht abgesetzten Rock. Sein strahlend weißes, elegant geknotetes Halstuch betonte seine dunkle Hautfarbe, die auf alte romanische Wurzeln hinwies.

Ihr Magen zog sich zusammen. Wie lang hatte er hier schon gestanden? Zu oft, wenn die Albträume sie überfielen, verlor sie sich in ihnen, und wenn sie wieder zu sich kam, waren Zeit und Details verschwommen. Der Marquis stand da, das Musterbild kühler Eleganz, und betrachtete sie unter seinen dichten blonden Wimpern hervor, während sie … Nun, sie war schlicht Helena.

Seine Lippen verzogen sich zu einem langsamen, wissenden Lächeln, bei dem Hitze sie durchflutete. Nachdem sie beim Starren erwischt worden war, wünschte sie sich, der

Marmorboden möge sich öffnen und sie verschlingen. Sie war kein albernes junges Ding, das sich wegen eines attraktiven Gentlemans zum Narren machte.

Aber ist das nicht genau das, was du schon so oft bei diesem Mann getan hast …

Sie biss die Zähne zusammen, als ihr die spöttische Mahnung durch den Kopf ging. Niemals dankbarer für die auffällig bunte Erscheinung des Herzogs wich Helena einen Schritt zurück.

»Westfield, mein lieber Junge«, sprach Wilkinson Robert an. Er klopfte ihm kräftig auf den Rücken. »Es ist mir ein Vergnügen, wie stets.«

Die Herzogin verzog ihre Lippen zu dem Zerrbild eines Lächelns. »Ach bitte, sagen Sie doch, dass Sie zu meinem Ball kommen werden.«

Ein weiterer verdammter Ball. Immerhin, wenn er im Hause des Duke und der Duchess of Wilkinson stattfand, wäre es deutlich einfacher für ihn, den Ballsaal unbemerkt zu verlassen.

Über die Köpfe des Herzogspaars schaute Robert zu Helena. »Den würde ich um nichts in der Welt versäumen wollen«, murmelte er, und seine blauen Augen strahlten eine machtvolle Hitze und Intensität aus, die Schmetterlinge in ihr tanzen ließ.

Seine Worte und seine Anwesenheit hier und jetzt waren lediglich eine Folge ihrer Bitte. Wie leicht war es angesichts von Roberts geheimnisvoller Anziehungskraft, einen flüchtigen Moment lang daran zu glauben, dass Aufrichtigkeit in seinem Blick lag.

Sie musterte ihn, als Wilkinson seine Aufmerksamkeit einforderte.

»Wie geht es meinem Freund, dem alten Herzog?« Der ältere Mann lachte heftig, als hätte er die witzigste Bemerkung überhaupt gemacht. »Darüber haben wir immer gescherzt, weißt du?«

Helena lauschte interessiert, fühlte sich wie eine Außenseiterin bei ihrer Unterhaltung. Was war das für ein Scherz zwischen diesen beiden Herzögen? Und konnten Adelige überhaupt Scherze machen?

Über den kleineren Mann hinweg fing Robert ihren Blick auf. »Ja, er ist einen ganzen Tag älter, nicht wahr?«, sagte er, fügte die Erklärung für Helena hinzu.

Bei diesem Versuch, sie mit einzuschließen, breitete sich Wärme in ihr aus. Diese Geste von einem Mann, dem sie einmal nicht mehr zugetraut hatte, als immer nur an sich selbst zu denken, brachte Helena aus der Ruhe, und sie wandte den Blick ab.

Innerhalb von zwei Tagen hatte Robert Dennington, der Marquis of Westfield, nicht nur eingewilligt, ihr bei ihren Bemühungen zu helfen, sondern auch noch seine Umsicht unter Beweis gestellt. Das passte nicht zu dem, was sie über Mitglieder des Adels gehört und mit ihnen erlebt hatte, und sie wusste nicht so recht, wie sie mit dieser beunruhigenden Erkenntnis umgehen sollte.

»Allerdings, Euer Gnaden. Ich vertraue darauf, Ihre alte Verletzung bereitet Ihnen keine Schmerzen?«

Während der Herzog antwortete, biss sich Helena auf die Innenseite ihrer Wange. Mit den paar Sätzen und der Vertrautheit zwischen diesen beiden Männern erhielt sie einen flüchtigen Blick auf eine Welt, von der sie nicht einmal gewusst hatte, dass sie existierte. Mitglieder des Adels waren doch gar nicht zu Herzlichkeit und Zuneigung fähig. Sie sprachen nicht ernsthaft miteinander, fragten nicht nach Verletzungen von früher.

Doch diese beiden Aristokraten – Robert und der Mann, der sie gezeugt hatte – taten das. Und sie wusste nicht, welchen

Reim sie sich darauf machen sollte. Es brachte die zuvor stabile Basis, auf der sie ihre wohlgeordnete Existenz errichtet hatte, in Schieflage.

Während die beiden sich unterhielten, starrte die Herzogin Helena an und verhehlte dabei auf sehr unherzoginnenhafte Weise ihre Gefühle nicht im Geringsten. Glücklicherweise sagte der Herzog etwas, das die Aufmerksamkeit seiner Gemahlin erforderte. Als ihr dadurch die weitere finstere Musterung erspart wurde, wich endlich die Spannung aus Helenas Schultern.

Sie hatte auf Londons Straßen in den übelsten Vierteln schon Dieben gegenübergestanden, die weniger Bosheit ausstrahlten als die Ehefrau des Herzogs. Nicht zum ersten Mal ergab die frühere Zuneigung des Herzogs zu Helenas vor Lebensfreude überschäumender Mutter Sinn. Vielleicht lebte die gute Gesellschaft eben so. Männer heirateten Frauen, weil sie es mussten, suchten und fanden ihr Lebensglück aber außerhalb dieser Verbindungen.

»Miss Banbury?« Bei dem scharfen Klang der Stimme der Duchess of Wilkinson fuhr Helena herum. »Seine Lordschaft spricht mit Ihnen«, erklärte die Herzogin mit schmalen Lippen.

Hitze stieg Helena in die Wangen. Wieder prickelte ihre Haut unter der Macht von Roberts Blick. »Mylord«, sagte sie rasch.

Er neigte den Kopf und trat einen Schritt näher, schob die Herzogin aus Helenas Blickfeld. Tat er das absichtlich, um Helena gegen die Abneigung der Frau abzuschirmen?

»Dürfte ich?«, erkundigte er sich leise und hatte das Lächeln auf den Lippen, für das der Teufel selbst ihm einen Handel vorgeschlagen hätte.

»Dürften Sie was?«, fragte sie verwirrt.

»Mit Ihnen tanzen, Miss Banbury«, erwiderte er glatt und griff nach der Karte, die an ihrem Handgelenk hing.

Helena schnappte nach Luft. »Nein.« Diese schroffe Antwort ließ ihn mitten in der Bewegung erstarren.

Der Herzog und die Herzogin blickten zwischen Helena und Robert hin und her wie die Zuschauer eines Tennisspiels.

Dann griff der Marquis mit der Arroganz, die sie von ihm zu erwarten gelernt hatte, ihr Handgelenk und überflog die leere Karte.

Sie zog daran. »Ich tue das nicht.«

Er richtete seine Aufmerksamkeit wieder auf ihr Gesicht. »Sie tun was nicht, Miss Banbury?«

Wie um zu betonen, wie wenig sie in diese Welt passte, rutschte ihr eine Strähne aus dem Haarknoten in die Stirn. »Tanzen.« Unter all den Lehrern und Tutoren, die Ryker in den vergangenen Jahren für sie engagiert hatte, war nie ein Tanzmeister gewesen.

»Sie tanzen nicht?«

Noch nie hatte sie irgendeinen Nutzen darin erkannt, Geld für eine so frivole Tätigkeit zu verschwenden – bis jetzt.

»Nein«, bestätigte sie, deutete mit der Hand auf die Paare, die auf der freien Fläche komplizierte Schrittfolgen ausführten. »Ich tanze nicht.« Und jetzt machte der Mangel an dieser Fertigkeit nur noch offensichtlicher, wie fehl am Platz sie in dieser Welt war.

Ein seltsamer Zug erschien um Roberts Mund. Wofür stand der? War es Missbilligung für die Frau, der er zu helfen versprochen hatte? Der Gedanke versetzte ihr einen schmerzhaften Stich.

»Dann vielleicht ein kleiner Spaziergang einmal um die Tanzfläche herum?« Er bot ihr seinen Ellbogen.

»Geh nur mit, Helena«, drängte der Herzog. »Lord Westfield ist vertrauenswürdig.«

Vertrauenswürdig? Nachdem er in ihr Zimmer eingedrungen war, sie um den Verstand geküsst und damit ihre Welt zerstört hatte? Sehr vertrauenswürdig. Helena verkniff sich ein Lächeln und legte ihre Fingerspitzen auf seinen Ärmel.

Dankbar, dem beständig finsteren Stirnrunzeln der Herzogin zu entkommen, hielt sie den Blick nach vorn gerichtet. Einmal mehr sorgte der Umstand, dass sie jahrelang einzig ihre Brüder zur Gesellschaft gehabt hatte, für Ungemach, denn sie besaß wenig Übung darin, gepflegte Konversation zu machen.

Wie stets der makellose Gentleman, brach Robert die Stille. »Du tanzt also nicht«, flüsterte er ihr aus dem Mundwinkel zu. »Das ist etwas, was du vielleicht gestern hättest erwähnen sollen.«

»Du hast nicht danach gefragt«, erwiderte sie, ohne ihn anzuschauen.

Er sprach mit gesenkter Stimme weiter. »Das macht diese ganze Geschichte mit dir …«

»Mit uns«, unterbrach sie ihn.

»Zu einer echten Herausforderung.«

Sie rümpfte die Nase. »Ich denke doch, am Rande der Tanzfläche entlangzuschlendern ist eine hinreichende Bekanntmachung für die anwesenden Gäste.«

Neben einer deckenhohen Säule im dorischen Stil blieb er stehen und stellte sich so vor sie, dass sie vor den Blicken der anderen abgeschirmt war. »Ah, aber durch den Ballsaal zu spazieren ist etwas ganz anderes, als zu tanzen, Helena.« Sein Atem strich über ihre Ohrmuschel, und ihre Wimpern flatterten wild.

»A-ach ja?«, gelang es ihr zu erwidern, und sie hasste es, wie dünn ihre Stimme klang.

»O ja«, flüsterte er und senkte den Kopf weiter.

Sein männlicher Duft, ein schwacher Hauch Brandy vermischt mit Minze, verwirrte ihr die Sinne. Sie hatte seit Langem eine Abneigung gegen den Geruch von Alkohol, aber an diesem

Mann faszinierte er sie. Sie schloss die Augen und atmete tief ein.

»Es wird nur meine Hand auf deinem Rücken nötig sein, während ich dich näher an mich ziehe, um über jeden Zweifel hinweg klarzumachen, dass meine Aufmerksamkeiten dir gegenüber eindeutig sind.«

Helena konnte aus jeder Zahlenreihe einen Sinn ziehen, ohne sich groß anstrengen zu müssen. Ihre beruhigende Ordnung war ihre Rettungsleine gewesen, als so viel von ihrem Leben hässlich und unklar gewesen war. Aber es gab keine Ordnung in dem, was sie in seiner Gegenwart empfand. Dieser Mann benutzte Worte meisterhaft, um sie zu schwächen.

Reiß dich zusammen, Helena.

Sie schüttelte mit Mühe den verführerischen Bann ab, den er über sie geworfen hatte, und atmete tief durch. Was er hier tat, geschah nur, um genau den Eindruck zu erwecken, den zu erwecken sie ihn gebeten hatte. Und aus irgendeinem unerklärlichen Grund hasste sie es, dass es nur vorgetäuscht war.

»Du hast recht«, erwiderte sie leise. »Angesichts unserer«, sie schaute sich um, aber Roberts Position schirmte sie weiter vor den Blicken der anderen Anwesenden ab, »Beziehung wäre es sicherlich hilfreich, dass ich mich an gewissen Aktivitäten beteilige, denen sich junge Damen hingeben.« Dankbar, dass die Logik wiederhergestellt war, nickte sie entschieden. »Damit haben wir das auch geklärt.«

Robert legte den Kopf schief. »Geklärt?«

»Nun, du wirst mich unterweisen müssen.«

* * *

Du wirst mich unterweisen müssen …

Für den Plan, bei dem Helena sich seiner Hilfe versichert hatte, war es ihm völlig egal, dass sie weder zeichnen noch reiten konnte. Es störte ihn jedoch aus völlig selbstsüchtigen Gründen, die absolut nichts mit ebenjenem Plan zu tun hatten, durchaus, dass sie nicht tanzen konnte.

Robert verspannte sich bei ihrer geflüsterten Antwort, malte sich sogleich jede Menge unanständiger Dinge aus, die er ihr liebend gerne beibringen würde. Ihre leisen, atemlosen Worte weckten sogleich die Erinnerung an ihren Körper an seinem, die korallenrote Färbung ihrer Brustspitzen. Die kehligen kleinen Laute ihres Verlangens.

Er stöhnte leise.

Helena runzelte die Stirn. »Geht es dir gut?«

Nein. »Ja«, gelang es ihm mit leicht erstickter Stimme zu antworten. »Der Herzog hat doch gewiss Tanzmeister engagiert?«

»Drei.«

Er legte fragend den Kopf schief.

Sie hielt drei Finger in die Höhe. »Er hat drei engagiert. Innerhalb eines Monats. Sie haben sich als bemerkenswert wenig hilfreich erwiesen.«

In dem Versuch, nicht zu lächeln, versuchte Robert, seine Züge unter Kontrolle zu halten. »Und du denkst, ich müsste imstande sein«, er senkte den Kopf dichter zu ihrem Ohr, »es dich zu lehren?«

Helena schnaubte. »Nein. Ich glaube jedoch, dass mir mit deiner Anweisung mehr gedient ist, da du nun einmal deine Hände auf eine bestimmte Weise auf meinen Körper legen musst.«

Robert verkniff sich ein neuerliches Aufstöhnen, als der Klang ihrer gesenkten Altstimme unweigerlich Bilder vor seinem geistigen Auge entstehen ließ, wie sie auf dem Rücken lag, die Arme nach ihm ausstreckte und er ihren herrlichen Mund liebkoste. Er schüttelte den Kopf. Was für eine Schande, dass er sich an die Nacht mit ihr im »Hell & Sin« nicht mehr erinnerte.

Während ihn das Schicksal nur noch mehr für dieses Versagen verspottete, verschränkte die Dame die Arme, wodurch sich ihre köstlichen kleinen Brüste hoben, sodass sein Blick unwillkürlich von dem Dekolleté angezogen wurde und eine weitere heiße Welle Verlangen ihn erfasste. Hatte er sie wirklich irgendwann mal für nicht sonderlich hübsch gehalten? Wie war das möglich gewesen, wo sie doch … Er schüttelte noch einmal heftig den Kopf.

Die Dame äußerte einen ungeduldigen Laut und klopfte mit der Fußspitze auf den Marmorboden, allerdings wurde das Geräusch von den Klängen des Orchesters übertönt. »Du willst es also nicht tun?«

Wovon, zum Teufel, redete sie? Angesichts des strengen Blicks, den sie auf ihn richtete, erwartete sie irgendeine Antwort von ihm.

»Es mir beibringen?«, sagte sie betont langsam, als spräche sie mit einem begriffsstutzigen Kind.

Wie hatte sie den Spieß so geschickt umdrehen können, dass sie nun völlig beherrscht dort stand, während er sich beim Anblick ihres nicht unbedingt üppig gefüllten Ausschnittes derart heftig nach ihr verzehrte?

»Du willst, dass ich dir Tanzunterricht gebe?«, fragte er fast ein wenig unwirsch. Die Dame war harmloser, wenn sie einen Dolch schwang, als wenn sie verführerische Worte sprach.

Begreifen trat in ihre Augen. »Ach so, verstehe.«

»Was genau verstehst du, Helena?«, erkundigte er sich heiser. Der Lebemann in ihm wollte genau wissen, welche unartigen Vorschläge ihr über die Lippen kommen würden.

»Liegt es daran, dass du ein Problem damit hast, mit mir allein zu sein?«

Betrachtete man ihre beiden ersten Begegnungen, als sie anfangs versucht hatte, ihm den Bauch aufzuschlitzen, und im nächsten Handstreich, ihn mit dem Fuß zu entmannen, dicht gefolgt von ihrem dritten Zusammentreffen, bei dem sie seine Ehre infrage gestellt hatte, sollte er eigentlich jede Menge Vorbehalte haben, mit dieser Frau allein zu sein.

»Ich versichere dir, es bereitet mir nicht die geringste Sorge, mit dir allein zu sein.« Er bemühte sich, so viel Sarkasmus wie möglich in diese Handvoll Worte zu legen.

Ihre Augenbrauen senkten sich, und sie machte einen Schritt auf ihn zu. »Dann glaube ich doch, ein Wüstling wie du kann sich überwinden, mich so zu berühren, wie es diese Lektion erfordert.« Sie krauste die Nase. »Besonders angesichts des Umstandes, dass du dich dazu während deines Aufenthaltes in meinen Räumen sehr wohl durchringen konntest. Allerdings warst du zu der Zeit betrunken, also lag es vielleicht daran?«

Langsam dämmerte es ihm. Sie dachte, er wolle nicht mit ihr tanzen. Er ließ den Blick über ihre schmalen Züge und die Narbe auf ihrer Wange wandern. Die Welt war ohnehin schon ein gnadenloser Ort. Aber wie war diese Welt für eine Frau, die Narben auf ihrer Haut hatte und eine Spielhölle ihr Zuhause nannte? »Du hast mich missverstanden, Helena.«

Er hätte ihr genauso gut ein unlösbares Rätsel aufgeben können, so verständnislos schaute sie ihn an. »Ach ja?«

Etwas zog an seinem Herzen, einem Organ, von dem er lange geglaubt hatte, es sei unfähig, irgendetwas für jemanden zu empfinden, der nicht zu seiner Familie gehörte. »Ganz im Gegenteil, meine Liebe«, murmelte er. »Ich kann die Gelegenheit, dich zu berühren, gar nicht erwarten.«

Ihre Augen wurden groß und rund, ihr stockte der Atem, woraufhin ihn eine Welle männlicher Befriedigung erfasste. Trotz ihrer so lässig gesprochenen Worte verströmte ihr schlanker Körper förmlich Verlangen. Dann verschwanden auf einmal alle Anzeichen von Leidenschaft. Sie musterte ihn aus schmalen Augen. »Machst du dich über mich lustig?«, wollte sie wissen.

»Ich habe meine Lektion gründlich gelernt und kenne die Folgen sehr wohl, die einem drohen, wenn man dir etwas abschlägt«, versicherte er ihr mit einem selbstironischen Lächeln.

Etwas von der Anspannung wich aus ihren schmalen Schultern, und als sie seinen Blick erwiderte, passierte etwas zwischen ihnen. Etwas nicht näher Bestimmbares. Eine merkwürdige Verbindung, die von der Erwähnung ihrer ersten Begegnung herrührte, die ihr Leben komplett geändert hatte.

Gott mochte ihm helfen, aber er wollte sie jetzt, inmitten eines Meers von Ballbesuchern, küssen. In einem Anfall von Wahnsinn kümmerte es ihn keinen Deut, wer ihn dabei sah …

»Robert, da bist du ja!«

Stumm das Schicksal verfluchend, das ausgerechnet diesen Moment wählte, um die Aufrichtigkeit dieses Gedankens zu prüfen, drehte er sich zu der aufgeregten Stimme um, die seiner Schwester gehörte. Rasch schob er sich zwischen sie und Helena.

Er schluckte die Erbitterung darüber herunter, dass sein Intermezzo mit Miss Helena Banbury unterbrochen worden war, und begrüßte seine lächelnde Schwester. »Beatrice.«

Sie nahm seine Hände, stellte sich auf die Zehenspitzen und küsste ihn auf die Wange. »Seit du in deine Junggesellenwohnung zurückgekehrt bist, hatte ich gar keine Gelegenheit mehr, mit dir zu sprechen.« Ihre Worte hatten einen leicht anklagenden Unterton.

»Ich war anderweitig beschäftigt«, erklärte er, war sich der Anwesenheit der Frau hinter seinem Rücken überdeutlich bewusst. Er spürte förmlich, wie sich ihr Blick durch seinen Rock bohrte.

Seine Schwester schnaubte wenig damenhaft. »Beschäftigt.«

Ja, angesichts des liederlichen Lebenswandels, dem er gefrönt hatte, warum sollte seine Schwester da glauben, dass er sich tatsächlich täglich mit dem Verwalter ihres Vaters traf?

Egal, diese Diskussion wollte er nicht vor Helena führen. Er zupfte Beatrice an einer ihrer blonden Locken. »Was möchtest du denn von mir, Frechdachs?«

Sie lächelte breit. »Ich möchte eine Buchhandlung besuchen, die am St. Giles Cir…« Sie brach ab, als ihr Blick über seine Schulter schweifte und auf Helena fiel. Interesse trat in ihre ausdrucksvollen Augen. »Oh, hallo.«

Robert trat beiseite, sodass er nicht länger zwischen den beiden Frauen stand.

»Guten Abend«, murmelte Helena und sank in einen hastigen und nicht unbedingt eleganten Knicks.

Robert öffnete den Mund, um sie miteinander bekannt zu machen, aber Beatrice kam ihm zuvor und streckte die Hand aus. »Verzeihen Sie, ich habe Sie nicht gleich gesehen. Ich bin Lady Beatrice Dennington.« Sie deutete auf ihn. »Roberts Schwester.«

Helena zögerte, dann legte sie ihre behandschuhten Finger in die seiner Schwester, erwiderte den leichten Händedruck. »Helena Banbury. Die …«, Farbe stieg ihr in die Wangen, »Tochter des Duke of Wilkinson.«

Seine Schwester keuchte auf, dann richtete sie kurz den Blick auf Robert, bevor sie wieder zu Helena zurücksah. »*Sie* sind die Tochter des Herzogs.«

Helena straffte die Schultern. »Ja, bin ich.«

Robert kannte Helena Banbury erst kurze Zeit und nur aufgrund von einer Handvoll Begegnungen, aber ihm gefiel, wie energisch sie das Kinn reckte, mit diesem Ausdruck von Stolz und Widerstand. Doch was für Gerede musste sie in ihrer kurzen Zeit hier erduldet haben, um diese Reaktion zu haben? Er hätte den Bastard, der für den wachsamen Ausdruck in ihren Augen verantwortlich war, am liebsten zur Rede gestellt.

Sie wich etwas zurück, aber seine Schwester ließ ihre Hand nicht los, sondern lachte nur leise. »Oh, ich bin ja so froh.«

Helena runzelte die Stirn und blickte Robert verständnislos an.

Er schüttelte kaum merklich den Kopf. Es war schwerlich die richtige Zeit oder der rechte Ort, ihr zu erklären, dass seine Schwester zuvor den irrigen Schluss gezogen hatte, er hätte beschlossen, der frisch aus dem Schulzimmer gekommenen Tochter des Herzogs den Hof zu machen.

»Darf ich Ihnen einen Besuch abstatten, Miss Banbury?«

Helena legte den Kopf schief, was sie ganz entzückend aussehen ließ. »Besuch?«, wiederholte sie.

Das Lächeln seiner Schwester verblasste. »Es sei denn, es wäre Ihnen lieber, ich täte das nicht.«

Unsicherheit flammte in Helenas Augen auf. »N-nein«, stammelte sie. »Ich würde …«, ein zögerndes Lächeln zitterte auf ihren Lippen, »mich sehr freuen.«

Robert ballte die Hände zu Fäusten. Wie viel Unfreundlichkeit hatte sie erlebt, dass sie diese Mauern um sich errichtet hatte? Und warum machte es ihm etwas aus? Er half ihr aus einem Ehrgefühl heraus und wegen des Wunsches, den Schaden, den er angerichtet hatte, wiedergutzumachen. Woher also kam dieses Verlangen, ihre Geheimnisse zu erfahren und die Geschichte dahinter, weshalb sie so auf der Hut war?

Beatrice klatschte in die Hände. »Ausgezeichnet. Ich komme morgen Nachmittag vorbei.«

Das riss ihn aus seinen Überlegungen. »Nein«, widersprach er kurz, woraufhin sich gleichzeitig die Augenpaare beider junger Frauen auf ihn richteten. »Miss Banbury hat mir gerade erzählt, dass sie morgen bei einem überaus fähigen Lehrer Tanzunterricht nimmt.«

Helena und Robert wechselten einen Blick, und nach dem heftigen Heben und Senken ihrer Brust zu schließen, dachte sie jetzt auch an ihre Unterhaltung von eben, über seine Hände auf ihr und die Lektionen, die sie erwarteten.

»Oh, wie schade«, erwiderte seine Schwester und tätschelte Helena bedauernd die Hand. »Das ist wirklich lästig, nicht wahr? Dann vielleicht ein andermal?«

Helena nickte. »Das wäre sehr schön, Mylady.« Sie blickte durch den Ballsaal, dann strich sie sich die Röcke glatt. »Ich sehe, dass die Herzogin mir winkt. Wenn Sie beide mich bitte entschuldigen wollen?« Sie sah verstohlen zu Robert.

Rasch nahm er ihre Finger und hob sie an die Lippen, fluchte im Geiste über den störenden Stoff, der es ihm verwehrte, ihre bloße Haut auf seiner zu spüren. »Miss Banbury«, sagte er in gemessenem Ton.

»L-Lord Westfield.«

Und während Helena sich umdrehte und fortging, seine Schwester ihm irgendetwas erzählte, musste er einräumen, dass er sich zum ersten Mal in seinem Leben auf eine Tanzstunde freute.

Kapitel 13

Regel 13

Keine Freunde.

Helena und Diana saßen in traulichem Schweigen an ihrem gewohnten Platz am Fenster. Während Helena las, beugte die Tochter des Herzogs, wie immer in allem sittsam, den Kopf über ihre Stickarbeit und widmete sich der Aufgabe so konzentriert wie ein General seinen Schlachtplänen.

Das leise Summen des jungen Mädchens war das einzige Geräusch in dem sonst stillen Raum. Die Abgelenktheit ihrer Schwester nutzend, dachte Helena über Lord und Lady Drakes Ball nach. Oder genauer, sie dachte an die liebevolle Szene zwischen Robert und seiner Schwester.

Lady Beatrice war vielleicht nur eine junge Frau in einem ganzen Meer von vielen, und doch hatte Helena schon früh zu schätzen gelernt, was einen die Zahl Eins lehren konnte. Beatrice war eine einzelne Person, Robert eine liebende Schwester, die glaubte, er sei der Mittelpunkt des Universums. Und das sagte mehr aus als all die viele Vorurteile, die sie in den vergangenen Jahren über den Adel gehegt hatte.

Nicht jeder war, was er zu sein schien. War nicht auch Helena – ebenso wie ihre Brüder – ein Beweis dafür?

Sie wandte sich wieder Diana zu. Da war eine weitere junge Frau, die alles infrage stellte, was Helena so lange für eine durch eigene Beobachtungen bewiesene Tatsache gehalten hatte.

Als sie in diesen Haushalt gekommen war, war sie entschlossen gewesen, alles und jeden hier zu hassen, denn sie gehörten alle zu dem Mann, der Helena und ihre Mutter im Stich gelassen hatte, dessen Verrat dazu geführt hatte, dass sie in den Klauen eines Mannes gelandet waren, den selbst Satan fürchten würde.

Mit dem Smaragdanhänger, den sie stets trug, und ihren teuren weißen Seidenkleidern repräsentierte Diana alles, was Helena schon seit Jahren verachtete. Als Kind hatte sie auf den Straßen betteln und stehlen müssen und dabei die Lady Dianas dieser Welt gesehen – makellos und perfekt, und völlig ahnungslos –, die nicht mehr als einen verächtlichen Blick für die Helena Banburys übrig hatten. Sie hatte für sie alle nur Geringschätzung empfunden.

Oder wenigstens hatte sie das gedacht.

An jedem Tag, den sie in dieser rasch immer verwirrender werdenden Gesellschaft verbrachte, erwies sich alles, was sie für eine unumstößliche Tatsache gehalten hatte, als ebenso konfus wie die ersten Tage, nachdem ihre Mutter sich mit Mac Diggory eingelassen hatte.

Helena schaute zu dem jungen Mädchen, das dasaß und seine Nadel durch den Stoff führte, der in seinen Stickrahmen gespannt war. Ja, sie wollte sie hassen. Nur dass Diana mit ihrem unschuldigen Lächeln und ihrer noch unschuldigeren Freundlichkeit, mit der sie Helena aufgenommen hatte, es ihr unmöglich gemacht hatte, genau das zu tun.

Es war wahrscheinlicher, dass man gesponnenen Zucker und Regenbogen hasste als dieses junge Ding. Sie war fröhlich und von sonnigem Gemüt, kurz, genau die junge Frau, die vornehme Männer heirateten. Männer wie Robert. Männer mit Titeln und Reichtum, die nebenher Mätressen hatten und skandalöse Spielhöllen besuchten.

Die gehässige Erklärung der Herzogin vor ein paar Tagen kam ihr wieder in den Sinn. Diese beiden mächtigen Herzogsfamilien, die so eng miteinander verbunden waren, hegten die Erwartung – wenigstens aufseiten der Herzogin –, dass ihre Tochter eines Tages Robert heiraten würde.

Sie hatte in dem Moment nicht wirklich darüber nachgedacht. Aber wenn sie wieder fort war, würde Robert seine perfekte junge Braut finden müssen, und warum sollte das nicht Diana sein? Sie wären das Musterbild eines vollkommenen, goldenen englischen Paares, das in Bezug auf Abstammung und Vermögen ideal zusammenpasste.

Anders als Helena, die stets, trotz der zum Scheitern verurteilten Versuche des Duke of Wilkinson, nicht mehr als die Tochter einer Hure bleiben würde, die mehr Jahre auf der Straße verbracht hatte als in dem Komfort, mit dem der Herzog seine Mätresse umgeben hatte.

Das Buch zitterte in Helenas Händen, und ihr Blick fiel auf ihre vernarbte Haut.

Ehrenmale hatte Ryker sie genannt.

Helena lächelte traurig. Was für ein Unsinn. Was für ein absoluter Quatsch. Sie sahen hässlich aus. Es waren die Hände eines gewöhnlichen Straßenkindes, nicht die gepflegten glatten einer Lady, die so damenhafte Tätigkeiten ausführten wie Sticken.

Eine Dienstmagd erschien am Eingang des Zimmers. Sie knickste hastig. »Mylady, Ihre Mutter bittet darum, dass Sie sich zu ihr ins Foyer begeben.«

Diana unterbrach ihr Summen und blickte von ihrer Arbeit auf. »Oh, wunderbar. Ich bin sofort da«, antwortete sie, und das

Dienstmädchen eilte aus dem Raum. Das Merkwürdige daran war, dass, angesichts ihres unbekümmerten Tonfalles, Diana das auch genau so meinte.

Sie sah, dass Helena sie anstarrte, und lächelte. »Mutter und ich wollen eine Modistin aufsuchen«, erklärte sie heiter. Heiter. Sie war immer heiter. Selbst angesichts der Aussicht auf eine Ausfahrt mit ihrer stets schlecht gelaunten und scheltenden Mutter.

»Ich bekomme einen neuen Hut«, erklärte Diana mit einem breiten Lächeln. Es war das Lächeln des Herzogs, ein weiteres Geschenk, das er einem seiner Kinder mitgegeben hatte. »Du kannst doch auch mit, oder?«

Ohne das Buch loszulassen, schwang Helena ihre Beine über die Seitenlehne des Stuhles, und ihre Röcke raschelten laut um ihre Knöchel. »Nein.« Sie milderte ihre Ablehnung, indem sie das Buch hochhielt. »Ich …« *Warte auf eine skandalöse Stunde Tanzunterricht.* »Ich bleibe lieber hier und lese.«

Diana wollte aufstehen, aber Helena legte ihr eine Hand aufs Knie, hielt sie zurück. »Bevor du gehst, würde ich gerne mit dir über etwas sprechen«, begann sie langsam. Sorge ballte sich in ihrem Inneren.

Diana schaute sie aufmerksam an. »Ja?«

Helena rutschte auf den Stuhl, der der wahren Tochter des Herzogs am nächsten stand. Sie legte Argands Abhandlung über komplexe Zahlen auf den Rosenholztisch neben sich. Wie sehr wünschte sie sich, sie würde über die Fähigkeit verfügen, mit allen Konversation zu machen, einfach über alles. Das hier eingeschlossen.

Sie hatte nicht gewusst, dass dieser bestimmte Punkt ein Problem werden könnte, bis sie die gehässigen Worte der Herzogin gestern Nachmittag gehört hatte. »Der Marquis of Westfield«, setzte sie an.

Und dann wusste sie nicht weiter. Insgeheim hoffte sie, die andere junge Frau würde in der Kunst der Konversation ausreichend bewandert sein, um dieses ganze Gespräch allein zu führen. Denn was wäre, wenn Diana einräumte, dass ihr Herz in irgendeiner Weise beteiligt war? Eine tiefe, dunkle und unschöne Empfindung, die sich verdächtig nach Eifersucht anfühlte, schlängelte und wand sich in ihr.

Diana blinzelte weiter verwirrt. »Was ist mit ihm?«

»Eure Familien sind … ziemlich eng miteinander verbunden«, erklärte sie und erinnerte sich an die Ungezwungenheit zwischen dem Duke of Wilkinson und Robert auf dem Ball von Lord und Lady Drake.

»*Unsere* Familien.«

Helena schaute sie verständnislos an.

»Nun, du hast gerade gesagt: ›eure‹. Aber es ist doch auch deine Familie, Helena. Also muss es ›unsere Familien‹ heißen.«

Bei diesen großzügigen und freundlichen Worten stiegen Helena unvermittelt Tränen in die Augen. Sie blinzelte sie fort. Warum konnten nicht all diese Leute so grässlich sein wie die Herzogin?

»Was wolltest du wissen?«, brachte Diana sie wieder zurück auf den Grund, weswegen sie dieses Thema angeschnitten hatte.

»Äh, ja.« Helena atmete tief durch und sprach dann schnell, bevor sie der Mut verließ: »Empfindest du etwas für ihn?«

Bitte sag Nein, sag Nein. Denn wenn sie Ja sagen würde, würde der Neid sie innerlich auffressen.

Diana ließ den Stickrahmen sinken. »Etwas empfinden?« Dann wurden ihre Augen groß. »Ach, du meinst, für den Marquis?« Ein kleines Kichern entschlüpfte ihr. »Oh, Helena, du machst Witze. Lord Westfield ist *alt.*« Und dann verschwand alle Belustigung, und sie beugte sich näher zu Helena. »Geht es hier um deine Gefühle für ihn?«

Helena saß wie gebannt da. Gefühle für den Marquis? Sie hatte keine Gefühle für ihn. Außer vielleicht Wut und Erbitterung. Er ärgerte sie. Er neckte sie. Wie sollte sie für einen Mann Gefühle entwickeln, der ihr Leben, wie sie es kannte, leichtfertig zerstört hatte?

Er hilft dir auch, den angerichteten Schaden wiedergutzumachen … Und das, obwohl er dazu nicht wirklich verpflichtet war.

»Ich habe Vater mit Mutter darüber sprechen gehört«, erklärte Diana. Sie senkte die Stimme zu einem verschwörerischen Flüstern. »Papa ist außer sich vor Freude bei der Aussicht, dass ihr die beiden Familien vereint. Er ist schon so lange mit dem Duke of Somerset befreundet. Für Papa ist er so etwas wie ein Bruder.« Diana stützte ihr Kinn in die Hand. »Nicht dass ich es für möglich gehalten hätte, dass es so eine Freundschaft geben könnte.« Sie strahlte Helena an. »Bis du zu uns gekommen bist.«

Angesichts dieser Worte verspürte Helena fast so etwas wie Scham. Ihre Zuneigung und Loyalität für Ryker, Calum, Adair und Niall war ungebrochen, und obwohl sie in diese neue Familie aufgenommen worden war, fühlte sie nicht das Gleiche für die liebenswerte junge Frau an ihrer Seite.

»Wenn du etwas für ihn empfinden würdest«, sagte sie zögernd. »Würde ich …« *Robert von seinem Versprechen entbinden, mir zu helfen.* Etwas Scharfes drehte sich schmerzhaft in ihrem Herzen.

Dianas glockenhelles Lachen erklang. »Sei nicht dumm. Lord Westfield ist zwar ganz nett, aber er ist auch praktisch alt genug, um mein Vater zu sein.«

Helena atmete erleichtert auf, wobei ihr gar nicht aufgefallen war, dass sie die Luft angehalten hatte.

Ohne irgendetwas davon zu bemerken, sprang Diana auf. »Ich darf Mutter nicht länger warten lassen.« Sie warf Helena einen hoffnungsvollen Blick zu. »Bist du sicher, dass du dich uns nicht anschließen möchtest?«

Helena lächelte. Ihr erstes echtes Lächeln an diesem Tag. Seit vielen Tagen. Wenn sie ehrlich sein sollte, wann hatte sie an irgendetwas Freude gehabt außer an ihren Rechnungsbüchern? Wie merkwürdig, zu erkennen, dass Glück möglich war – und sogar außerhalb des Clubs. »Ich bin sicher«, sagte sie und erwiderte Dianas Abschiedswinken.

Oh, wie sehr beneidete sie das Mädchen um diese unkomplizierte Freude. Nachdem Diana fort war und Helena mit ihren eigenen Gedanken allein gelassen hatte, brachte sie ihr Buch zum Fenstersitz und fuhr mit den Fingerspitzen über Jean-Robert Argands goldgeprägten Namen auf dem Buchdeckel. Helenas Leben ähnelte so viel mehr dem dieses Mannes, eines Mathematikers, der sich alles selbst beigebracht und die Bücher einer Buchhandlung geführt hatte, als dem des Mannes, auf den sie wartete.

Schon stundenlang.

Da es mit Zahlen zu tun hatte und sie in diesen Fällen dazu neigte, übergenau zu sein, sieben. Oder vierhundertzwanzig Minuten. Oder, wenn man es auf die Spitze treiben wollte, fünfundzwanzigtausendzweihundert Sekunden.

So lange wartete sie schon auf Roberts Besuch.

Was irgendwie seltsam war. Sie mochte ihn nicht mal. Er war schließlich für ihre gegenwärtige Lage verantwortlich. Er war jedoch auch der Mann, der ihr helfen würde, für den Rest der Saison anderen Männern aus dem Weg zu gehen.

Trotzdem … Sie trommelte mit den Fingerspitzen auf ihr Buch. Wenn das der Fall war, warum saß sie dann eigentlich hier und hielt nach ihm Ausschau? *Und warum warst du eben so erleichtert über Dianas Worte wegen des Marquis?* Nüchtern betrachtet ergab es keinen Sinn.

Nur dass du genau zu nüchterner Betrachtung offenbar nicht imstande bist, wenn es um diesen bestimmten Gentleman geht.

An dem Abend, an dem er in die Privatgemächer des Clubs gestolpert war, hatte sie eine der wichtigsten Regeln gebrochen, indem sie den betrunkenen Fremden angesprochen hatte. Und dann hatte sie auch noch seinen Kuss erwidert und sich nach seiner Umarmung verzehrt.

Erfüllt von einer unerklärlichen Verwirrung richtete Helena ihre Aufmerksamkeit wieder auf den kleinen Lederband. Er war schließlich nur ein Mann. Ein Mann, der sich mit seiner geschmeidigen Zunge und seinen noch viel geschickteren Lippen als der schlimmste Übeltäter erwiesen hatte, vor dem man sie je gewarnt hatte.

Sie fühlte sich in ihrem Entschluss bekräftigt. Und es würde ihr gut anstehen, sich daran zu erinnern, wenn er kam und ihr Tanzunterricht gab – mit dem erklärten Ziel, seine Hände auf ihren Körper zu legen.

Wenn er denn käme.

Von ihrem gewohnten Platz am Fenster blickte Helena hinaus auf die geschäftige Londoner Straße. Ihr Herz setzte einen Moment aus. Wie von ihren Gedanken heraufbeschworen hielt genau in diesem Moment Robert auf seinem mächtigen schwarzen Hengst vor dem Haus an. Wie gestern auch schon kam ein junger Bursche herbei, dem er die Zügel überreichte.

Helena stellte rasch die Füße auf den Boden und erhob sich. Sie fuhr sich mit den Fingern über ihre weichen gelben Röcke. Was für eine schreckliche Farbe. Selbst sie, die keine Ahnung von Mode hatte, wusste, dass Frauen mit so heller Haut wie ihrer niemals diesen Ton tragen sollten. Aber vielleicht war auch genau das die Absicht der Herzogin gewesen.

Sie begann auf und ab zu gehen. Nicht dass es wichtig wäre. Es war bedeutungslos, was sie in Roberts Anwesenheit trug. Sie spielten alles ja nur vor. Eine Scharade, nichts weiter.

»Seine Lordschaft, der Marquis of Westfield«, verkündete Scott von der Türschwelle her.

Helena entfuhr ein überraschter Ausruf, und sie stieß gegen den Tisch, sodass ihre Ausgabe von Argand zu Boden fiel.

»Mylord.«

Der Butler warf ihr einen vielsagenden Blick zu, und sie riss die Augen auf. »Erfrischungen.«

Der alte Mann lächelte. »Wie Sie wünschen, Miss Banbury.« Seine Augen funkelten erfreut.

Wieder verspürte sie dieses Gefühl von Zugehörigkeit. Etwas, was sie sonst nur bei ihren Brüdern empfunden hatte. Etwas, von dem sie nie gedacht hätte, sie könnte es außerhalb der sicheren Grenzen ihrer Welt erleben.

Was passiert mit mir?

* * *

Robert hatte mit vielen verführerischen Witwen und geschickten Kurtisanen das Lager geteilt. Manchmal sogar gleichzeitig. Aber nie hatte er wach gelegen und sich nach etwas so Unschuldigem wie einem Tanz mit Helena Banbury verzehrt.

Die Vorfreude darauf hatte sich während des kurzen Ritts hierher nur gesteigert. Und die geröteten Wangen der Dame zusammen mit ihrem leicht geöffneten Mund verrieten, sie war umgekehrt auch ihm gegenüber nicht völlig immun.

»Wollen wir beginnen?« Er hielt ihr eine Hand hin.

Ihre Zungenspitze erschien, und sie befeuchtete sich die Lippen. »Ich glaube nicht, dass hier mit den ganzen Möbeln genug Platz für eine Lektion im Tanzen ist.« Er meinte, in ihrem Ton Bedauern zu hören.

»Allerdings, das stimmt wohl«, räumte er ein, und auf ihrer Miene malte sich Enttäuschung. Er bot ihr seinen Ellbogen.

Sie betrachtete seinen Arm einen Moment lang, dann blickte sie ihn an. »Was tust du da?«

Robert fuhr ihr mit den Fingerknöcheln übers Kinn. »Deiner Zofe entkommen, die ohne Zweifel bereits geholt wird.«

Helena presste die Lippen zu einer schmalen Linie zusammen. »Vermutlich bist du äußerst bewandert darin, es zu vermeiden, mit Frauen erwischt zu werden?« Ein scharfer Unterton klang mit, verriet sie trotz allem.

Tatsächlich war er geschickt darin, heimliche Rendezvous und verbotene Tête-à-Têtes hinter den verschlossenen Türen von Salons und Kammern seiner Gastgeber zu arrangieren. Nach dem Abend, an dem er Zeuge von Lucys Verrat geworden war, hatte er sein Vergnügen nur noch in solch bedeutungslosen Verabredungen gesucht.

»Ich möchte mit dir tanzen«, erklärte er leise, und mit nicht geringem Erschrecken erkannte er, dass seine Worte nicht aus dem leicht verfügbaren Vorrat geübter Komplimente und gefälliger Erwiderungen stammten, den er stets parat hatte.

Helena schaute ihn an. Versuchte sie herauszufinden, wie ernst er seine Worte meinte? Unter ihrem Blick stand er reglos, dann verdrehte sie die Augen. »Du musst für mich nicht den Lebemann spielen. Wo sollen wir hingehen?«

Es war restlos vernünftig von ihr, in seinen Äußerungen Unaufrichtigkeit zu vermuten, aber die Enttäuschung schmerzte doch. Enttäuschung darüber, dass er zum ersten Mal seit zwölf Jahren etwas zu einer Frau gesagt hatte, hinter dem nicht die Absicht stand, sie zu verführen, und Helena hatte nichts anderes darin gesehen.

Mit einem geübten Lächeln legte sich Robert ihre Finger auf seinen Ärmel. »Da ich in diesen Räumlichkeiten als Kind Verstecken gespielt habe, verfüge ich glücklicherweise über einige Ortskenntnis.«

Ihre Lippen zuckten. »Ich kann mir denken, dass du eine rechte Plage gewesen bist.«

»Oh, absolut«, räumte er freimütig ein, was ihr ein Lachen entlockte. Er stolperte beinahe. Mit ihrem strahlenden Lächeln und den von ansteckender Freude geröteten Wangen war sie unwiderstehlich.

Helena hob ihren funkelnden Blick, und etwas von dem Strahlen in ihren Augen verblasste. »Was ist?«

Beunruhigt zwang sich Robert zu einem Grinsen. »Ich habe nur über all meine empörenden Kinderstreiche nachgedacht.« Er führte sie den Flur entlang und auf einem langen und gewundenen Weg durch das riesige Gebäude. Helenas Zofe würde vermutlich eine Karte brauchen, um ihre Herrin aufzuspüren. Roberts Grinsen wurde breiter.

»Erzähl mir davon.«

Wie direkt und unverblümt sie war. Wo andere Damen Ausflüchte machten und umständlich formulierten, verlangte sie einfach.

»Also, da war diese Sommergesellschaft, bei der ich die Laken aus allen Gästezimmern zusammengetragen und aneinandergeknotet habe, um ein behelfsmäßiges Seil zu erhalten.« Als achtjähriger Junge hatte er geglaubt, seine Eltern würden zwar nicht unbedingt erfreut sein, es aber zu schätzen wissen, dass er keines der Betten angerührt hatte, in denen ihre Familie schlief.

»Wofür?«

Er grinste. »Nun, im fortgeschrittenen Alter von acht Jahren habe ich mir eingebildet, ich sei ein Entdecker.« Sie lachte, und ihm stockte der Atem. Die sorglose, unschuldige Freude, die bei anderen Frauen so gewöhnlich und künstlich wirkte, war bei ihr so selten wie ein doppelter Regenbogen.

Um diese flüchtige Freude nicht zu gefährden, beeilte sich Robert, den Rest der Geschichte zu erzählen. »Ich hab die

Laken miteinander verknotet und ein Ende am Geländer oben über dem Foyer befestigt, mit der festen Absicht, daran herunterzuklettern.« Er hob die gespreizten Hände.

Sie riss die Augen auf. »Aber sicher war es doch nicht so hoch …«

»Wie das des Herzogs hier?«, kam er ihr zuvor. »Noch höher.« Seine Lippen zuckten. »Ich hab ungefähr drei Viertel der Strecke problemlos geschafft.« Doch dann hatte sich unter seinem Körpergewicht der nicht so gelungene Knoten um die Geländerstreben gelöst. »Ich hab weiter keinen Schaden genommen als einen verstauchten Arm und einen Monat lang keinen Nachtisch.«

Helena schlug sich eine Hand vor den Mund, verdeckte ihre vollen Lippen, die sich belustigt verzogen hatten. Ihre Schultern bebten unter ihrem Gelächter, und weil es so ansteckend war, fiel Robert mit ein. Normalerweise sprach er nicht über seine Vergangenheit, über keinen Teil davon und mit niemandem. Was hatte sie nur an sich, dass er sich plötzlich wieder an diesen Vorfall erinnert hatte?

Unbehagen erfasste ihn. Diese Eigenschaft von Helena Banbury, ihn so mühelos aus dem Gleichgewicht bringen zu können, nachdem er sich doch nach Lucys Verrat für innerlich völlig abgestumpft gehalten hatte, verstörte ihn zutiefst. Wie leicht gelang es ihr, seine Gedanken und Gefühle völlig auf den Kopf zu stellen?

Von dem Wunsch beseelt, sichereren Grund zu erreichen, führte Robert sie auf die Rückseite des herzoglichen Stadthauses und blieb an der Tür stehen, durch die man in den Garten gelangte, der der ganze Stolz der Herzogin war. Ein Bild erschien vor seinem geistigen Auge, wie sie wohl als Achtjährige ausgesehen hatte, ein schlaksiges, ungelenkes Mädchen, das ständig Streiche ausheckte.

»Und was ist mit dir, Helena? Wie warst du als Kind?«, erkundigte er sich, während er die Tür aufstieß. Er ging mehrere Schritte, bevor ihm auffiel, dass Helena auf der Türschwelle stehen geblieben war.

Alle Anzeichen von Erheiterung waren verschwunden. An ihrer Stelle gab es eine düstere Ernsthaftigkeit, die ihm einen Schauer über den Rücken jagte. Sie zwang sich zu einem Lächeln, unter dem sich ihre Wangen spannten. »Ich dachte, wir wollten nicht von der Vergangenheit sprechen.« Unter ihren Worten nahm er einen Anflug von Verzweiflung wahr.

Um seine Lungen legte sich eine seltsame Enge. Er hatte kein Recht auf ihre Geheimnisse. Aber er wollte sie trotzdem wissen.

»Komm und lass uns beginnen«, sagte er leicht verlegen, und ohne zu zögern, schloss sie die Tür hinter sich und trat in seine Arme.

»Wir versuchen es gar nicht erst mit irgendetwas anderem als einem Walzer«, erklärte er, drehte sie in seinen Armen und führte ihre Hand auf seine Schulter. »Das scheint mir am zweckdienlichsten.«

Er legte ihr eine Hand ins Kreuz, zog sie näher zu sich. Am liebsten hätte er ihren Po gepackt und sie noch fester an sich gepresst.

»Am zweckdienlichsten wozu?« Ihre zögernde Frage verriet ihm, dass auch ihre Beherrschung ins Wanken geriet.

Er senkte den Mund zu ihrem, sodass nur eine Haaresbreite sie voneinander trennte. »Nun, um dich zu berühren«, flüsterte er. Ihre Lider flatterten, und er führte sie in die Bewegung.

Sie riss die Augen auf und stolperte gegen ihn.

»Du hast doch eine Vorliebe für Mathematik«, bemerkte er ganz sachlich, und Helena blickte ihn erstaunt an, verpasste unwillkürlich den nächsten Schritt. »Stell dir Tanzen wie eine deiner Berechnungen vor. Konzentrier dich einfach auf die Zahlen.«

Er summte eine leicht schiefe Melodie, was ihm ein weiteres seltenes Lächeln von ihr eintrug. »Schön aufpassen«, wies er sie an. »Es geht eins-zwei-drei, eins-zwei-drei«, murmelte er. »Und immer daran denken, alle Schläge des Walzers sind gleich lang.«

Er führte sie rückwärts. »Du beginnst rechts und machst den ersten Schritt zurück.« Er lehnte seine Stirn an ihre. »Dann geht es mit dem linken Fuß zur Seite, und danach stellst du den rechten neben den linken.« Er zog sie noch ein bisschen näher und führte sie durch die rhythmischen Bewegungen.

Mit geröteten Wangen biss sich Helena auf die Unterlippe und versäumte einen Schritt.

»Konzentrier dich«, flüsterte er. »Denk an die Zahlen, Helena. Denk an das gleichmäßige Eins-zwei-drei.« Sie vollführten die ersten etwas steifen, dann jedoch immer geschmeidigeren Schritte, während ihre Körper gemeinsam den Rhythmus fanden. »Eins-zwei-drei«, murmelte er und lenkte sie zwischen den kostbaren Rosensträuchern der Herzogin hindurch.

Während die Minuten verstrichen, ließ er seine Hand weiter hinabwandern, bis auf die Stelle direkt über ihrem Po, und ihr stockte der Atem. »Das hier ist die Berührung«, sprach er mit gesenkter Stimme weiter. »Das ist die, die jeder andere Gentleman sehen und begreifen wird.«

Ihre Lippen teilten sich, als sie bebend einatmete. »Was begreifen?«

»Dass du mir gehörst.« In diesem Spiel aus Täuschung und »So tun, als ob« fühlte sich alles mit einem Mal viel zu echt an.

Helena stieß mit der Rückseite ihrer Beine gegen eine Steinbank, wodurch sie jäh gestoppt wurden. Sie standen da, ihre Körper aneinandergeschmiegt, schwer und im gleichen

Rhythmus atmend. Robert fuhr mit seiner Hand aufwärts, legte sie ihr in den Nacken und drehte ihren Kopf zu sich.

Ihre Lippen trafen sich in einer feurigen Explosion. Helena schlang ihm die Arme um den Hals und erwiderte seinen Kuss. Er rieb seinen Mund über ihren, strich mit den Händen über ihren Körper, erkundete den Schwung ihrer Hüften und die kleinen Hügel ihrer Brüste.

Als er sich von ihr löste, entfuhr ihr ein leiser Schrei. Sogleich suchte sie den Kontakt wiederherzustellen, aber Robert ließ sich nicht beirren. Mit den Lippen liebkoste er ihren schlanken Hals, nagte an der zarten Haut, unter der ihr Puls pochte, und wanderte dann tiefer.

Mit ihrem Ausschnitt machte er kurzen Prozess und zog den Stoff geschickt nach unten, küsste die seidenweiche Haut dort. »So schön«, flüsterte er. Wie hatte ihm das zuvor nur entgehen können, diese Schönheit, die Seeleute dazu bringen konnte, ihre Schiffe an den Felsen zerschellen zu lassen?

Ihre Knie gaben nach, und er zog sie an sich, legte seine Hände auf ihren Po, presste sie an sich.

»Robert«, keuchte sie, sein Name war ein leises Stöhnen.

Er ließ sich auf der Steinbank nieder und platzierte Helena auf seinem Schoß. »Ich verzehre mich nach dir, seit ich in deinem Bett aufgewacht bin«, stieß er rau hervor, hasste, dass er sich selbst jetzt noch nicht an die Momente erinnern konnte, die sie miteinander verbracht hatten – weil er zu betrunken gewesen war.

Wieder eroberte er ihren Mund und fuhr mit seiner Zunge hinein. Sie erwiderte das spielerische Duell, intensivierte den Kuss. Sein Atem ging keuchend, und dann fand er die Stelle zwischen ihren Beinen.

Robert erstickte ihr leises Wimmern mit seinem Mund und streichelte sie weiter, erkundete sie. Er drang mit einem Finger in sie ein, und ihre inneren Muskeln spannten sich um ihn an. Dann begann sie sich mit einem gequälten kleinen Laut zu bewegen, rieb sich an seiner Hand, drängte ihn, sie zum Höhepunkt zu bringen.

»Bitte«, flehte sie an seinen Lippen, und dieses Flehen von dieser sonst so starken Frau trieb sein Verlangen in ungeahnte Höhen. Er steigerte das Tempo seiner Zärtlichkeiten, drückte seine Handwurzel gegen das Zentrum ihrer Weiblichkeit, und Helenas Unterleib zuckte.

Und dann warf sie in einem herrlichen Schauer sinnlicher Hingabe den Kopf zurück und schrie auf, ließ ihre Hüften kreisen und kam in lang gezogenen Wellen, bis sie schließlich ermattet gegen ihn sank. Nie hatte er sich mehr gewünscht, wahrhaftig ein Wüstling zu sein, denn dann würde sein verdammtes Ehrgefühl ihn nicht davon abhalten, sich zwischen ihre Schenkel zu legen und sich in ihrer Hitze zu verlieren.

Robert schlang die Arme um sie, hielt sie an seiner Brust, bis sein Herz sich wieder beruhigt hatte und normal schlug. Als sie schweigend aufstanden und er ihre Kleidung in Ordnung brachte, nahm er am Rande seines Bewusstseins ein Gefühl von Panik wahr.

Seit Lucy Whitman hatte keine Frau mehr Macht über ihn gehabt. Doch wenn er nicht vorsichtig war, würde Helena mit ihrer Schroffheit und ihrer unerschrockenen Art die Verteidigungsmauern, die er in den vergangenen Jahren so sorgsam errichtet hatte, einreißen. Was eine Torheit wäre, besonders bei einer Frau, die so entschlossen war, ihre mysteriöse Vergangenheit geheim zu halten.

Nicht zum ersten Mal beschäftigte Helena Banbury all seine Gedanken.

Kapitel 14

Regel 14

Binde dich niemals an einen Mann.

In den vergangenen zehn Jahren ihres Lebens war Helena an jedem Tag aufgewacht, in ihr Büro gegangen, hatte ihre Rechnungsbücher aufgeschlagen und sich der Buchhaltung des Clubs ihrer Brüder gewidmet. In dieser ganzen Zeit war sie kein einziges Mal – mit Ausnahme des Morgens des Wahnsinns, als Robert in ihr Zimmer eingedrungen war – von dieser sicheren und vorhersehbaren Routine abgewichen.

Wie sich ein Leben doch in einer Handvoll flüchtiger Momente verändern konnte. Ihre Mutter, die von der verwöhnten Mätresse eines Herzogs zur Geliebten eines brutalen Londoner Bandenchefs geworden war, war der beste Beweis dafür. Und jetzt hier auf der Steinbank im umzäunten Garten der Dukes of Wilkinson zu sitzen, das Gesicht der Sonne zugewandt, bewies es auch.

Es war nicht so, dass sie ihre Arbeit nicht vermisste. Das tat sie. Es war nur … dass sie inzwischen ein Leben jenseits des »Hell & Sin«-Clubs entdeckte. Anfangs hatte sie nur wahrgenommen, wie verletzt und betrogen sie sich fühlte. Wie hatte er sie einfach wegschicken können?

Helena legte den Kopf zurück, und die Sonnenstrahlen badeten ihr Gesicht in beruhigender Wärme.

Vielleicht war das der Grund, warum Ryker sie hierhergesandt hatte. Vielleicht hatte er gewusst, dass sie das Leben kennenlernen musste, das sie außerhalb der Spielhölle führen könnte, und entscheiden, wo ihr Platz wirklich war. Geistesabwesend ließ sie ihre Finger über die Narben an ihrer anderen Hand gleiten. Die runzlig-raue Haut, brutal zerschnitten, war der Beweis der unumstößlichen Wahrheit, dass sie niemals wirklich hierhergehören konnte.

Sie hatte sich schon lange geschworen, sich niemals an einen Mann zu binden, wie ihre Mutter das getan hatte, weder mit ihrem Körper noch mit ihrem Herzen und ganz sicher nicht mit ihrem Namen. Jetzt wurde ihr klar, wie einfach es war, so einen Fehler zu begehen.

»Der Marquis erwartet Sie.«

Bei dem scharfen Tonfall der Duchess of Wilkinson schaute Helena sich um. *Robert.*

Unter dem harten Blick der Frau erstarb die aufgeflackerte Freude abrupt, und Helena kam langsam auf die Füße, während sie die andere Frau nicht aus den Augen ließ. Obwohl ihre Brüder sich immer über sie lustig gemacht hatten, weil sie angeblich unfähig wäre, den wahren Charakter einer Person zu erkennen, stimmte das in diesem Fall nicht.

Der ungezügelte Hass der Herzogin war beinahe greifbar. Offensichtlich nahm dieses Gefühl keinerlei Rücksicht auf Rang oder Titel. Und es war auch nicht genug, um eine Frau wie die Herzogin in den Garten zu schicken, nur damit sie sie über Roberts Ankunft unterrichtete. Für so etwas hatte man schließlich Bedienstete.

»Euer Gnaden«, grüßte Helena und machte sich auf den Weg zur Tür. Sie runzelte die Stirn, als die Herzogin sie vor ihr schloss.

Die Frau musterte Helena abschätzig von Kopf bis Fuß. Sie verzog höhnisch die Lippen, was deutlicher als jedes Wort ihre Meinung über die uneheliche Tochter des Herzogs enthüllte.

Helena war es egal, ob die andere Herzogin, Königin oder Prinzessin war, sie würde sich nicht einschüchtern lassen. »Wenn Sie mich bitte entschuldigen würden? Wie Sie sagten, erwartet Lord Westfield mich.« Sie reckte die Schultern und benutzte die zehn Zentimeter, die sie größer war als die Herzogin, um auf die Frau herabzusehen.

»Ich will Sie nicht hierhaben, Miss Banbury.«

Helena erstarrte. Nun, da waren sie schon zu zweit. Oder so war es zumindest gewesen … vor vier Tagen …

Die Herzogin machte eine abfällige Bewegung mit der Hand. »Ihre Mutter war eine Hure.« Die Frau sagte das so beiläufig, als spräche sie über das Wetter.

Helena bemühte sich, sich nichts anmerken zu lassen, während Wut sie erfasste. Auf der Straße hatte sie schnell gelernt, dass Feinde immer auf der Suche nach Schwächen waren, um diese auszunutzen. Wenn man sich nur eine winzige Blöße gab, stürzten sie sich darauf und vernichteten einen.

Die Augen der älteren Frau verengten sich zu schmalen Schlitzen. »Und mit Ihren Ränken haben Sie die Aufmerksamkeit des Marquis von Diana auf sich gelenkt. Er wird Sie vielleicht mit in sein Bett nehmen, aber er wird Sie niemals heiraten.« Ihre Stimme bebte vor Abscheu.

Als Helena weiter schwieg, fuhr die Herzogin sie an: »Haben Sie dazu nichts zu sagen?«

Helena bedachte sie mit einem zuckersüßen Lächeln. »Zu meinen Ränken? Es ist das erste Mal, dass mir so etwas unterstellt wird. Gewöhnlich erwecke ich kein männliches Interesse.«

»Wegen Ihrer Narben?«

Die beißende Schärfe dieser hasserfüllten Worte, die fast gekreischt wurden, verriet Helena, dass die Frau kurz davor stand, die Beherrschung zu verlieren. Sie nickte. »Ja. Wegen meiner Narben.«

Diese Male auf ihrer Haut, die, so deutlich wie ihre geliebten Zahlen, ihre Herkunft verrieten und sie zeichneten. Wenn die Herzogin dachte, sie könnte diese alten Wunden benutzen, um sie zu brechen, sollte sie sich besser auf eine Enttäuschung gefasst machen. Helena ging um die Herzogin herum, aber die andere Frau griff nach ihr und packte sie am Arm, fest genug, um einen Abdruck zu hinterlassen.

»Der Marquis wird alles über Sie herausfinden. Er wird erkennen, dass Sie keine von uns sind, sondern Abschaum von der Straße wie Ihr Bruder.«

Helena starrte ausdruckslos auf die Finger, die sie schmerzhaft umklammerten. Es war jetzt fast neunzehn Jahre her, dass jemand in gewalttätiger Absicht Hand an sie gelegt hatte. Im Geiste hörte sie längst verhallte Schreie, und sie bekam keine Luft mehr. *Du Balg … Ich sollte dich umbringen …*

Das wütende Gesicht von Ryker, der noch als Straßenjunge Diggory fast totgeprügelt hatte, trieb das Entsetzen zurück. So war Ryker. Furchtlos. Unerschrocken. Unbesiegbar. Bei der Erinnerung an jenen Tag straffte Helena die Schultern.

»Mein Bruder hat mehr Ehre in seinem kleinen Finger als Sie in Ihrer ganzen Person.« Sie musterte die Herzogin verächtlich. »Und jetzt lassen Sie mich los, Madam.«

Die Herzogin lockerte ihren Griff, ließ die Hand sinken. »Meine Tochter wurde dazu geboren, Herzogin zu sein, aber dann haben Sie sich in diese Familie hineingedrängt«, schäumte sie. »Genau wie Ihre Mutter sich in das Leben meines Ehemanns gedrängt hat. Sie mögen vielleicht mit Lord Westfield ins Bett gehen, aber letztendlich wird er Diana gehören. Ist das klar?«

»Sie will ihn nicht heiraten«, gab Helena zurück.

»Es ist egal, was sie will. Es ist nur wichtig, wozu sie geboren wurde.«

Genau wie es Ryker nicht gekümmert hatte, was Helena wünschte. Egal, wie niedrig oder hoch die Abstammung einer Frau war, Entscheidungen wurden über ihren Kopf hinweg getroffen. Robert gehörte mit jemandem seines eigenen Standes zusammen, und wenn er heiraten sollte, würde Diana ihm mit ihrer Freundlichkeit und ihrem Anstand die ideale Braut sein.

Selbst wenn das Mädchen selbst es nicht wollte, würde sie sich kaum dem Wunsch ihrer Eltern widersetzen können. Diese beiden Familien würden sich eines Tages verbinden, und Robert würde mit Diana ohne Zweifel glücklich werden. Bei dem Gedanken durchzuckte sie ein plötzlicher Schmerz.

»Ich sehe, Sie verstehen«, zischte die Herzogin und betrachtete Helenas Gesicht. Die hasste es, vor dieser skrupellosen Frau so bloßgestellt zu sein. »Ich habe kein Problem damit, wenn Sie mit ihm ins Bett gehen«, fuhr die Herzogin in einem Tonfall fort, in dem sie einem Gast das letzte Horsd'œuvre auf einem Tablett anbieten mochte. »Solange Sie sich nicht einbilden, dass Sie Herzogin werden können. Sie sind keine von uns, Miss Banbury. Es ist wichtig, dass Sie das niemals vergessen.«

Wie sollte sie das je vergessen, wo die gute Gesellschaft ihr diese Lektion doch wieder und wieder erteilt hatte, seit dem Moment, in dem sie schreiend auf diese Welt gekommen war! Doch es zu wissen und es zu akzeptieren bedeutete, die grausame Klinge nur noch ein weiteres Mal umzudrehen. »Fahren Sie zur Hölle«, brachte Helena heraus, und die andere Frau keuchte empört auf.

Helena riss die Tür auf und eilte mit langen Schritten auf den Korridor, den sie gestern erst mit Robert entlanggegangen war, als er sie zum Garten gebracht und in ihrem Körper ein gefährliches Verlangen geweckt hatte. Die unnötige Erinnerung der Herzogin mahnte sie nur noch einmal an die große Distanz zwischen Robert und ihr. Sogar die Erzählungen aus seiner Kindheit hatten diese Kluft zwischen ihnen noch einmal betont. Er hatte in Räumen mit hohen Decken und großen Foyers gespielt, während Helena …

Da war ein Treppengeländer. Sie blieb abrupt stehen und starrte blicklos vor sich hin.

Ich bin ein Treppengeländer heruntergerutscht, wann immer der Herzog kam … Und er hat gelacht und mich in seinen Armen aufgefangen …

Ihre Unterlippe bebte, und sie presste die Augen unter der Macht dieser lang verschütteten Erinnerung zusammen. Helena ballte ihre Fäuste in ihre Röcke. Sie wollte diese Erinnerungen nicht. Sie wollte nicht an ein Leben denken, wie sie es in den fünf kurzen Jahren gekannt hatte, bevor ihre Welt sich mit Gewalt und Dunkelheit gefüllt hatte.

Sie fasste sich wieder und ging weiter ins Foyer.

Robert stand da und schaute auf seine Uhr. Bei seinem Anblick, nicht einmal einen Tag nachdem er sie so zärtlich berührt hatte, röteten sich Helenas Wangen. Nach seinem Verhalten gestern und den Anschuldigungen der Herzogin gerade eben hielten sie sie offenkundig für eine erfahrene Kurtisane ohne jede Scham.

Als er sie kommen hörte, sah er auf, und sie wappnete sich für die anzüglichen Blicke, die sie bei so vielen Gentlemen im »Hell & Sin«-Club beobachtet hatte.

Er lächelte. »Helena«, begrüßte er sie und verbeugte sich.

Verdammt. Die Kehle schnürte sich ihr zu. Warum musste er ihre Welt weiter auf den Kopf stellen?

»Lord Westfield«, erwiderte sie leise, als er ihre behandschuhten Finger in seine nahm.

Er beugte sich darüber, sah dann hoch – und erstarrte. Ein hartes Glitzern trat in seine Augen, und sie stolperte rückwärts. Er hielt sie fest, und sie folgte seinem Blick zu den Fingerabdrücken auf ihrem Arm. Niemand außer ihrer Familie im »Hell & Sin« hatte jemals so heftige Wut über die Male, die andere auf ihrem Körper hinterlassen hatten, gezeigt. Sie biss sich auf die Unterlippe und hasste es, dass seine leidenschaftliche Reaktion ihr so viel bedeutete.

Sie entzog ihm hastig ihre Hand, nahm ihren Mantel von einem Lakaien entgegen, dankte ihm, glücklich, als jene dunkelroten Abdrücke endlich bedeckt waren. Als Nächstes nahm sie ihren Hut, setzte ihn auf und band sich die Schleife unter dem Kinn. Der Butler öffnete die Tür, und sie eilte nach draußen.

Ohne weiteres Wort half Robert ihr in seinen Zweispänner und kletterte hinter ihr hinein. Einen Moment später ließ er die Zügel schnalzen, und die Kutsche setzte sich in Bewegung. Sie schloss die Augen und genoss die sanfte Brise auf ihrem Gesicht. Vielleicht würde er die Sache auf sich beruhen lassen.

Den Blick auf die geschäftige Straße vor sich gerichtet, fragte Robert sie in knappem Tonfall: »Wer war das?«

Sie seufzte. »Niemand.« Die Lüge kam ihr leicht über die Lippen. Sie wollte nicht über die Herzogin oder ihre grausamen Worte sprechen.

»Helena«, beschwerte er sich, und seine Fingerknöchel um die Zügel wurden weiß.

»Ich bin das Treppengeländer heruntergerutscht.«

Er schaute kurz von der Straße zu ihr, blickte dann wieder nach vorn.

Helena zupfte an ihren Röcken. »Du hast mich gefragt, wie ich als Kind war. Wann immer mein … der Herzog«, verbesserte sie sich rasch. Sie hatte schon vor langer Zeit aufgehört, den Duke of Wilkinson als ihren Vater zu bezeichnen. »Wann immer er zu Besuch kam, habe ich mich aufs Treppengeländer gesetzt und bin heruntergerutscht, und er hat mich aufgefangen und herumgewirbelt.«

Nicht das Tun eines Mannes, der seine Geliebte und sein Kind einfach so ihrem Schicksal überließ, und doch war genau das geschehen.

»Ich hatte das bis jetzt vergessen«, murmelte sie. »Bis du mir deine Geschichte erzählt hast.«

* * *

Jemand hatte Hand an sie gelegt.

Robert wollte wissen, wer, damit er sie rächen konnte. Aus dem Augenwinkel sah er Helena abschätzend an. Sie lehnte in ihrem Sitz, die Augen geschlossen. Ihr Gesicht war entspannt, zeigte keinerlei Anzeichen der Vorsicht, die sie normalerweise zur Schau trug. Da sie so abgelenkt war, wandte er seine Aufmerksamkeit auf die aufgeworfene Haut ihrer rechten Wange.

Bis jetzt hatte er sich nicht erlaubt, darüber nachzudenken, wie eine junge Frau zu solchen Narben gekommen sein mochte. Feigling, der er war, hatte er beschlossen, zu glauben, dass sie damit geboren worden war.

Er war ein Aristokrat, doch er war kein Narr. Jemand hatte sie verletzt – schwer. Hatte ihr Schmerzen zugefügt, die über das Körperliche hinausgingen und sich in jeden Aspekt der Existenz einer Person einbrannten. Was er selbst vor zwölf Jahren im Arbeitszimmer seines Großvaters mit eigenen Augen hatte sehen müssen, hatte ihn tief getroffen. Aber er würde seine Seele darauf verwetten, dass das, was Helena angetan worden war, etwas so Schlimmes war, dass es einen für immer zeichnete. Er umklammerte die Zügel fester. Und es war ja nicht irgendjemand – sondern Helena Banbury mit ihrem unverwüstlichen Lebensmut.

Auch wenn sie in nur drei Monaten wieder gehen, in den »Hell & Sin«-Club zurückkehren würde und er sie bis auf einen schnellen Blick, wenn er die Spielhölle besuchte, nie wiedersehen würde, wollte er alles wissen – über sie und die Geheimnisse, die sie hütete.

Sie erreichten den Hyde Park, und Robert zog an den Zügeln, lenkte die Kutsche über die ruhigeren Wege.

»Du redest nicht sehr viel, nicht wahr, Helena Banbury?«

Sie öffnete die Augen. »Nein.«

Sie lächelten sich an.

»Meine Brüder haben mich oft damit aufgezogen, dass ich mich mit Zahlen viel wohler fühle als mit Menschen.«

Er zuckte zusammen. »Du hast Brüder?«

Natürlich hatte sie genau das eben gesagt. Aber wie seltsam, dass er es bisher nicht gewusst hatte.

Helena nickte. »Einen echten Bruder und …«, sie verzog den Mund, »drei, die für mich mehr Familie sind als mein tatsächlicher Vater, auch wenn wir nicht wirklich blutsverwandt sind.«

Wie beiläufig sie von drei Männern sprach, die nicht mit ihr verwandt waren. Jedes Mitglied der guten Gesellschaft würde vor Schock erstarren. Woher kannte sie diese Männer? Fragen über Fragen überschlugen sich in seinem Kopf. Sie hatte sie Brüder genannt, aber war einer dieser Männer vielleicht tatsächlich mehr gewesen? War einer ein Liebhaber, mit dem sie im »Hell & Sin«-Club gewohnt hatte? Robert griff die Zügel fester, als eine brennende Eifersucht sich durch ihn hindurchfraß wie ein langsam wachsendes Geschwür.

»Du bist schockiert«, stellte sie fest, als er weiter schwieg.

»Ich bin viel schwieriger zu schockieren, als du vielleicht glaubst.« In dem Versuch, die starken Gefühle zu verbergen, die ihn durchströmten, zwinkerte er ihr zu.

Sie erreichten die Kensington Gardens, und Robert brachte die Kutsche zum Stehen. Vögel sangen fröhlich ihr Morgenlied, während die dünnen Äste einer nahe stehenden Ulme sich leise im Wind wiegten.

»Sie sind so hübsch.«

Der wehmütige Unterton in Helenas Stimme entging ihm nicht.

Robert folgte ihrem Blick zu dem umrankten Tor, das in die Kensington Gardens führte. Bunte Blumen säumten beide Seiten des Kiespfades.

»Die Blüten«, erklärte sie.

»Weißt du, was? Bei all meinen Ausritten in den Hyde Park sind sie mir nie wirklich aufgefallen«, gestand er. Wenn er in London war, kam er beinahe jeden Morgen hierher. Und doch sah er sich niemals um. Nicht wirklich. Nicht auf die Art, wie sie jetzt fast sehnsüchtig diese Blumen betrachtete.

Überrascht schaute sie ihn an. »Ganz sicher nicht.«

»O doch«, antwortete er und hasste den Ausdruck in ihren Augen. Er hatte sie enttäuscht.

Sie starrte auf den violetten Blütenteppich. »Ich habe London noch nie verlassen.«

Er blinzelte, überrascht von diesem plötzlichen Themenwechsel.

»Ich habe immer hier gelebt«, fuhr sie fort, und ihre heisere Altstimme klang versonnen. »Erst in einem Stadthaus, das der Herzog gemietet hatte, und dann …« Sie atmete langsam aus. »Dann haben wir in einem kleinen Zimmer in St. Giles gewohnt.«

Sein Herz setzte einen Schlag aus. St. Giles war kein sicherer Ort für irgendjemanden – Mann, Frau oder Tier –, und ganz sicher nicht für ein kleines Mädchen. Welche Hölle hatte sie durchlitten?

»Ich wollte immer aufs Land fahren.« Sie sagte das, als teilte sie ihm mit, dass sie ihren Tee am liebsten mit Milch und Zucker trank. »Meine Mutter ist in Kent aufgewachsen, und sie hat vom blauen Himmel und von bunten Blumenwiesen gesprochen, und ich konnte mir nicht vorstellen, dass es einen Ort gab, wo Blumen einfach so wuchsen. Wie konnte das sein?«, fragte sie sanft, ein leichtes Lächeln auf den Lippen. »Wie konnte das sein, wo der Boden doch nur aus Stein und Dreck besteht?«

Ein schweres Gewicht legte sich ihm auf die Brust.

»Es gab viele Tage, an denen wir kein Essen hatten.« Sie gestikulierte zu den lilafarbenen Blüten. »Ich war auf der Straße, wo die Ladenbesitzer ihren Müll ausschütteten, und eines Tages sah ich diese … lilafarbene Decke auf dem Pflaster liegen.« Ein sanftes Lachen entschlüpfte ihr, und sie schüttelte leicht den Kopf. »Ich lief hinüber, weil ich glaubte, dass ich die Blumen gefunden hatte, von denen meine Mutter gesprochen hatte.« Sie machte eine Pause. »Aber das war es nicht.«

»Was war es?«, brachte er heraus, während er die ganze Zeit denken musste, wie sehr er eine Welt hasste, in der eine kleine Helena Banbury wie ein hungriger Hund in der Gosse nach Essen gesucht hatte, genau wie er sich hasste für seine Selbstsucht, die verhindert hatte, dass er die hungernden Kinder um ihn herum wahrnahm.

Silberne Lichter funkelten in ihren Augen, als sie sich zu ihm lehnte. »Es waren Rotkohlblätter«, flüsterte sie. »Ich hatte etwas noch viel Großartigeres als Blumen gefunden. Ich konnte mir einbilden, ich wäre auf einer Wiese und würde Blumen pflücken, aber hinterher konnten wir diesen Kohl kochen und essen.«

Ein unartikulierter Laut saß in seiner Brust fest. »Helena …« Aber es war nutzlos. Vollkommen nutzlos. Er konnte keine Worte finden, die das Leid, das sie erfahren hatte, jemals auszulöschen vermochten.

Dann, inmitten der Dunkelheit ihrer Geschichte, tat sie etwas, von dem er vermutete, dass er es, selbst wenn er einer dieser alten, tatterigen Herzöge mit einem Gehstock und einem Einglas wäre, niemals vergessen würde. Sie lächelte. So strahlend und ansteckend, dass eine machtvolle Wärme in ihm förmlich explodierte. Etwas Unfassbares und Furchtbares, das er in diesem Moment nicht begreifen konnte.

»Es gab eine Zeit, da ich von diesen Tagen nicht sprechen konnte. Ich nannte sie meine ›dunklen Tage‹. Man vergisst niemals, wie es ist, Hunger zu haben, sich zu fragen und sich darüber Sorgen zu machen, wo das nächste Essen herkommen wird, aber wenn die Zeit vergeht und man Essen hat, und ein Zuhause und Sicherheit, erscheint das, was man tun musste, um zu überleben, in einem anderen Licht.« Sie wandte ihr Gesicht wieder der Sonne zu. »Und es liegt etwas sehr Wunderbares darin, zu überleben.«

O Gott, jedes ihrer Worte bohrte sich in Roberts Herz, drohte, ihn entzweizureißen. Er war ein sorgloser Junge gewesen, der die feinsten Leinenlaken seiner Mutter zusammengeknotet und auf seinem ersten Pony reiten gelernt hatte, sie war ein Mädchen gewesen, das auf dem Kopfsteinpflaster der Straßen nach Blumen und nach Essen gesucht hatte. Die Kehle schnürte sich ihm zusammen, und er versuchte etwas zu sagen.

Sie war sehr viel mutiger, als er gewesen war oder je sein würde. Selbstsüchtig hatte er keinen Diener mitgenommen, sodass er allein mit ihr sein konnte. Bei diesem geistesabwesenden Schimmer in ihren Augen wünschte er, er hätte jemanden dabei, der sich um die verdammte Kutsche kümmern könnte. Sodass er mit ihr aussteigen und sie durch den Garten führen könnte, den er nie bemerkt hätte, wenn sie nicht gewesen wäre.

Er lockerte seinen Griff um die Zügel und nahm ihre linke Hand. Langsam streifte er ihr einen ihrer Handschuhe ab.

Ein kleiner Protestlaut entwich ihr, aber er zog ihr auch den anderen aus, sodass ihre Handflächen nackt zwischen seinen lagen. »Was ist passiert?«, erkundigte er sich leise und strich mit seinem Daumen über die Narben auf ihrem Handrücken.

Tränen schimmerten in ihren Augen, und sie wandte den Blick ab. Als sie zurücksah, strahlte wieder die bekannte Stärke in den Tiefen ihrer grünen Augen, sodass er sich diese flüchtigen Momente der Traurigkeit sehr wohl nur eingebildet haben mochte. »Ich ziehe es vor, über Sträuße aus Rotkohl nachzudenken, Robert.«

Er wollte sie drängen, ihm alles anzuvertrauen, was sie noch zurückhielt. Er wollte alles wissen, auch wenn er kein Recht darauf hatte. Denn irgendwann, im Laufe von vier Tagen und einer zufälligen Begegnung in einer Spielhölle vor einem Monat, war ihm diese temperamentvolle Frau, die ihn in Lord Sinclairs Salon offen herausgefordert hatte, unter die Haut gedrungen.

Und zum ersten Mal seit Lucys Betrug wünschte sich Robert, sein Herz wäre intakt … Denn Helena Banbury war eine Frau, die es intakt verdiente.

Ein weiteres leises Lachen kam über ihre Lippen, heiser, als würde sie es nur selten verwenden. »Ich vermute, wir sind jetzt lange genug hier gewesen? Hat man uns gesehen?«

Die vorgetäuschte Brautwerbung. Ihre kurze Zeit hier. Und danach ihre Rückkehr in den »Hell & Sin«-Club. Er stellte sich vor, wie sie in diese Welt zurückging, zu lüsternen Lords und mächtigen Spielsalonbesitzern, und etwas Dunkles und Primitives erwachte in ihm.

Robert war dankbar für die Jahre der Übung in falschem Lächeln, denn er zwang seine Lippen zu einem halben Grinsen. »In der Tat, Miss Banbury. Sollen wir zurückfahren?«

»Dann sehen wir … Dann sehen wir uns morgen?«

Lag in dieser zögernden Frage tatsächlich ein hoffnungsvoller Unterton, oder war das Wunschdenken von seiner Seite? »Ich fürchte, morgen bin ich schon vergeben.«

Dieses Mal bildete er sich ihren enttäuschten Gesichtsausdruck definitiv nicht ein, und ihm wurde ganz leicht ums Herz.

»Natürlich«, erwiderte sie schnell. »Ich war mir nur nicht sicher. Und neugierig. Wenn man die Natur unseres … unseres Arrangements berücksichtigt. Natürlich müssen wir uns nicht jeden Tag zusammen zeigen.«

»Was, wenn ich aber sage, dass ich es gern möchte?« Die Frage war ihm über die Lippen gekommen, bevor er sich eines Besseren besinnen konnte.

Und einfach so war ihre Welt wieder im Lot. Helena verdrehte die Augen. »Ich bin nicht eine deiner Eroberungen, an die du süße Worte verschwenden musst, Robert. Es ist nicht meine Absicht, dich von deinen … Vergnügungen fernzuhalten.«

Er biss die Zähne zusammen. Vor langer Zeit hatte er sich den Ruf eines Lebemannes erworben, und es war etwas, was er genossen hatte. Doch nie hatte er diesen Ruf mehr gehasst als jetzt. Nach der Zeit, die sie zusammen verbracht hatten – mochte sie auch kurz gewesen sein –, sah sie in ihm immer noch nur den Aristokraten, der für nichts als sein eigenes Vergnügen lebte?

»Meine Familie ist fast bankrott«, sagte er abrupt.

Ihr Blick zuckte zu seinem. Sie öffnete und schloss den Mund wie ein Fisch auf dem Land. »Was?«

Robert vermutete, es gab gute Gründe, ihr dieses Geheimnis nicht anzuvertrauen. Wenn es allgemein bekannt würde, würde das für seine Schwester und seinen Vater bösartigen Klatsch bedeuten, und während es ihm selbst völlig egal war, was über ihn gesagt wurde, musste er doch Bea beschützen. Aber er hatte keinen Zweifel, dass er Helena in dieser Beziehung vertrauen konnte.

»Mein Großvater hat einige Investitionen getätigt, die bislang nicht profitabel sind«, erklärte er und starrte weiter geradeaus. »Und daher sind wir jetzt fast mittellos.«

»Welche Art von Investitionen?«

Wieder einmal war er starr vor Ehrfurcht, wie anders sie war als alle anderen Damen der Gesellschaft, die er je gekannt hatte. Bei seiner Enthüllung wäre jede andere Frau entsetzt oder schockiert gewesen, aber Helena reagierte mit einer Ruhe und Sachlichkeit, die besser zu einem erfahrenen Vermögensverwalter gepasst hätte.

»Dampf«, sagte er.

»Bist du dir sicher, dass es so …«, ihr Blick wanderte über sein Gesicht, »schlimm ist?«

Er ließ ein rostig klingendes Lachen hören. »O ja. Ich habe schon einige Treffen dazu gehabt, und uns bleibt nur wenig, was wir tun können, außer all unsere Dienerschaft zu entlassen, allen verfügbaren Besitz zu veräußern und diese Dampfabenteuer sofort zu beenden. Es sei denn …« Er verzog das Gesicht, blickte aber sofort wieder entschlossen drein.

»Was?«, fragte sie, zu scharfsinnig, um die verräterischen Worte zu überhören.

Ein Muskel zuckte an seinem Augenwinkel. »Mein Vater würde dir sagen, dass meine einzige Option darin besteht, eine reiche Erbin zu heiraten.« Sobald die Worte seinen Mund verlassen hatten, fluchte er.

Helena sah ihn an.

Und ihm kroch vor Scham und Verlegenheit die Hitze den Nacken hoch. Er zwang sich, wieder zu lachen, doch es hörte sich völlig humorlos an. »Er wünscht es sich so sehr, dass er sogar vorgegeben hat, todkrank zu sein, und eine Hausgesellschaft arrangiert hat, damit ich passende Ehekandidatinnen treffe.« Wieder einmal verspürte er Wut und Abscheu, die drohten, ihn zu überwältigen.

»O Robert.« Helena legte eine Hand über seine und zog ihn vom Abgrund der Selbstverachtung zurück. »Und du möchtest das Familienvermögen nicht auf diese Art retten.«

Da das mehr eine Aussage als eine Frage war, blieb er stumm.

Helena nahm ihr Kinn zwischen Daumen und Zeigefinger und dachte nach. »Bist du dir sicher, dass es keine andere Möglichkeit gibt? Dass euer Vermögensverwalter kompetent ist?«

Tatsächlich war sich Robert dessen überhaupt nicht sicher, obwohl sein Vater dem alternden Mann voll und ganz vertraute. Stonely verabscheute Investitionen und war der Meinung, dass Adlige sich überhaupt nicht mit Geschäften befassen sollten. »Ich vermute, meiner Familie würde es mit jemand Fähigerem besser gehen«, gab er schließlich zu.

»Vielleicht kann ich …«

»Lass uns von etwas anderem sprechen«, fiel er ihr leise ins Wort.

Scham erfasste ihn. Was für eine nutzlose Existenz er bisher geführt hatte. Nach allem, was Helena ihm an diesem Tag erzählt hatte, war sie immer noch in der Lage, sich Sorgen wegen der Finanzen seiner Familie zu machen. Finanzen, an die er selbst über den Lauf seines ganzen Lebens hinweg nicht einen einzigen Gedanken verschwendet hatte.

»Bitte«, fügte er hinzu, als sie ansetzte, weiterzusprechen. »Ich wollte nur, dass du weißt, warum ich morgen nicht zu Besuch kommen kann.« *Selbst wenn ich es mehr als alles andere will. Mehr, als klug ist.*

Sie nickte widerstrebend.

Als er die Zügel nahm und die Kutsche aus dem Hyde Park lenkte, dachte er darüber nach, was für ein Narr er all diese Jahre gewesen war. Wie viel er nicht gesehen hatte. Nicht nur in Bezug auf die Familienfinanzen, sondern weit darüber hinaus. Bis zu etwas sehr viel Wichtigerem – dem Leid, das andere um ihn herum erdulden mussten. Und wie viel mehr er nicht gesehen hätte, wenn er in dieser Spielhölle nicht in das falsche Zimmer gestolpert wäre.

Kapitel 15

Regel 15

Erinnere dich immer daran, wer du bist.

Als Helena am folgenden Morgen vor dem Spiegel stand, schienen ihre Wangen noch blasser als sonst. Sie starrte, ohne zu blinzeln, auf die Narben, sah sie an, erinnerte sich. Erinnerte sich an das, was sie in den letzten Tagen so einfach hatte vergessen können: dass dies nicht ihre Welt war. Erinnerte sich, dass sie woandershin gehörte.

Sie berührte mit zitternden Fingern die Narben, die Diggorys brutale Behandlung bei ihr hinterlassen hatte, für immer ein sichtbarer Beweis ihres Platzes in einer streng geordneten Welt. Sie konnte hübsche Kleider anziehen und die Schritte eines Walzers lernen, aber sie war – und würde es immer sein – Helena Banbury, die Tochter einer Hure.

Vor zwei Tagen hatte sie bewiesen, dass sie tatsächlich die Tochter ihrer Mutter war. Denn sie hatte sich keuchend und bettelnd auf Roberts Schoß gewunden wie eine dahergelaufene Straßendirne.

Sie ließ die Arme sinken. Wenn er nicht aufgehört hätte, hätte sie sich ihm hingegeben. Im Garten der Herzogin hätte sie die Beine gespreizt und ihm ohne die geringste Reue ihre Unschuld geschenkt. Und es war nicht nur das körperliche Verlangen gewesen, das er in ihr erweckt hatte.

So schön …

Sie schloss die Augen und nahm einen langsamen, bebenden Atemzug. Als er das gemurmelt hatte, hatte sie es tatsächlich geglaubt. Es gefühlt. Hatte gefühlt, dass sie mehr war als Helena, das Straßenmädchen – alles wegen seiner verführerischen Worte.

Doch gestern hatte etwas viel Gefährlicheres als eine verbotene Berührung stattgefunden. Sie hatte ihm Geschichten aus ihrer Mädchenzeit erzählt, Geschichten, die sie noch niemandem anvertraut hatte. Aus der Zeit in ihrem Leben, von der nicht einmal ihre Brüder sprachen. Die Vergangenheit ließ man besser ruhen.

Aber das hatte sie nicht. Sie, die sich immer nur auf das Nötigste beschränkte, hatte geredet. Und geredet. Und immer weiter geredet, hatte Geschichten erzählt, die ihr gar nicht bewusst gewesen waren, bis sie über ihre Lippen gekommen waren.

Helena presste sich die Fingerspitzen gegen die Schläfen und rieb sie. Das hier geriet völlig außer Kontrolle. Der Plan, den sie mit dem Marquis gefasst hatte, war so einfach gewesen. Drei Monate, in denen er vorgeben würde, ihr den Hof zu machen, nur bis zum Ende der Saison. Danach stünde es ihr wieder frei, zurückzugehen zu ihrem Leben im »Hell & Sin«-Club.

Was für ein schlechter Scherz des Schicksals oder Ironie oder beides, dass er in nur vier kurzen Tagen ihre Welt auf den Kopf gestellt hatte.

Bei all ihren Berechnungen und praktischen Überlegungen war sie nie auf die Idee gekommen, dass sie Robert nicht nur begehren könnte, sondern ihn auch … mögen. Einen Mann in ihm sehen, der als Junge Bettlaken zusammengeknotet hatte und sich daran von Treppengeländern heruntergehangelt hatte. Einen Jungen, der zu einem Mann herangewachsen war, der freundlich mit alten Herzögen sprach. Einen Mann, der ein Vermögen brauchte und der ihr trotzdem half und alle eigenen Pläne hintangestellt hatte, die durchaus die Rettung der Familienfinanzen hätten bedeuten können.

Sie fuhr sich mit den Händen über das Gesicht. Diese Entdeckung passte nicht zu dem, was sie bisher immer geglaubt hatte. Zu allem, was man ihr erzählt oder was sie selbst gesehen hatte.

Ich verliere mich …

Nach nur wenig mehr als einem Monat in der guten Gesellschaft hatte sie alle Regeln vergessen, die Ryker ihr eingeschärft hatte. Falls er sie hierhergeschickt hatte, um sie zu prüfen oder so etwas, hatte sie kläglich versagt. Als sie Roberts Hilfe erbeten hatte, war es ihr einzig darum gegangen, Mitgiftjäger zu entmutigen, die auch die uneheliche Tochter eines Herzogs heiraten würden. Doch damit hatte sie wissentlich sie beide in Gefahr gebracht: ihn bei seinem Vorhaben, eine vorteilhafte Partie zu machen … und sich mit ihrem verletzlichen Herzen.

Wie oft hatte sie sich nach ihrem Arbeitszimmer gesehnt? Oder ihren Büchern? Oder nach dem Club? Eigentlich nicht wirklich oft. Außer in der vagen Vorstellung, dass sie in drei Monaten dorthin zurückkehren würde.

Panik breitete sich in ihr aus, ein Verlangen, die Verbindung zu dem Leben wiederzufinden, das das einzige war, das sie bisher gekannt hatte. Denn was, wenn das wirklich eine Art von Test von Ryker war? Was, wenn er in ihrer Abwesenheit jemanden gefunden hatte, der die Buchhaltung des Clubs viel geschickter und fähiger erledigte? Was bliebe dann noch als Sinn ihres Lebens?

Sie biss die Zähne zusammen und verdrängte die Sorgen, die ihre Gedanken beherrschten.

Sie mochte ja Lord Westfield begehren, ihn sogar mögen, aber das bedeutete nicht, dass sie hierhergehörte oder sich das wünschte. Welchen Lebenssinn gab es für eine Frau aus der guten Gesellschaft? Außer sich mit einer ordentlichen Mitgift einen verarmten Ehemann zu sichern, der dann zahllose Mätressen aushielt und zu viel an den Spieltischen riskierte?

Robert ist nicht so ein Mann …

Helena erstarrte. Noch vor vier Tagen hätte sie gelacht, wenn jemand ihn so verteidigt hätte. Sein Verhalten im Salon des Earl of Sinclair mit dieser atemberaubenden Schönheit hatte sehr genau ihre vorgefasste Meinung von ihm und allen Edelmännern bestätigt.

Doch jetzt wusste sie es besser. Sie krallte ihre Hände in den Stoff ihrer Röcke. Und dennoch war ihre neue Wertschätzung für Robert als Mann und Person unwichtig. Es gab keinen Ort, an dem sie in irgendeinem Sinn des Wortes zusammen sein konnten. Sie hegte keinen Zweifel, dass er sie zu seiner Geliebten machen würde, trotz der Narben und allem … aber er würde sie nie zur Frau nehmen.

»Nicht dass ich diese Position möchte«, murmelte sie leise.

Warum hörte sich das so falsch an?

Sie ging zum Kleiderschrank, zog die Türen auf und wühlte in der hintersten Ecke. Ihre Finger strichen über einen vertrauten Stoff, und sie erstarrte. Dieser braune Mantel war ihre Welt. Dies war ihre triste, aber sichere Existenz. Nicht Satin oder Seide oder Musselin.

Mit langsamen und bedauernden Bewegungen ließ sie das Kleidungsstück zurück an seinen Platz fallen und nahm einen eleganten Mantel aus Musselin. Sie streifte ihn über, zog sich die Kapuze über den Kopf und trat ans Bett. Mit schnellen

Bewegungen fiel sie auf die Knie und fischte etwas unter der weichen Federmatratze heraus.

Natürlich war Diebstahl im Heim eines Herzogs etwa so wahrscheinlich wie ein Schneesturm im Sommer, aber das Leben hatte sie gelehrt, ihr Geld niemals herumliegen zu lassen. Deshalb hatte sie es auch in dem Moment versteckt, als sie für ihr Intermezzo hier eingetroffen war.

Sie kam wieder auf die Füße, steckte sich eine Handvoll Münzen vorn in ihren Mantel und durchquerte entschlossen den Raum. Wenn sie hierbleiben würde, in diesem Zimmer, in diesem Haus, mit diesen durcheinanderwirbelnden Gedanken über Robert und ihren Platz in der guten Gesellschaft, würde sie noch verrückt werden.

In diesem Moment betrat ihre Zofe Meredith das Zimmer. Das Mädchen mit den sommersprossigen Wangen und leicht vorstehenden Schneidezähnen lächelte. »Sie haben geläutet, Miss Banbury?«

Helena nickte. »Würdest du bitte dafür sorgen, dass die Kutsche des Dukes fertig gemacht wird? Du kannst mit mir … einkaufen fahren.« War das nicht ein passender Zeitvertreib für eine junge Dame? Bitternis lag ihr sauer auf der Zunge.

Die junge Frau nickte, schloss die Tür und eilte davon, um sich um Helenas Anweisung zu kümmern.

Kurze Zeit später, in der bequemen Kutsche des Herzogs und in Begleitung ihrer Zofe, fuhr Helena Richtung Lambeth. Während sie sich in die behaglich weichen Polster lehnte, durchlief sie ein belebendes Prickeln.

Dies war nur ein kleines Zeichen, aber es verlieh ihr ein beinahe schwindlig machendes Gefühl von Macht, dass sie aus diesem plötzlich so erstickenden Gebäude entkommen war. Im Club war sie genauso eingesperrt gewesen wie jetzt in Mayfair, dort jedoch wie ein verwundeter Vogel in einem goldenen Käfig.

Während die Kutsche sie immer weiter durch die Stadt trug, zog sie den Vorhang zurück und starrte hinaus. So früh am Morgen war es noch still, die Händler schoben ihre Karren an ihren Platz und bereiteten sich auf einen langen Tag vor.

Wo die Adligen lebten, waren selbst die Verkäufer und Straßen sauberer. Im Gegensatz zu den Männern und Frauen, die alles, Seele und Körper, hergaben, wenn nur der Preis stimmte. Doch das war die Welt, in die sie hineingeboren worden waren. Die Mitglieder der guten Gesellschaft … genau wie alle anderen.

Helena würde ihre Freiheit und Macht nicht aufgeben, um eines dieser nutzlosen Geschöpfe zu werden. Sie hatte sich eine Welt erschaffen, in der sie niemals auf einen Mann angewiesen war, nicht auf die Art, wie es bei ihrer Mutter der Fall gewesen war. Erst ein mächtiger Aristokrat, der sich lieber eine Dame seines Standes als Ehefrau gewählt hatte, und dann der Beschützer, den ihre Mutter in Mac Diggory gefunden hatte.

Unter der eiskalten Furcht, die sie plötzlich ergriff, erstarrte sie, und sie presste die Lider zusammen. Der Hass, machtvoll und fast greifbar, den sie so viele Jahre verspürt hatte, drohte sie zu überwältigen. Helena umklammerte den Rand ihres Sitzes. Wie häufig hatte er sie und ihre Mutter geschlagen? Wie viele Narben trug sie wegen seiner Wutanfälle? Wie viele Male hatte er seine Frau an einen feinen Herrn verkauft, nur für etwas Geld, das er dann für mehr Alkohol verschwendet hatte?

Die verzweifelten Schreie ihrer lange toten Mutter erklangen in ihrem Kopf, und Helena presste die Augen zu, versuchte sie zu vertreiben. Diese Erinnerungen brachten ihr nichts. Schmerz bedeutete Schwäche. Es gab keine Heilung und kein Glück, die von diesem Gedanken an das Leben, das sie hatte erdulden müssen, kommen konnten.

Das einzig Gute, das aus diesen »dunkelsten Tagen«, wie sie sie nannte, stammte, war eine wertvolle Lektion – Männern konnte man nicht trauen. Weder vornehmen Herren noch Männern von der Straße. Und obwohl Robert bewiesen hatte, dass er so anders war als viele seiner grausamen Standesgenossen, hatte er sich auf andere Weise als sehr viel gefährlicher erwiesen. Seine Berührung, atemberaubend und hypnotisch, besaß die Macht, sie zu schwächen … Es war die sanfte, verführerische Berührung, für die eine schwächere Frau ihre Unschuld gegeben hätte.

Die Kutsche kam jäh zum Stehen, und sie rutschte bei dem Ruck nach vorn.

Meredith sah sie erwartungsvoll an. »Miss Banbury, wir sind da.« Das Mädchen mit seinem krausen karottenroten Haar zog den Vorhang zurück und starrte voller Zweifel aus dem Fenster.

Ja, eine Dame ging nicht in Lambeth einkaufen, und ganz sicher nicht in diesen Straßen.

»Du bleibst hier«, ordnete sie an. »Es wird nicht lange dauern.«

Die junge Zofe schüttelte entschlossen den Kopf. »O nein, Miss Banbury. Seine Gnaden würde das nicht dulden.«

Helena biss sich auf die Innenseite der Wange, um Meredith nicht darauf hinzuweisen, dass Seine Gnaden es tatsächlich fast zwanzig Jahre lang geduldet hatte. Sie warf ihr einen strengen Blick zu, milderte ihn mit einem Lächeln ab. »Ich bin sofort wieder zurück«, versprach sie und zog sich die Kapuze über.

Bevor die junge Frau weiter protestieren konnte, stieß Helena die Tür auf und sprang ohne weitere Hilfe hinaus. Sie streckte die Arme aus, um die Balance zu halten, und zog sich dann die Kapuze noch tiefer über die Augen, während sie die Straße entlangging.

Während sie sich einen Weg durch das Gedränge der Holzkarren und der rau wirkenden Menschen suchte, schaute sich Helena in diesem Teil von London um. Frauen und Kinder hielten ihr ausgestreckte Hände hin, bettelten um Geld. Von ihr.

Eine Welle von Gefühlen, Scham, Schock und Erinnerungen, schlug über ihr zusammen. Nachdem sie und ihre Brüder der Straße entkommen waren, was hatten sie da für die getan, die nicht so viel Glück gehabt hatten, jene Leute, deren Mägen immer noch leer waren und deren Kinder heruntergefallenen Rotkohl sammelten? Helena versuchte die Schuld herunterzuschlucken, die ihr die Kehle eng werden ließ.

Sie zog eine Handvoll Münzen heraus und presste sie in ausgestreckte Hände, während sie vorbeiging. Inwiefern waren sie, Ryker, Calum, Adair oder Niall irgendwie anders als die feinen Herrschaften, die sie so verachteten? Weil sie im »Hell & Sin«-Club Arbeitsplätze geschaffen hatten? Robert, der Herzog, alle Edelmänner, sie alle versorgten Männer, Frauen und Kinder mit Arbeit. Dennoch hatte sie dies nie als großzügige Geste betrachtet.

Als sie ihr Ziel erreichte, ging ihr Atem schneller. Sie sah hoch zu dem schiefen Holzschild, das über ihr hing: »In the Spirit«. Entschlossen drückte sie die Klinke herunter, zog die Tür auf und trat ein.

Eine Staubwolke schlug ihr entgegen, und sie nieste. Sie schob sich die Kapuze zurück und sah sich in dem kleinen Geschäft um. Außer einem Tisch und einem Verkaufstresen, auf dem Bücher und mehr Staub lagen, war der kleine Raum leer.

Schritte erklangen von dem Durchgang her, vor dem ein schwarzes Stück Stoff hing. Ein korpulenter Mann mit grauem Haar und einer Brille auf der Nase kam herein. »Guten Tag, wie kann ich …?« Die höflichen Worte erstarben auf seinen Lippen. Ohne Zweifel passierte es nicht jeden Tag, dass eine junge Frau einen Fuß in diesen Laden setzte.

Helena zog sich die weißen Handschuhe aus und machte einen Schritt nach vorn. »Sie versorgen den ›Hell & Sin‹-Club mit Alkohol«, begann sie ohne große Einleitung. Schon allein den Namen des Clubs auszusprechen und über geschäftliche Dinge zu reden hatte in seiner Vertrautheit eine beruhigende Wirkung. So fühlte sie sich wohl. Das hier verstand sie. Nicht goldblonde, atemberaubend attraktive Gentlemen, die sie ermunterten, von ihrer Vergangenheit zu erzählen, und voller Zärtlichkeit ihre Narben streichelten.

Der Ladenbesitzer runzelte die Stirn, und alle Anzeichen von Freundlichkeit waren verschwunden. »Es steht mir nicht zu, Ryker Blacks Geschäfte mit Fremden zu diskutieren.« Dann sah er sich verstohlen um und sprach leise weiter. »Außer Sie haben einige Münzen für mich. Dann kann ich Ihnen vielleicht Informationen geben.«

Sie verzog das Gesicht. Guter Alkohol hin oder her, wieso machten ihre Brüder Geschäfte mit einem solchen Mann? Die altbekannte Überzeugung stieg in ihr auf, dass sie genug Verstand hatte, diese Leute zu durchschauen, während ihre Brüder, die sich ihrer Menschenkenntnis so sicher waren, das nicht vermochten. »Ihre Lieferungen treffen regelmäßig mit etwa zehn Prozent zerbrochenen Flaschen ein. Werden Sie auch für diesen Umstand bezahlt?«, verlangte sie zu wissen und legte ihre Hände auf den Tresen.

Auf den fleischigen Wangen des Mannes erschienen hektische Flecken. »Wie können Sie es wagen …?«, stotterte er.

Sie richtete den Finger auf ihn, tippte ihm gegen die Brust. »Ich wage es, weil ich diejenige bin, die für die so verfälschte Alkoholbuchhaltung geradestehen muss.«

Zumindest musste ich das, bis meine Brüder plötzlich entschieden haben, auf mich und meine Fähigkeiten verzichten zu können. Widerwille erwachte in ihr, genauso mächtig jetzt, wie er an dem Tag gewesen war, als sie in Rykers Arbeitszimmer gerufen worden war und den Herzog vorgefunden hatte.

»Sie?«

»Ja, ich.«

Seine Augen wurden zu schmalen Schlitzen, er beugte sich vor und betrachtete sie genau. »Wenn Sie für Ryker Black arbeiten, warum habe ich Sie dann noch nie zuvor gesehen?«

Weil sie mich praktisch eingesperrt hatten. Weil ich eine zu große Närrin war, um mich dagegen zu wehren.

Sie ignorierte seine Frage und sprach weiter. »Wenn es nach mir geht, wird Mr Black seinen Alkohol demnächst von einem anderen Lieferanten beziehen.« Alle Farbe wich aus seinem Gesicht, was ihn leichenblass erscheinen ließ. »Ich gehe davon aus, dass Ihre nächste Lieferung vollständig und intakt eintreffen wird.« Mit präzisen Bewegungen zog Helena sich ihre Lederhandschuhe wieder an. »Außer Mac Diggory vom Devil's Den zahlt Ihnen noch mehr, um uns zu ruinieren?« Sie hob eine Augenbraue.

Der Mann hustete krampfhaft. »W-wie können Sie es wagen?«

Ihre Brüder konnten ja behaupten, dass sie keine Menschenkenntnis besaß. Doch dieser Mann rang die Hände und schaute sich hastig um, wich ihrem Blick aus, so wie es ein Verbrecher in Newgate tun würde.

»Ich wage es, weil ich Ryker Blacks Buchhalterin bin.« Oder es zumindest gewesen war. Dieses kleine Detail würde sie unter den Tisch fallen lassen. »Und seine Schwester«, fügte sie hinzu. Helena sah den Mann von oben herab an. »Haben wir uns verstanden, Sir?«

»Haben wir«, stotterte er.

»Sehr gut.« Helena wischte sich die Hände ab. »Ich gehe davon aus, dass dieses Treffen unter uns bleibt?« Eine lange nicht verspürte Befriedigung erfüllte sie, die daher stammte, dass sie tatsächlich etwas tat, das nicht nur aus dem Erwerb von Hüten und schönen Kleidern bestand, sondern Intellekt und Finesse erforderte.

Er nickte abgehackt, und als Helena ihre Kapuze wieder hochzog und sich verabschiedete, schaute sie sich ein letztes Mal im Laden um. Das war der Grund, warum sie niemals zur guten Gesellschaft gehören würde, sosehr sich der Herzog das auch wünschen mochte. Die Helena Banburys dieser Welt waren nicht dafür gemacht, sittsam mit gesenktem Kopf über ihrem Stickrahmen zu sitzen und sich über Bälle und Abendgesellschaften zu unterhalten. Sie waren dazu da, mehr zu tun.

Dieser kurze Besuch war eine deutliche Erinnerung daran. Sie mochte Roberts Gesellschaft genießen und häufiger lächeln und lachen, als sie es sonst tat, aber sie konnte nie mehr mit ihm zu tun haben, nicht nur wegen des Klassenunterschieds, sondern weil sie eine Aufgabe brauchte. Gentlemen wie er wussten zweifellos nicht einmal, dass Viertel wie dieses in London existierten.

Sie schüttelte den Kopf und wandte sich zum Gehen.

Da hörte sie einen schrillen Schrei.

Lauf immer weg von einem Schrei …

Kurz schloss sie die Augen. *Niemals auf ihn zu, Helena. Niemals auf ihn zu …*

Ein weiterer Schrei drang durch die geschäftige Straße.

Sie hob die Lider genau in dem Moment, als ein Stück entfernt der Ruf eines Kindes erklang.

Verdammte Hölle.

Helena raffte die Röcke und rannte in die Richtung, aus der er gekommen war.

Kapitel 16

Regel 16

Begib dich niemals allein nach Seven Dials oder St. Giles.

»Kannst du dich nicht in einer anderen Buchhandlung umsehen?«, erkundigte sich Robert, während er seine Schwester durch die vollen und schmutzigen Straßen des St. Giles Circus begleitete. Im »Temple of the Muses«. Oder im »Corner Bookshop«.

So wie die Dinge lagen, fühlte sich Robert nicht wirklich wohl damit, seine Schwester in Gesellschaft ihrer Zofe und eines Lakaien zurückzulassen, während er selbst zu seinem Treffen mit dem Vermögensverwalter ging. Hinreichend unwohl, dass er sie doch lieber persönlich zu dem Laden brachte.

»In deinem vorgerückten Alter wirst du allmählich schlimmer als eine Gouvernante«, beschwerte sich Beatrice und drehte dann den Spieß einfach um: »Außerdem, was für Geschäfte hast du hier eigentlich zu erledigen?«

Er fluchte leise. Natürlich wäre Bea, die jede Kleinigkeit bemerkte, nicht damit zufrieden, die Frage zu seinen Ausflügen in die Oxford Street auf sich beruhen zu lassen.

»Ich habe einen Termin mit Vaters Verwalter«, teilte er ihr mit. Da, das war die Wahrheit. Wenigstens genug, um etwaige weitere Nachfragen im Keim zu ersticken …

»Und wozu?«, hakte sie nach. Dann verlangsamte sie ihre Schritte, wurde blass. »Ich dachte, du hättest gesagt, Vater täte nur so, als sei er krank.«

Er wurde ebenfalls langsamer, um an ihrer Seite zu bleiben. »Vater geht es gut«, erwiderte er in ruhigem Tonfall, während weiter Passanten an ihnen vorbeihasteten.

Bea betrachtete ihn einen Moment, dann setzte sie sich wieder in Bewegung.

Er spürte ihren Blick auf seinem Gesicht, schaute angestrengt weiter nach vorn. »Findest du es so schockierend, dass ich in meinem vorge… Wie hast du das ausgedrückt?«, fragte er mit hochgezogener Augenbraue. »In meinem vorgerückten Alter? Dass ich mich für die Finanzen der Familie interessiere?«

Bea sah ihn misstrauisch an. »Warum?«

Zum Henker noch mal, gab es eigentlich wirklich nichts, was ihr entging? »Weil ich meine Pflichten bislang sträflich vernachlässigt habe«, antwortete er, und die Worte kamen ihm mühelos über die Lippen, weil sie wahr waren.

Nur dass er sein Treffen heute Vormittag beinahe abgesagt hätte. Beinahe wäre er derselbe selbstsüchtige Bastard gewesen wie in all den Jahren zuvor. Beinahe hätte er sich entschuldigt und behauptet, er hätte andere Pläne, denn in gewisser Weise stimmte das ja. Mit Helena Banbury und der vorgetäuschten Werbung um sie.

Jetzt, als sie wieder weiterschlenderten und er seinen Blick über die wenig eleganten Straßen des Viertels wandern ließ, dankte er still dem Schicksal, dass er es nicht getan hatte, denn da er Beatrice nun einmal gut kannte, hegte er keinen Zweifel daran, dass sie auch ganz allein den Weg hierher gefunden hätte.

»Ziemlich traurig, nicht wahr?« Die leise Bemerkung seiner Schwester erregte seine Aufmerksamkeit.

Er tat nicht so, als würde er sie nicht verstehen. Stattdessen schaute er auf die schmutzige Kreuzung von Charing Cross und St. Giles Circus.

Es waren Rotkohlblätter … Ich hatte etwas noch viel Großartigeres als Blumen gefunden …

Der vertraute Druck presste ihm die Luft ab. Das hier war Helenas Leben. Eines mit dunklen, feuchten Straßen und hungrigen Bettlern. Robert schluckte schwer. Nein, ihres war sogar noch schlimmer gewesen. Es waren die Straßen von St. Giles gewesen, wo das Einzige, was zwischen Leben und Tod gestanden hatte, Glück gewesen war. Und die Brüder, die sie gestern erwähnt hatte.

»Ich vermute, du denkst, dass es wenig interessant ist, eine Buchhandlung zu betreten, Robert.«

Während er neben seiner Schwester durch die dichter werdende Menschenmenge rund um Westminster Bridge schritt, mit einer Zofe, die ihnen pflichtschuldig mit etwas Abstand folgte, lächelte er. »Hältst du mich etwa für einen Banausen?«

Seine Schwester warf ihm einen Blick von der Seite zu. »Wohl kaum«, entgegnete sie spöttisch. »Aber wenn du der Schurke bist, als den die Klatschkolumnen dich hinstellen …« Nach der bedeutungsschwangeren Pause und dem Ausdruck in ihren Augen zu schließen, erwartete sie eine Antwort. Die er ihr ganz bestimmt nicht geben würde. »Nun, dann amüsierst du dich also wirklich in deinen Clubs und bei skandalösen Veranstaltungen.«

Robert verschluckte sich fast. »Was weißt du über ›skandalöse Veranstaltungen‹?« Er zog an seinem Halstuch. Als er vor ein paar Tagen eingewilligt hatte, Beatrice heute zu begleiten, hatte er jedenfalls nicht damit gerechnet, mit seiner unschuldigen Schwester darüber diskutieren zu müssen, wie er seine Nächte verbrachte.

»Nicht genug«, entgegnete Beatrice und ließ ihren Blick über die Herren und Damen schweifen, die sich zwischen den Wagen und Läden bewegten. Sie deutete auf ein kleines Geschäft an der Straßenecke weiter hinten. »Schließlich ist das hier meine Vorstellung von Spaß.«

Er kniff die Augen zusammen, entzifferte das schiefe hölzerne Schild. »Ye Olde Bookshop«. Er gab einen unbestimmten Laut von sich. Ein Gentleman zog es auf jeden Fall vor, wenn sich das Interesse seiner Schwester auf so etwas richtete – völlig unskandalös.

»Wie sind deine Clubs denn so?«

Robert blinzelte verwirrt, als Beatrice' unschuldige Frage in seine Gedanken platzte. »Wie meine Clubs …?«

»So sind«, half sie ihm. »Ich gestehe, ich langweile mich bei all den immer gleichen öden gesellschaftlichen Anlässen. Ich werde jetzt Nachforschungen anstellen.«

Eine Erinnerung flackerte in ihm auf, an einen vollen, verführerischen Mund, während die damals noch namenlose Sirene mit ihrem Messer herumgefuchtelt hatte. Dann drangen ihre Worte zu ihm durch. »Nachforschungen anstellen?«, brachte er mit Mühe heraus. »Zu welchem Zweck?« Nein, so sollte die Schwester eines Gentlemans gewiss nicht sein.

»Jetzt sei doch nicht so prüde und engstirnig«, beklagte sich seine Schwester.

»Prüde und engstirnig«, wiederholte er tonlos. Es war jedenfalls das erste Mal, dass man ihm das vorwarf.

Ein verstimmter Zug erschien um seinen Mund. Also *darum* war seine Schwester zu ihm gekommen. Das Verlangen nach … Informationen. Informationen, die er sich weigerte, weiterzugeben. Ja, er würde sich eher die Zunge abschneiden, als sie vor ihren unschuldigen Ohren zu erwähnen. Trotzdem war es ein sichereres Thema als die Finanzen der Familie.

»Ich fürchte, du verlangst nach etwas, das du ganz gewiss nicht von deinem Bruder erhalten wirst«, erklärte er trocken und zauste ihr das Haar.

Beatrice sah ihn missbilligend an. »Weder bin ich ein Kind, Robert, noch habe ich die Freiheiten, wie Gentlemen sie genießen.«

»Freiheiten?«, wiederholte er mit einem ironischen Unterton, bei dem sich ihr Stirnrunzeln nur vertiefte. Hatte die gute Gesellschaft wirklich so unterschiedliche Erwartungen an sie beide? Seinem Tun mochten nicht so enge Grenzen gesteckt sein wie ihrem, aber es wurde dennoch genauso kritisch beäugt und flüsternd kommentiert und in den Skandalblättchen abgedruckt.

»Ich kann nicht rausgehen und im übertragenen Sinn meine Flügel ausbreiten«, sagte sie. »Nicht ohne völligen gesellschaftlichen Ruin zu riskieren.«

Die Ernsthaftigkeit in ihrer Stimme rief ein weiteres Stirnrunzeln bei ihm hervor. Seine Schwester sprach mit der Erbitterung einer Frau, die ihr Schicksal und ihre Stellung leid war. Es lag eine leise Verzweiflung darin, die vier erfolglosen Saisons geschuldet war. Während Gentlemen in der Regel ihren Junggesellenstand genossen, hegten die allermeisten jungen Damen die Hoffnung auf eine gute Verbindung, wie man es gemeinhin auch von ihnen erwartete.

Er sortierte seine Gedanken, suchte nach etwas – irgendetwas ansatzweise Skandalöses, das gleichzeitig harmlos genug war, dass er es ihr erzählen konnte, ohne gleich den Wunsch nach mehr zu wecken.

»An den Spieltischen ergreift einen eine gewisse erwartungsvolle Aufregung«, sagte er schließlich. Oder wenigstens war es früher so gewesen. Inzwischen hatten die einst so faszinierenden Freuden angefangen, ihren Reiz einzubüßen.

Beatrice' Augen leuchteten auf, und sie lehnte sich näher. »Spielst du Whist oder Pharo oder Hazard? Ich würde sagen, du bist mehr der Typ für Hazard«, plapperte sie weiter, während sie ihren Spaziergang fortsetzten, durch die fast leeren Straßen schlenderten.

»Hazard«, bestätigte er ihr.

Sie nickte erfreut. »Wie ich es vermutet habe. Ich habe Papa mit seinem Verwalter über die Clubs reden gehört, die du besuchst.«

Robert biss die Zähne zusammen. Sein Vater sprach mit dem alten Stonely über seine Gewohnheiten. Offenbar zählte es für die beiden Männer überhaupt nicht, dass er in den letzten Wochen stundenlang über den Rechnungsbüchern gebrütet und nach Möglichkeiten gesucht hatte, die Ausgaben zu kürzen. Glücklicherweise erreichten sie das kleine Geschäft, was ihn einer Antwort enthob.

Seine Schwester hielt auf der Schwelle inne und schaute ihn über ihre Schulter fragend an.

Robert deutete mit der Hand auf sie und die wartenden Bediensteten. »Ich möchte dir Raum für ungestörte Recherche geben«, erklärte er mit einem Augenzwinkern. »Während ich mich um meine Geschä…«

Ein Schrei ertönte irgendwo vor ihnen, unterbrach ihn mitten im Wort. Er und Beatrice fuhren beide zum Ursprung des Lärms herum.

»Was ist da los?« Seine Schwester reckte den Hals, versuchte etwas zu erkennen.

Er nahm sie am Arm. »Sicher nichts, was für die Augen einer Dame bestimmt ist«, erklärte er knapp und lenkte sie geschickt zum Eingang des Ladens. Auf keinen Fall würde sie noch einmal herkommen. Nie wieder. Selbst wenn er eine Wache für sie anstellen müsste.

Seine Worte trugen ihm nur ein stärkeres Stirnrunzeln ein, und seine Schwester sträubte sich.

Ein weiterer gedämpfter Schrei drang über das geschäftige Treiben auf der Straße hinweg. Er spähte nach vorn und musste sich einen Fluch verkneifen, als ein farbenfroh gekleideter Dandy seinen Gehstock schwang, während ein Straßenkind zu seinen Füßen kauerte.

Eine Welle der Wut erfasste Robert. Der Wind wehte den Schmerzensschrei des Jungen zu ihnen, als der Gentleman seinen Stock erneut hob und …

Roberts Blut gefror, als eine hochgewachsene, in einen Umhang gehüllte Gestalt sich vor den Jungen schob. Sein Inneres verkrampfte sich. »Und jetzt rein mit dir«, befahl er knapp, und da er die Vorliebe seiner Schwester dafür kannte, Dingen auf den Grund zu gehen, wandte er sich an den Lakaien. »Bringen Sie sie hinein.«

»Robert?« Beatrice' besorgte Stimme folgte ihm.

Er beschleunigte seine Schritte. Vielleicht sah er die Frau inzwischen überall. Vielleicht war es das, was dafür verantwortlich war, dass er sie hier heraufbeschwor, wie sie sich vor den Stock eines Fremden stellte. Weil keine Frau, die noch recht bei Verstand war, je das Risiko auf sich nehmen würde, hierherzukommen, in diese Straßen, und sich einer Gefahr auszusetzen.

Helena hingegen schon.

Verdammte Hölle.

Der Knoten in seinem Magen zog sich enger zusammen, und sein Atem ging rauer, während er zu rennen begann, sich durch die dicht stehenden Leute drängte.

»Sie verdammter hirnverbrannter Idiot«, rief Helena, herrlich anzusehen in ihrem Zorn, der ihre Wangen rot gefärbt hatte, während sie dem jungen Earl mit der Faust drohte. »Was für ein Rohling sind Sie eigentlich, dass Sie sich an einem Kind vergreifen?«

Lord Whitby, einer der berüchtigtsten Dandys der guten Gesellschaft, stand mit offenem Mund vor ihr. Wegen ihrer eleganten Kleidung und ihrer kultivierten Aussprache wusste er vermutlich nicht, welchen Reim er sich darauf machen sollte, dass ihn eine Lady derart in aller Öffentlichkeit zur Rede stellte. »Madam«, erklärte er schließlich indigniert. »Dieser kleine Dieb hat mir meine Taschenuhr gestohlen.«

Feuer blitzte in Helenas Augen auf, und sie legte die Arme hinter den Rücken, berührte beschützend das Kind. Robert kniff die Augen zusammen, als sie mit einer kaum merklichen Drehung des Handgelenkes dem Jungen die Uhr abnahm. Dann marschierte sie vor Whitby, stellte sich so dicht vor ihn, dass ihre Nasen sich beinahe berührten.

»Ich bin mir sicher, dass Sie sich irren.«

Hätte Robert ihre Bewegungen nicht so genau verfolgt, wäre ihm das flüchtige Aufblitzen von Gold entgangen, bevor es verschwand.

Whitby blickte sie finster an. »Ich versichere Ihnen, das tue ich nicht.«

Sie stemmte die Hände in die Hüften. »Überprüfen Sie Ihre Taschen.«

Seine Augen drohten beinahe aus den Höhlen zu treten. »Wie können Sie es wagen …«

»Ich verlange, dass Sie Ihre Taschen überprüfen, Sir.« Bei dieser scharfen Erwiderung bebte ihre Stimme vor Wut.

»Ich bin ein Lord.«

»Das interessiert mich nicht. Und selbst wenn Sie der Herrgott im Himmel wären, der auf die Erde herabgestiegen ist …«

In diesem Moment trat Robert vor. »Whitby«, sagte er gedehnt, obwohl die Spannung in ihm vibrierte. Was zur Hölle dachte sie sich dabei, ihre Sicherheit auf diese Weise aufs Spiel zu setzen?

Weil sie genau so eine Frau ist …

Inzwischen hatte die kleine Szene einen Ring aus Zuschauern angezogen, die nun ihre Blicke auf Robert richteten.

Ein Keuchen kam über Helenas Lippen, und sie legte sich eine Hand aufs Herz. »Rob… Mylord«, flüsterte sie.

War es Schock, was in ihren ausdrucksvollen Augen stand? Schuldgefühle? Was konnte sie getan haben, dass sie sich schuldig fühlte? Dachte sie, er würde sie für ihr Einschreiten verurteilen? Oder hatte irgendetwas anderes sie am heutigen Tag hergeführt? Eine ganze Reihe von Fragen drängte sich ihm auf, und er schob sie beiseite. Für den Moment. Es würde später noch Zeit genug sein, Helena Banbury diese Fragen zu stellen.

Das Kind mit den schmutzverschmierten Wangen schaute von Helena zu Whitby und wieder zurück, begann sich dann rückwärtszubewegen. Robert legte dem dürren kleinen Burschen eine Hand auf die schmale Schulter. »Miss Banbury, wie stets ein Vergnügen, Sie zu sehen«, begrüßte er sie.

Der Earl of Whitby öffnete und schloss den Mund. Er rieb sich die Stirn. »Kennen Sie das junge Ding?«

Helena ließ ihren Blick vor- und zurückwandern, wirkte wie ein Reh, das dem Jäger in die Falle geraten war. Er stellte sich so hin, dass er ihr den Fluchtweg abschnitt, bevor er sich wieder an den Dandy in seinen gelben Seidenkniehosen wandte. »Allerdings. Meine Familie ist gut bekannt mit ihrem Vater.« Er schaute den anderen bedeutsam an. »Dem Duke of Wilkinson.«

Whitby hüstelte erstickt. Verspätet verneigte er sich, sagte dann: »Sie behindert mich bei der Wiederbeschaffung meiner Taschenuhr.« Der Mann besaß bemerkenswerten Mut. Oder große Dummheit.

»Die Dame hat Sie gebeten, in Ihren Taschen nachzuschauen«, antwortete Robert kühl.

»Der Junge hat sie …« Unter Roberts unnachgiebigem Blick musste der Mann schwer schlucken, klopfte sich dann aber den Rock ab.

»Sehen Sie? Es ist genau so, wie ich …« Whitby erstarrte, schüttelte den Kopf. »Das verstehe ich nicht …« Er hob verwirrt die Augenbrauen. »Gerade hatte ich sie nicht mehr«, murmelte er halblaut vor sich hin, seine Wangen gerötet, während die eben noch interessierte Menge sich zu zerstreuen begann.

»Ich gehe davon aus, dass die Angelegenheit damit erledigt ist?«, wollte Robert mit hochgezogenen Augenbrauen wissen. Der Straßenjunge versuchte sich aus seinem Griff zu winden, weshalb er fester zupackte.

»Eine Entschuldigung«, meldete sich Helena zu Wort. Sie sahen beide zu ihr. »Er muss sich bei dem Kind entschuldigen.« Sie reckte das Kinn ein wenig höher.

»Moment mal«, setzte Whitby an, und seine Wangen röteten sich tiefer. »Ich werde mich doch nicht bei irgendeinem dahergelaufenen Straßen…«

Robert brachte ihn mit einem finsteren Blick zum Schweigen. Gewiss, sie hatte ihm mit der geschickten Handbewegung die Uhr zurück in die Tasche gesteckt, aber was für ein Leben hatte sie gekannt, als Frau außerhalb des Adels?

»Wie heißt du?«, wandte er sich an den Jungen, war innerlich wie wund wegen dem, was Helena alles erduldet hatte und was der Bursche jetzt erduldete.

Das Kind mit den eingefallenen Wangen und müden Augen hob das Kinn in einem trotzigen Winkel, und Roberts Herz schmerzte. Diese abwehrend stolze Geste erinnerte ihn so sehr an Helena. »James«, antwortete der Junge unverkennbar widerstrebend.

»Eine Entschuldigung für James«, verlangte Robert knapp.

Ein mächtiges Gefühl flammte in Helenas Augen auf, dann senkte sie den Blick auf den Scheitel des Kindes.

»Ich entschuldige mich«, presste Whitby bevor.

Robert neigte den Kopf. »Oh, und Whitby?«, hielt er den Dandy auf, der sich zum Gehen wandte. »Wenn Sie jemals wieder den Stock oder die Hand gegen einen anderen Mann, eine Frau oder ein Kind erheben, werde ich Sie damit schlagen. Verstanden?«

Der Earl stieß einen erstickten Laut aus und nickte abrupt.

»Das ist dann alles, Whitby«, erklärte Robert streng.

Mit einer angedeuteten Verneigung wirbelte der andere auf dem Absatz herum und hastete die Straße entlang.

Robert fischte eine glänzende Münze aus seiner Rocktasche und reichte sie James. »Es steht dir natürlich frei, weiter deine Tage als Taschendieb zu fristen, bis du eines Tages dafür am Galgen landest.« Er machte eine Pause. »Oder du kannst das Geld dafür benutzen, dich von einer Droschke zum Haus des Marquis of Westfield in Mayfair bringen zu lassen.« Robert suchte nach einer Visitenkarte, fand eine und hielt sie James hin.

Das Kind zuckte vor seiner ausgestreckten Hand zurück und musterte Robert voller Misstrauen. »Wer ist der Marquis of Westfield?«

»Das ist *er*«, antwortete Helena leise, und der Junge richtete seinen argwöhnischen Blick auf sie.

»Es ist deine Entscheidung«, erklärte Robert und deutete auf die Münze in den vernarbten Händen. Helenas Händen. Übelkeit machte sich in ihm breit. Welches Leid hatte sie gekannt …?

»Ehrliche Arbeit?«, wollte das Kind wissen. »Oder sind Sie einer von diesen noblen Lords, die sich an Jungs ranmachen?«

Roberts Magen zog sich zusammen. War das die Hölle, die Kinder auf der Straße erlebten? Er hatte sich nie mehr geschämt als in diesem Moment.

Helena antwortete mit fester Stimme: »Seine Lordschaft ist keiner von ihnen.«

»Was wissen Sie denn schon davon?«

Ja, was wusste sie davon? Robert ballte die Hände zu Fäusten, hasste eine Welt, in der Helena nicht vor dem Ausmaß der Hässlichkeit, die es gab, geschützt gewesen war.

Sie ließ sich auf ein Knie nieder und flüsterte dem Jungen etwas ins Ohr. Dessen Augen wurden in seinem schmutzigen Gesicht groß, dann nahm er langsam die Karte.

Nachdem das Kind verschwunden war, richtete Robert seine Aufmerksamkeit wieder auf die blasse Helena. Seit dem Augenblick, in dem er ihr im Flur des Clubs begegnet war, hatte sie seinen Blick stets mit kühner Unerschrockenheit erwidert. Bis jetzt. Jetzt schaute sie hoch in den Himmel, dann zu Boden.

»Du bist unfähig, irgendetwas ohne Drama zu tun, oder?«, erkundigte er sich mit einer Unbeschwertheit, die er nicht fühlte. Das Entsetzen, das ihn seit dem Moment, in dem er gesehen hatte, wie sie sich zwischen den Jungen und Whitbys Stock gestellt hatte, mit Panik erfüllt hatte, ließ nur langsam nach.

»Weißt du«, sagte er und trat näher zu ihr, senkte dabei seine Stimme zu einem Flüstern. »Wenn du das Bedürfnis hattest, mich heute zu treffen, hättest du dir nicht all diese Mühe machen müssen. Ich hätte dich gerne aufgesucht.« Er hielt ihr seinen Arm hin.

Helena öffnete und schloss ihren Mund mehrere Male, starrte auf seine Finger, als hätte sie nie zuvor eine Hand zu Gesicht bekommen. »Warum hast du das getan?«, fragte sie leise.

Ärger regte sich in ihm. Hielt sie ihn etwa für einen dieser aufgeblasenen Schnösel, die die Notlage eines Kindes auf der Straße einfach ignorieren würden? *Andererseits, hättest du denn überhaupt die Welt um dich herum wahrzunehmen begonnen, wenn sie nicht gewesen wäre …?*

Robert beugte sich vor und brachte seinen Mund dicht an ihr Ohr. »Hätte ich den Konstabler rufen sollen, weil der Junge die Uhr gestohlen hat?«

Etwas flackerte in ihren Augen auf.

Er nahm ihre Hand in seine, hob sie an die Lippen. »Du bist wirklich geschickt mit den Fingern, Helena«, murmelte er und hauchte einen Kuss darauf.

Etwas von der Anspannung wich aus ihren schmalen Schultern, und sie lächelte leicht. »Danke, dass du mir und dem Jungen geholfen hast.«

Er verzog die Lippen zu einem zynischen Lächeln. »Es ist kein Dank nötig.«

Hatte sie eine so niedrige Meinung von ihm, dass sie glaubte, er hätte danebengestanden, als stummer Beobachter, wenn eine wehrlose Frau und ein Kind bedroht wurden? »Trotz dem, was du von mir glauben magst, bin ich kein Monster.«

Bestürzung zeigte sich in ihren Augen. »Das tue ich doch gar nicht.« Er würde seinen zukünftigen Herzogstitel darauf verwetten, dass das das größte Kompliment war, das Helena Banbury je einem Mann gemacht hatte. »Aber du hast dem Jungen ja nicht nur Geld gegeben.«

»James«, verbesserte er sie.

»Du hast James nicht nur Geld gegeben.« Sie hielt inne und sah zu ihm auf. »Du hast ihm Arbeit angeboten.«

»Ja.« Sie gingen weiter durch die Straßen zur Buchhandlung.

»Warum hast du ihm eine Münze gegeben, damit er mit einer Droschke zu dir kommt?« Wesentlich mehr Misstrauen klang aus ihrer Stimme, als es irgendeine junge Frau in ihrem Alter haben sollte.

»Wenn der Junge tatsächlich ein neues Leben mit ehrlicher Arbeit beginnen möchte, wird er darüber nachdenken und letzten Endes den Schritt wagen. Ich habe ihm einfach nur die Mittel gegeben, das dann auch zu tun«, erklärte er, den Blick nach vorn gerichtet. »Die Entscheidung liegt ganz bei ihm.«

Während sie weiterliefen, herrschte zwischen ihnen Schweigen. Als klar wurde, dass Helena sich nicht zu der offensichtlichen Frage äußern wollte, sagte er: »Nun?«

Verwirrung malte sich auf ihren Zügen, und sie sah ihn an.

»Glaubst du tatsächlich, dass ich mich nicht über den Zufall wundere, dich hier heute Vormittag zu treffen?«

Ihre Wangen röteten sich, als sie vor dem Laden stehen blieben, in dem er Beatrice mit dem Lakaien und ihrer Zofe zurückgelassen hatte. Helena schaute zu dem Ladenschild über ihren Köpfen. »Die Buchhandlung«, platzte sie heraus. »Ich war wegen eines … Buches hier.« Sie kniff die Augen zu schmalen Schlitzen zusammen. »Und was tust du eigentlich hier?«

Robert griff an ihr vorbei und drückte die Türklinke hinunter. »Ich habe meine Schwester hierherbegleitet.« Er hielt inne. »Und dann wollte ich mich mit meinem Vermögensverwalter treffen.« In ihren Augen flackerte Verstehen auf, doch sie schlug sie rasch nieder. Sie hatte genauso vorgehabt, diese Buchhandlung aufzusuchen, wie er vorhatte, den heutigen Abend bei Almack's zu verbringen. Sein Argwohn wuchs, doch er bedeutete ihr nur, hineinzugehen. »Nach dir.«

Sie legte den Kopf schief und blickte auf die geöffnete Tür, dann zu Robert. Schließlich befeuchtete sie sich die Lippen und trat ein.

»Da bist du ja, Robert.« Seine Schwester kam mit einem Buch in der Hand auf ihn zu, blieb dann jäh mit überraschter Miene vor ihnen stehen. »Miss Banbury! Hallo«, sagte sie mit einem breiten Lächeln.

Helena sank in einen Knicks. »Mylady.«

Beatrice klemmte sich den kleinen Lederband unter den Arm und hielt ihre andere Hand Helena hin. »O bitte, Sie müssen mich Beatrice nennen. Hätten Sie Lust, mir Gesellschaft zu leisten?«

Ehe Helena auch nur zu einer Antwort ansetzen konnte, hatte seine Schwester sich ihrer Hand bemächtigt und sie sich auf den Arm gelegt. Während sie sie fortführte, warf Helena ihm über ihre Schulter einen beinahe verzweifelten Blick zu, aber er zwinkerte ihr nur zu. Vielleicht würde die Dame es sich in Zukunft zweimal überlegen, bevor sie versuchte, etwas vor ihm zu verheimlichen. Seine Lippen zuckten.

Genau da sagte Beatrice etwas, das Helenas Aufmerksamkeit erforderte, und sie überließen Robert sich selbst, der sich den Kopf darüber zerbrechen konnte, was Helena Banbury, Tochter eines Herzogs, frühere Angestellte im »Hell & Sin«-Club, in diesem Teil Londons zu suchen hatte.

Von irgendwoher im Laden erklang das Lachen seiner Schwester, und er verschränkte die Arme vor der Brust. Helena hatte ihre Geheimnisse, so viel war klar. Und er war entschlossen, herauszufinden, was genau diese Geheimnisse waren – ob die Dame sie nun mit ihm teilen wollte oder nicht.

* * *

Von all den Regeln, die ihr von dem Augenblick an, in dem Ryker sie gerettet hatte, eingeschärft worden waren, war die wichtigste gewesen, nicht aufzufallen. Aber heute war sie nicht nur aufgefallen und entdeckt worden, Robert wusste auch, dass sie log.

Und Helena wusste das nur, weil sie so viel Zeit ihres Lebens mit Lügnern und Dieben verbracht hatte und so oft mit argwöhnischen Blicken bedacht worden war. So war ihr bei ihrem lahmen Versuch einer Ausflucht das misstrauische Funkeln in Roberts sonst so warmen blauen Augen nicht entgangen.

Wenn sie klug wäre, würde sie sich auf die Tatsache konzentrieren, dass er sie auf frischer Tat ertappt hatte. Warum also musste sie dann die ganze Zeit über seine Bemühungen nachdenken, einem einfachen Taschendieb zu helfen? Wärme breitete sich in ihrem Herzen aus, und sie schloss die Augen. Ein Junge, dessen Namen er in Erfahrung gebracht hatte und dem er eine Wahlmöglichkeit geboten hatte, in einer Welt, wo Leute ihres Standes nur wenige hatten.

»Sind Sie vorher schon einmal hier gewesen, Miss Banbury?«

Mit hämmerndem Herzen riss Helena die Augen auf. Roberts Schwester schaute sie geduldig abwartend an. Helenas Gedanken überschlugen sich, während sie versuchte, sich an die Frage der jungen Frau zu erinnern.

»Bitte nennen Sie mich Helena«, sagte sie. »Und nein, bin ich nicht.« Sobald ihr die Wahrheit herausgerutscht war, fluchte sie stumm und warf einen verstohlenen Blick über ihre Schulter zu Robert. Er war vorn im Laden stehen geblieben, hatte die Arme verschränkt und musterte sie unverfroren.

»Kommen Sie mit.« Beatrice führte sie weiter zwischen die Regale, bis Robert nicht länger zu sehen war. »Er ist ein wunderbarer Bruder«, erklärte sie, während sie die staubigen Bücher in den von der Decke bis zum Boden reichenden Regalreihen betrachtete. »Aber er ist immer so auf meinen Schutz bedacht. Im Moment sollte er eigentlich bei seinem Treffen sein, aber er ist immer noch hier.« Sie senkte ihre Stimme zu einem Flüstern. »Allerdings vermute ich, Ihr unerwartetes Auftauchen hier hat einiges mit seiner Entscheidung zu tun, länger zu bleiben.«

Mit heißen Wangen gelang es Helena, zu lächeln, sie entschied sich jedoch, auf die frühere Bemerkung der jungen Frau zu antworten. »Ich kenne mich gut mit Brüdern aus, die einen beschützen wollen.« Männer, die ihr die Finanzen ihres erfolgreichen Glücksspiel-Etablissements anvertraut hatten, aber gleichzeitig glaubten, sie verdiene es nicht, in Bezug auf ihre Zukunft ein Wort mitzureden.

»Ach ja?« Beatrice schaute von den Buchrücken auf und sie an. In ihrem Blick lag Neugier.

Aus der Ruhe gebracht von der Leichtigkeit, mit der diese Frau eine Unterhaltung führte, starrte Helena hinab auf die Spitzen ihrer Schuhe. Die einzigen feinen Damen, denen sie zuvor begegnet war, waren auf den Straßen unterwegs gewesen und hatten ihre eleganten Umhänge und Kleider gerafft, wenn Helena ihnen zu nahe gekommen war. »Ja«, antwortete sie schließlich.

»Stehen Sie ihnen nahe?« Die freundliche Befragung durch die junge Dame führte dazu, dass Helenas Kehle unter den aufkommenden Gefühlen ganz eng wurde.

Seit Ryker sie fortgeschickt hatte, hatte sie so viele Stunden voll Wut und Erbitterung über seine Einmischung in ihr Leben nachgedacht. Sie hatte sich auf das Gefühl, von ihnen verraten worden zu sein, konzentriert, weil es viel leichter war, so ihren Zorn in Schach zu halten, als daran zu denken, wie verzweifelt sie sie vermisste. »Ja«, erwiderte sie leise.

»Sehen Sie sie oft?«

Helena schlang sich die Arme um die Mitte und schaute sich um. Aristokraten stellten nicht solche Fragen. Sie achteten immer nur auf das, was an der Oberfläche war, und scherten sich nicht darum, mehr über einen Menschen zu erfahren. Aber doch taten Robert und jetzt auch seine Schwester das auf eine Art und Weise, die Helena verunsicherte und über Jahre errichtete Schutzwälle einriss.

»Früher schon.« *Bevor sie mich weggeschickt haben.* »Wir stehen«, *standen,* »uns, wie gesagt, nahe.« Sie atmete bebend ein. »Sehr nahe.« Aber würden sie das auch wieder tun, wenn sie nach drei Monaten zurückkehrte?

Was nur dazu diente, sie daran zu erinnern, dass ihre Zeit hier bald vorbei sein würde, und dann würde es keine Diana und keine Beatrice, und mehr noch … es würde keinen Robert mehr geben. Schmerz drückte ihr das Herz ab. O Gott, was war das für ein schreckliches Stechen in ihrer Brust? »Sie sind wild entschlossen, mich zu beschützen«, fuhr sie fort, als sie den Blick der anderen auf sich spürte.

»Sind das nicht alle älteren Brüder?« Leise Ironie lag in der Handvoll Worte.

Sie wechselten einen Blick, als eine Seelenverwandtschaft zwischen ihnen spürbar wurde.

»Es spielt keine Rolle, dass du dreiundzwanzig bist.« Oder in Helenas Fall vierundzwanzig. »Oder dass du genau weißt, was du willst.« Beatrice schüttelte bedauernd den Kopf. »Nichts zählt außer der Ehe, die man schließt, nicht wahr?« Diese leise gestellte Frage drang kaum an Helenas Ohren. »Gentlemen kommen nicht auf die Idee, dass eine junge Dame darüber hinaus noch etwas anderes sein könnte.«

Helena hatte ihr Leben lang gedacht, dass sie völlig anders wäre als all die makellosen jungen Damen, nur um nun zwischen Regalreihen mit staubigen Büchern herauszufinden, dass es viel mehr Frauen gab, die dachten wie sie. »Nicht für die gute Gesellschaft«, erwiderte sie ruhig. Als die andere verwirrt den Blick hob, erklärte sie: »Die gute Gesellschaft erwartet von einem, dass man wie alle Frauen heiratet und in den Besitz seines Ehemannes übergeht, auch wenn man gar nicht jeden Teil von sich selbst einem Mann anvertrauen möchte.«

Beatrice' Augen leuchteten auf, und sie nickte nachdrücklich. »Ja.« Dieses einzelne Wort kam wie ein Stoßgebet heraus.

»Darum ist es so wichtig, dass man an sich selbst festhält.« Helena hatte das Gefühl von Kontrolle in einer Welt, die so wenig davon für Frauen bereithielt, in Zahlen gefunden.

Beatrice blickte sich verstohlen um, dann trat sie näher zu Helena. »Ich schreibe.« Ihre Wangen röteten sich. Sie zog ein Buch aus dem Regal und reichte es Helena.

Die nahm den schmalen Band entgegen und überflog den Titel mit den goldgeprägten Buchstaben: »Lebemänner, Wüstlinge, Schurken und andere unpassende Gentlemen« …

»Es ist für meine … Arbeit«, erklärte Roberts Schwester. »Wissen Sie, ich führe Recherchen durch, und …«, sie sah sich erneut vorsichtig um, »und ich möchte mein Wissen dafür einsetzen, anderen Frauen zu helfen.« So, wie sie ihre hübschen, fein gezeichneten Lippen zu einer schmalen Linie zusammenpresste, hatte Beatrice Dennington nicht vor, mehr über ihr Vorhaben zu erzählen.

Helena drehte das Buch um, und die junge Frau nahm es ihr rasch ab. »Ich kann mir gut vorstellen, dass ich imstande wäre, zusätzliche Erkenntnisse beizusteuern, sollten Sie sie je benötigen.« Bedachte man, was sie alles im »Hell & Sin«-Club miterlebt hatte, könnte sie eigentlich selbst ein Buch schreiben, wenn sie denn imstande wäre, ihre Worte so zusammenzufügen, dass irgendjemand sie auch lesen wollen würde.

»Ehrlich?«, fragte Beatrice mit ehrfürchtigem Flüstern.

Schuldgefühle drangen auf Helena ein. Angesichts von Beatrice' Freundlichkeit Helena gegenüber und ihrer Bereitwilligkeit, sich ihr anzuvertrauen, schuldete sie Roberts Schwester mindestens die Wahrheit über ihre Herkunft. »Ich habe die letzten zehn Jahre in einer Spielhölle gelebt, Mylady.«

Die Messingglocke im vorderen Teil des Ladens klingelte, verkündete, dass jemand eingetreten war. Bis auf dieses Geräusch herrschte Schweigen zwischen den beiden jungen Frauen, und Helena konnte spüren, wie ihr Hitze in den Nacken und die Wangen stieg. Sie war auf diesen Teil ihres Lebens immer stolz gewesen. Warum also war es ihr mit einem Mal so unangenehm, es zuzugeben? *Weil echte Damen eigentlich nichts über diese Etablissements wissen.* Es war eine Sache, ein Buch über Lebemänner und Wüstlinge zu lesen. Jedoch etwas vollkommen anderes, Zeuge zu werden, wie diese Männer ihre Clubs besuchten und sich mit Dirnen vergnügten.

»Wissen Sie, Helena«, erklärte Beatrice, »ich glaube, wir werden gute Freundinnen. Sehr gute Freundinnen, ganz gewiss.« Ein angeregtes Glitzern, das Helena bislang nur in ihren eigenen Augen gesehen hatte, leuchtete in denen von Beatrice auf. »Ich kann mir jedenfalls gut vorstellen, warum Robert sich in Sie verliebt hat.«

Helena erstarrte. Sie schüttelte den Kopf.

Beatrice nickte.

Helena schüttelte erneut den Kopf.

Beatrice nickte noch einmal. »Doch.«

Helenas Herz machte einen komischen kleinen Satz. »Oh, nein. Nein«, sagte sie und hielt ihre Hände hoch. »Sie irren. Das hat er nicht. Es ist doch nur zum …« *Schein.* Sie hielt sich gerade noch davon ab, die Wahrheit auszusprechen. Offensichtlich gaben sie beide eine überzeugende Vorstellung. Sosehr sie Roberts Schwester auch mochte, sie kannte sie nicht gut genug, um ihr in allen Details zu verraten, was sie in Roberts Leben gebracht hatte.

»Zum was?«, erkundigte sich Beatrice vorsichtig.

»Zum …« Außerdem war alles Echte zwischen ihnen unmöglich. Männer wie Robert verliebten sich nicht in Frauen wie sie, und wenn sie es taten, machten sie diese Frauen zu ihren Mätressen, während sie eine Ehe mit kalten, gefühllosen Damen wie der Herzogin eingingen.

»Lieben Sie ihn denn nicht?« Vier Falten bildeten sich auf der vornehmen Stirn der jungen Dame.

»Ob ich ihn liebe?«, presste Helena heraus.

Roberts Schwester schaute sie erwartungsvoll an.

Natürlich war sie nicht in ihn verliebt. Sie kannte ihn ja erst ein paar Tage. Schritte erklangen vom Ende des Gangs zwischen den Regalen, und sie schaute hoch, war der Verpflichtung enthoben, eine Antwort zu formulieren.

Robert blieb stehen und lehnte sich gegen das Bücherregal. Sein träges Grinsen war das Lächeln eines Mannes, der genau wusste, dass er das Gesprächsthema war. Mit einem Augenzwinkern schlenderte er weiter. Nur dass sich, als er um das nächste Regal verschwunden war, der panische Druck, der auf Helenas Brust lastete, verstärkte.

Wie konnte sie ihn lieben? Sie mochte ihn ja nicht einmal. Er war arrogant und hatte ihr ihren Dolch gestohlen (einen Dolch, den er ihr immer noch nicht zurückgegeben hatte) und ihr Herz und …

Helena hob eine Hand und umklammerte den Rand des nächsten Regals. *O Gott, ich liebe ihn.* Robert zu lieben war Wahnsinn. Es gab keine gemeinsame Zukunft für sie. *Warum eigentlich nicht? Warum kannst du kein gemeinsames Leben mit ihm haben?* Weil er Herzog werden würde, sie hingegen eine Buchhalterin war und, mehr noch – immer unehelich geboren bleiben würde. Nicht gerade passendes Material für eine Herzogin.

Außerdem wollte sie überhaupt keine Herzogin sein … O Gott. Ihr Atem klang in ihren eigenen Ohren abgehackt.

Seine Schwester platzte in Helenas unkontrolliert durcheinanderschießende Gedanken und tätschelte ihr die Hand. »Ist es so kompliziert, wie ich in Büchern gelesen habe?«

»Mylady?«, gelang es ihr zu sagen, während sie nervös den Stoff ihres Kleides glatt strich und versuchte, ihre Gefühle zu ordnen.

»Verliebt zu sein«, präzisierte Beatrice.

Einen Augenblick lang schloss Helena die Augen, dann nickte sie knapp. *Es ist schlimmer.* Je länger sie sich in dieser Welt aufhielt, desto mehr verlor sie von sich.

»Würden Sie mich bitte entschuldigen?«, fragte sie, und ihre Stimme klang in ihren eigenen Ohren hoch und schrill, was ihr einen besorgten Blick von Roberts Schwester eintrug. »Ich muss nach Hause zurückkehren.«

Die hübschen Züge der Dame wurden von Sorge überschattet. »Sagen Sie, dass wir uns wiedersehen.«

Helena nickte. Sie würde der jungen Frau alles versprechen, um von hier und von ihren sich überschlagenden Gedanken zu entkommen.

»Ein weiterer Ausflug zum St. Giles Circus?« Beatrice war erbarmungslos. »Sagen wir, Samstag?« Sie spähte um Helenas Schultern herum. »Hast du das gehört, Robert? Bist du bitte so freundlich und begleitest Miss Banbury und mich Samstagvormittag wieder hierher?«

Helena wirbelte herum. Robert stand mit vor der Brust verschränkten Armen da. »Natürlich.«

Warum musste er sich so anschleichen?

»Ausgezeichnet«, sagte Beatrice und klatschte in die Hände. »Dann steht es ja fest.«

Helena schluckte schwer. Allerdings, das tat es. »Wenn ich mich dann verabschieden dürfte?« Sie stammelte die Worte heraus, so hastig wollte sie von hier fort. Dann wirbelte sie auf dem Absatz herum und eilte an Robert vorbei und aus dem Laden.

Sie würde nie drei weitere Monate überstehen. Nicht ohne ihr Herz zu verlieren, zusammen mit ihrem Verstand.

Sie musste nach Hause.

Kapitel 17

Regel 17

Adeligen kann man nicht vertrauen.

Kurz nachdem Helena aus der Buchhandlung geflohen war, hatte sich Robert auf den Weg in die Oxford Street zu seinem Geschäftstermin gemacht. Die Berichte blieben so ernst, wie sie es bei seinem ersten Treffen mit dem alten Verwalter vor einem Monat gewesen waren. Stonely war so in der Vergangenheit verhaftet, dass er trotz Roberts Einwänden fest davon überzeugt war, dass der Verkauf all der späteren Investitionen seines Großvaters die einzige Lösung für die Familie sei.

Noch Stunden später, den Kopf über die Rechnungsbücher gebeugt, starrte Robert auf die verdammten Zahlen. Nur dass sich, egal, wie lange er hinschaute, nicht das Geringste daran änderte. Mit einem wüsten Fluch presste er sich die Finger gegen die Schläfen und lehnte sich auf seinem Stuhl zurück.

Angesichts des unseligen Treffens mit dem alten Stonely hätte sich Robert eigentlich sorgfältiger mit den Zahlenreihen auseinandersetzen müssen. Stattdessen beanspruchte Helena all seine Gedanken. Mit jeder ihrer Begegnungen wurde seine wohlgeordnete Welt immer komplizierter.

Zum Teufel noch mal … Er mochte Helena Banbury. Nein. Gemocht hatte er sie immer. Er begehrte sie. Verehrte sie. Diese Entdeckung war etwas völlig anderes.

Robert starrte geistesabwesend auf die ordentlichen Reihen nüchterner Ziffern. Helena war ihm wichtig – sehr sogar. Sein Verstand scheute vor allem Weiteren zurück. Schließlich war sein Herz gar nicht zu mehr imstande.

Geistesabwesend klopfte er mit dem Ende seines Stiftes auf die offene Seite. Vor allem, da lediglich eine Woche vergangen war, seit der Wirbelwind, der sein Stelldichein mit Lady Danvers unterbrochen hatte, in sein Leben geplatzt war. Die gleiche Frau, die ihm angedroht hatte, ihn aufzuschlitzen, und seine Ehre ebenso wie seine Intelligenz in Zweifel gezogen hatte.

Und nicht nur einmal. Seine Lippen zuckten. Ja, sie war ihm alles andere als gleichgültig.

Sagt Ihnen der Name Argand etwas, Mylord? … Er befasst sich mit der geometrischen Interpretation von komplexen Zahlen …

Sie liebte Mathematik und sah sich selbst als eine Art Blaustrumpf. Es kümmerte sie kein Jota, dass er eines Tages Herzog sein würde. Und sie stellte die Sicherheit des Lebens eines Straßenkindes über ihr eigenes.

Mit einem Stöhnen warf er seinen Stift hin. Er landete mit einem leisen Klicken auf der Holzplatte. Mal ehrlich, wie konnte man Helena Banbury nicht mögen? Sie war erfrischend ehrlich in einem ganzen Meer von Falschheit, und darüber hinaus war sie eine starke Frau, die mehr Mut bewiesen hatte, als sie einen Jungen von der Straße verteidigt hatte, als die kombinierte Macht eines gesamten Regiments der Armee des Königs.

Er zog die mittlere Schublade seines Schreibtisches auf, holte ihren rubinbesetzten Dolch hervor und drehte ihn in der Hand.

Es war viel einfacher gewesen, als er sie nicht gemocht hatte und einfach ein Gefühl der Verpflichtung verspürt hatte, den Schaden, den er unbeabsichtigt und betrunken an jenem Abend im »Hell & Sin« angerichtet hatte, wiedergutzumachen.

Er berührte mit der Fingerspitze die scharfe Klinge, und ein einzelner Tropfen Blut bildete sich auf seiner Haut. Er starrte auf den scharlachroten Fleck, und seine Gedanken überschlugen sich. Er hatte beschlossen, sich nie mehr zum Narren zu machen, wenn es um eine Frau ging. Lucys Verrat hatte ihn misstrauisch gegenüber den Motiven aller Frauen werden lassen.

Robert wischte sich das Blut vom Finger, dann rieb er sich mit beiden Händen das Gesicht. Wenn er mit Helena Banbury zusammen war, dachte er jedoch überhaupt nicht an Lucy oder die Bitterkeit ihres Verrats … oder die Rolle, die sein Großvater dabei gespielt hatte, dass ihm die Augen geöffnet wurden. Er dachte einfach nur an sie. An Helena Banbury mit dem rötlich braunen Haar und der unverblümten Art.

Wie konnte er zwölf Jahre der Bitterkeit vergessen, nachdem er diese Frau lediglich eine Woche gekannt hatte? Weil sie ihn genötigt hatte, Aspekte an sich, daran, was er war, *wer* er war und wie andere Leute lebten, zur Kenntnis zu nehmen, wie er es bislang selbstsüchtigerweise nicht getan hatte. Jahre hatte er damit verbracht, seinen Großvater und Lucy Whitman zu verachten, aber was war mit dem Mann, der er selbst geworden war?

Ich bin nicht leichtsinnig … Ich schließe nicht mehr Wetten ab als die meisten anderen Gentlemen … Ich habe immer nur eine Mätresse, und ich achte peinlich genau darauf, kein uneheliches Kind zu zeugen …

Diese Worte, die er seinem Vater an den Kopf geworfen hatte, kamen nun zurück zu ihm, Worte, die er zur Beschreibung seines Charakters verwendet hatte.

Voller Rastlosigkeit warf Robert Helenas Dolch hin und schritt zum Sideboard. Er nahm sich eine Karaffe sowie ein Glas und schenkte sich ein, dann gönnte er sich einen langen, langsamen Schluck, genoss die warme Spur, die sich seine Kehle hinab ausbreitete.

Er hatte immer schon genau gewusst, was er seiner zukünftigen Rolle als Herzog schuldete – diese Wirklichkeiten waren niemals klarer gewesen als nach all dem, was sein Vater ihm anvertraut hatte. Obwohl er mit dreiunddreißig immer noch unverheiratet war, hatte er vor, seine Pflicht der Familie gegenüber zu erfüllen, allerdings nicht, um den finanziellen Ruin abzuwenden. Das würde ihn seine Selbstachtung kosten, hatte er doch Lucy Whitman genau für solche kalte Herzlosigkeit verurteilt.

Es ist mir nicht wichtig, dass du wie alle anderen Gentlemen bist … Es wäre mir wichtig, dass du dich von ihnen unterscheidest …

Er sah die Worte, die ihm sein Vater hingeworfen hatte, nun viel klarer als zuvor – *wegen Helena.* Er starrte in sein Getränk. Vor Jahren hatte er sich genau überlegt, was für eine Frau er heiraten wollte. Sie würde eine echte Lady sein, aus der guten Gesellschaft, deren unverhohlenes Verlangen nach seinem Titel die einzige Aufrichtigkeit sein würde, auf die er hoffen konnte.

Und jetzt war da Helena, eine Frau, die, selbst wenn er sie zu seiner zukünftigen Herzogin machen wollte, lieber in ihren berüchtigten Club zurückkehren würde, als mit ihm verheiratet zu sein. Er schaute stirnrunzelnd in sein Glas. Nicht dass er sich etwa wünschen würde, sie zu heiraten. Das tat er nicht.

Es gab zu viele Gründe, es nicht zu tun. Ihre Verachtung für die Gesellschaft, auch wenn er diese Meinung an den meisten Tagen ohne Weiteres teilen konnte. Aber noch wichtiger war das Leben, das sie sich wünschte. Robert schwenkte den Inhalt seines Glases im Kreis.

Was, wenn du ihr tatsächlich die Ehe anbietest …?

Seine Hand zitterte, und Flüssigkeit schwappte über den Rand auf seine Finger.

An der Tür ertönte ein Klopfen, und er schaute rasch hoch, dankbar für die Unterbrechung. »Herein«, rief er.

Sein Butler Fuller öffnete die Tür. »Mylord, die Duchess of Wilkinson ist hier, um Sie zu sehen.«

Die Herzogin? Er richtete seinen Blick auf die Standuhr und runzelte die Stirn. Zwanzig Minuten nach zehn. Was für eine dringende Angelegenheit könnte dafür verantwortlich sein, dass die stets auf Einhaltung der Regeln bedachte Herzogin um diese Stunde herkam? Am Rande seines Bewusstseins machte sich eine gewisse Unruhe breit.

»Bitten Sie sie herein«, antwortete er, und der ergraute Butler ging.

Kurz darauf geleitete Fuller die Herzogin in den Raum. »Die Duchess of Wilkinson.«

Robert stellte rasch sein Glas hin und beeilte sich, die Gemahlin eines der ältesten Freunde der Familie zu begrüßen. »Euer Gnaden.«

»Lord Westfield«, erwiderte sie mit verkniffenem Mund. In ihren Augen stand ein gehetzter Ausdruck. »Ich hoffe, Sie können mir meine Unhöflichkeit vergeben, unangemeldet und zu einer so unziemlichen Stunde hierherzukommen.« Sie machte eine Pause. »Es gibt eine wichtige Angelegenheit, über die ich mit Ihnen reden muss«, fuhr sie schließlich fort und steigerte damit seine Besorgnis.

»Bitte.« Er deutete auf das gepolsterte Ledersofa, und mit hoheitsvoller Anmut schritt die Herzogin zu dem Sitzmöbel, wirkte dabei, als gehörte dieser Raum ihr. »Ist der Herzog …?«

»Er ist wohlauf.«

Sie nahm Platz, und dann – zum ersten Mal, seit er sich erinnern konnte – rang die Herzogin ihre Hände. »Ich bin nicht wegen des Herzogs hier.«

Er betrachtete die Geste, die eine Menge über die Frau verriet, die ihre Tochter als Kind dafür gescholten hatte, wenn sie zu laut gelacht hatte.

Seinem Blick folgend hörte die Herzogin jäh auf, verschränkte rasch die Finger im Schoß. »Ich bin wegen Miss Banbury gekommen.«

Ihre Worte ließen ihn einen Moment lang erstarren. »Miss Banbury?«, wiederholte er langsam, während er sich auf den Lederstuhl gegenüber der Herzogin setzte.

Die ältere Frau nickte abrupt, begann sich dann die Handschuhe auszuziehen. »Ich habe gezögert, Sie heute aufzusuchen, aber angesichts der langjährigen Freundschaft unserer Familien wusste ich, ich kann mich auf Ihre Diskretion verlassen.« Sie legte sich die eleganten Handschuhe in den Schoß.

Robert ballte die Hände zu Fäusten und lockerte sie wieder, um sich davon abzuhalten, Antworten aus der Frau herauszuschütteln. »Natürlich«, sagte er leise, und seine Unruhe wuchs.

»Wie Sie ohne Zweifel wissen, war mein Gatte …«, helle Röte stieg ihr in die faltenlosen Wangen, »in seine Mätresse verliebt.« Während dieser Worte blieb Robert stumm. Was konnte er auch zu einer stolzen Frau über die Treue ihres Gemahls sagen – oder in diesem Fall über seine Untreue? »Es ist diese Liebe, die ihn für Miss Banburys wahren Charakter blind macht. Ich habe Grund, zu glauben, dass sie Seine Gnaden bestiehlt.«

Robert erstarrte. Die Dame, von der die Duchess of Wilkinson sprach, war unfähig zu solcher Falschheit. *Hast du nicht genau das Gleiche von einer anderen Frau geglaubt?* Wie lange kannte er Helena wirklich, dass er die Anschuldigungen der Herzogin als unrichtig abtat?

Sobald sich der Zweifel in ihm regte, drängte er ihn zurück. Warum sollte Helena etwas vom Herzog stehlen? Der Mann hatte ihr eine Mitgift von zehntausend Pfund ausgesetzt und würde ihr, ohne zu zögern, den Mond vom Himmel holen, sollte sie das verlangen.

»Ich weiß, es ist ohne Zweifel schwierig für Sie, das zu hören, bedenkt man Ihre knospende Zuneigung für die junge Dame«, fuhr die Herzogin fort. Sie blickte sich um, bevor sie erneut zu ihm sah. »Ihre Zofe berichtet, dass sie die herzogliche Kutsche nimmt, um in heruntergekommene Viertel Londons zu fahren, wo sie sich mit jemandem wegen der gestohlenen Gegenstände trifft. Die Dienerin gibt an, Miss Banbury befehle ihr, in der Kutsche zu warten, während sie ihre Erledigungen macht.«

Robert runzelte die Stirn. Dieses Tun passte nicht zu einer Frau, die sich schützend vor ein Kind gestellt hatte.

»Ich ängstige mich um meinen Gemahl, Lord Westfield«, erklärte die Herzogin mit einem schrillen Unterton in der Stimme.

Robert lehnte sich auf seinem Stuhl zurück. »Ich vermag nicht …«

»Miss Banbury ist in die St. Giles Street gefahren.«

Die Muskeln in seinem Magen verkrampften sich. »Gefahren?«, wiederholte er wie ein Dummkopf. Wo würde sie sich zu dieser Stunde hinbegeben … und mit wem? Die Zweifel und die Unentschlossenheit nahmen zu, als sich seine Vergangenheit mit seiner Gegenwart vermischte. Welche Dame mit ehrenwerten Absichten würde auf den Straßen von Lambeth und St. Giles anzutreffen sein, zudem zu dieser Stunde?

»Wann?«, verlangte er knapp zu wissen.

»Heute Abend. Vor nicht mal einer halben Stunde. Ich hab einen Diener hinterhergeschickt, der ihrer Droschke gefolgt ist.« Die Lippen der Herzogin verzogen sich verächtlich. »Zum ›Hell & Sin‹-Club.«

Die Erde blieb kurz stehen, drehte sich dann in viel zu schnellem Tempo weiter. Helena war zu dieser Stunde auf den Straßen von St. Giles unterwegs. Seine wachsende Sorge verwandelte sich in Entsetzen. Es zählte nicht, dass sie mit dieser Welt vertraut war und gewiss imstande, zurechtzukommen. Denn trotz ihrer Stärke war sie nicht gefeit gegen die möglichen Gefahren, die Mann, Frau und Kind in diesen Gassen drohten.

Lügner. Selbstsüchtig machst du dir mehr Sorgen, dass sie deine Welt verlässt und nicht zurückkommt …

»Ich möchte lediglich, dass Sie darüber informiert sind.« Die Herzogin unterbrach seine wüst durcheinanderschießenden Gedanken. Er bezwang den Drang, sie vor die Tür zu setzen, damit er sich sofort auf den Weg nach St. Giles machen konnte. »Ich möchte, dass Sie mit meinem Gatten sprechen, wenn Sie irgendetwas Verdächtiges an der jungen Frau bemerken.«

»Natürlich«, antwortete er knapp. *Verdammt, verschwinde.* Als Zeichen, dass die Unterhaltung beendet war, erhob er sich.

Leider war sie zur Herzogin erzogen. Mit gemächlichen, anmutigen Bewegungen stand sie auf und schürzte die Lippen. »Seine Gnaden hat ein großes Herz, aber er lässt sich nur zu leicht von Frauen täuschen.« Sie streifte sich sorgfältig ihre Handschuhe über und wechselte jäh das Thema. »Darf ich Sie morgen Abend zu unserem Ball erwarten, Mylord?«

War die Frau verrückt? War sie so unbeeindruckt von dem Umstand, dass Helena dem »Hell & Sin« einen nächtlichen Besuch abstattete, dass sie einfach zu ihrem dämlichen Ball übergehen konnte?

Robert verneigte sich. »Selbstverständlich, Euer Gnaden.« Er folgte ihr zur Tür und griff nach der Klinke.

»Ich danke Ihnen nochmals für Ihre Umsicht in dieser Angelegenheit. In Anbetracht meiner Freundschaft mit Ihrem

Vater und Ihrer Mutter wäre es mir lieb, wenn Sie vor Miss Banburys Ränken geschützt wären.« Sie strich sich mit den Händen die Röcke glatt, nickte leicht, und er öffnete ihr die Tür.

Als sie sich verabschiedet hatte, schloss er die Tür wieder und starrte auf die Vertäfelung. Sein Verstand arbeitete heftig, ging die Beschuldigungen und Vorwürfe durch, die die Herzogin vorgebracht hatte. Beschuldigungen und Vorwürfe gegen Helena Banbury, die niemals stimmen konnten. Und dennoch … *Was hatte sie heute Vormittag in Lambeth zu schaffen, und auch noch allein?* Mit einem Fluch marschierte er zum vorderen Teil des Raumes und riss die Tür auf, rief nach seiner Kutsche.

Die Warnungen der Herzogin verschmolzen mit denen eines anderen. Warnungen von vor zwölf Jahren, die ein gefühlskalter alter Herzog ausgesprochen hatte, der Lucys Falschheit durchschaut hatte, wo Robert blind gewesen war.

Sicherlich würde er, was Frauen betraf, nicht den gleichen Fehler zweimal begehen, oder?

Robert runzelte die Stirn, als ihn angesichts der Bereitwilligkeit, Schlechtes über Helena zu glauben, eine Welle aus Schuldgefühlen überrollte. Sie gehörte nicht zu der gleichen Sorte Frauen wie Lucy. Sie hatten nichts gemein.

Außer seine Schwäche für sie.

Kapitel 18

Regel 18

Gefahr kommt in vielen Gestalten und Formen.

Die Gerüche und Geräusche von St. Giles vergaß man nie. Der dumpfe Gestank von Abfall und Verwesung hing in der Luft, drang in die Kutsche.

Schon seit einer halben Stunde saß Helena auf der unbequemen Bank der Mietdroschke und genoss die Vertrautheit von allem. Hier in diesen dunklen Straßen ergab das Leben einen Sinn, den sie verstand.

Sie starrte zwischen den zerrissenen Vorhängen hindurch. In einem Meer von düsteren, halb zerfallenen Gebäuden erhob sich ein beeindruckender Stuckbau. Im Schein der unzähligen Lichter konnte man den Eindruck haben, es sei statt mitten in der Nacht heller Tag. Helena berührte die dreckige Fensterscheibe mit den Fingerspitzen. Diese Spielhölle stand für die Flucht vor ihrer Vergangenheit in eine solide, sichere Zukunft.

Dass ihr Bruder sie weggeschickt hatte, war eine Art Prüfung. Weil er Anlass hatte, wegen einer zufälligen Begegnung mit einem Aristokraten an ihrem Urteilsvermögen zu zweifeln, hatte Ryker einfach über ihren Kopf hinweg entschieden. Er hatte sie nach Mayfair gesandt. Doch trotz seiner schlechten Meinung von ihrer Menschenkenntnis war sie nicht wie ihre Mutter. Oder das hatte sie sich wenigstens ihr Leben lang eingeredet.

Mehrere Dandys gingen über die Straße und stiegen die Stufen zum »Hell & Sin«-Club hoch. Die Türen öffneten sich, und das Licht der Kristalllüster fiel nach draußen auf die Treppe. Dann schloss sich das Eingangsportal wieder.

Helena presste ihre Stirn gegen die warme Scheibe. Am Ende hatte sie Ryker bewiesen, dass er mit seinen schlimmsten Vermutungen über sie recht gehabt hatte. Sie war schwach gewesen. Nur war sie nicht der Versuchung von schönen Stoffen und hübschem Tand erlegen, sondern der von Freundlichkeit. Sie hatte die Welt der guten Gesellschaft mit dem festen Willen betreten, alles und jeden dort zu hassen. Und hier saß sie nun und hatte ihr Herz völlig hoffnungslos an einen zukünftigen Herzog verloren.

Ein brüchiges Lachen kam über ihre Lippen, und sie schlug sich die Hände vor den Mund. Oh, was für eine Ironie, wie sie Shakespeare selbst nicht besser aufs Papier hätte bannen können. Die illegitime Tochter eines Herzogs, die ihre eigene Mutter verurteilt hatte, hatte dieselbe Narrheit begangen.

Sie ließ ihre zitternde Hand in den Schoß fallen. Wenn sie die restlichen Tage und Monate mit Robert in der guten Gesellschaft verbrachte, würde sie alles von sich verlieren, was sie wertschätzte. Sie würde jeden Schwur brechen, den sie je geleistet hatte. Sie musste die vornehme Welt verlassen und hierher zurückkehren.

Sie ließ den Vorhang wieder vor das Fenster fallen, zog ihre Kapuze hoch und fasste nach dem Türgriff. Ihre Finger erstarrten, und sie blickte reglos auf ihre vernarbte Hand.

Wenn sie jetzt in den Club zurückkehrte, würde sie Robert niemals wiedersehen, außer vielleicht in den Nächten, wenn er die Spielhölle besuchte. Die Zeit würde vergehen, und sie würde sich um die Bücher kümmern, und er würde weitermachen wie zuvor, bevor er ihrem wahnsinnigen Plan zugestimmt hatte. Dann würde er heiraten und Vater perfekter adliger englischer Babys werden.

Eifersucht ergriff sie und zerschnitt sie innerlich wie mit scharfen Klingen. Sie legte sich die Fingerspitzen an die Schläfen und rieb. Unentschlossenheit zerrte an ihr.

Wenn sie aus der Kutsche stieg und verlangte, vorgelassen zu werden, sich nicht einschüchtern ließ, würde Ryker sie überhaupt zurücknehmen, bevor die Bedingungen, die er gestellt hatte, erfüllt waren?

Mit einer schnellen Bewegung drückte Helena die Tür auf. Sie warf dem Fahrer oben auf dem Bock einen Blick zu. »Warten Sie auf mich, und Sie werden noch mehr bekommen«, versprach sie und reichte ihm einige Münzen.

Sie hielt inne, bis ein paar betrunkene Gentlemen die Stufen zum Club hochgestolpert und im Inneren verschwunden waren, bevor sie sich vorsichtig auf den Weg über die Straße machte.

Sie war hier aufgewachsen. Hatte bis vor einem Monat und einer Woche kein anderes Leben gekannt. Ihr lief ein Schauer über den Rücken, weil sie das Gefühl hatte, beobachtet zu werden. Nicht zu handeln bedeutete in Seven Dials häufig den Tod, und dennoch blieb sie ganz still.

Ihr Blick wanderte zu einer einsamen Gestalt, die an einem verfallenen Gebäude lehnte. Die Kappe tief über die Augen gezogen, blieb der Mann mit vor der Brust verschränkten Armen stehen. Er schob seinen Hut zurück und grinste sie kalt an. *Diggory.*

Ich schlag dich, bis du endlich zuhörst, Mädchen …

Ihr wurde schwindelig, und sie schwankte. Sie griff nach einer nahen Straßenlaterne, um sich festzuhalten. Ein Schrei blieb ihr in der Kehle stecken.

Wildes Gelächter drang in ihren schrecklichen Albtraum, und sie öffnete die Augen. Helena blinzelte und sah wieder zu der Hausruine mit der verhassten Figur.

Außer den Edelmännern, die Rykers Club betraten, gab es niemanden mehr. Etwas von der Spannung wich aus ihr. Was für eine Schwäche hatte sie überkommen, seit sie diese Welt verlassen hatte, dass sie in den Schatten Monster sah? Das bestätigte nur, wie dringend sie zurückkehren musste. Sie zog sich die Kapuze tiefer ins Gesicht und setzte sich in Bewegung.

Ihr verdammter Dolch. Robert hatte ihn ihr immer noch nicht zurückgegeben, und in der scheinbaren Sicherheit im Haus des Herzogs hatte sie keinen weiteren Gedanken daran verschwendet – bis jetzt.

Jemand trat zwischen zwei Gebäuden hervor, und ihr Herzschlag beschleunigte sich, als ihr die Dummheit, hier zu sein, zu spät bewusst wurde. Rasch warf sie einen Blick zurück zu der wartenden Droschke und eilte weiter. Sie erreichte die Gasse zwischen dem »Hell & Sin«-Club und dem nächsten Etablissement.

Eine Hand schloss sich um ihren Arm, und ihr Herz fing an zu rasen. *Diggory!* Sie öffnete den Mund zu einem Schrei, als sich auch schon eine große behandschuhte Hand über ihren Mund legte. Helena biss zu, den Geschmack und den Geruch von feinem Leder in der Nase, und eine wütende Stimme fluchte an ihrem Ohr.

Eine überaus bekannte Stimme.

Helenas Schultern sanken. »R-Robert?« Warum war er hier?

»Du bist genauso blutrünstig wie an dem Tag, an dem ich dich zum ersten Mal getroffen habe, Helena«, stellte Robert gedehnt fest.

Natürlich war er in seine Clubs gegangen. Sie schloss die Augen. Das war wieder typisch für sie, solches Pech zu haben.

»Was machst du hier?«

Bei seinem knappen, sehr herzoglichen Verlangen nach Auskunft runzelte sie die Stirn. Erwartete er, dass sie ihm mitteilte, wo sie hinwollte? Das war wohl der normale Lauf der Welt. Frauen war nicht der Luxus vergönnt, hingehen zu können, wohin und wann sie wollten. Trotz ihrer wichtigen Aufgabe im Club war ihr diese Wahrheit nur zu deutlich klar geworden. Obwohl ihr die Buchhaltung anvertraut worden war, hatte man ihr unmissverständliche Verhaltensregeln gegeben … zu ihrer eigenen Sicherheit.

Doch wann hatte sie je über ihr Leben entscheiden können, auch während ihrer Zeit im »Hell & Sin«-Club?

»Und was machst *du* hier?«, drehte sie den Spieß um.

Er zog die Augenbrauen zusammen. Als Marquis musste er ganz sicher niemals Rede und Antwort stehen, wo er gewesen war und warum.

Robert brachte sein Gesicht dicht vor ihres, und jetzt, wo er ihr so nahe war, war das Misstrauen in seinen blauen Augen nicht zu übersehen. »Ich bin wegen dir hier, Helena.«

Sie schluckte hastig. Der bedrohliche Ausdruck auf seinem Gesicht wollte so gar nicht zu dem charmanten Schurken passen, als den sie ihn bisher kennengelernt hatte. Sie blickte zu der Spielhölle ihres Bruders und dann zurück zu der gemieteten Droschke. Für einen sehr kurzen Moment spielte sie mit dem Gedanken, über die Straße zu laufen und zu fliehen, sodass sie keine Fragen beantworten musste.

Robert schloss wieder eine Hand um ihren Unterarm.

Sie betrachtete seine Finger mit zusammengekniffenen Augen, bereit, ihn zur Hölle zu schicken. *Was hast du erwartet …? Damen haben in St. Giles nichts verloren … Und ganz sicher nicht allein …* Trotz des nachvollziehbaren Grundes für seinen Verdacht spürte sie den Schmerz. Ihre Brust hob und senkte sich heftig, und sie erwiderte seinen Blick direkt. »Hamse gedacht, ich hab was Zweifelhaftes vor, Mylord?« Höhnisch verfiel sie in die Sprache der Straße.

Ihr Ärger wuchs, als er kühl und ungerührt blieb. Und ruhig. Sie nur weiter auf diese eindringlich forschende Art anschaute.

Derbes Gelächter erklang aus der entgegengesetzten Richtung, und sie versteifte sich. Mehrere Gentlemen kamen in ihre Richtung, und Robert ließ ihren Arm los, die Bedeutung war klar. Es stand ihr frei, die Bedingungen ihrer Diskussion zu bestimmen.

Das Trio lauter, stolpernder Männer ließ sie handeln. Sie schluckte ihren Frust herunter und machte sich auf den Weg zurück zu ihrer gemieteten Droschke, wobei Robert sich mühelos neben ihr hielt. Sie erreichten das Gefährt, und er zog die Tür auf.

Er half ihr hinein und folgte ihr. Seine breite, große Gestalt schien das Innere der Kutsche jäh schrumpfen zu lassen. Er setzte sich ihr gegenüber auf die Bank und verschränkte die Arme vor der Brust. Und sagte weiter nichts.

Helena streifte die Kapuze ab und funkelte ihn an. »Du bist mir gefolgt.« Sie hasste es, dass die Worte gekränkt klangen. Wut wäre ihr lieber gewesen.

»Du warst in der Charing Cross Road und jetzt hier. Das sind kaum die mondänen Viertel von London, in denen sich eine Dame blicken lassen darf.«

»Ich habe nie behauptet, eine Dame zu sein«, brachte sie heraus, verärgert über seine Herablassung.

»Was machst du hier?«, fragte er erneut.

Sie saßen da, gefangen in einer stillen Auseinandersetzung. Helena reckte das Kinn. Wenn er dachte, dass er sie einschüchtern könnte, hatte er sie gänzlich falsch eingeschätzt. Sie hatte die Kunst der Stille von Monstern gelernt, die viel grausamer und viel erschreckender waren als Robert, Marquis of Westfield. Ihre Wange pulsierte. Wie merkwürdig, tatsächlich dankbar zu sein für diese schmerzhaft gelernte Lektion.

Robert brach die Pattsituation. »Die Herzogin glaubt, dass du Seine Gnaden bestiehlst.«

Sie verengte die Augen und fühlte einen scharfen Schmerz in ihrem Herzen. »Und ist es das, was auch du glaubst? Dass ich eine Diebin bin?«

Er ließ sich keinerlei Reaktion auf ihre Anschuldigung anmerken. Stattdessen saß er kalt und unnachgiebig da. Verworrene Gefühle rangen in ihrer Brust miteinander: Wut, Schmerz, Bedauern. Sie hatte ihr Herz an einen Mann verloren, der an ihrer Ehre zweifelte.

Närrin. Sie war eine verdammte Närrin gewesen, ihm ihre Liebe zu schenken. Sie konnte seinen Blick nicht erwidern, und ihre Augen wanderten zu dem kleinen Spalt in den Vorhängen, und sie starrte hinaus auf die dreckigen Straßen Londons.

»Nein«, erwiderte er ruhig.

Sie versteifte sich, schaute aber nicht auf die Fassade des »Hell & Sin«-Clubs.

»Ich glaube ihr nicht.«

Sie wollte nicht, dass es ihr wichtig war, aber das war es. Und doch … »Aber du bist trotzdem hier, nicht wahr?«, stellte sie fest und schenkte ihm ein hartes, humorloses Lächeln.

Er hob eine goldene Augenbraue, und sie hasste es, dass er so ungerührt wirkte. »Willst du nicht, dass ich erfahre, was du zuerst in Charing Cross und jetzt hier am ›Hell & Sin‹-Club treibst? Noch dazu mitten in der Nacht.«

Nach Jahren, in denen von ihr erwartet worden war, dass sie über ihr Tun und Lassen Rechenschaft ablegte, riss ihr der Geduldsfaden. »Geh zur Hölle, Robert«, fuhr sie ihn an. Ryker, Robert und ihre anderen Brüder waren alle der Meinung, dass sie ihnen Erklärungen schuldig war, als wäre sie ein Kind. »Du stellst Fragen und erwartest Antworten.«

Sie musterte seine elegante Gestalt. Von seinem dichten goldenen Haar und seiner perfekten olivbraunen Haut zu den Spitzen seiner glänzenden Stiefel. »Weißt du, warum ich hier bin?« Sie erlaubte ihm nicht, zu antworten. »Ich bin hier, weil dies mein Zuhause ist.« Sie legte sich die Hände auf die Knie und beugte sich vor. »Der Club gehört meinen Brüdern.«

Überraschung blitzte in seinen Augen auf.

Der Kampfgeist durchströmte sie, floss durch ihre Füße aus ihr heraus, und sie sank zurück in ihren Sitz. »Ich bin die Buchhalterin des Clubs, Robert. Heute Morgen war ich beim Spirituosenhändler.«

Sie verzog ihre Lippen bitter. Oder sie war zumindest die Buchhalterin gewesen, bis sie beschlossen hatten, dass es ein Leichtes war, sie aus dem Club auszuschließen. Sie wappnete sich für den Schock oder die Herablassung, die dieser Enthüllung folgen würde. Schließlich beschäftigten sich Damen nicht mit Geschäften.

Ein Teil von ihr wünschte sich, dass er sich wegen dieser Enthüllung über sie lustig machen würde, denn das würde es ihr leichter machen, ihn zu verachten. »Es war meine Schuld, dass du deine Stellung verloren hast«, sagte er leise.

Helena schwieg weiter.

»Warum bist du hier?«

Weil ich muss. Denn je länger ich in deiner Welt bleibe, desto mehr verliere ich Teile meiner Seele, sodass nichts mehr von mir übrig ist außer einer schwachen Frau wie meiner Mutter …

Sie versteifte sich, als er ihr Kinn mit seinen Fingerknöcheln berührte und ihren Blick sanft auf sich lenkte.

»Du wolltest gehen.« Schock klang aus diesen drei Worten, mehr als alles andere.

Sie sah ihm in die Augen, und das Aufblitzen von Schmerz, das sie dort erkannte, zeigte ihr, dass sie ihm nicht egal war. Und sie wusste nicht, wie sie mit diesen Gefühlen umgehen sollte.

Er strich sich mit der Hand übers Gesicht.

»Sie haben mich weggeschickt«, erwiderte sie leise, und er ließ seinen Arm an seine Seite fallen und blickte sie an. Sie wollte, dass er verstand, warum sie hier war und warum sie niemals Teil seiner Welt sein konnte.

Nicht, dass er dich darum gebeten hätte …

Helena sah durch den schmalen Spalt zwischen den Vorhängen. »Es hat sie nicht gekümmert, dass ich ihre Schwester bin. Es hat sie nicht gekümmert, dass ich die Bücher geführt habe, seit der Club eröffnet wurde.« Sie schluckte. »Ich hab so viel von mir selbst gegeben, und wie wurde es mir vergolten? Jedenfalls nicht mit Loyalität.«

Sie schaute ihn wieder an, ein kleines trauriges Lächeln auf den Lippen. Ein Mann, der nur einen Schritt unter dem Königshaus stand, besaß Loyalität einfach wegen seiner Geburt. In ihrer Welt hingegen musste sie verdient werden und war häufig alles, was zählte. »Auch wenn ich vermute, dass du das nicht verstehen kannst.«

»Weil vornehme Herrschaften nichts von Schmerz oder Verrat wissen?« Er zog die Augenbrauen hoch.

Sie runzelte die Stirn. Sie würde wetten, dass er niemals den Schmerz eines knurrenden Magens oder eines Fausthiebs ins Gesicht kennengelernt hatte.

Robert lehnte sich lässig zurück. »Glaubst du, dass nur Mitglieder deines Standes ein Anrecht auf diese Gefühle haben, Helena?«

Sie bewegte sich unruhig, und ihre Wangen röteten sich. Wenn er sie auf diese Art fragte, hörte es sich an, als würde sie sich selbst zu wichtig nehmen. »Und was ist mit dir?«, gab sie zurück. »Bist du von deiner Familie verraten worden?«

»Ja«, erwiderte er leise.

Seine Worte sogen alle Energie aus der Kutsche. Von allen Antworten, die sie zu hören erwartet hatte, war diese rau hervorgestoßene keine gewesen. Fragen lagen ihr auf der Zungenspitze, aber sie biss sich innen auf die Wange, um sie zurückzuhalten. Es stand ihr nicht zu, sich danach zu erkundigen. Sie musste es nicht wissen.

Aber ich will es trotzdem …

»Mein Großvater«, erklärte er und zog eine Grimasse. »Und meine Verlobte.«

Ihre Lungen wurden ganz eng. »Du warst verlobt«, flüsterte sie. Natürlich war er das gewesen. Er hatte es ja gerade gesagt.

Als er kurz bestätigend nickte, war es, als wäre ihr Herz in einen Schraubstock geraten. Er war verlobt gewesen. Mit einer perfekten englischen Lady, und der angespannte Zug um seine Mundwinkel verriet, er trauerte noch immer um diese verlorene Liebe. In Helenas Welt stellte man niemandem Fragen über die Vergangenheit, Gegenwart oder Zukunft. Vor allen Dingen nicht, da die Zukunft so oft trostlos und fragwürdig war. »Was ist geschehen?«

Er machte eine abwehrende Handbewegung. »Sie war das Kindermädchen meiner Schwester.«

»Ein Kindermädchen«, rief sie aus. Zukünftige Herzöge heirateten keine Kindermädchen. Sie heirateten überhaupt keine Dienstboten. Genauso wenig wie sie vernarbte Bastarde heirateten, die auf der Straße gelebt hatten.

»Es war mir vollkommen egal, dass sie von einfacher Herkunft war und zu den Bediensteten gehörte.«

O Gott. Er hatte sie geliebt. So verzweifelt, dass er sich gegen die Erwartungen der Gesellschaft gestellt hatte. Das war so viel schlimmer. Ein scharfer, hässlicher Neid fraß sich durch ihren Körper und drohte, sie zu verschlingen.

Robert schaute sie direkt an. »Es war mir wichtig, dass sie nicht nur meinen Titel gesehen hat.« Der Blick in seinen Augen verschleierte sich, und er schaute zurück in eine Welt, in der sie nie gewesen war … sondern nur ein Kindermädchen, das sein Herz gewonnen hatte. »Ich habe sie wegen ihrer Freundlichkeit geliebt und wegen ihres Lachens. Ich habe geliebt, dass sie keine verwöhnte Dame der guten Gesellschaft war und dass ihr ihre Arbeit wichtig war.«

Und das, obwohl Adlige doch weder Dienstboten noch die Leute auf den Straßen bemerkten. Nur … das stimmte so eben nicht. Sie hatte nur geglaubt, es wäre so. Dieser Mann hatte mehr gesehen. In einer anderen Frau. »Was ist geschehen?« Die geflüsterte Frage hing zwischen ihnen.

»Mein Großvater, damals der Duke of Somerset, fand, sie wäre nicht«, seine Lippen zogen sich höhnisch zurück, »passend als zukünftige Herzogin. Mir war das egal. Ich hätte sie trotzdem geheiratet und ihn und die gesamte gute Gesellschaft zur Hölle geschickt. Wir hatten geplant, durchzubrennen.«

Ein messerscharfer Schmerz durchzuckte sie. Anders als ihr Vater, der Helenas Mutter zu seiner Geliebten und nicht mehr gemacht hatte, war Robert Dennington, Marquis of Westfield, ein ganz besonderer Mann – damals wie heute. Einer, der sich nicht um die Regeln scherte, und wenn es auch nur um Frauen wie ein Dienstmädchen oder eine Buchhalterin ging. Die Frau zu sein, der solche Hingabe geschenkt wurde …

»Mein Großvater rief mich an dem Tag, an dem wir miteinander fortwollten, zu sich. Ich bin in sein Arbeitszimmer gegangen.« Er räusperte sich. »Er war …« Robert schüttelte den Kopf. »Das ist wohl kaum für die Ohren einer Lady geeignet.«

»Ich bin keine Lady«, platzte sie heraus.

Robert ließ seinen Blick zärtlich über ihr Gesicht wandern. »Du hast mehr von einer wahren Lady in dir als die meisten Königinnen, Helena Banbury.«

Wärme explodierte in ihrem Herzen. Keine einzige Person, in ihrem ganzen Leben, hatte sie je als irgendetwas anderes als eine Frau von der Straße behandelt. Selbst ihre Brüder hatten diesen Abschnitt ihres Lebens stets als unabänderlichen Teil von ihr hingenommen. Doch dieser Mann vor ihr sah mehr. »Erzähl es mir«, drängte sie ihn und wollte alles genau wissen.

Er zögerte, und lange dachte sie, er würde nichts weiter sagen. Dann: »Lucy war dort.« *Lucy.* Die Frau hatte einen Namen, was ihre bisher unbekannte Rivalin so viel realer machte, und sie hasste sie. »Mit meinem Großvater.«

Seine Worte drangen durch ihre blinde Eifersucht. Helena blinzelte langsam. Ganz sicher hatte sie ihn nicht richtig verstanden. Ganz sicher hatte er nicht gemeint …

»Sie waren zusammen«, bestätigte er mit einem kurzen Nicken.

O Gott. Wie musste ihn das verletzt haben, wie schlimm musste es gewesen sein … und war es zweifellos auch heute noch. War es ein Wunder, dass er Frauen ihres Standes misstraute? »O Robert«, murmelte sie und legte ihre behandschuhten Hände auf seine, umschloss sie.

Er sah hinunter auf ihre verschränkten Finger. »Mein Leben ist nicht deines, Helena«, sagte er einfach. »Ich habe nicht in diesen gefährlichen Gassen gelebt, und ich habe ganz sicher nicht solches Leid erfahren wie du. Aber Geld und Status schützen einen nicht vor Gefühlen oder dem Leben.«

Und doch war sie so naiv gewesen und hatte genau das geglaubt. Sie war davon ausgegangen, dass die Mitglieder der guten Gesellschaft nicht verletzt wurden, keinen Schmerz erlebten und ganz sicher nicht einen Verrat wie den, von dem er gesprochen hatte.

Seine Worte hingen in der Luft zwischen ihnen, und während der langen Stille, die darauf folgte, wünschte sich Helena, sie besäße die Gabe, geschickt mit Worten umzugehen, und nicht nur mit Zahlen, denn dann hätte sie vielleicht etwas, womit sie Robert nach seinem Geständnis Trost spenden konnte.

Er zeigte zur Tür. »Willst du, dass ich dich nach Hause bringe?«

Die Kehle schnürte sich ihr zu. Er würde es tun. Er würde sie über die Straße begleiten, sodass sie ihre Familie treffen und sie darum bitten könnte, heimkehren zu dürfen. Sie sollte von dieser Geste gerührt sein, und doch erfüllte es sie mit einer merkwürdigen Leere. Er würde sie einfach so gehen lassen. Wie sollte sie erklären, dass es einen Teil von ihr gab, der sich danach sehnte, dass er sie bei sich behalten wollte …?

Ich bin noch nicht bereit …

Sie schüttelte den Kopf. »Ich werde zum Herzog zurückkehren«, sagte sie leise.

Robert klopfte gegen das Kutschendach, und Helena blinzelte überrascht. »Was ist mit deiner Kutsche?«

»Glaubst du wirklich, ich würde dich allein wegfahren lassen?«, fragte er leise.

O Gott. Ihr Herz zog sich zusammen und schnürte ihr den Atem ab. Warum musste er immer den Beschützer spielen? Bei dem Jungen James. Bei ihr. Das brachte sie nur weiter durcheinander. »Ich werde zurückkehren und die Kutsche holen, nachdem ich dich nach Hause gebracht habe.«

Einen Augenblick später fuhr die Droschke an, und Helenas Welt war ein weiteres Mal auf den Kopf gestellt worden.

* * *

Später an diesem Abend erklomm Robert die Stufen des Stadthauses seines Vaters, dieses verhassten Gebäudes, das er als Kind gefürchtet und als junger Mann, der von seinem Großvater verraten worden war, verabscheut hatte.

So wie es jedem loyalen Butler, der je in diesem Haus gedient hatte, antrainiert worden war, wurde die Tür sofort geöffnet.

Davidson machte einen Schritt zur Seite und erlaubte ihm, einzutreten. »Mylord«, begrüßte er ihn und nahm Roberts Hut entgegen. Es war ein Beweis für die Zurückhaltung des Bediensteten, dass er sich keinerlei Überraschung über Roberts nächtlichen Besuch anmerken ließ. »Seine Gnaden hat sich für den Abend zurückgezogen. Soll ich …?«

»Ich brauche Seine Gnaden nicht«, murmelte Robert und reichte dem Bediensteten seinen Mantel.

Der Diener verbeugte sich und entfernte sich rückwärts aus dem Raum, seine Schritte laut in der Stille. Robert drehte sich einmal um sich selbst. Wie viele Male hatte er genau hier gestanden, hatte die Pflichtbesuche bei dem großen Patriarchen gefürchtet? Jetzt stand er hier als Mann, der immer noch unter den Auswirkungen der Vergangenheit auf seine Gegenwart litt.

Er machte sich mit langen, entschlossenen Schritten auf den Weg den Korridor hinunter zu einem bestimmten Raum. Er kam vor dem Arbeitszimmer seines Vaters zum Stehen, dem Raum, in dem dereinst sein Großvater regiert hatte. Er drückte die Klinke hinunter und trat ein.

Seine Augen brauchten einen Moment, um sich an die tintenschwarze Finsternis zu gewöhnen. Als sie das getan hatten, schloss er die Tür hinter sich und ging zu dem großen Mahagonischreibtisch hinüber.

Er starrte auf die Tischplatte, die Zeuge jener schändlichen Szene gewesen war. Das war der wichtigste Augenblick in Roberts Leben gewesen, der, in dem er die Schutzwälle um sich errichtet hatte, um alle Frauen draußen zu halten – auf alle Arten, die zählten. Es war so sicherer gewesen. Besser, nichts zu haben außer bedeutungslosen Begegnungen, als den fürchterlichen Schmerz des Verrats. Und bisher war er auch ganz zufrieden damit gewesen.

Bis er Helena begegnet war.

Helena, die hinter seine Schutzwälle gedrungen, ihm unter die Haut gegangen war und seine Welt auf den Kopf gestellt hatte.

Und die an nur einem Abend bewiesen hatte, wie unwichtig er ihr war.

Robert zog die Hand zurück und trat hinter den Schreibtisch, der einst dem verstorbenen Herzog gehört hatte und nun dem gegenwärtigen Träger des Titels gehörte. Ein Platz, der eines Tages – hoffentlich in der weit entfernten Zukunft – ihm gehören würde. Er ließ sich auf den Lederstuhl sinken, den Blick immer noch auf das Möbelstück gerichtet, auf dem Lucy und sein Großvater es vor all diesen Jahren miteinander getrieben hatten.

Zu der Zeit hatte es keine größere Verzweiflung gegeben als die darüber, eine Frau, der er vertraut und die er zu lieben geglaubt hatte, in den Armen eines anderen zu finden – und auch noch denen seines Großvaters. Da war ihm schlagartig klar geworden, dass Frauen, egal welcher Stellung oder welches Ranges, nie mehr als den zukünftigen Titel in ihm sehen würden.

Dann war er eines Abends betrunken in das falsche Zimmer gestolpert, und nun war da Helena Banbury, eine Frau, der es völlig egal war, ob er Herzog, König oder Bettler war. Robert fuhr mit seinen Händen über die Kanten des Tisches. Und durch sie war alles infrage gestellt, was er als Tatsache akzeptiert hatte, wenn es um die Mitglieder des weiblichen Geschlechts ging.

Helena war eine Frau voller Stärke und Leidenschaft, die jede Mauer, die er um sich errichtet hatte, eingerissen und ihm dann bewiesen hatte, wie unbedeutend er wieder einmal war.

Sie war die Schwester von Spielhöllenbesitzern – Männern, die ein Imperium aufgebaut hatten auf Arten, die einem schwächeren Mann ohne Zweifel das Blut in den Adern gefrieren lassen würden. Obwohl er das wusste und akzeptierte, war es egal. Sie war wichtig. Viel zu wichtig.

Er fuhr sich mit einer Hand übers Gesicht. Wäre die Herzogin nicht zu ihm gekommen und hätte ihm Helenas Aufenthaltsort verraten, wäre sie einfach aus seinem Leben verschwunden. Diese Momente, die er in seinen Gedanken zu etwas so viel Größerem gemacht hatte, etwas Warmem und Schönem, hätte sie einfach hinter sich gelassen.

Nein, sie würde ihn verlassen. Ihre Worte heute Nacht hätten nicht klarer sein können. Sie wünschte nicht, Teil seiner Welt zu sein – ob er nun dazugehörte oder nicht. Womit sie wieder bewies, dass Frauen sich letztendlich nicht für ihn entschieden. Sie wählten Vermögen oder Macht, wie es schon Lucy bewiesen hatte. Oder, wie in Helenas Fall, ihr früheres Leben.

Er ließ seine Hand zurück auf den Schreibtisch fallen. Er täte wohl daran, sich zu erinnern, wie unsinnig es war, zu tiefe Gefühle zu entwickeln. Was zwischen ihnen geschehen war, war nur etwas, was er in seinem eigenen Kopf konstruiert hatte.

Ihm blieben drei weitere Monate mit ihr. Drei Monate, in denen er seine geistige Gesundheit bewahren und sein Herz schützen musste. Er war zwölf Jahre lang ein Lebemann gewesen. Wie schwierig konnte es sein, zu diesen alten Gewohnheiten zurückzukehren, das geübte Lächeln zu zeigen und Helena nicht mehr als charmante Worte zu geben? Alles andere bedeutete eine Gefahr, von der sich nie wieder erholen würde.

Letztendlich wählten die Frauen nie ihn. Lucy hatte das nicht getan. Und heute Nacht hatte Helena es damit, wie leicht sie beinahe aus seinem Leben verschwunden wäre, ebenfalls bewiesen.

Er täte wohl daran, das nicht wieder zu vergessen.

Kapitel 19

Regel 19

Entscheide selbst über dein Schicksal.

Helena stand am Rande des Ballsaals des Duke und der Duchess of Wilkinson und verfolgte gedankenverloren die Festivitäten.

Während der ganzen Empfangszeremonie hatte sie mit angehaltenem Atem nur nach einem einzigen Gast Ausschau gehalten. Mit einer Vorfreude, die nichts mit dem Täuschungsmanöver zu tun hatte, bei dem sie ihn gebeten hatte, mitzuspielen. Sie ließ den Blick über das Meer der tanzenden Paare schweifen. Leise Unterhaltungen und höfliches Gelächter verschmolzen mit den anderen Geräuschen im Raum zu einem verwirrenden Rauschen.

Wie schlecht es ihr am Anfang gegangen war, unmittelbar nachdem Ryker sie hierher verbannt hatte. Sie war so sehr ein Außenseiter gewesen wie ein Fisch an Land, dem langsam die Luft ausging. Bis Robert ihren Weg gekreuzt hatte. Bis er gekommen war, hatte sie nicht gewusst, wie sie hier lächeln oder lachen oder glücklich sein sollte. Auch hatte sie nicht geglaubt, dass Männer seines Rangs fähig wären, verletzt zu werden, oder gar Leid kannten. Gestern Nacht hatte er ihr die Augen geöffnet, und sie war beschämt gewesen über ihre eingeschränkte Sicht auf die Welt und das Leben.

Jetzt, da sie es wusste, war ihr nicht klar, was sie mit dieser Erkenntnis anfangen sollte. Denn letztendlich änderte es nichts. Sie war immer noch die, die sie auch vorher gewesen war: die Buchhalterin des »Hell & Sin«-Clubs, die sich mehr Kontrolle über ihr Leben wünschte, in einer Welt, in der Frauen keine hatten. Er war ein Marquis und zukünftiger Herzog, der von einer Frau betrogen worden war, die im gesellschaftlichen Gefüge nicht weit über Helena stand. Wenn sie in zwei Monaten und drei Wochen sein Leben wieder verlassen würde, würde er sie sicher sofort vergessen.

Helena biss sich auf die Unterlippe und hasste es. Und hasste sich selbst für den schrecklichen Schmerz, den diese Wahrheit ihr bereitete.

Am Eingang des Ballsaals entstand eine gewisse Unruhe, und sie schaute in die Richtung.

Ihr stockte der Atem.

Oben auf der weißen Marmortreppe stand Robert und ließ den Blick mit lässiger Eleganz über die Menge schweifen. Die Kronleuchter warfen ihr sanftes Licht auf seine goldenen Haare, und sie verspürte ein fast schmerzhaftes Verlangen, ihre Finger durch diese welligen Strähnen gleiten zu lassen.

Während er die Treppe herabkam, wurde das Geflüster lauter. Skandalös bekleidete Damen mit tiefen Dekolletés berührten leicht ihren Busen, als er an ihnen vorbeischritt. Debütantinnen klimperten verführerisch mit den Wimpern. Er ging einfach weiter, neigte vage höflich den Kopf, zeigte das zurückhaltende Lächeln, das dem Schmerz über sein Desinteresse die Schärfe nahm.

Ein Lebemann. Er war ein Lebemann in jedem Sinn des Wortes … und sie war ihm hoffnungslos verfallen. Helena schloss kurz die Augen. Sie war mit klaren Erwartungen an ihn – und an sich selbst – in die gute Gesellschaft gekommen. Sie war keine hirnlose Närrin, die ihr Herz wegschenken würde, wie ihre Mutter das getan hatte. Nichts Gutes kam davon, Männer zu lieben, die unerreichbar waren.

Und doch ist es genau das, was ich getan habe.

Als sie die Augen wieder öffnete, bemerkte sie, dass er sie ansah, und ihr stockte der Atem. Der verhangene, intensive Blick, der bewirkte, dass sie sich fühlte, als wäre sie die einzige Frau im Saal. Dann lächelte er ihr zu, und ihr Herz schlug aus ganz anderen Gründen schneller. Denn es war nicht das falsche Lächeln eines charmanten Schurken, das er den anderen gezeigt hatte, sondern dieses Lächeln erreichte seine Augen.

Sie erwiderte es und nickte ihm kaum merklich zu.

Der Duke und die Duchess of Wilkinson traten zu ihm und dabei in ihr Sichtfeld, sodass der Blickkontakt abriss. Während die drei Höflichkeiten austauschten, erinnerte sie sich an die Warnungen und gehässigen Worte der Herzogin.

Solange Sie sich nicht einbilden, dass Sie Herzogin werden können. Sie sind keine von uns, Miss Banbury. Es ist wichtig, dass Sie das niemals vergessen …

Helena ballte ihre vernarbten Hände zu Fäusten, die eine höhnische Bestätigung waren für die Richtigkeit der Worte der Herzogin.

»Ich habe Sie jetzt über eine Stunde beobachtet, Miss Banbury. Und ich kann nicht entscheiden, ob Sie versuchen, sich zu verstecken, oder einen Fluchtplan aushecken.«

Sie keuchte auf und drehte sich um, um den Besitzer dieser unbekannten, leicht amüsiert klingenden Stimme zu betrachten.

Ein Gentleman, etwa im selben Alter wie der Duke of Wilkinson, stand vor ihr und betrachtete sie auf abschätzende Weise. Während der Herzog im Alter rundlich geworden war, war dieser Mann noch immer schlank und wirkte kraftvoll, selbst wenn er einen Gehstock in der Hand hielt. Bis auf die Fältchen rings um seine blauen Augen gab es keinerlei Hinweise auf Schwäche.

»Vielleicht ein bisschen von beidem«, erwiderte sie schließlich.

Der Fremde lächelte.

Argwöhnisch schlug Helena die Augen nieder. Schon vor langer Zeit hatte sie gelernt, den Motiven von Gentlemen zu misstrauen. Auch wenn sie nicht in diese Welt hineingeboren worden war, wusste sie sehr gut, dass kein ehrbarer Gentleman sich so einer Dame nähern und sie derart vertraulich ansprechen würde.

»Bitte verzeihen Sie«, erwiderte sie mit angespannten Lippen. »Sie sehen mich hier im Nachteil.«

»Natürlich«, murmelte er. »Entschuldigen Sie. Ich bin der Duke of Somerset.«

Der Duke of Somerset. Roberts Vater. Der Mann, der laut Roberts Aussage versucht hatte, ihn zu einer passenden Heirat zu drängen. Ihre Haut prickelte unter seinem durchdringenden Blick. Er hatte ganz sicher in den Zeitungen gelesen, dass ihr Name mit dem seines Sohnes in Verbindung gebracht wurde, und wollte sich ein Bild von ihr machen und überprüfen, inwieweit sie als zukünftige Herzogin infrage kam. Doch wenn er auf eine junge Dame mit all den richtigen Voraussetzungen gehofft hatte, würde er enttäuscht werden.

Verspätet knickste Helena. »Euer Gnaden«, murmelte sie.

Sie sah sich nach Robert um, bezweifelte nicht, dass dieses Treffen kein Zufall war. Wenn man ihre Verbindung zum Duke of Wilkinson bedachte, war dies trotz seines leichten Lächelns kein freundliches, zufälliges Aufeinandertreffen.

»Wirklich schrecklich«, bemerkte er mehr zu sich selbst, während er seine Aufmerksamkeit wieder dem Ballsaal zuwandte. Der letzte Tanz hatte gerade geendet, und die Paare verließen die Tanzfläche. Ihr Blick landete auf Diana, die von ihrem Partner zu ihren Eltern gebracht wurde … und zu Robert. Ihr Herz zog sich zusammen.

»Diese Veranstaltung«, sagte der Herzog.

Sie riss sich los und schaute ihn fragend an. Wovon sprach er?

Der ältere Mann machte eine Handbewegung hin zu dem überfüllten Ballsaal. »Ich habe so etwas nie gemocht, wissen Sie?«

Helena öffnete und schloss ihren Mund mehrere Male, war um eine Antwort verlegen. Woher sollte sie das wissen? Sie war einfach davon ausgegangen, dass diese Veranstaltungen zu besuchen für diese Leute genauso zum Leben dazugehörte wie Essen und Atmen. Wie merkwürdig, zu erfahren, dass einer der mächtigsten Aristokraten des Landes sie auch verabscheute.

»Was ist mit Ihnen, Miss Banbury? Haben Sie Freude an Bällen und Abendgesellschaften?«

»Ich …«

Roberts Vater stellte seinen Gehstock auf den Boden und verlagerte mit einer Grimasse sein Gewicht.

Sie bemerkte Abgespanntheit in den Augen des älteren Mannes. Und die aschgraue Gesichtsfarbe. Die weißen Linien um seinen Mund. *Er ist krank …* Mitgefühl verdrängte die Distanziertheit, die sie Momente vorher noch angenommen hatte. Bei Gott, Robert kannte die Wahrheit über den Zustand seines Vaters nicht. Er war so auf die Sanierung der Familienfinanzen konzentriert, dass er nicht erkannte, was sich direkt vor seinen Augen befand.

Ihr Blick begegnete dem des Duke of Somerset, und wortloses Einvernehmen entstand zwischen ihnen. Der Herzog schenkte ihr ein trauriges Lächeln, das ihr beredter als alle Worte sagte, dass sie es richtig verstanden hatte. »Nun, Miss Banbury?«

»Es gibt ganz sicher andere Dinge, die ich lieber tun würde«, entschied sie sich schließlich zuzugeben.

Er lachte leise. »Das stimmt. Wenn es Ihnen Spaß machen würde, würden Sie sich jetzt sicher nicht in dieser Ecke verstecken und mit mir reden.«

»Oh, ich ziehe es eindeutig vor, mit Ihnen zu sprechen statt mit …« *Den meisten anderen.* Hitze breitete sich über ihre Wangen.

Ein wissendes Funkeln trat in seine Augen und vertrieb für einen Moment die Anspannung in den blauen Tiefen. *Roberts Augen.* »Was würden Sie lieber tun?«

Bei der unerwarteten Frage legte Helena den Kopf zur Seite.

»Lieber, als Bälle und Abendgesellschaften zu besuchen.« Er machte wieder die umfassende Geste.

Ich wäre lieber allein mit Ihrem Sohn. Offen sprechen und lachen, wo ich doch schon fast vergessen hatte, wie … Sie lächelte ihm zu. »Ich habe Spaß an Zahlen, Euer Gnaden.«

»Zahlen«, wiederholte er, offensichtlich überrascht.

»Ich mag Mathematik.«

Mit seiner freien Hand griff er sich ans Kinn und rieb es nachdenklich. »Warum?«

Wieder neigte sie den Kopf zur Seite.

»Eine Zahl ist eine Zahl«, fuhr er fort. »Zahlen sind keine Worte, mit denen man spielen und poetische Texte verfassen kann.«

Ja, so musste er das wohl sehen. Für Helena ergaben sie schon lange Sinn und enthüllten so viel in einer ähnlich großartigen Weise, wie Worte das wohl für ihn taten.

»Sicher, aber wo wären wir ohne Wörter und Zahlen?«, erwiderte sie und gestikulierte mit den Händen. Wäre sie eine andere Frau gewesen, hätte es sie vielleicht beschämt, dass der Herzog die Augenbrauen hochzog. »Vor dem sechzehnten

Jahrhundert gab es kein Plus- oder Minuszeichen. Wissen Sie, wie mathematische Gleichungen damals geschrieben wurden?«

Er schüttelte amüsiert den Kopf.

»Mit Worten. Also sind jene Gleichungen vielleicht auch poetisch gewesen?«, fragte sie und kam einen Schritt näher. »Aber können Sie sich vorstellen, Rechnungsbücher oder andere Unterlagen für Ihre Güter oder Geschäfte nur mit Worten zu führen? Wie viel Zeit würde das beanspruchen, und wie viel Zeit von seinem Leben würde man verschwenden?« Verstehen blitzte in seinen Augen auf. »Darum möchte ich darauf verweisen, auch wenn beide ganz unterschiedlich sind, hat doch jedes seine Daseinsberechtigung, Euer Gnaden.«

Der Herzog schaute sie eine lange Weile an, und sie wurde unruhig unter seinem nachdenklichen Blick. Dann lächelte er, und das sanfte Amüsement milderte den Schmerz, der vorhin noch darin gestanden hatte. »Sie haben vermutlich recht, Miss Banbury. Man könnte sagen, dass sie gemeinsam, auch wenn sie sehr unterschiedlich sind, eine wunderschöne Harmonie ergeben.«

Bildete sie es sich ein, oder enthielten diese Worte eine verborgene Bedeutung?

Er musterte sie auf eine Art, als würde er bis auf den Grund ihrer Seele schauen können.

»Hättest du etwas dagegen, wenn ich dir Miss Banbury für den nächsten Tanz entführe?«

Sie wandten ihre Aufmerksamkeit Robert zu.

»Rob… Mylord«, korrigierte Helena sich schnell und mit flammenden Wangen.

Er blinzelte ihr zu, und ihr Herz schlug plötzlich schneller. Was für eine dumme Frau, die seine Liebe weggeworfen hatte. Und Helena musste wahrlich ein schlechter Mensch sein, denn für einen kurzen, selbstsüchtigen Moment war sie einfach nur froh, dass es keine Lucy mehr gab.

»Natürlich, natürlich«, sagte der Duke of Somerset und deutete mit der Hand auf Helena.

»Ich möchte nicht …«

Robert hielt ihr eine Hand hin. »Tanzen? Dies ist kein Tanz, Miss Banbury.« Er senkte die Stimme. »Das ist ein Walzer. Ich weiß aus sicherer Quelle, dass Sie den Walzer perfekt beherrschen.«

Und wenn Tanzen bislang auch meist eine Quelle der Erniedrigung in ihrer Zeit in London gewesen war, so war ihr Verlangen, in seinen Armen zu sein, doch größer als ihr Stolz. Helena knickste für den Duke of Somerset. »Es war mir eine Ehre, Euer Gnaden«, murmelte sie und erlaubte Robert, sich ihre Hand auf den Arm zu legen und sie wegzuführen.

»Wir hatten nur eine Stunde«, sagte sie leise, während er sich mit ihr am Rande der Tanzfläche aufstellte.

»Es verletzt mich, dass du mein Können als Lehrer anzweifelst. Hast du den Tag im Garten schon vergessen?« Verlangen glitzerte in seinen Augen, und Hitze breitete sich in ihrem Körper aus wie ein Flächenbrand, der sie zu verschlingen drohte.

Helena brachte ein abruptes Nicken zustande. Sie schluckte ein Stöhnen herunter, als er ihr eine Hand ins Kreuz legte, und dann setzte die Musik ein. Als ihre Körper sich in perfekter Harmonie zu den Klängen der Violinen bewegten, meinte Helena, nur noch aus Gefühl zu bestehen. Hitze strahlte von Roberts breiter Brust aus, und ihre Finger drückten seinen muskulösen Oberarm fester.

Er senkte den Mund nah an ihr Ohr, und bei Gott, sie würde jetzt überallhin mit ihm gehen, wo immer er sie hinführte. Das Versprechen im Garten. Das Gefühl seiner Berührung. Sie wollte das alles, bevor sie in ihr altes Leben zurückkehrte und ihn nie wiedersah. Seiner heftigen Anziehungskraft hatte sie nichts entgegenzusetzen.

»Sicher hast du doch nicht vergessen, dass wir immer noch den Mitgiftjägern eine Vorstellung liefern müssen, oder?«

Bis auf das. Das vertrieb den verträumten Nebel. Seine Worte hatten denselben Effekt wie ein Guss kaltes Themsewasser. Natürlich. Es war alles nur vorgespielt. Zumindest von ihm. Nur dass es bei ihr nicht mehr so war. Unter dem falschen Lächeln, das sie auf ihr Gesicht zwang, schmerzten ihr die Wangen. »Natürlich. Das habe ich nicht vergessen.« Schließlich war das der Grund, warum sie überhaupt seine Hilfe in Anspruch genommen hatte.

Robert ließ einen uncharakteristisch ernsten Blick über ihr Gesicht wandern. »Was ist los?«, fragte er halblaut. »Hat mein Vater etwas zu dir gesagt?«

»Nein«, erwiderte sie schnell. »Er war sehr nett.« Ihre Augen fanden den Herzog, der sich weiter am Rande des Geschehens bewegte. Es stand ihr kaum zu, sich in die Beziehung von Robert und seinem Vater einzumischen. Sie würde sich nicht lange in dieser Welt aufhalten, aber bevor sie sie wieder verließ, konnte sie ihm die Augen öffnen für den unausweichlichen Verlust, der ihm bevorstand. »Dein Vater wirkt … erschöpft.«

Robert runzelte die Stirn und folgte ihrem Blick. »Weichst du mir absichtlich aus?« Er senkte den Kopf, sodass ihre Stirnen sich beinahe berührten. »Oder lässt es dich vollkommen ungerührt, in meinen Armen zu sein?«

Seine Arme waren der einzige Ort, an dem sie sein wollte. Für immer.

Sie stolperte, und er stützte sie, half ihr, das Gleichgewicht zu halten.

»Was bedrückt dich?«, fragte er wieder und betrachtete sie aufmerksam.

Ich liebe dich … »Es ist nichts.« *Alles.* »Ich zähle nur die Takte.« Lügnerin. Wann hatte sie, bis zu ihrem kurzen Treffen mit Roberts Vater, das letzte Mal an irgendetwas Mathematisches gedacht? Oder den Club?

In kurzer Zeit war dieser Mann alles für sie geworden.

»Eins, zwei, drei. Eins, zwei, drei«, flüsterte er nah an ihrem Ohr, sein wohlklingender Bariton war ein seidiges Versprechen, das in ihr so viele Wünsche weckte, die niemals erfüllt werden konnten.

Unfähig, seinem aufmerksamen Blick zu begegnen, schaute Helena um ihn herum zu den Gästen, die den Marquis of Westfield und seine unerwartete Tanzpartnerin beobachteten. Die Überraschung in ihren Gesichtern und die herablassenden Mienen verrieten ihr, dass sie über sie urteilten und sie ungenügend fanden.

»Sieh nicht sie an«, sagte Robert leise und lenkte ihre Aufmerksamkeit wieder auf sich. In diesem Moment, bei den dunklen Empfindungen in seinen Augen, konnte sie fast glauben, dass er das Gleiche fühlte. »Sieh *mich* an. Nur mich. Niemand anderes ist wichtig außer dir und mir.«

Ihr Herz setzte einen Schlag aus. Und welches kleine Stück dieses heftig klopfenden Organs auch immer bisher noch nicht ihm gehört hatte, wurde jetzt ebenfalls seins.

Helena schloss die Augen, stolperte hilflos gegen ihn und erlaubte ihm, sie erneut aufzufangen.

Die Musik endete, und die Gäste begannen, die Tanzfläche zu verlassen, während Helena dastand und sich nach einem Mann verzehrte, nicht besser als ihre Mutter.

Ihre Brüste hoben und senkten sich hastig, während sie es verstand. Sie verstand, was ihre Mutter angetrieben hatte. Sie konnte nicht aufhören, diesen Mann zu lieben, genauso wenig wie sie die Erde anhalten und in die andere Richtung senden konnte. Es war Robert, der sie aus dieser Trance herauszog. Er legte ihre Hand auf seinen Ärmel und führte sie von der Tanzfläche.

Während er sie zum Rand des Saals geleitete, wartete die Herzogin mit einem entschlossenen Glitzern in den Augen, Diana an ihrer Seite.

»Lord Westfield«, begann sie mit erzwungener Fröhlichkeit, als Helena und Robert vor ihr stehen blieben. »Wie versprochen ist Diana frei für den nächsten Tanz.«

Die energiegeladene Spannung zwischen Helena und Robert auf der Tanzfläche hätte sehr wohl nur aus Helenas eigenen Sehnsüchten entstanden sein können. Mit seinem geübten Lächeln griff er Dianas Hand und hob sie an seine Lippen. »Lady Diana, es ist mir ein Vergnügen«, erklärte er, und Helena ballte die Zehen so fest, dass ihr die Füße wehtaten.

»Mir auch«, erwiderte Diana und errötete zart, zeigte natürlich nicht das flächige Rot, das Helena immer plagte.

Eifersucht erhob ihr Haupt in Helena, gemein und hässlich und dunkel. Die leise Antwort ihrer Schwester konnte sie nicht verstehen. Wie würde es sein, wenn sie ging und er eine andere fand? Wie lebte man mit dem Schmerz einer verlorenen Liebe und der quälenden Sehnsucht?

O Gott, dies war die Hölle, die ihre Mutter durchlitten hatte. Helena hatte ihr Leben damit verbracht, Delia Banbury zu hassen, die alles aufgegeben hatte, um sich einem Adligen zu schenken. Doch jetzt, da sie Robert liebte, begriff Helena, wie einfach es wäre, alles wegzuwerfen für das Glück, das sie mit ihm erfahren konnte.

So viele Jahre hatte sie ihre Mutter verurteilt und hatte ihr die Schuld an ihren Umständen gegeben. Jetzt, mit den Augen einer Frau, begriff sie, dass das Lächeln ihrer Mutter gebrochen gewesen war.

Während Robert Diana zu einem Ländler auf die Tanzfläche führte, warf er Helena einen letzten Blick zu, seine Miene unergründlich, aber dann sagte seine Partnerin etwas, das seine Aufmerksamkeit erforderte.

Während das Orchester eine fröhliche Melodie anstimmte, stand Helena bewegungslos Schulter an Schulter mit der Duchess of Wilkinson.

»Sie sind ein so schönes Paar, nicht wahr?«, murmelte die Herzogin und gönnte der illegitimen Tochter ihres Ehemannes keinen Blick.

Helena zwang sich zu einer ausdruckslosen Miene. Aber dann erblickte sie Diana mit rosigen Wangen und einen lächelnden Robert, als die Schritte des Tanzes sie wieder zusammenführten. Das Schlimmste war, dass die Herzogin recht hatte. Sie gaben ein wunderbares Paar ab: er ganz goldene Perfektion und sie der Inbegriff englischer Weiblichkeit.

Und dann war dort Helena, zu groß, mit blassen Wangen und Narben auf Gesicht und Händen. Nie hatte sie diese Male mehr gehasst als in diesem Moment.

»Wie ich schon sagte, Miss Banbury«, fuhr die andere Frau mit der Unterhaltung fort, brauchte offensichtlich keine Antwort von Helena. »Lord Westfield wird eine Dame der guten Gesellschaft heiraten, nicht jemanden, der von einem Verbrecher entstellt wurde. Was hat er noch mal getan?« Sie warf einen gelangweilten Blick auf Helenas Wange. Die Narbe pulsierte bei der alten Erinnerung und den giftigen Bemerkungen der Frau. »Sie verbrannt?«, vermutete sie.

Mit einem hastigen Ausatmen wich alle Luft aus Helenas Lungen, als die Herzogin sie mit ihrer dahingeworfenen Mutmaßung aus der Gegenwart in die dunkle, schreckliche Vergangenheit stieß, gegen die sie jahrelang angekämpft hatte. Sie tastete blicklos nach der nächsten Säule, während Erinnerungen sie überfielen. Der schreckliche Geruch verbrannten Fleisches. *Ihres* Fleisches. Diggorys grausames, manisches Lachen.

Helena drehte sich abrupt um und eilte davon. Den Blick nach vorn gerichtet, suchte sie verzweifelt den Ausgang des Ballsaals. *Nicht hier … Nicht jetzt …*

Bitte nicht … Nein …

Ihre eigenen Schreie hallten in ihrem Kopf wider, und sie nahm einen tiefen Atemzug, unfähig, gegen den Druck, der ihre Lungen zusammenpresste, anzuatmen. Sie stieß mit jemandem zusammen und brachte eine gemurmelte Entschuldigung hervor, floh weiter.

Endlich aus dem Ballsaal heraus, lief sie den Korridor entlang, rannte immer weiter. Sie wollte mit derselben Verzweiflung entkommen, wie sie es als Kind in Diggorys Gewalt gewollt hatte. Wenn die Albträume sie überfielen, gab es immer Ryker und Calum und Niall und Adair. Sie hatten sie aus dem Wahnsinn gerettet.

Hör auf zu heulen, oder ich geb dir einen Grund dazu …

Sie presste sich die Hände auf die Ohren, um das harsche Cockney nicht mehr hören zu müssen. Ihr ersticktes Schluchzen klang in den stillen Fluren überlaut, vermischte sich mit ihren hastigen, keuchenden Atemzügen, und sie wurde noch schneller. Sie erreichte die Tür zur Freiheit und stieß sie panisch auf.

Warme Luft traf auf ihr Gesicht, und sie brach auf dem Kiesweg zusammen, rang nach Atem und musste würgen.

Jemand war neben ihr. Starke Hände legten sich auf ihren Rücken, und Helena drehte sich mit einem Schrei um, die Faust zum Schlag erhoben.

Robert fing ihr Handgelenk leicht mit seiner Hand ein und wehrte den Hieb ab.

Sie blinzelte wild. Robert. Nicht Diggory. Sie schloss die Augen. »Robert«, flüsterte sie, während der Schrecken zurückwich und sie sich wieder im preisgekrönten Garten der Herzogin befand, Robert an ihrer Seite.

In seinen Augen schimmerten dunkle Gefühle, und er ließ ihre Hand langsam los. »Hat dir jemand wehgetan?« Die stählerne Härte in seinem Flüstern verhieß den Tod.

Trotz all der Schrecken, der Erinnerungen an die Schmerzen und der Albträume, die sie immer quälen würden, stieg Zärtlichkeit in ihr auf.

»Helena«, begann er mit grollender Stimme.

Es gelang ihr, zu nicken. Eine schweißnasse Strähne fiel ihr vor die Augen, und mit einer Zärtlichkeit, die sie fast vernichtete, strich er sie zurück. Dann legte er seine Hand an ihre Wange. Auf diesen hässlichen, rauen, makelbehafteten Teil ihrer Haut. Und zum ersten Mal, seit Diggory ihre Tränen so brutal gestoppt hatte, ließ sie sie frei und ungehindert laufen.

Sie nahm einen bebenden Atemzug und weinte, bemerkte kaum, dass Robert sie an seine Brust zog, sie hielt, als wäre sie ein kostbarer Schatz. Ihre Schultern bebten unter der Macht ihrer Schluchzer, und sie weinte verzweifelt, bis ihr Körper schmerzte.

Robert zog sie enger an sich, schlang seine Arme fester um sie.

Aber er sagte nichts. Er raunte ihr weder Belanglosigkeiten zu, noch stellte er Fragen oder bat sie, still zu sein. Und sie nahm seinen Trost an. Sie weinte um das Kind, das sie nie gewesen war. Und wegen der Folter, die sie erlitten hatte. Sie weinte wegen der Leere der Existenz ihrer Mutter. Und sie weinte um alles, was sie sich jetzt wünschte und was niemals sein konnte. Ihre Tränen wichen einem langsamen Schluckauf, und sie klammerte sich an Robert.

Er setzte sich auf den Boden und umfasste sie anders, zog sie näher, und sie legte ihre Wange über sein Herz. Sie schloss die Augen und atmete den Sandelholzduft ein, der ihn umgab.

All diese Jahre hatte sie geglaubt, dass Tränen eine Person schwächten. Das war eine der Regeln gewesen, die ihr von ihren

Brüdern früh eingeschärft worden war. Trotz dieser Lektion überkam sie nun Ruhe. Jetzt verstand sie, wie sehr sich ihre Brüder geirrt hatten. Diese Tränen brachten Heilung und Frieden. Robert rieb ihr in beruhigenden Kreisen den Rücken, und sie lehnte sich an ihn.

In ihrem Leben war sie von einem hübschen Stadthaus in ein karges Zimmer gezogen, war auf den Londoner Straßen gelandet und schließlich in einer der größten Spielhöllen, die England je gesehen hatte.

Nie hatte es sich angefühlt, als wäre eines von ihnen ein Zuhause.

In Roberts Umarmung stellte sie fest, dass ein Zuhause nicht Wände und ein Dach waren.

Es war eine Person.

Kapitel 20

Regel 20

Du darfst nicht weinen.

Durch sein Geburtsrecht besaß Robert fünf Landsitze und mehr als fünfzehnhundert Morgen Ackerfläche, über die er frei verfügen konnte. Außerdem hatte er sieben unveräußerliche Anwesen, ein bröckelndes Imperium, das immer rascher jegliches Vermögen aufzehrte.

In diesem Augenblick, mit Helena in seinen Armen, hätte er frohen Herzens auf all diese Besitzungen verzichtet, ja, sogar sein Leben gegeben, wenn das nötig gewesen wäre, um Helena den Schmerz zu ersparen, der sie in den Garten getrieben hatte. Er fischte ein Taschentuch aus seiner Rocktasche und reichte es ihr.

Helena nahm es mit einem gemurmelten Dankeswort und putzte sich lautstark die Nase. Sie spielte mit dem Rand des Stoffes, legte das Tuch schließlich neben sich auf den Weg. »Du solltest nicht hier sein.« Ihre vom Schluchzen raue Stimme war nur schwer zu verstehen.

Alle seine Sinne waren so auf diese Frau konzentriert, mehr, als er es je bei einer anderen erlebt hatte, und so hatte Robert bemerkt, wie Helena auf dem Absatz kehrtgemacht und den Ballsaal fluchtartig verlassen hatte, als wären ihr die Höllenhunde auf den Fersen. In dem Moment hätten ihn weder Tod noch Teufel oder irgendetwas anderes dazu bewegen können, im Saal zu bleiben und weiter mit Lady Diana oder sonst jemandem zu tanzen.

»Ich sollte genau da sein, wo du bist«, erwiderte er und drückte seine Lippen an ihre Schläfe, steckte ihr eine weitere braune Strähne hinters Ohr.

Sie lehnte sich zurück. Ihre vom Weinen geröteten Augen suchten sein Gesicht. »Weil du mir angeblich den Hof machst.« Ihre Worte klangen ausdruckslos.

Er schluckte schwer, Gefühle schnürten ihm die Kehle zu. Gestern Abend hatte er sich vorgenommen, sie aus seinem Herzen herauszuhalten. Was für ein Narr er gewesen war. Er hatte ihrer Anziehungskraft nichts entgegenzusetzen.

Wie kam es, dass sie nichts von ihrer Macht über ihn wusste? Er verriet ihr so viel von der Wahrheit, wie er es in diesem verworrenen Moment vermochte. »Weil ich dort sein möchte, wo du bist.« Er strich mit seinen Lippen über ihre feuchten, seidigen Wimpern, wünschte sich, er könnte ihr die Last der Vergangenheit, die sie so quälte, abnehmen und für sie tragen.

Sie saßen auf der Erde, über ihnen sangen die Vögel ihr Nachtlied, und er rieb ihr mit ruhigen, kreisenden Bewegungen über den Rücken …

»Ich war still.«

Er erstarrte mitten in der Bewegung, entließ sie aber nicht aus der Wärme seiner starken Arme.

»Du hast mich einmal gefragt, wie ich als Kind war. Ich war still.«

Mit diesen dreizehn Worten hatte sie ihn eingelassen. Und bis sie sie ausgesprochen hatte, hatte er gar nicht geahnt, wie verzweifelt er da sein wollte, alles wissen wollte, was es über Helena Banbury zu wissen gab.

»Aber das bin ich nicht immer gewesen«, sagte sie, irgendwie mehr zu sich selbst. »Ich habe wie eine Elster geschwätzt, hat meine Mutter erzählt.« Ein wehmütiges Lächeln spielte um ihre Lippen, und er stellte sich eine kleine Helena Banbury vor, mit einem Mund, der niemals stillstand und aus dem ohne Unterlass Fragen und Geschichten sprudelten. »Ich wusste nicht mal genau, was eine Elster ist.«

Dann verschwand ihr Lächeln, und es hatte die gleiche Wirkung, wie wenn eine Wolke die Sonne verdunkelte. »Wir waren fünf Jahre lang glücklich, bis eines Tages ein … Gentleman kam und uns sagte, der Herzog sei meiner Mutter müde geworden. Wir wurden auf die Straße gesetzt. Als kleines Mädchen konnte ich nicht verstehen, wie irgendjemand sich von ihr trennen wollen konnte.«

Der Herzog hatte sich an jenem Tag von Mutter *und* Tochter getrennt. Begriff Helena das? Oder vielleicht war es auch sicherer, dieses Detail zu ignorieren.

»Sie war gut und wunderschön«, flüsterte sie tonlos.

Und wenn sie Aphrodite persönlich gewesen wäre, die Frau hätte ihre Tochter in keiner Beziehung ausstechen können.

Helena verfiel wieder in Schweigen.

Erkannte sie nicht, dass sie über diese Zeit reden musste, genauso sehr, wie er davon hören musste?

»Was ist geschehen?«, erkundigte er sich, auch wenn er innerlich Angst verspürte vor den Antworten, die sie ihm geben würde.

Lange Zeit sagte sie nichts, und er dachte, sie würde sich einfach einem anderen, sichereren Thema zuwenden.

»Wir fanden uns auf der Straße wieder, konnten nirgendwohin«, erzählte sie schließlich. »Der Mann des Herzogs …« Hass glitzerte in ihren Augen. »Er hat einen anderen Beschützer besorgt, einen Mann, der«, sie umklammerte den Stoff seines Rockes, und er spürte trotz der Dicke des Materials den Druck ihrer Finger, »grausam war.« Sie hob ihren Blick zu seinem. »Seinetwegen habe ich schreckliche Sachen getan. Ich war eine Diebin. Ich habe Leute deines Standes bestohlen.«

Seines Standes. Der des selbstsüchtigen Bastards, der das Leiden eines Kindes gar nicht bemerkt hätte. Scham regte sich in ihm. »Du hast überlebt«, erklärte er fast barsch. Wie leicht hätte man sie für ihre »Verbrechen« hängen können. Die Taten eines hungrigen Kindes, die sie hatte begehen müssen. Er schmeckte Galle.

»Auf sein Geheiß hin habe ich Gebäude angezündet. Ich bin kein guter Mensch, Robert.«

Er schluckte schwer. »Ist es das, was du glaubst?« Mit jedem weiteren Geständnis von ihr bohrte sich eine Klinge in sein Herz. Zu der Zeit war er ein vierzehnjähriger Junge in Eton gewesen, dessen Leben unkompliziert und sorglos gewesen war – so wie ihres hätte sein sollen. »Du warst ein Kind«, wiederholte er, und in seiner Stimme lag ein flehender Unterton. Sicherlich erkannte sie doch selbst, dass sie keine Schuld traf, oder?

Sie hob die Schultern zu einem leichten Achselzucken und redete über seinen Einwand hinweg. »Meine Mutter starb innerhalb eines Jahres, nachdem wir bei Diggory gelandet waren.«

Diggory. Das Monster hatte einen Namen, was ihr Leid nur noch realer machte. Seine Finger zuckten. Helena verzog das Gesicht, und er zwang sich, seine Hände zu lockern.

»Ich konnte einfach nicht aufhören zu weinen.« Sie nahm ihre Unterlippe zwischen die Zähne und biss so fest zu, dass ein Blutstropfen erschien. Robert wischte ihn mit seinem Daumen fort. »Er wollte, dass ich an dem Tag, an dem sie gestorben ist, für ihn stehlen gehe, aber ich habe so heftig geschluchzt, dass er …« Sie presste die Augen zu, und angesichts der Verzweiflung in ihrem Flüstern wurde ihm tief innerlich ganz kalt.

»Was hat er getan?« Kam diese heisere Frage von ihm?

»Er hat mich gelehrt, still zu sein.« Ihre Stimme brach, und die Kälte ließ ihn von innen heraus gefrieren. »Er hat eine Kerzenflamme an mein Gesicht gehalten, damit ich nicht länger weinte.« *O Gott.* Ihr Körper versteifte sich in seinen Armen, und er drückte sie enger an sich, wollte ihre Qual in sich aufnehmen, sie zu seiner eigenen machen. »Wann immer ich geweint habe, hat er mich mit einer Flamme verbrannt.«

Hätte sie ein altes Breitschwert aus einem seiner Anwesen geholt und ihn damit aufgeschlitzt, es hätte ihn nicht mehr verletzen können. Eine düstere, unselige Wut erhob sich in ihm. Ein zügelloser, primitiver Zorn auf den Mann, der sie verletzt hatte. Wenn er jetzt hier wäre, Robert würde ihm Arme und Beine ausreißen und ihm in den Mund stopfen.

»O Helena.« Seine Stimme brach.

»Es war nur kurz«, sagte sie rasch.

Versuchte sie, *ihn* zu trösten? Er saß da, beschämt von ihrer Großmütigkeit, ihrer Kraft und ihrem Mut. Angesichts all dessen, was sie hatte erleiden müssen, war sie viel stärker als irgendein Mann, den er kannte.

»Mein Bruder hat mich gefunden.« Dem Mann gebührte Roberts ewiger Dank. »Und wir haben auf der Straße gelebt.« *Und haben gestohlen.* »Bis wir in den ›Hell & Sin‹-Club gezogen sind.« Sie setzte sich in seinen Armen anders hin und ließ ihren Kopf rückwärts gegen seine Brust sinken.

Zwischen ihnen breitete sich Schweigen aus. Robert schlang seine Arme fester um sie und barg sie an seinem Körper. Es gab keine hübschen Worte oder zärtlichen Neckereien, die etwas gegen dieses Unrecht ausrichten konnten. Es war ein Teil von ihr und würde es immer sein, und er hasste es, dass er es einfach nicht ungeschehen machen konnte.

»Danke«, erklärte sie leise.

Er rieb sein Kinn über ihre weichen braunen Locken, die sich aus ihrem ordentlichen Knoten befreit hatten.

»Ich habe darüber nie gesprochen. Nicht einmal mit meinen Brüdern. Man redet … über so etwas nicht.«

So wie er vor ihr nicht über Lucys Verrat gesprochen hatte. Wie sehr sie sich doch glichen. Sie waren beide vom Leben gezeichnet und hatten zugelassen, dass ihr Leid bestimmte, wer sie geworden waren. Sie hatte über alle Widrigkeiten triumphiert, war stark, kühn und mächtig daraus hervorgegangen, während er sich hatte treiben lassen – bis er ihr begegnet war.

Ich liebe sie …

Er erstarrte, wappnete sich für das Entsetzen. Er hatte sich vorgenommen, sein Herz nie wieder zu verschenken. Doch da war keine Furcht. Kein Zögern. Da war einfach nur ein Gefühl absoluter Richtigkeit. Während seine Gedanken sich überschlugen, löste Helena sich von ihm, und seine Arme wurden kalt, leer, da sie nicht mehr darin lag. Nur dass sie sich aufrichtete und sein Gesicht zwischen ihre Hände nahm.

»Was …?«

Helena bedeckte seinen Mund mit ihrem, in einer suchenden Berührung ihrer Lippen. Der Hauch von Lavendel, der ihrer seidenweichen Haut anhaftete, verschmolz mit dem Duft der Blumen um sie herum und füllte seine Sinne, berauschender als jeder Liebestrank.

* * *

Helena würde gehen. In zwei Monaten, drei Wochen und ein paar Stunden.

Doch sie konnte auf keinen Fall gehen, ohne sich diesem Mann zu schenken.

Sie begehrte ihn. Sie wollte ihn in ihren Armen halten und in ihrem Herzen. Für immer.

Sie wollte ihren Verstand und ihren Körper mit der Hitze seiner Berührung und der Macht seines Kusses zeichnen. Dies war der Wahnsinn, der ihre Mutter dazu gebracht hatte, alles zu opfern. Endlich ergab es einen Sinn. Und in einer Welt, in der Frauen machtlos waren, würde Helena das hier mit Robert haben. Hierüber hatte sie Kontrolle.

Er teilte ihre Lippen und drang mit seiner Zunge dazwischen, und ein leises Stöhnen entwich ihr, als sie ihm entgegenkam. Sie keuchte zitternd auf, und sein Mund schluckte den Laut, während er ihren Busen aus der Enge des Stoffes befreite. Die laue Luft der Frühlingsnacht strich über ihre entblößte Haut, liebkoste sie, und dann senkte er den Kopf, hauchte Küsse auf ihre Brüste.

Sie schrie leise auf und hob sich ihm entgegen. Sein Mund hinterließ eine Feuerspur auf ihrer Haut, Wärme sammelte sich in ihr, und sie presste sich enger an ihn.

»So wunderschön«, flüsterte er, und sein Atem strich über sie.

Helena warf den Kopf nach hinten, als er seine Lippen um die Spitze ihrer rechten Brust schloss. Er nahm die empfindsame Knospe in den Mund und saugte zart daran. Ihre Hüften begannen sich in einem verzweifelten Rhythmus zu wiegen, Beweis ihres Verlangens nach ihm, und er zog ihre Röcke nach oben, bis er das Zentrum ihrer Weiblichkeit fand.

Er schluckte ihren Ausruf und neckte sie dort, bis sie zu nichts mehr fähig war als dazu, zu fühlen. Ihr Atem ging rau und abgehackt, und sie presste ihre Schenkel um seine Hand zusammen, hielt ihn dort, sehnte sich nach so viel mehr. Sie ließ ihre Beine auseinanderfallen, und mit einem gequälten Stöhnen löste er sich von ihr, rollte sich zur Seite.

Helenas Körper pochte unter dem Verlust seiner Nähe, und sie richtete sich hastig auf. »Warum hast du aufgehört?«

»So geht es nicht«, erklärte er mit zusammengebissenen Zähnen und schwer atmend.

Helena senkte ihr Gesicht, sodass ihre Lippen sich fast berührten. »Ich will das hier.«

»Du verdienst eine Heirat und ein anständiges Bett mit seidenen Laken«, erklärte er rau. »Du verdienst …«

Sie bedeckte seinen Mund mit ihrem, brachte ihn so zum Verstummen.

»Ich bin es leid, dass andere mir dauernd erzählen, was ich brauche oder verdiene«, flüsterte sie, nachdem sie sich schließlich wieder von ihm gelöst hatte, und fuhr ihm mit den Händen unter den Rock. »Ich will dich.«

Robert zögerte, dann erhob er sich mit einer geschmeidigen Bewegung, nahm sie auf seine Arme und trug sie tiefer in den Garten. Dort legte er sie ab, und sie betrachtete ihn unter schweren Lidern hervor, wie er sich seinen Rock auszog und ihn auf dem dichten Rasenteppich in diesem flüchtigen Paradies ausbreitete.

Helena stützte sich auf die Ellbogen und musterte ihn voller Verlangen, als er zu ihr zurückkam. Seine Lippen fanden erneut ihre, und sie stöhnte, als er seine Zunge in ihren Mund schob, sie kostete. Sein Geschmack – Brandy und Minze – füllte ihre Sinne.

»Ich habe dich von dem Moment an begehrt, in dem ich dich das erste Mal gesehen habe, Helena Banbury«, flüsterte er zwischen zwei Küssen. Mit seinem Mund liebkoste er erneut ihre Brüste, und sie schob ihre Finger in sein dichtes, seidiges Haar, hielt ihn eng bei sich.

Hör nie auf. Sie biss sich auf die Lippe, während er saugte und knabberte und zärtlich zubiss, bis sie vor Verlangen bebte. Er schlug ihre Röcke hoch und schob seine Hand darunter, fand die Stelle zwischen ihren Schenkeln. Helena rieb sich an ihm, brauchte ihn und nur ihn.

Robert öffnete den Verschluss seiner Hose und befreite sich aus dem einengenden Stoff. Der Anblick seines steifen Schaftes, der sich ihr groß, kühn und stolz entgegenreckte, sandte Hitzewellen durch sie, und sie streckte die Hand aus und berührte ihn.

Seine Augen schlossen sich, er atmete zischend aus und stieß sich leicht in ihre Finger. Ein berauschendes Gefühl der Macht, in diesem starken Mann solches Verlangen wecken zu können, durchströmte sie, und sie streichelte ihn weiter. Auf und nieder, langsam und forschend, bis seine Hüften sich fieberhaft vor- und zurückbewegten.

Mit bewundernswerter Selbstbeherrschung löste er sich von ihr, aber nur um sich zwischen ihre Beine zu legen. Er drang in ihre sengende Hitze, dehnte sie weiter und weiter, während sie den Kopf hin- und herwarf, das schmerzliche Sehnen zunahm, das nur er stillen konnte. Dann hörte er jäh auf, und sie biss sich innen auf die Wange, um nicht aufzuschreien.

Schweiß bildete sich auf seiner Stirn, und sie hob eine Hand, strich ihm eine lose goldblonde Strähne zurück. »Bitte«, flehte sie.

Aber er senkte nur den Mund auf ihre Brust, saugte an ihrer empfindlichen Brustspitze, bis sie zu vergehen meinte, sie nur noch ein Moment davon trennte, in tausend Stücke zu zerspringen.

Dann kam er ganz in sie.

Verfluchte Hölle!

Robert schluckte ihren Aufschrei mit seinem Mund, und sie zuckte unter dem Schmerz zusammen. Er hielt inne, erlaubte es ihrem Körper, sich an ihn zu gewöhnen. Sie schloss die Augen, atmete mehrmals tief durch.

Er hauchte Küsse auf ihre Lider, ihre Stirn und dann wieder ihre Lippen. »So wunderschön.« Und trotz ihrer Narben und Unzulänglichkeiten, in diesem Moment glaubte sie ihm.

Helena schlug die Augen auf und ließ ihren Blick über seine attraktiven Züge gleiten. Als er sich in ihr zu bewegen begann, schauten sie einander weiter an. Der Schmerz ließ nach, wurde ersetzt durch langsame, ziehende Gefühle der Lust. Sie folgte seiner Führung, bog sich seinen Stößen entgegen, bis ihre Körper sich in perfekter Harmonie trafen und ihre Hüften sich mit verzweifeltem Verlangen an ihn drängten, das Helena weiter und weiter an den Rand der Ekstase lockte.

Er presste sich tief in sie, und sie schrie auf, meinte in einem Meer aus blendend weißem Licht und Gefühlen zu zerbersten. Robert stöhnte laut und verlor sich dann ebenfalls in mächtigen Wellen.

Keuchend brach er über ihr zusammen, achtete darauf, sich auf den Ellbogen abzustützen, damit sie nicht sein Gewicht tragen musste.

Ein verträumtes Lächeln spielte um Helenas Lippen, während sie mit den Fingern über sein feines Batisthemd fuhr. Es gab so viele Gründe, weshalb sie niemals zusammen sein konnten. Und Lucy Whitman und sein gebrochenes Herz spielten dabei noch nicht einmal die größte Rolle. Sie stammten einfach aus verschiedenen Welten, und sie hatte das »Hell & Sin«, während er eines Tages Herzog sein würde.

Doch all diese Tatsachen konnten bis morgen warten. In diesem Moment wollte sie nichts anderes haben als das hier.

»Wir müssen zurückkehren«, erklärte er, hauchte einen Kuss auf die sensible Stelle unter ihrem Ohr.

Helena legte den Kopf zur Seite, um ihm besseren Zugang zu ermöglichen. Mehr als einen Monat lang hatte sie sich

Vorwürfe dafür gemacht, so dumm gewesen zu sein, ihre Tür unverschlossen gelassen zu haben, doch jetzt erkannte sie, dass sie dadurch das größte Geschenk überhaupt erhalten hatte. Sie hatte Robert hereingelassen, und jetzt wollte sie es gar nicht mehr anders. »Müssen wir?«

Leidenschaft verdunkelte seinen Blick. »Heirate mich.«

Sie blinzelte in die glitzernden Sterne am Firmament über ihnen. Die heisere Äußerung, halb Bitte, halb Befehl, hatte sie sich gewiss nur eingebildet.

Der Traum, den er ihr bot, war verlockend. Vor einem Monat noch hätte sie den Tod durch Vierteilen einer Ehe mit einem Aristokraten vorgezogen. Jetzt sehnte sie sich nach dem, was er ihr anbot. Aber selbstsüchtig, wie sie war, wollte sie mehr.

»O Robert«, sagte sie, drehte sich auf die Seite, sodass sie ihm ins Gesicht sehen konnte. Ohne sich daran zu stören, dass sie unehelich geboren war, würde er sie heiraten. Zärtlichkeit erblühte in ihrem Herzen, als sie sich gleich noch einmal in ihn verliebte, weil er jedes Vorurteil, das sie über Männer seines Standes und Frauen aus ihrem gehabt hatte, Lügen strafte. Sie streichelte ihm die Wange. »Du musst nicht …«

»Ich will dich.« Er fasste ihr Handgelenk und zog es an seinen Mund, dann hauchte er einen Kuss auf die Stelle, wo ihr Puls pochte.

Wollen.

Nicht lieben.

Helena betrachtete ihn und die Intensität in seinen blauen Augen. Seit sie ein Mädchen gewesen war, hatte sie vom Heiraten nichts wissen wollen. Sie hatte sich nichts gewünscht als die Sicherheit ihrer Rolle im »Hell & Sin«-Club und Kontrolle über ihr Leben. Wenn sie heiratete, würde sie genau das für immer aufgeben müssen.

Robert zog ein Taschentuch aus seinem Rock und wischte ihr sanft die Tränen ab. Er senkte die Lider, aber nicht, bevor sie den verletzten Ausdruck dort gesehen hatte. Seine Lippen verzogen sich zu seinem typischen trägen Halbgrinsen. »Du kränkst mich mit deinem Schweigen, Liebste.«

Liebste. Das eine, was er ihr nicht bot. *Weil er sein Herz bereits einer anderen geschenkt hat.*

Mit einem ungeduldigen Laut setzte Helena sich auf und machte sich daran, ihr Kleid in Ordnung zu bringen. Sie würde sich nie an einen Mann binden, bloß weil den falsch verstandenes Ehrgefühl dazu trieb. So wollte sie Robert nicht.

»Wir müssen nicht heiraten wegen dem, was wir getan haben«, erklärte sie und versuchte hastig, ihre zerknitterten Röcke glatt zu streichen und ihr verrutschtes Oberteil zurechtzuziehen. Ehrenwert, wie er war, würde Robert stets das Richtige tun wollen ... Selbst der unehelichen Tochter eines Herzogs gegenüber. »Du musst in den Ballsaal zurück.«

Ihre hastige Flucht war bestimmt aufgefallen. Hatten die Gäste auch gesehen, dass Robert ihr gefolgt war? Ein Lachen kam ihr über die Lippen. Nicht dass es zählte, überhaupt nicht. Sie würde hier nicht lange bleiben. Etwas bohrte sich in ihr Herz.

»Ist es das, was du glaubst?«, erkundigte er sich leise, während er seinen Rock nahm und aufstand. »Dass ich dir einen Heiratsantrag mache, weil ich mich dazu verpflichtet fühle?«

»Du bist ein Gentleman, Robert«, sagte sie schlicht, während sie versuchte, ihr Haar irgendwie zu ordnen. Robert schob seine Arme in die Ärmel seines Rockes, dann drehte er Helena wortlos um, brachte ihre Frisur wieder in Ordnung. Sie blickte ihn über ihre Schulter an. »Ich zweifle nicht daran, dass du mich heiraten würdest, weil ...«

»Ich dich liebe.«

Ihr stockte hörbar der Atem. Sie schüttelte den Kopf.

Er nickte.

Sie schüttelte erneut den Kopf.

»Ich liebe dich«, wiederholte er, ruhig und ernst. Er strich ihr über die Wange mit einer Zärtlichkeit, die sie zu brechen drohte. »Ich möchte dich heiraten, weil ich dich liebe.«

Ihre Unterlippe zitterte. Sie hatte gedacht, sich Robert hinzugeben würde genug sein. Nur dass drei Monate nie genug sein würden. Aber ihn zu heiraten würde bedeuten, ihre Familie und den Club im Stich zu lassen und jeden Schwur zu brechen, den sie je geleistet hatte. Wie hatte ihr Leben in so kurzer Zeit nur so kompliziert werden können?

Gebe ich wirklich einen Traum auf, um einen neuen willkommen zu heißen? Einen Traum, den sie sich nicht gestattet hatte, weil er ihr so unerreichbar vorgekommen war.

»Ja«, flüsterte sie, als er mit dem Daumen über ihre Unterlippe rieb.

Er erstarrte. »Ja?«

Mit einem Lächeln zog er sie an sich, und sie atmete seinen Sandelholzduft ein. »Ich werde gleich morgen früh mit Wilkinson sprechen.« Auch diese absichtliche Benutzung des Namens statt des Begriffs »dein Vater« bewies Roberts Umsicht und sein Verständnis für sie.

Morgen würde genug Zeit für das sein, was damit einhergehen würde. Für den Moment hatte sie das hier.

Widerstrebend löste er sich von ihr und schaute auf seine Taschenuhr. »Ich muss zurück.«

Ihr gelang ein Nicken, und er zögerte kurz. Doch dann ging er zu der schmiedeeisernen Gartentür, die diesen abgelegenen Teil vom Rest der Anlage trennte, öffnete sie und trat hindurch.

Sobald er sie hinter sich zugezogen hatte, barg Helena ihr Gesicht in den Händen. Wie konnte sie nur die Existenz, die sie sich aufgebaut hatte, die Kontrolle, die sie sich erarbeitet hatte, gegen ein Leben als Herzogin eintauschen?

Ein leises Klicken ertönte, und sie hob den Kopf. Ihr Herz klopfte schneller. »Rob…«

Die Duchess of Wilkinson schloss das Tor hinter sich. Ihrem aufmerksamen Blick entging weder Helenas schief sitzender Haarknoten noch ihr zerknittertes Kleid. Ihre Augen blieben schließlich an Helenas Wange hängen. Boshaftigkeit strömte ihr aus jeder Pore. »Sie tauchen einfach immer wieder auf, Miss Banbury.«

Ich wurde gezwungen, her… Aber jetzt war sie froh, hier zu sein.

Die Frau schlenderte so lässig zu ihr, als unternähme sie einen Spaziergang im Hyde Park, und blieb vor Helena stehen. Die widerstand dem Drang, an ihr vorbeizulaufen und die Flucht zu ergreifen. Sie hatte leider schon viel Schlimmeres erlitten als diese aufgebrachte Herzogin.

»Ich verstehe gut, warum Sie mich nicht mögen«, erklärte sie leise.

»Ach ja?«, entgegnete die andere knapp.

Da sie Robert nun einmal so liebte, wie sie es tat, konnte sich Helena den Schmerz gut vorstellen, den es bedeuten würde, ihn zu heiraten und mit ansehen zu müssen, dass sein Herz einer anderen gehörte. »Ja, allerdings.« Helena hob die Hände. »Es tut mir leid, dass Sie Schmerz erleiden mussten.« Und das stimmte. So hässlich die Seele der Herzogin auch war, das Leben hatte sie so gemacht.

Die Herzogin verzog verächtlich das Gesicht, aber die hektischen roten Flecken auf ihren Wangen verrieten, dass es sie nicht unbeteiligt ließ. »Sie denken, hier geht es um Liebe? Ich liebe den Herzog nicht.« Ja, aber Helena würde wetten, dass sie es früher einmal getan hatte. »Ich respektiere die Unterschiede von Stand und Geburt. Sie und Ihre Mutter und Ihr Bruder hingegen haben sich in mein Leben gedrängt.« So heftiger Hass trat in ihre Augen, dass sie grüne Funken zu sprühen schienen, und Helena wich unwillkürlich einen Schritt zurück. »Sie hat ihm einen Sohn geschenkt, als ich das nicht konnte.«

Die Herzogin machte einen Schritt nach vorn, stellte sich direkt vor sie. »Und ich will verdammt sein, wenn ich tatenlos zusehe, wie Sie meiner Tochter ihren angestammten Platz streitig machen, indem Sie mit Lord Westfield herumhuren, so wie Sie es heute hier getan haben.« Die Frau schnippte gegen Helenas zerknitterten Ärmel. Dann machte sie auf dem Absatz kehrt und entfernte sich mit gestrafften Schultern.

Plötzlich blieb sie stehen und sah noch einmal zurück. »Oh, und Miss Banbury?« Helena versteifte sich. »Ich schlage vor, dass Sie nicht in den Ballsaal zurückkehren. Es wäre nur ein einziger Blick nötig, und alle würden wissen, dass Sie sich im Garten vergnügt haben, nicht besser als Ihre Hure von Mutter.« Damit schritt die Herzogin davon und ließ Helena allein.

Sobald sie fort war, fluchte Helena lang und anhaltend, womit sie jede hässliche Unterstellung der anderen über sie nur bestätigte.

Wer hätte je gedacht, dass die gute Gesellschaft mehr Bösartigkeit beherbergte als Seven Dials?

Kapitel 21

Regel 21

Lass niemanden in dein Herz.

Helena saß mit angezogenen Knien auf der Bank am Fenster und blickte auf die Londoner Straßen. Regentropfen prasselten gegen die gläserne Scheibe und liefen wie schimmernde Tränen daran hinab. Durch das Glas berührte sie mit der Fingerspitze eine dieser klaren Perlen und folgte ihrem Weg, bis sie mit einem anderen Tropfen verschmolz und nicht mehr zu sehen war.

Robert wurde eine halbe Stunde nach eins erwartet, um mit dem Herzog zu sprechen, und dann wären ihre Leben unwiderruflich miteinander verbunden – für immer. Ihr Herz machte einen komischen kleinen Hüpfer.

Nachdem sie gestern Abend die Treppe hochgelaufen war, gebadet hatte und zu Bett gegangen war, hatte sie wach gelegen, einfach keinen Schlaf finden können. Dieses Mal waren es nicht die Albträume gewesen, die dafür verantwortlich waren. Sondern er. Helena lehnte die Stirn gegen das kühle Fenster.

Seit sie in Rykers Büro zitiert worden war, hatten er und ihre Brüder alle geglaubt, sie würde sich letzten Endes für das luxuriöse Leben in der guten Gesellschaft entscheiden. Über einen Monat lang hatte sie es ihnen übel genommen. Wie konnten sie es wagen, anzunehmen, sie sei anders als sie? Dadurch hatten sie ihre Ehre beleidigt, und das, obwohl sie die ganze Zeit verkündeten, es gäbe nichts Wichtigeres auf der Welt als ebendiese Ehre.

Aber … Helena *war* anders als sie.

Ryker, Calum, Adair, Niall, jedes Mitglied der Familie des »Hell & Sin«-Clubs würde sein Leben geben, um einen der anderen zu retten. Diese Hingabe entstammte einem Band, das zurückreichte in die finstersten, gefährlichsten Tage auf den Straßen, als sie von der Hand in den Mund hatten leben müssen. Doch trotz dieser engen Verbundenheit hatte jeder von ihnen in sich schützende Wälle errichtet, um alle auszuschließen, auch einander.

Sie hatten keine Fragen über ihre Vergangenheit gestellt und ihr Leid nicht miteinander geteilt. Ja, sie gaben noch nicht einmal bereitwillig zu, dass sie imstande waren, welches zu empfinden.

Und sie hatte nicht wirklich die Einsamkeit eines solchen Lebens erkannt – bis zu Robert. Er war bis in ihr Innerstes vorgedrungen, obwohl sie sich solche Mühe gegeben hatte, die Welt auszusperren. Mit ihm konnte sie über die Hölle ihrer Vergangenheit reden, aber auch über die Freude, die sie gekannt hatte.

Das war das Leben, das sie haben würde. Eines voller Liebe, in dem man keine Angst haben musste, dass einem ein anderer zu nahe kam, weil Liebe nicht schwächte, sondern einen nur stärker machte. Ryker und die anderen, die sich im »Hell & Sin« verkrochen, würden das nie erfahren.

Vielleicht ist das der Grund, warum sie dich fortgeschickt haben? Vielleicht hat Ryker erkannt, was du selbst nicht gesehen hast … Dass sie mehr vom Leben erwartete, dass sie alles mit Robert erleben wollte, aber nicht in beide Welten gleichzeitig gehören konnte.

Indem sie sich in Roberts Welt begab, würde sie das einzige Leben hinter sich lassen, das sie je gekannt hatte. Sie würde Ryker, Calum, Adair und Niall verlassen – und die Familie, zu der sie einander geworden waren. Aufgrund seines Rangs konnte Robert den Club besuchen, aber die Männer, die sie Brüder nannte, würden niemals St. Giles hinter sich lassen, um Teil einer Welt zu werden, die sie derart verachteten.

Ihre Weigerung, auch nur auf einen ihrer zahllosen Briefe zu reagieren, die sie ihnen in diesem vergangenen Monat geschickt hatte, war Beweis dafür, dass sie, solange sie Teil der guten Gesellschaft war, für sie gestorben war.

Sie biss sich fest auf die Unterlippe. Wie war es möglich, dass das eigene Herz zu gleichen Teilen angefüllt war mit Freude und Verzweiflung? Denn es musste einen Abschied geben. Nur war es keiner, von dem sie je geglaubt hätte, dass sie ihn nehmen würde.

»Oje, du bist traurig.«

Eine leise Stimme erklang von der Türschwelle her. Helena drehte sich um und entdeckte ihre Schwester, die in der Tür stand, die Arme um ihre Mitte geschlungen, und sie voller Unsicherheit musterte.

»Nein, bin ich nicht«, antwortete sie ebenso leise, schwang die Beine herum. »Ich …«

Ihre Schwester brachte sie mit einem ungewohnt ernsten Blick zum Schweigen. »Ich bin kein Kind, Helena. So, wie ich auch begriffen habe, wie meine Mutter tatsächlich über deine Anwesenheit hier denkt, erkenne ich ebenfalls die Traurigkeit in dir.«

Überrascht teilten sich Helenas Lippen. Seit ihrer Ankunft hatte sie die stets optimistische Diana als ein naives

Unschuldslamm betrachtet, unfähig, die Welt um sie herum als das wahrzunehmen, was sie war. »Ich kann voller Hoffnung sein, aber ich weiß auch, wie die Wirklichkeit aussieht«, erklärte das junge Mädchen sanft und zog die Tür hinter sich zu.

»Es tut mir leid«, erwiderte Helena. Nachdem sie so lange unter der vorgefassten Meinung ihrer Brüder über sie gelitten hatte, empfand sie Scham darüber, dass sie es bei dieser jungen Frau nicht besser gemacht hatte.

Diana kam näher und blieb vor Helena stehen. Nach einem verstohlenen Blick zur geschlossenen Tür ließ sie sich neben ihrer Halbschwester nieder.

»Du hattest recht«, flüsterte sie und schüttelte den Kopf. »Ich habe die Welt zu rosa gesehen. Ich dachte wirklich, meine Mutter würde sich genauso freuen, dich hierzuhaben, wie Papa und ich.« Ihre Lippen verzogen sich in einem neuen Zynismus, der Helena traurig stimmte. Unweigerlich wurde alle Unschuld zerstört – sogar in der guten Gesellschaft. Aber dass auch Diana sich auf diese Weise veränderte, hasste sie. »Dann dachte ich, wenn du vielleicht länger hier bist, würde sie am Ende erkennen, dass du ein gutes Herz hast.« Um Dianas Mund legte sich ein harter Zug. »Meine Mutter ist keine nette Frau, Helena.«

Helena presste die Lippen zusammen. Wenn sie geschickter mit Worten wäre, würde sie vielleicht einen halbherzigen Protest gegen diese Bemerkung zustande bringen.

Ihre Schwester streckte die Hand aus, und Helena blickte auf einen ordentlichen Stapel Briefe, die mit einem schwarzen Samtband zusammengehalten wurden. Ihr stockte der Atem, und sie schaute erstaunt Diana an.

»Die habe ich gefunden«, erklärte Diana und drückte sie Helena in die zitternden Finger.

Die riss das Band auf und ging die versiegelten Nachrichten, die an Ryker adressiert waren, durch. O Gott. Er hatte sie gar nicht ignoriert.

»Meine Mutter hat verhindert, dass sie abgeschickt werden.«

Helena schüttelte den Kopf. »Warum sollte sie das tun?«, flüsterte sie. Hätte Ryker erfahren, wie unglücklich Helena war, und hätte er ihre Briefe gelesen, wäre es nicht ausgeschlossen, dass er sie wieder bei sich aufgenommen hätte. Aber warum hatte die Herzogin sich eingemischt, wo sie doch von der Gegenwart der unehelichen Tochter ihres Mannes hätte befreit werden können?

Diana zuckte die Achseln. »Ich glaube, sie hasst dich wirklich sehr«, erklärte sie, schlug sich gleich darauf die Hand vor den Mund, als hätte sie einen wüsten Fluch von sich gegeben.

Helena lächelte ihrer Schwester zu. Angesichts all dessen, was sie in den Händen von Leuten hatte erleiden müssen, die viel grausamer waren, als die Herzogin es je sein könnte, konnte ihr Hass Helena nichts anhaben. »Trotz ihrer unverhohlenen Abneigung gab es ja noch dich und den Herzog, die immer freundlich und gut zu mir waren, und darauf konzentriere ich mich.« Weil die Alternative war, sich durch die Dunkelheit zerstören zu lassen.

Diana stieß einen Protestlaut aus. »Warum sollte ich denn nicht freundlich zu dir sein? Würdest du mich etwa hassen, bloß weil das Blut meiner Mutter in meinen Adern fließt?«

»Niemals.« Ihre Antwort entsprach der Wahrheit. Diana war so lieb zu ihr gewesen, als wäre Helena die Tochter eines befreundeten Adligen und mit ihr zusammen aufgewachsen.

Die andere verzog das Gesicht. »Genau.«

Helena senkte den Blick auf den Stapel in ihren Händen. Nein, der Hass der Herzogin konnte sie nicht verletzen, aber dieser Verrat, der tat weh. Sie musste schlucken. Die Gemahlin ihres Vaters hatte ihr mit einem Handstreich alle Hoffnung auf Kontakt zu der einzigen Familie, die sie besaß, genommen – einfach aus Boshaftigkeit.

»Meine Mutter hat dafür gesorgt, dass kein einziger deiner Briefe je unseren Bruder erreicht hat.«

Unseren Bruder. Helena erschrak. Sie hatte bislang nicht wirklich darüber nachgedacht, dass Ryker genauso Dianas wie ihr eigener Bruder war. Allerdings würde er diese Verbindung niemals zur Kenntnis nehmen. Sein Herz war zu sehr verhärtet dafür, je einen Fuß in diese Welt zu setzen oder auch nur das Gute in Lady Diana zu erkennen.

»Deine Zofe ist nicht im Geringsten vertrauenswürdig, weißt du?«, erklärte die andere mit einer Reife, die sie zuvor nicht besessen hatte.

Oh, das hatte sie tatsächlich nicht gewusst. Helena runzelte die Stirn. Was sonst noch war ihr entgangen, das ihre Halbschwester bemerkt hatte?

Diana rückte ein Stück näher und senkte die Stimme. »Meine Zofe hingegen ist das sehr wohl«, fuhr sie fort und sah sich noch einmal verstohlen um, bevor sie in ihre Rocktasche griff und einen Brief hervorzog.

Helenas Kehle schnürte sich zu, und sie schüttelte den Kopf.

»Ich habe mir die Freiheit herausgenommen, an deiner Stelle zu schreiben. Hier«, sagte sie und drückte Helena den dicken Umschlag in die Hand. »Er ist von Mr Black.«

Hastig schloss Helena die Finger darum, um die Verbindung zu den Menschen, die ihr in den letzten Wochen so gefehlt hatten und von denen sie gedacht hatte, dass sie sie vergessen hätten, sich noch nicht einmal die Mühe gemacht hätten, auf ihre Briefe zu antworten. Sie faltete das Blatt auseinander und ließ den Blick über die paar Sätze gleiten, die Niall in seiner nachlässigen, krakeligen Schrift daraufgeworfen hatte. Natürlich, Niall war schon immer der Vernünftigste von ihnen allen gewesen.

Das vertraute Tintengeschmier entlockte ihr ein tränenfeuchtes Lächeln, während sie las.

Helena,
Dein Zuhause ist immer hier.
Wenn Du heimkommst, wird Dich niemand wegschicken.
Dein Bruder will sich mit Dir heute Mittag um Viertel nach zwölf treffen.
Niall

Sie schloss die Augen und faltete das Blatt wieder zusammen. Eine Träne rann ihr aus dem Augenwinkel. Sogar der vertraute Umstand, dass Niall alles Schriftliche für Ryker erledigte, vermittelte ihr das Gefühl, zu Hause zu sein.

Vielleicht würden sie sich nicht von ihr abwenden, wenn sie Robert heiratete. Vielleicht würden sie erkennen können, was sie selbst sah – einen Mann, der sie liebte, mit all ihren Fehlern und Unzulänglichkeiten.

»Danke«, flüsterte sie. Diana hatte Helena eine Tür geöffnet, die sie für auf ewig verschlossen gehalten hatte.

Ihre Schwester strahlte und tätschelte ihr die Hand. »Du musst mir nicht danken, Dummchen. Das ist es, was Schwestern nun mal tun.«

Helena blickte zur Uhr. Ryker erwartete sie schon in einer Stunde. Er teilte sich seine Zeit mit penibler Präzision ein, und das Treffen hätte genauso gut ein Geschäftstermin sein können, vor allem angesichts der Zeit, die er dafür anberaumt hatte. Alles, was sie hatte, um ihn von Robert zu überzeugen und eine dauerhafte Verbindung zwischen ihr und ihrer Familie im Club zu schaffen, war dieses kurze Treffen, das er ihr zugestand.

Nervosität brannte in ihrem Magen.

»Weißt du, was Schwestern sonst noch tun?«, erkundigte sich Diana. Sie beugte sich vor und flüsterte ihr ins Ohr: »Sie begleiten einander auch in gefährlichere Teile von London, damit man nicht allein ist.«

Helena schaute Diana erstaunt an. In deren hübschen Augen stand ein übermütiges Funkeln.

Sie schüttelte sofort den Kopf. »Nein.« Unter gar keinen Umständen.

Die junge Frau hob die Hände. »Bitte lass mich mit dir kommen.« In ihren Worten lag ein Flehen, das an Helenas Herz zerrte.

Es berührte eine Frau, die sich selbst gegen die Beschränkungen aufgelehnt hatte, dagegen, dass ihre Fähigkeiten infrage gestellt wurden, und dagegen, dass von ihr erwartet wurde, zu tun, was andere für am besten für sie hielten, ohne ihr zuzugestehen, das selbst zu entscheiden. Helena hatte sich immer schon dagegen verwahrt. Sie drängte die Anwandlung zurück. »Es ist zu gefährlich«, erklärte sie. Gefahren, die über die für Leib und Leben hinausgingen, die den Ruf ihrer Schwester als anständige Frau gefährdeten.

»Sicherlich bildest du dir nicht ein, dass ich dir erlauben würde, allein zu gehen?« Diana schürzte die Lippen.

Eigentlich tat sie genau das. Junge Damen riskierten ihr Ansehen nicht, indem sie sich in die übleren Gegenden von St. Giles begaben. »Ich habe bereits gesagt, dass es kein Ort für dich ist«, erwiderte Helena, was ihr ein Stirnrunzeln eintrug. Sie selbst war auf diesen Straßen aufgewachsen und hatte sich gegen erwachsene Männer, die ihr etwas antun wollten, mit dem Messer zur Wehr gesetzt. Niemals würde sie Diana auch nur dem Anflug einer solchen Gefahr aussetzen.

Ihre Schwester sprang auf und stemmte die Hände in die Hüften. »Wenn es zu gefährlich ist, wirst du auch nicht gehen.«

»Ich bin dort aufgewachsen«, entgegnete Helena. Und daher war sie längst über Ruin oder Angst hinaus, was diesen Ort betraf. »Ich werde weder deinen Ruf noch dein Leben einer Gefahr aussetzen.« Denn sie hatte sie in ihr Herz geschlossen, dieses junge Mädchen, das zu hassen sie entschlossen gewesen war, als sie hier eingetroffen war.

»Du denkst, du beschützt mich«, hielt ihr Diana vor, mit viel mehr Verständnis, als Helena ihr zugetraut hatte. »So wie du beschützt worden bist, indem man dich dazu gezwungen hat, herzukommen.« Ein neues, energisches Funkeln glomm in ihren gewöhnlich so sanften Augen. »Er ist auch mein Bruder, und ich habe ihn noch nicht einmal kennengelernt.«

Helena runzelte die Stirn. Wie hatte es passieren können, dass sie das Familienband zwischen Ryker und Diana nicht berücksichtigt hatte, das dem Mann, dem jegliche Verbindung zu ihrem Vater verhasst war, nicht das Geringste bedeuten würde? Dieser Umstand allein würde die vertrauensvolle junge Frau treffen. »Du kannst nicht«, antwortete sie schließlich. Es gab zu viele Gefahren und Unwägbarkeiten.

»Nun gut.« Ein trotziger Zug erschien um den Mund ihrer Schwester, und die Worte, die nun folgten, steigerten Helenas Sorge. »Dann werde ich eben allein gehen.«

Helena runzelte die Stirn. Die entschlossene Haltung von Dianas schmalen Schultern legte beredt Zeugnis davon ab, dass sie sich nicht davon abbringen lassen würde. Wenn sie sie nicht mitnahm, dann, daran zweifelte Helena keinen Moment, würde sie irgendwie einen Weg finden, ihr zu folgen. Sie fluchte.

»Du musst dich umziehen. Kein elegantes Kleid und außerdem den einfachsten Umhang, den du besitzt. Und du wirst die ganze Zeit über nicht von meiner Seite weichen«, wies sie die begeistert lächelnde junge Frau an. Mit jedem Wort wurde sie sich der Narrheit, ihre Schwester in den Club zu bringen, deutlicher bewusst, und die Alarmglocken in ihr schrillten lauter.

Diana nickte aufgeregt. »Dann müssen wir uns beeilen«, erklärte sie und fasste Helena an der Hand, zog sie mit sich. »Wir haben dein Treffen, und dann kommt der Marquis, um mit Vater zu sprechen. Und ich nehme stark an, wenn er damit fertig ist, wird er dich sehen wollen.«

Nur dass Helena, als sie nach oben eilte, die ungute Vorahnung nicht abschütteln konnte, die sie bei dem Gedanken befiel, dass sie die Tochter des Herzogs aus der Sicherheit ihres Stadthauses in einen Sündenpfuhl entführte.

* * *

In einer unheimlichen Parallele zu seinem Tun vor zwölf Jahren stieg Robert die Stufen zum Stadthaus des Duke of Somerset hinauf und klopfte an die Eingangstür.

Der loyale Butler der Familie öffnete die Tür beinahe sofort. »Mein Vater?«, fragte Robert und reichte dem Mann Hut und Mantel.

Diesmal gab es kein nervöses Schlucken oder Erblassen. Kein Gestammel oder verlegenes Abwenden der Augen. »Er ist in seinem Studierzimmer, Mylord«, antwortete der Diener mit einem leichten Lächeln.

Ja, denn während die Bediensteten des verstorbenen Herzogs versteinerte Mienen gehabt und zu keiner Gelegenheit Anzeichen von Fröhlichkeit verraten hatten, umgab sich der gegenwärtige Herzog mit Dienerschaft, die sich nicht fürchtete, Gefühle zu zeigen.

»Ich finde selbst hin«, erklärte er und machte sich auf den vertrauten Weg durch die so lange verhassten Flure. Seit seinem letzten Besuch hier waren neue Teppiche ausgelegt und die Wände frisch gestrichen worden, aber es hingen noch dieselben Gemälde mit seinen Vorfahren dort.

Jahrelang hatte er seinen Blick, wenn er hatte herkommen müssen, immer nur nach vorn gerichtet und es vermieden, sich in dem Haus umzusehen, das so viel Böses gekannt hatte, dunkle Erinnerungen, die ihn für immer geformt hatten. Jetzt, während er hier entlangging, war all der Schmerz des Verrates vergessen. Die bitteren Empfindungen, die ihn zu dem zynischen, kaltherzigen Lebemann gemacht hatten, waren verschwunden, von einer klugen Frau in die Flucht geschlagen, die ihn bei jeder Gelegenheit herausforderte.

Robert blieb neben einem vertrauten Herzogsporträt stehen. Das kalte Gesicht seines verabscheuungswürdigen Großvaters starrte ihn an, selbst im Tod noch eindrucksvoll. Die harten Linien seines Mundes, die Kälte in seinen Augen, alles meisterhaft vom Künstler eingefangen. Kein Anflug von Schwäche war in den gestrengen Linien dieses Antlitzes zu erkennen. Er trat näher, blickte in diese Augen. Er hatte ihn gehasst, als er gelebt hatte, und hasste ihn ebenso heftig im Tode.

Du kannst jetzt gerne einen Wutanfall kriegen oder mich hassen, aber eines Tages wirst du mir hierfür dankbar sein …

Robert hätte sein Leben darauf verwettet, dass er dem Bastard nie für seine Einmischung dankbar sein würde. Tief getroffen von Lucys Betrug und den Intrigen seines Großvaters hatte Robert sich in einen distanzierten Mann verwandelt, der sein Herz verhärtet hatte. Dann war Helena in sein Leben getreten und hatte einfach so alle Verteidigungswälle, die er errichtet hatte, eingerissen und ihm bewiesen, dass sein Herz noch sehr lebendig war – und für sie schlug.

Ohne die Lektion des Herzogs an jenem Tag wäre Robert inzwischen mit Lucy Whitman verheiratet, und es hätte keine Helena Banbury für ihn gegeben.

Robert nickte dem Bild knapp zu. *Danke.*

Sosehr er seinen Großvater auch für seine Hinterlist gehasst hatte, wie konnte er nicht dankbar sein, Helena gefunden zu haben? Robert lief weiter. Und es war das erste Mal, dass er hier entlangging und lächelte.

Vor der schweren Eichentür blieb er stehen, hob eine Hand, um anzuklopfen, als ein erstickter Hustenanfall durch das Holz drang. Robert drückte die Tür auf und hielt inne. Hinter seinem Schreibtisch saß sein Vater und hielt sich ein Taschentuch vor den Mund. Seine Wangen waren gerötet von der Heftigkeit seines krampfhaften Hustens, und sein ganzer Körper erbebte darunter.

Sorge erfasste Robert, er schloss die Tür und trat zum Schreibtisch. »Vater?«

Der Herzog winkte ab und keuchte, bis er schließlich erschöpft Luft holte. Er fuhr sich mit dem Handrücken über die feuchte Stirn. »Robert«, sagte er schwach, betupfte seinen Mund mit dem weißen Leinentuch.

Roberts Blick fiel auf den Stoff, und er erstarrte, als ihm wieder Helenas Bemerkung einfiel. *Dein Vater wirkt … erschöpft …* Wie gebannt starrte er auf den hellroten Fleck auf dem weißen Untergrund. Sein Vater folgte seinem Blick und sah ihn dann lange und traurig an.

Alle Energie wich aus Robert, als er sich auf den nächsten Stuhl sinken ließ. Er versuchte Worte zu finden, öffnete und schloss den Mund mehrere Male. *Nein.* Er schüttelte den Kopf. Sein Vater hatte sein Unwohlsein nur vorgeschützt, damit er und Beatrice heirateten. Er war gar nicht wirklich krank.

Der Duke of Somerset verzog die Lippen zu dem Schatten eines Lächelns. »Sicherlich weißt du, dass ich niemals den schlechten Stil besäße, eine tödliche Erkrankung vorzutäuschen?«, keuchte er und stopfte sich das blutige Tuch in die Rocktasche. »Ich bin nicht mein Vater, Robert.« Er schloss die Augen, atmete langsam und ungleichmäßig.

Schmerz durchzuckte Robert, und er strich sich mit einer Hand übers Haar, sah sich suchend um. Wo zur Hölle war Davidson? »Dr. C…?«

»Ist heute bereits wieder gegangen.« Was hieß, dass der Arzt seinen Vater täglich aufsuchte.

Robert musterte den Herzog. In den letzten Monaten hatte er genau das gesehen, was er hatte sehen wollen. Nachdem er von so vielen manipuliert worden war, war er blind für die Wahrheit gewesen. Jetzt zwang er sich, zur Kenntnis zu nehmen, was er bislang nicht erkannt hatte: die angespannten Falten um den Mund seines Vaters, seine tief liegenden Augen.

»Nein.« Das eine Wort entrang sich seiner Brust, bahnte sich seinen Weg aus der Tiefe nach oben, als könne er es dadurch, dass er es aussprach, wahr werden lassen.

Sein Vater nickte mit der milden Beharrlichkeit eines Mannes, der sein Schicksal akzeptiert hatte. »Doch.«

Robert umklammerte die Lehnen seines Stuhles. »Ich bin nicht … Ich dachte …« Er ballte die Hände so fest zu Fäusten, dass die Knöchel weiß wurden. *Was für ein elender Narr ich doch bin.* Tränen brannten in seinen Augen, und er blinzelte sie weg.

»Du hast nichts falsch gemacht, Robert«, erklärte sein Vater leise.

»Ich habe *alles* falsch gemacht«, erwiderte er rau. Er war genau der selbstsüchtige, aufgeblasene Bastard gewesen, wie sein Vater es ihm vorgehalten hatte. Und wenn es nicht Helena gegeben hätte, wie blind wäre er immer noch für alles, worauf es ankam? Robert rieb sich mit beiden Händen das Gesicht.

»Ich war dir monatelang böse«, erklärte er. Scham, Schmerz und Verzweiflung ballten sich in ihm zusammen.

»Und weißt du, warum du das warst?«

Ein erstickter Schluchzer, geboren aus Bedauern, kam aus Roberts wie zugeschnürter Kehle, und er schüttelte den Kopf.

»Ich war nicht der Vater, den du verdient hättest, Robert.«

Ein gequälter Protest lag ihm auf den Lippen. Während die meisten Aristokraten kühle, arrogante Bastarde als Väter hatten, hatte Roberts seine Kinder immer aufrichtig geliebt. Seine Triebfeder war nicht rücksichtsloses Streben nach günstigen Beziehungen, Reichtum oder Landgewinn, sondern ihm ging es um das Glück seiner Kinder. Und Robert hatte ihn jahrelang gehasst, weil er es zugelassen hatte, dass der verstorbene Herzog über die Familie bestimmt hatte.

Sein Vater bekam einen weiteren Hustenanfall und holte ein neues Taschentuch hervor. Robert sprang auf, wurde aber mit einer Handbewegung zurückgewiesen. Mit geschlossenen Augen lehnte sich der Herzog zurück. »Die Sache beim Sterben, Robert, ist, dass man keine Zeit mehr hat, sich selbst oder andere zu belügen. Mein Vater hat das Glück von so vielen Menschen ruiniert. Das meiner Schwester und ihres Mannes.« Er öffnete die Augen. »Deines.« Ein trauriges Lächeln bildete sich um seine Lippen. »Das ist es, was ich am meisten bedauere, dass ich nicht für dich da war. Ich wusste von Lucy Whitman.«

Robert gab einen protestierenden Laut von sich. »Lass«, bat er.

»Ich wusste, dass sie dir etwas bedeutete«, fuhr sein Vater ungerührt fort, schüttelte betrübt den Kopf. »Ich wusste auch, dass mein Vater darüber informiert war. Und angesichts dessen, wie er mit seiner eigenen Tochter umgesprungen war, musste mir klar sein, wozu er fähig war. Vor allem wenn sein Enkel, der zukünftige Herzog, alles andere als passende Gefühle für ein Kindermädchen hegte.«

Der Herzog beugte sich auf seinem Stuhl vor und stützte die Arme auf den Schreibtisch. »Ich habe kürzlich mit dir darüber gesprochen, dass du dich von anderen unterscheiden, nicht wie alle anderen sein sollst. Ich habe das als jemand getan, der Bescheid weiß, Robert. Ich habe zu dir als ein Mann gesprochen, der nie die innere Kraft gefunden hat, seine Schwester in Schutz zu nehmen.« Er erwiderte Roberts Blick. »Oder meinen Sohn.«

Robert lehnte sich vor, ahmte die Haltung seines Vaters nach. »Wir sind nicht verantwortlich für die Verbrechen von anderen. Der alte Herzog war unfähig zu Liebe oder dazu, sich zu ändern, und nichts, was du hättest sagen oder tun können, wäre imstande gewesen, ihn umzustimmen. Du hast nie irgendeine Schuld getragen.« Er schaute ihn flehend an, versuchte ihn mit schierer Willenskraft zu der Einsicht zu bringen, dass das stimmte.

Sein Vater sank gegen die Rückenlehne seines Stuhls und schloss die Augen. »Danke.«

Endlich, nach so langer Zeit, war der Abgrund zwischen ihnen überbrückt, den ein anderer aufgetan hatte.

Sein Vater wischte sich die Stirn, schaute Robert an, und die verräterischen Spuren der Krankheit verschwanden. Er schien wieder der robuste, gesunde Vater zu sein, den er immer gekannt hatte. »Ich nehme an, du bist wegen deiner Miss Banbury hier.«

»Genau.«

Ein kleines Lächeln spielte um die Lippen des Herzogs. »Ich mag sie sehr.« Er wackelte mit den Augenbrauen. »Sie hat was von einem Blaustrumpf.«

Haben Sie Vorbehalte gegen Frauen, die gebildet sind … Robert gelang sein erstes echtes Lächeln, seit er das Haus am heutigen Vormittag betreten hatte. »Das ist sie allerdings.«

Er griff in seinen Rock und zog die Sondererlaubnis hervor. Während der verstorbene Herzog einzig an den Fortbestand der Familie Somerset gedacht hatte und an die einflussreichen Familien, mit denen er sie über Heiraten verbinden konnte, lag Roberts Vater einzig daran, seine Kinder glücklich zu sehen, bevor er von dieser Erde schied. »Ich möchte sie heiraten.«

Sein Vater nickte zustimmend. »Kluger Junge«, lobte er mit dem gleichen stolzen Unterton, den er verwendet hatte, wenn Robert als Kind eine Lektion gemeistert hatte. Er verschränkte die Hände über seinem Bauch. »Jetzt geh, und sprich mit Wilkinson. Ich kann mir denken, deine Miss Banbury wartet schon auf dich.«

Robert zögerte.

»Geh, Robert, deine Zukunft wartet auf dich.«

Und Robert schob seinen Stuhl zurück, erhob sich und verabschiedete sich von seinem Vater, verließ das Haus, das solche Sünde und Finsternis beherbergt hatte, und machte sich auf den Weg zum Duke of Wilkinson.

* * *

Kurze Zeit später wurde Robert in das Studierzimmer von Helenas Vater geführt.

»Westfield, mein Junge«, empfing der ihn mit dröhnender Stimme, stemmte seinen mächtigen Körper hoch, noch während sich die Tür hinter seinem Gast schloss.

»Euer Gnaden.« Robert machte eine Verbeugung.

»Ach was, an so einem Tag besteht keine Notwendigkeit für Förmlichkeit, was?«, erwiderte der andere und klopfte Robert herzlich auf den Rücken. »Ein Glas Brandy?« Ohne auf eine Antwort zu warten, trat er zum Sideboard und füllte zwei Gläser. Er nahm sie mit zurück zum Schreibtisch, reichte Robert eines und deutete auf die beiden Sessel vor dem Kamin.

Robert murmelte seinen Dank und ließ sich auf dem bequemen Sitzmöbel nieder. Er öffnete den Mund, um etwas zu sagen.

»Du bist wegen meines Mädchens hier, nehme ich an, oder?«, kam ihm der Herzog zuvor. »Helena«, präzisierte er.

»Ich liebe sie«, erklärte Robert und stellte seinen Brandy auf dem Tisch zwischen ihnen ab.

Der Herzog lächelte über den Rand seines Glases hinweg. »Wie schon gesagt, du bist klug.« Sein gewohntes Lächeln verschwand jedoch, und er blickte nachdenklich in sein Glas. »Ich habe in meinem Leben viele Fehler begangen, Westfield. Ich war meiner Frau untreu. Ich habe Helenas Mutter im Stich gelassen. Aber trotz meiner Reue werde ich nie die Existenz meiner Tochter bedauern.«

Er umklammerte den Brandy so fest, dass seine Knöchel weiß hervortraten. »Ihr Leben ist nicht einfach gewesen.« Er hob seinen Blick, blinzelte langsam. »Ich weiß noch nicht mal, wie ihr Leben war, bevor Ryker sie in Sicherheit gebracht hat.« Ryker. Der Besitzer des Spielclubs und Helenas Lebensretter. Dem Mann galt für diese Tat Roberts immerwährender Dank. »Aber ich weiß, es war nicht gut, genauso wie ich weiß, dass du ihr das Glück bringen wirst, das sie verdient.« Er hob den Kristallschwenker. »Bevor wir die Einzelheiten des Ehevertrages besprechen, wollen wir anstoßen?«

Robert griff gerade nach seinem Glas, als ein entfernter Schrei, gefolgt von schnellen Schritten, zu ihnen drang.

Die Tür flog auf, und die Herzogin stolperte herein, völlig außer Atem. Tränen hatten Streifen auf ihren faltenlosen Wangen hinterlassen.

Robert und Wilkinson erhoben sich.

»Sie sind fort«, keuchte sie schluchzend.

Roberts Herz klopfte schneller, und eine ungute Vorahnung begann in seinem Bauch und breitete sich rasch aus.

»Wer …?«

»I-ich hätte nie gedacht, dass Diana mitgehen würde«, schluchzte die Herzogin in ihre Hände, sodass ihre Worte nur gedämpft zu verstehen waren. »Es sollte doch nur Miss Banbury sein.«

Das ungute Gefühl wuchs weiter, drohte ihn zu überwältigen.

»Wovon redest du?«, verlangte ihr Ehemann barsch zu wissen, marschierte auf sie zu.

Sie ließ die Arme sinken. »S-sie sind unterwegs zu diesem C-Club, um M-Mr Diggory zu treffen.«

Robert blieb das Herz stehen. Das Ungeheuer, das sie gefoltert und verbrannt hatte. Der Mann, der sie bis in den Schlaf hinein verfolgte und Ursprung all ihrer Albträume war. Seine Finger zitterten, sodass Brandy über den Rand seines Glases schwappte, und er stellte es rasch ab.

»Wer ist Mr Diggory?« Der Herzog zog die Stirn kraus, und als seine Ehefrau weiter nur unverständliches Gestammel von sich gab, packte er sie mit ungewohnter Kraft an den Schultern.

Seine Ehefrau schluchzte nur lauter. »Er ist der M-Mann, dem ich sie und ihre Mutter übergeben habe. Du musst glauben, dass ich dieses Treffen nie geplant hätte, wenn ich geahnt hätte, dass Diana sie begleiten würde.« Dann brach sie erneut in lautes Weinen aus. Wilkinson ließ sie so abrupt los, dass sie rückwärtsstolperte und sich an einem Lederstuhl festhalten musste. Eilig durchquerte er den Raum und holte aus einem Fach ein Paar Duellpistolen.

Schwarze Wut legte sich vor Roberts Augen, raubte ihm einen Moment lang die Sicht. »Wo ist sie?«, fragte er rau. »Wo ist sie?«, brüllte er, als die Herzogin nur weiter schluchzte.

»I-in dem Club«, antwortete sie, während ihr Ehemann Robert eine der Pistolen reichte.

Wortlos nahm er die Waffe, richtete seinen frostigen Blick auf die Herzogin. Diese Frau war verantwortlich für die Hölle, die Helena erlitten hatte. Sie war es ohne Zweifel gewesen, die ihre Fingerabdrücke auf ihren Armen hinterlassen hatte, und jetzt bedrohte sie ihr Leben. Angst erfasste ihn. »Bei Gott, wenn ihr irgendetwas zustößt, werde ich Sie persönlich dafür verantwortlich machen«, teilte er ihr zornbebend mit.

Der Herzog rief mit lauter Stimme nach seinen Dienern, und Robert hastete aus dem Zimmer. Er hatte Helena gerade erst gefunden, und er wollte verdammt sein, wenn er sie jetzt verlor.

Kapitel 22

Regel 22

Sei auf der Straße immer leise.

Mit dem geringen, aber beruhigenden Gewicht der Derringer in der Tasche, die vorne in ihren Mantel eingenäht war, machte Helena sich auf den Weg durch die vertrauten Straßen von St. Giles und gelangte zu einer unseligen Erkenntnis: Ihre Stiefschwester wäre eine furchtbare Taschendiebin gewesen.

»Ich bin so aufgeregt, weil ich ihn treffe«, plapperte Diana unbekümmert an ihrer Seite, während sie die St. Giles Street hinuntergingen.

»Still«, ermahnte Helena sie und warf einen Blick in die Runde. Leider ging ihre Ermahnung entweder im Rattern der Kutschenräder und den Schreien der Straßenverkäufer unter, oder ihre Schwester war einfach zu aufgeregt, um sich unauffällig zu verhalten.

Aber wenn man die Tochter einer Herzogin war, musste man das vermutlich auch nicht. Man schlich sich nicht fort. Man wusste nicht, wie man diskret eine Droschke fand. Und man kam ganz sicher nicht in die Gegend, in der sie sich jetzt befanden. Nur durch Helenas schlechten Einfluss war ihre Schwester in diesen Straßen gelandet, die für Männer, Frauen und Kinder völlig ungeeignet waren.

»Denkst du, er wird mich mögen?«, erkundigte sich Diana.

Es lag Helena schon auf der Zungenspitze, sie darauf hinzuweisen, dass Ryker Black niemanden mochte, aber das würde nur weitere Fragen von ihrer redseligen Schwester hervorrufen. Also sagte sie lieber nichts.

Sie kamen ans Ende der Straße, und Helena legte Diana eine Hand auf den Arm, zwang sie zum Stehenbleiben. Die jüngere Frau schlug ihre Kapuze zurück, und Helena fluchte und zog sie ihr sofort wieder hoch. »Du musst sie auf jeden Fall aufbehalten«, schalt sie und sah sich um. »Es wäre dein Ruin, wenn man dich hier entdeckt.«

Nicht zum ersten Mal, seit sie in einem Anfall schwesterlicher Zuneigung und schlechter Menschenkenntnis zugestimmt hatte, dass Diana sie begleiten dürfe, bedauerte sie es zutiefst. In ihrer Unschuld hatte Diana hier keinen Platz.

»Aber du bist hier«, gab Diana zurück.

Helena schloss die Augen und betete um Geduld. Wieso war ihr nicht klar gewesen, wie eigensinnig ihre Halbschwester war? »Ich bin ein Bastard.«

»Du bist auch die Tochter eines Herzogs.«

»Das ist etwas anderes«, gab sie zurück. Diskutierte sie tatsächlich gerade die Unterschiede zwischen ehelich und unehelich geborenen Nachkommen eines Herzogs, ausgerechnet hier, unter einigen der rauesten und brutalsten Männer Londons?

»Ich verstehe nicht, wie …«, murmelte das Mädchen leise.

»Und ich werde heiraten«, fügte Helena hinzu. Das beendete wenigstens diese Diskussion.

»Oh, tatsächlich?« Diana klatschte aufgeregt in die Hände. »Wie schön. Lord Westfield wird ein wunderbarer Ehemann sein.« Sie hielt inne. »Es ist Lord Westfield, oder?« Und selbst jetzt, während sie durch die Straßen von St. Giles lief und dabei versuchte, Entdeckung und Ruin zu vermeiden, verzogen sich Helenas Lippen zu einem Lächeln. Das Mädchen hätte mit seinem Geplapper sogar Napoleon zur Kapitulation bringen können.

»Ja. Es ist Lord Westfield.«

»Wie schön. Auch wenn er alt ist«, redete Diana weiter.

Helena nahm ihre Hand und trat auf die Straße.

»… schließlich bist du dem Marquis im Alter näher. Nicht dass du alt bist«, fügte Diana rasch hinzu. »Du bist nur ein bisschen alt. Für eine Frau, meine ich.«

Wieder verzogen sich Helenas Lippen zu einem Grinsen. Vielleicht wäre es doch nicht so schwer, Ryker davon zu überzeugen, Diana in diese neue Welt einzulassen. Es würde vielleicht nur eine kleine Kostprobe von diesem endlosen Geplauder brauchen, um ihn zu überzeugen.

Plötzlich trat ihnen eine große Gestalt in den Weg. Helena prallte gegen den Mann, und ihre Kapuze rutschte nach hinten. Das Haar fiel ihr auf die Schultern, als sie stürzte. Sie kam so hart auf, dass der Schmerz von ihrem Hintern aus die Wirbelsäule hochstrahlte.

»Oje«, rief Diana und eilte zu ihr. »Geht es dir gut?« Sie stemmte die Hände in die Hüften, eine kleine Kriegerin. »Und Sie, Sir, sollten besser aufpassen«, schimpfte sie.

Helena schüttelte verwirrt den Kopf, stützte sich auf die Ellenbogen und erstarrte. Mitten in dem Lärm der Straße und dem Geplapper ihrer Schwester blieb die Welt stehen. Er, mit seinem pockennarbigen Gesicht und den schmalen Gesichtszügen, kam zu den merkwürdigsten Zeiten zu ihr. Verfolgte sie bis in den Schlaf, genau wie in ihren wachen Momenten.

»Hallo, Helena.« Diggory grinste breit.

Der Boden unter ihr schwankte. Sie schloss die Augen und zählte. *Eins, zwei, drei, wach auf. Eins, zwei, drei, wach auf.* Sie schmeckte Galle in ihrer Kehle. *Er ist nicht echt. Er ist nicht echt. Es ist nur der alte Albtraum, der dich seit fast zwanzig Jahren verfolgt.*

Sie spähte durch die Wimpern, und eine Welle der Übelkeit erfasste sie. Gealtert durch die Zeit und das Leben auf der Straße, blieb das böse, gelbzahnige Lächeln dasselbe.

»Guck dich nur an, bist jetzt eine feine Dame.« Das verhasste Cockney raubte ihr jeden rationalen Gedanken, und sie war wieder ein kleines, angsterfülltes Mädchen, dem eine Flamme ans Gesicht gehalten wurde. »Ich hab dich neulich auf der Straße fast nicht erkannt.«

Er war es gewesen. Sie wimmerte und schüttelte den Kopf, versuchte wegzukriechen.

»Helena?«

Sie hielt sich die Hände über die Ohren, um die verhassten Laute auszuschließen. Doch in ihrem Verstand herrschte Verwirrung. Denn die mit heller Stimme gestellte Frage voller Besorgnis gehörte nicht zu den Dämonen in ihren Träumen.

Diana.

Sie zwang die Lider auseinander und erblickte ihre Schwester. *O Gott. Diana.* »Lauf«, keuchte sie.

Diana sah sie an, öffnete und schloss den Mund. Doch offenbar hatte das Mädchen mehr Geistesgegenwart, als sie ihr zugetraut hatte, denn in ihren Augen blitzte etwas auf, und dann raffte sie ihre Röcke und rannte mit völlig undamenhafter Geschwindigkeit die Straße hinunter.

Helena sandte ein stummes Dankgebet zu einem Gott, an den zu glauben sie in ihrem bisherigen Leben keinen Anlass gehabt hatte, dass das Mädchen entkommen war. Sie stemmte sich hoch und wandte sich ebenfalls zur Flucht.

Doch Diggory holte sie mühelos ein. Seine raue Hand schloss sich um ihren Unterarm, und sie biss sich innen auf die

Wange, um den Schmerzensschrei zu unterdrücken. Sie würde eher sterben, als noch einmal in Angst vor ihm zu kauern.

»Black hat dich mir gestohlen. Ich war noch nicht fertig mit dir.« Er brachte sein Gesicht dicht vor ihres, und sie zuckte zurück unter dem Zwiebel- und Knoblauchgestank, der ihr entgegenschlug. »Ich hab der Herzogin versprochen, dich umzulegen, wenn ich mit dir durch bin. Ich hätte nie erwartet, dass du so eine brillante Buchhalterin bist, oder ich hätte darum gekämpft, dich zu behalten.«

O Gott. Er wusste es. Rykers Vermutungen bezüglich dessen, was Diggory über die Jahre über Helena in Erfahrung gebracht hatte, waren korrekt. Es war Helena, die sich in falscher Sicherheit gewiegt hatte. Dann drang plötzlich etwas zu ihr durch, was er gesagt hatte …

Die Herzogin? In Helenas Kopf herrschte von dem plötzlichen Auftauchen ihres Peinigers und den verwirrenden Worten, die er ihr entgegenschleuderte, Chaos. Während er sie hinter sich her die Straße entlangzerrte, sah sie sich verzweifelt nach Hilfe um. Leider war dies jedoch nicht das respektable Viertel Mayfair, bevölkert von vornehmen Bürgern und Aristokraten. Dies waren die heruntergekommenen Straßen in einer üblen Gegend, wo man sich in die Angelegenheiten anderer nicht einmischte.

Helena versuchte, ihren Arm zu befreien, und stemmte die Absätze in den Boden. Sie war nicht länger eine wehrlose Fünfjährige.

»Das reicht, Schlampe«, zischte Diggory und drehte ihr den Arm so brutal auf den Rücken, dass ihr die Tränen in die Augen schossen.

Wut durchströmte sie, und sie funkelte ihn an. Sie warf den Kopf zurück, um einen Schrei auszustoßen, als er ihr etwas gegen den Rücken presste. Helena erstarrte, als sie durch ihren Mantel die eisige Härte von Metall spürte.

»Ich mach dich kalt, wenn du das nicht schön bleiben lässt.«

Ein Schauer überlief sie. Warum nur hatte sie zugestimmt, Diana mitzunehmen? *Weil du zu lange von hier fort warst, sodass du ein gefährliches Gefühl von Sicherheit entwickelt hast – Sicherheit, die nicht existiert.*

Sie wollte vor Frustration heulen. Dies war der Grund, warum Ryker sie weggesperrt hatte, weil er sehr richtig ihre Schwächen erkannt hatte und wusste, wie das Schicksal von denen aussah, die unvorsichtig waren.

»Das ist schon besser«, knurrte Diggory. »Und jetzt beweg dich.« Er zog sie vorwärts, und sie stolperte. »Hier geht das nicht.«

Angst floss ihr eiskalt durch die Adern. Als Kind hatte er sie gezwungen, für ihn zu stehlen, und sie hatte einen Nutzen für ihn gehabt. Jetzt nicht mehr. *Er wird mich töten.* Sie kämpfte gegen die Panik und versuchte sich an die Worte zu erinnern, die Robert immer so leicht über die Lippen gekommen waren, fand Stärke in der Lektion, die er ihr unwissentlich erteilt hatte. »Moment«, sagte sie einschmeichelnd. »Ganz sicher verstehst du doch, dass ich lebend sehr viel mehr für dich wert bin. Der Duke of Wilkinson … Mein Vater wird für mich bezahlen …«

Diggory lachte auf. »Glaubst du wirklich, ein verdammter Herzog kümmert sich darum, ob ich dich hier auf der Straße aufschlitze?«

Vor einem Monat noch hätte sie ihm beigepflichtet. Vor einem Monat noch hatte sie geglaubt, sie wüsste, wie die Welt funktionierte, und hatte die ganze gute Gesellschaft abgelehnt. »Mein Bruder Ryker Black wird dich ebenfalls bezahlen.«

Er schnaubte. »Aber erst, nachdem er mich dafür umgebracht hat.«

Unermüdlich in ihren Bemühungen legte sie den Kopf zurück und warf ihm einen vielsagenden Blick zu. »Du vergisst …« Sie ließ die Worte zwischen ihnen stehen.

Seine Nasenlöcher weiteten sich. »Was habe ich vergessen?«

»Ich könnte dir mit der Buchhaltung des Clubs helfen.« Eher würde sie sich mit dem Teufel zum Abendessen hinsetzen. Dennoch hing das Versprechen in der abgestandenen Luft. Sie konnte fast sehen, wie die Räder in seinem Verstand arbeiteten.

Dann stieß er ihr die Pistole fester in den Rücken, und sie biss sich auf die Lippe, um nicht aufzuschreien. Sie würde ihm nicht eine einzige weitere Träne gönnen oder irgendein Anzeichen von Schwäche. Dieser Mann hatte ihr schon so viel genommen.

Sie kniff die Lider zusammen, versuchte, sich Roberts Gesicht in Erinnerung zu rufen und weiterzuatmen. So also würde sie sterben. Hier auf der Straße. Wie verdammt dicht sie davor gestanden hatten, alles zu besitzen, wovon sie nicht einmal gewusst hatte, dass sie es wollte.

Sie ballte die Fäuste, und eine fürchterliche Wut überkam sie und raste durch sie wie ein Flächenbrand. *Hör auf, Helena. Denk nach.* Bei Gott, sie würde nicht wie ein angsterfülltes Kind sterben. Nicht in den Händen dieses Mannes.

Helena keuchte. »Bitte, bitte«, brachte sie heraus, während er sie weiter in die Gasse zog. In dem Moment, in dem er am Ende des engen Durchgangs anhielt, würde sie sterben.

Neue Energie flutete ihre Adern, verlieh ihr Kraft und gab ihr eine Idee ein. Sie wimmerte. »Ich … ich kann nicht atmen.« Dann erschlaffte sie.

Diggorys Griff lockerte sich, und er fluchte.

Helena rammte ihm den Ellenbogen in drei schnellen Stößen in den Magen, und er bekam einen Moment keine Luft. Das Blut hämmerte ihr in den Ohren, als sie mit dem Fuß ausholte und ihm einen Tritt gegen die Kniescheibe verpasste. Er ließ sie los und schrie auf. Helena wühlte hektisch in ihrer Tasche. Während sie vor Diggory flüchtete, glitten ihre Finger über den beruhigend kalten Stahl.

Plötzlich verhielt sie mitten im Lauf. Ein Summen war in ihren Ohren, und sie starrte ungläubig auf die zwei Personen am Ende der Gasse. Dies war doch ganz sicher ein weiterer Albtraum, nicht von einer Flamme hervorgerufen, sondern aus Liebe erstanden, die sie in ihrem Herzen für ihn empfand.

»Robert«, flüsterte sie. Einer von Diggorys Handlangern presste ihm ein Messer an die Kehle. Ihr Magen hob sich. Was machte Robert denn hier?

Er ließ seinen Blick schnell über sie gleiten. »Ganz sicher hast du doch nicht geglaubt, dass ich dich allein gehen lassen würde?«, fragte er rau, erriet ihre unausgesprochenen Gedanken. Wie gut sie einander kannten.

Sie wollte das Schicksal verfluchen, denn in seinen Augen standen Liebe und die Akzeptanz seines unausweichlichen Schicksals. Nein. Dies war nicht seine Welt. Er würde nicht so sterben, in einer elenden Gasse wie der Abschaum der Straße, wie Diggory und seine Bande.

Die Waffe in der Hand, wirbelte sie herum und zielte auf ihren Peiniger. »Stopp«, rief sie, und er hielt inne. Warum klang ihre Stimme so ruhig? »Sorg dafür, dass er die Waffe runternimmt«, forderte sie, die Pistole weiter auf ihn gerichtet, während sie Robert aus dem Augenwinkel im Blick behielt. »Tu es«, schrie sie, als Diggory und sein Mann eine stumme Botschaft austauschten.

Der Teufel aus ihrer Vergangenheit fluchte und fuchtelte mit der Waffe herum. »Was wirst du tun, Helena? Mich töten? Du warst immer bloß ein schwaches Mädchen«, zischte er und machte einen Schritt nach vorn.

»Hör nicht auf ihn«, rief Robert. »Du warst immer stärker als er, Helena.« Ein erstickter Schrei drang ihm über die Lippen.

Ihre Hände zitterten, und sie warf einen panischen Blick zu Robert. Diggorys Mann hatte ihm einen Schlag in die Nieren versetzt, und er war beinahe in die Knie gegangen.

»Stopp«, rief sie erneut, und ihr Arm zitterte unkontrollierbar.

»Du bebst jetzt genauso wie damals, als ich dich angezündet habe«, höhnte Diggory und kam weiter auf sie zu. »Du kannst mich nicht töten.« Triumph malte sich auf seinen harschen, hässlichen Zügen, während er seine Waffe auf Robert richtete.

»Nein.« Der Schrei kam direkt aus ihrer Seele.

Drei Schüsse in unmittelbarer Folge zerrissen die Stille. Der Geruch von Schwarzpulver hing in der Luft, und die Derringer entglitt ihren tauben Fingern. Diggorys Mund formte ein überraschtes O, und dann fiel er mit dem Gesicht voran auf den dreckigen Boden. Tot.

»Helena!«

Das leise Klappern einer weiteren Pistole, die auf den Boden schlug, drang durch den Nebel, der sie umgab, und Helena wirbelte herum. Ryker stand über Diggorys Handlanger, der jetzt mit einer Kugel im Kopf zu seinen Füßen lag. Helena ignorierte ihren Bruder und rannte die Straße hinunter. »Robert«, keuchte sie und warf sich ihm an den Hals.

Robert schloss die Arme fast reflexartig um sie, und sie schmiegte sich an seine Brust, nahm etwas von seiner Stärke in sich auf. »Woher hast du gewusst, dass ich hier bin?«, brachte sie heraus.

Er stolperte unter dem Gewicht ihrer Umarmung, und sie fiel mit ihm auf die Knie. Etwas Heißes und Klebriges drang durch den Stoff ihres Kleides, und sie erstarrte. *Nein.*

»Ich bin in Ordnung«, sagte er, seine Stimme schwach.

Nein. Nein. Nein. Nein. Nein.

Sie ignorierte ihren Bruder, der neben ihr in die Hocke ging, und schob ihre Hand zwischen sich und den Geliebten. »Robert«, flüsterte sie, und ein entsetztes Stöhnen schien sie zu ersticken, als sie das Blut auf ihren Fingern sah. »Nein. Nein. Nein. Was hast du getan?«, rief sie aus und blickte auf die angespannten Linien in seinem Gesicht, die fahlgraue Farbe seiner Haut und den glasigen Ausdruck in seinen Augen.

Ein Schluchzen entwich ihr, während sie die Hand auf seine Seite presste, um den Blutfluss zu stillen. So viel Blut. So furchtbar viel. Sein Lebensblut bedeckte ihre Hände und lief über ihre vernarbten Finger. Helena starrte die dunkelroten Flecken an, während Wahnsinn sie zu verschlingen drohte.

»Wag es nicht, mich zu verlassen, Robert Dennington«, schluchzte sie, und Tränen liefen ihr über das Gesicht, ließen ihr die Sicht verschwimmen.

Wortlos half Ryker Robert, sich auf den Rücken zu legen, und zog ihm den blutverschmierten schwarzen Rock aus. Er streifte sich seinen eigenen ab, zerrte sich das Halstuch herunter und zerriss mit einer schnellen Bewegung den Stoff, presste ihn auf die offene Wunde.

Rufe und Schritte erklangen aus dem anderen Teil der Gasse, als ihre Brüder herbeigeeilt kamen. Roberts Augen schlossen sich, und Helenas Welt hörte auf, sich zu drehen.

Kapitel 23

Regel 23

Flieh, wenn du musst.

Am folgenden Morgen eilte Helenas Zofe durch ihre Räume, holte Kleidungsstücke aus dem Schrank, legte sie ordentlich zusammen und platzierte sie sorgfältig in der offenen Reisetruhe. Helena stand am Fenster und starrte hinaus auf die stille Kopfsteinpflastergasse. Regen prasselte gegen das Fenster und lief am Glas hinunter, was auf seltsame Weise zu ihrer Traurigkeit passte.

In den Straßen von St. Giles konnte das kürzeste Zögern teuer werden. Tödlich. Das war eine Lektion, die ihr schon als kleines Kind eingetrichtert worden war. Natürlich hatte Robert diese Regel nicht gekannt. Aber sie. Und sie hatte ihn trotzdem nicht gerettet. Das war nur einer der vielen Gründe, warum er ihr nicht gehören konnte.

Tränen liefen ihr über die Wangen, und sie nahm einen langen, bebenden Atemzug. Oh, welch verdammte Ironie des Schicksals. Sie hatte sich so dagegen aufgelehnt, hierherzukommen, und jetzt würde sie sich eher einen Körperteil abtrennen, als sich wegschicken zu lassen.

Nur dass sie nicht weggeschickt wurde. Sie krallte ihre Hände in ihre Röcke. Sie verließ diese Welt freiwillig.

Sie verließ Robert.

Eine weitere Träne rann ihre Wange hinab, und sie wischte sie mit dem Handrücken weg, diese nutzlose Erinnerung an ihr Leid. Sie war nicht für diese Welt geboren. Irgendwann in der letzten Zeit hatte sie sich erlaubt, zu vergessen, dass sie die Tochter einer Prostituierten war, ein Kind, das in einer solch brutalen Welt aufgewachsen war, dass es für immer auf ihrer Seele und in ihrem ganzen Leben Spuren hinterlassen hatte. Sie umgab eine Dunkelheit, in die sie Robert nicht hineinziehen wollte. Oder Diana. Oder Beatrice. Oder ihren Vater. Sie alle nicht.

Und doch hast du das schon getan …

Nein. Sie konnte nicht hierbleiben. Mit ihrer Tat, die dem Leben des mächtigen Diggory ein Ende gesetzt hatte, hatte sie den Zwist zwischen den rivalisierenden Fraktionen nur verstärkt. Es würde nie Frieden geben, und die Drohung weiteren Blutvergießens blieb bestehen – jetzt noch stärker, als sie je gewesen war.

Nur dass sie nicht allen Schaden, den sie an diesem Tag angerichtet hatte, mit sich nehmen würde. Der Schmerz und die Schuld davon trafen sie wie ein Messerstich ins Herz. Diana, unschuldig und gut, war in dem Augenblick ruiniert gewesen, in dem sie in den »Hell & Sin«-Club gestolpert war und um Hilfe geschrien hatte. Sie hatte ihre Zukunft aufgegeben, um Helenas Leben zu retten, und sich dabei selbst geopfert.

Helena schlang die Arme um sich. Sie hatte von dem Moment an, als sie hier eingetroffen war, die Menschen in diesem Haus verurteilt und sie für zu gering befunden. Erst spät hatte sie gelernt, wie viel besser und opferbereiter und stärker sie waren als sie selbst.

»Miss, Ihre Truhen sind alle gepackt«, murmelte die Zofe hinter ihrem Rücken.

»Das ist dann alles«, erwiderte sie mit merkwürdig hohler Stimme. Es war geschafft.

Gespiegelt in der Scheibe vor ihr sah sie das schnelle Nicken, den Knicks, und dann eilte das Mädchen aus dem Zimmer und schloss die Tür leise hinter sich.

Jetzt, da sie allein war, ließ Helena ihren Tränen freien Lauf. Ryker hatte immer behauptet, dass Tränen ein Zeichen von Schwäche wären, doch unterdessen waren ihr Ryker und seine verdammten Regeln völlig egal. Oder seine knappen, kalten Behauptungen über Adelige.

Eine sengende Wut auf ihn verzehrte sie, so viel gesünder und sicherer als die Verzweiflung, die sie innerlich zu zerreißen drohte. Er hatte sie hergeschickt. Er hatte sie in diese Welt hineingestoßen. Und hier hatte sie Robert gefunden, einen Mann, der alles, was sie über Aristokraten für wahr gehalten hatte, infrage stellte.

Einen Mann, der sie wie eine Dame behandelt hatte und ihr seinen Namen angeboten hatte. Dieser Mann, der für einen jungen Taschendieb von der Straße eingetreten war, war ein Mann, der all ihrer Liebe würdig war. Ihre Schultern bebten unter der Flut ihrer Tränen. Denn er verdiente eine viel bessere Frau, als sie es war.

Sie gab einen letzten gebrochenen Schluchzer von sich und strich sich mit den Händen über die nassen Wangen. Das leise Klicken der Schlafzimmertür klang in der Stille überlaut, und sie versteifte sich.

Ihre Schwester sagte leise: »Dann verlässt du uns also?«

Helena nickte kurz, unfähig, zu antworten. Wenn sie nur ein einziges Wort von sich geben würde, würde sie sofort wieder in Tränen ausbrechen.

»Ich möchte nicht, dass du gehst«, fuhr Diana fort und blieb neben ihr stehen.

»Ich muss aber«, erwiderte Helena in einem gebrochenen Flüstern. Sie wandte sich der jungen Frau zu. In den Augen ihrer Schwester stand eine neue Vorsicht, die jemand hatte, dem das Leben eine schmerzhafte Lektion erteilt hatte. Und wieder ergriffen Helena Schuldgefühle. *Ich war das.* »Es tut mir so leid.« *Alles.*

Ein leichtes Lächeln trat auf Dianas schön geformte Lippen. »Glaubst du wirklich, dass ich es bereue, in diese Spielhölle gelaufen zu sein, um dich zu retten? Ich liebe dich, Helena.«

Frische Tränen kamen, und Helena schlug sich eine Hand vor den Mund, um ein erneutes Schluchzen zu unterdrücken.

Da zog das junge Mädchen sie in seine Arme und umarmte sie fest. »Ehemänner werden sowieso überbewertet«, sagte Diana in dem Versuch, einen leichten Ton anzuschlagen. »Vor allen Dingen adlige.«

Oh, wie ich dich vermissen werde …

Das Öffnen der Tür enthob sie einer Antwort. Die große Gestalt des Herzogs stand auf der Schwelle. Dieser Mann, den sie ihr Leben lang gehasst hatte.

Diana trat schnell einen Schritt zurück. »Ich komme noch einmal zu dir, bevor du abfährst«, flüsterte sie und eilte aus dem Raum.

Der Duke of Wilkinson schloss die Tür. Vater und Tochter standen einander still gegenüber und musterten einander. Er wirkte nicht mehr wie sonst fröhlich und stilvoll. Stattdessen hatte er Falten um seine Mundwinkel bekommen und eine Traurigkeit in seinen Augen.

Eine weitere Person, die durch meine Gegenwart hier für immer verändert wurde. Helena schluckte die Reue herunter.

Der Herzog trat langsam vor, und als er vor ihr stehen blieb, wappnete sie sich für ätzende Worte, eine scharfe Verurteilung. »Weißt du, an dem Tag, an dem du geboren wurdest, hast du nicht geweint.«

Sie legte überrascht den Kopf zur Seite.

Der Blick des Herzogs wirkte plötzlich abwesend. »Ich war nicht da an dem Tag, an dem Ryker geboren wurde. Es hat lange gedauert, und deiner Mutter und mir wurde gesagt, dass er nicht überlebt hätte.«

Kälte ergriff sie. Wie furchtbar, dass ein neugeborenes Baby gestohlen und jemand anderem gegeben werden konnte.

Der Herzog schaute Helena an. »Ich war entschlossen, vor dem Zimmer deiner Mutter sitzen zu bleiben, als sie dich auf die Welt brachte.« Merkwürdig, sie hatte nie über diesen Tag nachgedacht, ob es Freude gegeben hatte oder Traurigkeit … oder überhaupt irgendwelche Gefühle wegen ihrer Geburt. »In dem Moment, in dem du entbunden warst, war da diese absolute Stille.«

Sie biss sich fest auf die Unterlippe. Das hätte er sicher bevorzugt, wenn man bedachte, wie sie seine Welt zerstört hatte.

»Ich bin in den Raum gerannt, und du hattest dieses kleine Lächeln auf den Lippen.«

Das Herz wurde ihr wie mit einem Schraubstock zusammengepresst. Das waren nicht die Worte eines hasserfüllten Monsters oder eines rachedurstigen Herzogs. Sondern eher die eines ganz normalen Mannes. Wie lange hatte sie einzig den Duke of Wilkinson in ihm gesehen? Nur um herauszufinden, dass er einfach ihr Vater war – und das auch immer gewesen war.

»Es tut mir so leid, all die Arten, auf die ich dich enttäuscht habe …« Seine Stimme brach. »Genau wie deinen

Bruder.« Ryker Black, der seinen Vater so gehasst hatte, dass er einen anderen Namen angenommen hatte, um sich von jeder Verbindung mit seinen Eltern zu befreien.

Helena schüttelte den Kopf. »Es ist nicht deine Schuld.« Manchmal triumphierte das Böse über das Gute, so wie es bei der Herzogin gewesen war.

Der Herzog strich sich über den kahlen Schädel. »Aber du musst verstehen, Helena, es war meine Schuld. Ich habe mich nicht für deine Mutter entschieden.« Als er sie endlich anschaute, erkannte sie tiefes Bedauern in der Tiefe seiner Augen. »Ich habe die Verantwortung gewählt, und sie und du und Ryker, ihr alle habt den höchsten Preis für meine Sünden bezahlt. Ich habe sie geliebt«, flüsterte er, und Helenas Herz zog sich zusammen bei dem Kummer, den sie in seinem Gesicht sah.

Unfähig, diese Gefühle weiter zu ertragen, ging Helena hinüber zu ihrem Schreibtisch. »Manchmal ist Liebe nicht genug.« Ihr Blick fiel auf die zusammengefaltete Notiz, und sie strich mit den Fingerspitzen über die sechs Buchstaben auf dem Pergament.

»Du hast unrecht«, erwiderte er mit dem Optimismus, den nur er haben konnte, der Mann, dem es nicht gelungen war, das Böse in seiner Frau zu erkennen.

Sie schenkte ihm einen traurigen Blick. »Leider nicht.« Denn wenn es anders wäre, könnten sie und Robert zusammen sein. Der schicksalhafte Tag hatte bewiesen, wie unmöglich das war.

Ihr Vater griff vorn in seinen Rock und zog eine schmale Schachtel heraus. Er hielt sie ihr auf der flachen Hand hin. Sie zuckte zusammen, weil sie diese Geste nicht erwartet hatte, und sah von ihm zu dem kleinen Kästchen. Er machte einen Schritt nach vorn. »Hier«, sagte er mit einer rauen Zärtlichkeit.

Ohne weitere Worte nahm sie das Geschenk entgegen und öffnete den Deckel. Sie erstarrte. Auf einem kleinen Kissen aus altem Satin lag eine goldene Kette mit einem Rosen-Anhänger aus Rubinen.

Eine Erinnerung überkam sie, an die Frau, die dieses Juwel getragen hatte. Vor langer Zeit. Vor so langer Zeit, dass Helena sich an nichts erinnerte als an die Verzweiflung und den Schrecken, auf der Straße zu leben, mit dieser gebrochenen Frau und Diggory, dass sie all die wunderschönen Erlebnisse, die sie einst geteilt hatten, vergessen hatte: sich zusammen um den Garten zu kümmern, Pirat zu spielen, mit Spielschwertern zu kämpfen.

»Er hat deiner Mutter gehört«, sagte der Duke leise.

Helena gelang es, zu nicken. »Ich weiß«, flüsterte sie. Sie hatte nicht ein einziges Andenken an ihre Mutter. Jede Erinnerung, die sie an Delia Banbury hatte, war nur in ihrem Kopf, und mit dem bitteren Widerwillen einer jungen Frau hatte Helena sie jahrelang gehasst. Bis jetzt.

Jetzt sah sie mit den Augen einer Erwachsenen, dass ihre Mutter, die so verzweifelt verliebt gewesen war, viel stärker gewesen war, als Helena je sein würde. Denn sie hatte die Qual ertragen, den Mann, den sie liebte, an eine andere zu verlieren, und trotzdem hatte sie eine Existenz für sich geschaffen.

Tränen ließen ihr die Sicht verschwimmen. Wie wenig die kleine Helena wirklich von der Welt, von Liebe und Freude und Vergebung gewusst hatte … Bis sie Robert getroffen hatte.

Etwas Leichtes und machtvoll Befreiendes ließ all die lang gehegte Feindseligkeit verschwinden. »Danke«, brachte sie trotz ihrer zugeschnürten Kehle heraus. Die Worte für ihre Mutter und den Vater, der, indem er Helena hergeholt hatte, geholfen hatte, die zerbrochene Beziehung zwischen ihr und der Frau, die sie geboren hatte, zu kitten.

»Bleib.«

Die Worte des Dukes holten sie in den Moment zurück, und sie legte das Geschenk auf ihren Schminktisch. »Ich kann nicht.« *Obwohl ich es möchte.*

»Ist es wegen dem, was Diana getan hat?«, fragte er, und ihre Zähne gruben sich in die Innenseite ihrer Wange. Nein. Es war wegen dem, was Helena getan hatte, als sie sie dorthin gebracht hatte. »Ich werde nicht zulassen, dass sie einen dieser arroganten Schnösel heiratet, die sie für ihren Mut verurteilen«, fuhr der Herzog fort und bewies ein weiteres Mal, was für eine Art Mann und Vater er war.

Sie schüttelte den Kopf. »Es ist nicht Diana«, erklärte sie leise. Was war schon eine weitere Lüge, wenn man die Gesamtheit all dessen bedachte, dessen sie schuldig war?

»Ist es die Herzogin?«, fragte er weiter und trat näher. »Sie wird gehen. In ein … Hospital.« Er verzog das Gesicht. Denn natürlich hatte sie mit ihrem Tun nur bewiesen, wie geisteskrank sie war.

»Es ist wegen mir«, sagte Helena schließlich. Sie nahm den Brief und drehte sich ihm zu. Sie wollte verzweifelt, dass dieses Gespräch zu einem Ende kam, und drückte ihm das Schreiben in die Hand. »Wirst du dafür sorgen, dass das Lord Westfield zugestellt wird?«

Er starrte den Namen einen Moment an und nickte dann widerstrebend. »Du bist hier immer willkommen, Helena«, sagte er mit brechender Stimme.

All die Jahre des Hasses verschwanden, als Helena in seine Arme trat und ihn umarmte. »Danke … Vater.«

* * *

In der vergangenen Woche hatte Robert eine ganze Parade von Besuchern in seinem Zimmer über sich ergehen lassen, angefangen bei dem Arzt der Familie bis hin zu Bea und den

Bediensteten seines Vaters. Wenn ein zukünftiger Herzog angeschossen wurde, blieb offenkundig praktisch die Welt stehen.

Robert saß auf der Bettkante und verzog das Gesicht, als Dr. Carlson den Bereich untersuchte, in dem er nach Diggorys Treffer die Kugel entfernt, die Wunde gesäubert und genäht hatte.

»Verzeihen Sie bitte«, murmelte Dr. Carlson und wandte den Blick nicht von der zarten rosafarbenen Haut. »Sie haben Glück gehabt«, fuhr der Arzt fort und griff nach einem frischen Verband. »Einige Zentimeter weiter, und es hätte ein Organ getroffen.«

Robert versuchte sich an einem Lächeln. Seine ganze Seite brannte, als würde sie in Flammen stehen. Doch mit den Worten des Arztes kam alles genauso lebhaft zurück, wie es in dem Moment gewesen war. Helena. Der Bastard Diggory, der eine Pistole auf ihre Brust richtete. Ihr schmerzvoller Aufschrei.

»Aber das hat es nicht, und es sollte mir ganz sicher erlaubt sein, mein Zimmer zu verlassen.«

Es war eine ganze Woche her, dass er Helena gesehen hatte. Natürlich konnte sie nicht herkommen – es wäre völlig ungehörig, ihn hier zu besuchen. Und doch fühlte er sich enttäuscht. Er wollte, dass sie hier war.

»Nur wenn Sie es riskieren wollen, dass sich die Wunde wieder öffnet und infiziert«, erwiderte Dr. Carlson trocken, und Robert schluckte weiteren Widerspruch herunter.

Die Tür öffnete sich, und er schaute zum Eingang des Raumes, wo sein Vater auf der Schwelle stand. »Du bist wach.« Tiefe Linien durchzogen sein Gesicht, und seine roten Augen sprachen von der nahezu schlaflosen Nacht und dem Kampf gegen seine eigene Krankheit.

»Und er will ausgehen«, bemerkte Dr. Carlson nicht sehr hilfreich.

Bei dieser Enthüllung runzelte der Herzog die Stirn. Etwas flammte in seinen Augen auf, und rasch wandte er den Blick ab.

Robert erstarrte, als Unbehagen über den Schmerz siegte. Nichts würde Helena von seiner Seite fernhalten. Eine Frau, die sich einem Schuft wie Diggory entgegengestellt hatte, würde sich nicht von bloßer Schicklichkeit von einem Besuch abhalten lassen.

»Was ist?«, fragte er knapp.

Dr. Carlson verstand den Hinweis, packte schnell seine Ausrüstung zusammen und verabschiedete sich.

»Es ist Miss Banbury«, erwiderte sein Vater, sobald die Tür sich hinter dem Arzt geschlossen hatte.

Robert zuckte zusammen, und Übelkeit ergriff ihn bei der plötzlichen Bewegung. Hatte einer von Diggorys Handlangern sie für den verdienten Tod des Mannes bestraft? »Was ist mit Helena?« Schweiß sammelte sich auf seiner Stirn. *O Gott, wenn sie tot ist, bin ich nichts …*

»Es geht ihr gut. Miss Banbury geht es gut.«

Bei der heiseren Versicherung beruhigte sich sein Puls, und Robert schickte ein stilles Dankgebet zum Himmel. Doch dann runzelte er die Stirn. »Was ist es?« Er bemerkte den grimmigen Ausdruck in den Augen seines Vaters.

Eine düstere Vorahnung brachte sein Herz erneut zum Rasen. »Sag es mir«, verlangte er und kam auf die Beine. Diese Bewegung sandte eine weitere Welle unerträglicher Schmerzen durch ihn.

»Es geht ihr gut. Ich würde dich nicht anlügen. Du musst dich noch ausruhen, Robert«, beschwor ihn sein Vater. »Du riskierst, dass sich die Wunde wieder öffnet. Ich kann es nicht mehr ertragen als du, bemuttert zu werden«, fuhr er fort. »Aber du bist derjenige, der eine frisch verheilte Schusswunde hat, und ich bin derjenige, der seinen unausweichlichen Tod Tag für Tag hinauszögert. Ich denke, ich gewinne diesen Streit.« Robert verzog gequält das Gesicht, und sein Vater schnitt eine Grimasse. »Schlechter Scherz?«

»In der Tat«, erwiderte Robert rau und ließ sich zurück aufs Bett sinken. »Du solltest dich ausruhen.« *Und ich sollte bei Helena sein.*

»Ach was«, sagte sein Vater, streckte die Beine von sich und schlug sie an den Knöcheln übereinander. »Ich habe bald die ganze Ewigkeit, um mich auszuruhen, aber nur noch eine kurze Zeit, um mit meinem Sohn zu reden.«

Auch wenn seine Mutter viel zu jung gestorben war, erinnerte sich Robert an die Liebe, die seine Eltern geteilt hatten. »Nichts hätte dich von Mutters Seite fernhalten können«, stellte er fest.

Obwohl die Erwähnung seiner verstorbenen Gattin immer Traurigkeit in die Augen des Herzogs brachte, spielte doch ein Lächeln um seine Lippen. »Und bald bin ich das auch nicht mehr.«

Trotz des Schmerzes, der Robert zu überwältigen drohte, wenn er sich mit dem bevorstehenden Tod seines Vaters auseinandersetzen musste, verrieten der Friede im Lächeln seines Vaters und die Mischung aus Wehmut und Sehnsucht auf seinem Gesicht einen Mann, der zu lange von seiner Frau getrennt gewesen war.

Wie hatte sein Vater all diese Jahre ohne sie überlebt? Wenn Helena nicht mehr bei ihm wäre, welchen Zweck hätte sein Dasein dann noch? Welchen Grund hätte er, zu lächeln? Oder zu lachen? Und doch hatte der Herzog das geschafft.

»Ich hatte dich und deine Schwester«, erklärte sein Vater leise, der offensichtlich die Richtung von Roberts Gedanken erahnen konnte. »Und auch wenn immer eine Leere da war, nachdem ich sie verloren hatte, gab es doch auch immer einen

Grund, glücklich zu sein.« Er betrachtete seinen Sohn. »Ich war gesegnet mit euch beiden.« Sein Vater griff in seine Tasche und zog ohne weitere Worte einen gefalteten Brief heraus.

Robert starrte ihn einen Moment an, runzelte die Stirn und nahm das elfenbeinfarbene Pergament entgegen. Mit zitternden Fingern faltete er die Notiz auf.

> Geliebter Robert,
> wir sind in vollkommen unterschiedliche Welten hineingeboren worden. Ich habe mir für kurze Zeit erlaubt zu glauben, dass ich in Deiner leben könnte. Aber die Wahrheit lautet, ich kann es nicht.

Schnell überflog er die Seite, und seine Panik wuchs.

> Während Du langsam genesen bist, hatte ich genug Zeit, weiter über die eine ereignisreiche Woche nachzudenken, die wir uns nun kennen. Wenn ich Dich heirate, würde ich alles aufgeben, was ich bin, genau wie Du aufgeben würdest, was Du bist als zukünftiger Herzog. Ich bin Buchhalterin. Dieses Leben bringt mir Frieden, und auch wenn ich mit Dir mehrere sehr glückliche Tage verbracht habe, kann das nie genug sein. Genau wie ich nie genug für Dich sein kann.
>
> Ich bete dafür, dass Du Dich schnell erholst, und bitte Dich, dass Du, wenn Du an mich denkst, das voller Zuneigung tust.
>
> Für immer die Deine,
> Helena

Das Geräusch von Papier, das zerknüllt wurde, war in der Stille überlaut. Robert starrte fassungslos vor sich hin. Ganz sicher musste er sich getäuscht haben. Er strich das Blatt wieder glatt und las es ein zweites Mal. Und noch einmal.

Doch egal, wie viele Male er den Blick über die verdammten Worte gleiten ließ, sie blieben doch dieselben. Eine pragmatische, kühle Trennung ohne echtes Gefühl. Ein Schraubstock schloss sich um sein Herz, und er schüttelte den Kopf. Sein heiserer Atem füllte ihm die Ohren. *Nein.*

»Sie ist gegangen?« Fassungsloser Unglaube brachte ihm die Worte über die Lippen.

Sein Vater zögerte. »Am Tag, nachdem du angeschossen worden bist.«

Mit einem weiteren dunklen Lachen rieb sich Robert eine Hand übers Gesicht. *Ist das wirklich eine Überraschung?* Hatte er sie nicht in der kurzen Zeit, in der er sie kannte, zweimal in den Straßen von St. Giles und Lambeth angetroffen? Der allzu bekannte Schmerz des Betrugs drang durch seine verwirrten Gedanken und nährte die langsam erwachende Verbitterung darüber, dass sie so launisch war, und über sich selbst, weil er sie geliebt hatte und sie immer noch wollte.

Sie hatte sich für ein Leben ohne ihn entschieden, zog ein Dasein vor, wie sie es zuvor gehabt hatte, als sie als Buchhalterin im Club ihres Bruders gearbeitet hatte. *Aber du hast dich nie dafür interessiert, was sie sich wünscht … Mit deinem Schweigen hast du erwartet, dass sie die ihr vertraute Welt aufgibt – für dich …*

Leere und Taubheit erfassten ihn und verteilten sich wie ein sich langsam verbreitendes Gift, vernichteten alle Wärme. Er zerknüllte das Blatt in seinen Händen erneut und fiel gegen die Kissen zurück. Ein kaltes, irgendwie hohles Lachen kam über seine Lippen.

»Was ist?«, fragte sein Vater leise.

»Nur die verdammte Ironie von allem.« Er schloss die Augen und schüttelte langsam den Kopf. »Ich hatte eine Frau, die ihre Seele verkauft hätte, um Herzogin zu werden, und eine andere …« *Ohne die ich nicht leben kann.* »Die nichts damit zu tun haben will.« Und somit auch nichts mit ihm.

»Sie liebt dich, Robert.«

Ein Laut bitterster Verachtung kam über Roberts Lippen. Sein Vater, immer der Optimist, selbst im Angesicht von absoluter Dunkelheit. »Nur nicht genug«, erwiderte er. Er war nie genug gewesen. Lucy hatte den Titel gewollt. Und Helena wollte ihre verdammten Bücher.

Wenn sie gefragt hätte, hätte er ihr die Stelle als Buchhalterin in jeder verdammten Spielhölle in London versprochen, wenn sie das gewünscht hätte. Er hätte ihr die Sonne und den Mond vom Himmel geholt und sie ihr überreicht, hätte sie nur danach gefragt.

Sie hätte nicht danach fragen müssen sollen … Du hättest wissen müssen, dass sie ihren Beruf liebt, und das anerkennen sollen …

Sein Gesicht verzog sich wie im Schmerz, und er wollte gegen das Schicksal wüten.

Als eine Frau, die lange mehr Kontrolle als fast jede Dame der guten Gesellschaft gehabt hatte und die sich gegen den Einfluss ihres Bruders in ihrem Leben gewehrt hatte, wäre Helena nie die gewesen, die das alles einfach wegwarf. Selbst für die Liebe nicht.

»Du liebst sie«, sagte sein Vater einfach.

Es war keine Frage, und doch nickte Robert abrupt. *Von ganzem Herzen.* Er kannte ihre innere Stärke und ihr Verlangen nach einem Leben, das mehr war als einfach nur das einer feinen Dame – und was hatte er ihr geboten? *Was kann ich ihr denn bieten?*

»Geh zu ihr.« Der Herzog hustete in sein Taschentuch. »Sobald du dazu imstande bist«, fügte er schwach hinzu und kam langsam auf die Füße. Ein Funkeln glitzerte in seinen schmerzerfüllten Augen. »Etwas sagt mir, dass du all deine Kraft brauchen wirst, um dir die junge Dame gefügig zu machen.«

Aber Robert wollte sie sich gar nicht gefügig machen. Er wollte, dass sie immer die starke Frau war, die sich den Regeln der Gesellschaft widersetzte und sich mutig den Diggorys und Whitbys dieser Welt stellte. Er wollte nur, dass sie all das an seiner Seite war.

Robert schloss die Augen. Doch wie sollte er das starrköpfige Weibsbild davon überzeugen, dass sie auch an seine Seite gehörte?

St. Giles, England

eine Woche später

Kapitel 24

Regel 24

Liebe nie.

Liebe ist alles, was du brauchst.

Dreißig Kisten Brandy.

Einundzwanzig Kisten Sherry.

Zweiundzwanzig Kisten Whiskey.

Helena starrte auf die ordentliche Zahlenreihe.

Ihre Berechnung.

Genau die, auf der sie vor mehr als zwei Monaten bestanden hatte. Oh, natürlich hatten diese Hochrechnungen seinerzeit nicht den Anstieg bei den Clubmitgliedern berücksichtigen können, aber dennoch hatten die Zahlen Bedeutung.

Mit den Fingerspitzen berührte sie die Einträge in Adairs unordentlicher Schrift. Ihre Brille rutschte ihr auf der Nase nach unten, und sie schob sie zurück. Sie hatte sich mit Ryker wegen seiner Knauserigkeit und seiner Weigerung, die Spirituosenbestellung zu erhöhen, gestritten, aber schließlich hatte er die Menge in ihrer Abwesenheit doch noch angepasst. Ein wehmütiges Lächeln spielte um ihre Lippen.

Was für überaus seltsame Wendungen das Leben doch nahm. Hätte sie sich ohne die schrumpfenden Spirituosenvorräte wohl Rykers ausdrücklicher Anordnung widersetzt, das bewusste Stockwerk zu betreten? Helena fuhr mit dem Zeigefinger über die oberste Seite, und ihr Magen zog sich zusammen.

Sie hatte sich in das verbotene Gebiet vorgewagt, und ihr Leben hatte sich dramatisch geändert.

Zumindest für einige Zeit.

Schmerz drückte ihr das Herz ab, und sie atmete bebend ein. Sie schüttelte einmal den Kopf, tunkte ihre Feder in das Tintenfass und begann, die monatlichen Ausgaben für die Privatapartments niederzuschreiben.

Im Moment war ihr Leben auf jeden Fall erstaunlich wenig verändert. Genau wie es in den vergangenen zehn Jahren gewesen war. Tagein, tagaus stand sie auf, begab sich in ihr enges Büro und kümmerte sich um die Buchführung.

Rasch ging sie die Zahlen durch und markierte die richtige Reihe. Obwohl es natürlich nicht völlig gleich war. Es gab einen entscheidenden und sehr wichtigen Unterschied. Bei ihrer Rückkehr hatte man ihr größere Bewegungsfreiheit in den Räumen des Clubs zugestanden.

Vielleicht hatte sie dadurch, dass sie sich, für Ryker völlig unerwartet, dafür entschieden hatte, ins »Hell & Sin« zurückzukehren, den Respekt des Mannes erworben, der jeden einzelnen Aspekt der guten Gesellschaft verachtete.

Vielleicht hatten sie in ihrer Abwesenheit auch einfach gemerkt, wie wichtig ihre Rolle war, und hatten ihr daher mehr Freiraum dafür zugestanden, sie auch auszufüllen.

Oder vielleicht war es schlicht so, dass sie durch ihre Abwesenheit und dann ihre Rückkehr die Tatsache zur

Kenntnis genommen hatten, dass sie nicht länger das sechsjährige Mädchen war, das beschützt werden musste, sondern eine erwachsene Frau von fast fünfundzwanzig Jahren, die wusste, was sie wollte.

Mit all ihren zusätzlichen Verpflichtungen im Club, ihrem Mehr an Bewegungsfreiheit innerhalb dieser Hallen und der Anerkennung ihres Bruders besaß sie nun alles, was sie sich immer schon gewünscht hatte.

Also warum war da in ihr dieses große klaffende Loch?

Die Schreibfeder in Helenas Händen zitterte, und Tinte tropfte aufs Blatt. Sie legte sie ab und schloss die Augen.

Ihr gesamtes Leben lang hatte sie gedacht, wenn sie den »Hell & Sin«-Club verließe, würde sie unvollständig sein, dass sie Schwüren den Rücken kehren würde, die sie geleistet hatte, und ihre Selbstbeherrschung aufgeben, auf die sie so stolz war.

Ich vermisse ihn. Ich vermisse sein Lachen und sein Lächeln. Ich vermisse es, mit ihm zu sprechen, seine Berührung und seine Neckereien. Sie vermisste all das, was Robert Dennington, den Marquis of Westfield, zu dem machte, der er war. Er war ein Mann, der hinter ihre Narben geschaut und ihre Liebe für Zahlen nicht ins Lächerliche gezogen hatte.

Und beinahe wäre er ihretwegen gestorben.

Helena öffnete die Augen und starrte blicklos auf das aufgeschlagene Rechnungsbuch. Am Ende hatte sie sie beide mit ihrer Abschiedsnachricht voller Lügen befreit.

Sie schluckte schwer. Auch wenn sie immer die Wunde dieses schmerzenden Verlustes spüren würde, war er so doch besser dran. Der Schaden, den Diggory angerichtet hatte, war Beweis genug dafür. Sie hatte ihre Welt zu Robert und seiner Familie gebracht, aber sie würde nicht wollen, dass er dieses Leben führen müsste. Es war ein Leben, das sie nicht einmal selbst wirklich wollte. Betrunkene Gentlemen, die Geld verprassten, während andere Leute auf den Straßen hungerten. Männer, die sich zu Tode tranken oder das Vermögen ihrer Familie restlos verspielten. War es tatsächlich das, wonach sie sich so gesehnt hatte?

Die Tür öffnete sich, und rasch nahm sie ihren Federhalter.

»Ich bin beinahe fertig«, erklärte sie, ohne den Blick von der Seite zu wenden.

»Ich habe doch gar nichts gesagt«, erwiderte Calum und schloss die Tür hinter sich.

»Das musst du auch gar nicht«, murmelte sie, dankbar für die Ablenkung. Für die Leere in ihr gab es Linderung in Form der Vertrautheit der Brüder, die immer schon für sie da gewesen waren.

Calum lehnte sich mit der Hüfte gegen den Schreibtisch.

Helena warf ihm aus den Augenwinkeln einen Blick zu, setzte dann ihre Arbeit fort. »Gibt es etwas, über das Ryker mit mir zu sprechen wünscht? Bin ich irgendwohin bestellt?« Sie schaute ihn an. »Wieder einmal?«

Er besaß den Anstand, rot zu werden. »Er wird es nie zugeben, aber er hat es getan, um dich zu beschützen. Er wusste, Diggory konnte dir nichts anhaben, solange du dich in der guten Gesellschaft aufhieltest.«

Ja, weil alle immer getan hatten, was das Beste für Helena Banbury war, hatten sie Entscheidungen für sie getroffen und Regeln für sie aufgestellt. Was sie selbst sich wünschte oder meinte, war nie in Erwägung gezogen worden – nicht ernsthaft. Sie hatten *zu* ihr geredet.

Einzig Robert hatte je wirklich *mit* ihr geredet.

»Hast du dazu nichts zu sagen?« Calums brummige Frage dröhnte in der Stille, durchbrochen von dem Kratzen ihrer Feder auf dem Papier.

Sie hatten doch bestimmt nicht erwartet, dass sie als die gleiche Frau zurückkehren würde, als die sie gegangen war? Vor allem, nachdem man sie dazu gezwungen hatte. »Was gibt es da zu sagen?« Sie hob die Schultern. *Aber kannst du ihnen wirklich böse sein, wo dir das doch die allerschönsten Tage in den fast fünfundzwanzig Jahren deines Lebens beschert hat?* »Ryker weiß alles. Er wusste, was am besten war. Ich hatte die Regeln gebrochen, und ich bin nicht anders als irgendein anderer Angestellter.« Entbehrlich und ersetzbar.

»Was passiert ist, als du gegangen warst …«, begann Calum leise.

Sie versteifte sich und blinzelte, senkte den Blick auf die Seite. Er wollte, dass sie von der Zeit erzählte, die sie außerhalb dieser Mauern verbracht hatte. Ihr Herz zog sich schmerzlich zusammen. Sie wollte diese Tage nicht noch einmal durchleben, das Bedauern nicht noch einmal empfinden, das sie erfüllte, weil sie Robert verlassen hatte. »Wir …«

»Sprechen nicht über Persönliches«, fiel er ihr ins Wort. »Ich kenne die Regeln.«

Hatte ihr Bruder Calum geschickt, damit er sie ausfragte? Helena schob das Kinn vor. »Du kannst Ryker versichern, dass …«

»Er hat mich nicht gesandt, um mit dir darüber zu reden.« Bei dem leicht amüsierten Klang seiner Worte schaute sie auf. »Genau genommen hat er mich sogar gebeten, dass ich dir gar keine Fragen dazu stelle. Er hat mir aufgetragen, dich mit deinen Büchern allein zu lassen.«

Und das hatten sie auch alle getan. Jeder ihrer Brüder und jeder einzelne von den Angestellten im Club hatte sie unbehelligt in ihr Büro gehen und in die alte, vertraute Routine ihrer Aufgaben als Buchhalterin zurückkehren lassen. Die Arbeit mit Berichten und Rechnungsbüchern hatte sich als Ablenkung erwiesen. Jedoch nur vorübergehend.

»Dreht es sich um Lord Westfield?«, fragte er unverblümt.

Ihre Augen wurden feucht, und sie musste mehrmals blinzeln und die Tränen zurückdrängen, damit Calum dieses Zeichen ihrer Schwäche nicht sehen und wissen würde, dass ihr Herz nie weiter von diesem Club entfernt gewesen war als jetzt.

Die Holzdielen knarrten, und sie versteifte sich, als ihr Bruder neben ihrem Stuhl in die Hocke ging.

»Du liebst ihn.«

Ihr gelang ein abgehacktes Nicken. Mit allem, was sie war, und allem, was sie je sein würde. Unfähig, sein Schweigen auszuhalten, schaute Helena ihn unter Tränen an. Noch durch den wässrigen Film hindurch konnte sie den bitteren Zug um die Lippen ihres Bruders erkennen. Natürlich, abgeklärt und innerlich verhärtet, wie er es immer gewesen war, wie sie es immer gewesen waren, würde er in der Liebe nie etwas anderes sehen als einen Makel auf ihrem Charakter. Vor einer kurzen Weile war sie selbst nicht wirklich anders gewesen.

»Ich habe gedacht, ich würde mich selbst verlieren, wenn ich ihn liebte«, erklärte sie, wollte es ihm begreiflich machen. »Aber ich habe herausgefunden, dass es nichts mit Schwäche zu tun hat, wenn man jemanden liebt. Es macht einen nicht verwundbar oder unfähig, die Bücher fehlerfrei zu führen oder ein Geschäft zu leiten. Es macht einen stärker.«

Calum hüstelte diskret und verlagerte sein Gewicht. »Äh, ja.« Er tätschelte ihr umständlich den Rücken, und sie seufzte. Mit Robert zusammen zu sein, frei in ihren Gedanken und Gefühlen, hatte sie die erstickende Bedrückung dieser Einschränkungen vergessen lassen. »Du solltest dich wieder deinen Büchern zuwenden«, erwiderte Calum fast ein bisschen barsch, und sie nickte. Einmal war sie wie er gewesen und wie ihre anderen Brüder, nicht bereit, über irgendetwas zu sprechen, auf das es wirklich ankam, das nichts mit dem Club zu tun hatte.

Helena richtete ihre Aufmerksamkeit wieder auf die Rechnungsbücher.

Calum ging zur Tür, rief dann noch einmal ihren Namen.

Sie blickte über die Schulter zu ihm.

»Ich bin froh, dass du wieder da bist«, erklärte er mit ungewohnt viel Gefühl in den Augen.

Helena lächelte, unfähig, ihm die gleiche Lüge zu erzählen. »Oh, Calum Dabney«, sagte sie, während er die Klinke herunterdrückte. Er blickte fragend zurück. »Eines Tages wirst du dich selbst hoffnungslos verlieben und nicht mehr imstande sein, oben von unten zu unterscheiden, und auf diesen Augenblick freue ich mich schon.«

Er schnaubte. »Das steht nicht zu befürchten.« Seine Mundwinkel hoben sich, und sein Lächeln war so voller männlicher Arroganz, dass sie unwillkürlich die Augen verdrehte.

Einen Augenblick später schloss er die Tür, und sie blickte wieder zurück auf ihre Bücher. Mit einem Seufzen nahm Helena ihre Brille ab, klappte sie zusammen und legte sie auf das aufgeschlagene Buch.

Zum ersten Mal in ihrem ganzen Leben schenkten ihr die Zahlen keine Ruhe. Oder Frieden. Oder Freude. Da war nur diese merkwürdige Leere.

Sie rieb sich die schmerzende Stelle in ihrer Brust. Als sie auf der Straße neben Robert gekniet hatte, als er so blass und schwach gewesen war von der Kugel, die er für sie abgefangen hatte, war ein Stück ihrer Seele gestorben, hatte diese scharfkantige Kälte zurückgelassen, eine immerwährende Mahnung an das, was sie über ihn gebracht hatte.

In diesen Momenten hatten sein Stöhnen und die leisen Schmerzenslaute an ihr gezerrt, ihre geistige Gesundheit bedroht und ihr in letzter Konsequenz die Erkenntnis beschert, dass sie ihn nicht heiraten konnte.

Es stand ihr nicht zu, mit einem Mann wie ihm zusammen zu sein. Ihre Welt war voller Gewalt, und er wäre in Gefahr, einfach indem er sich in ihr bewegte. Genau wie seine Schwester und sein Vater. Denn obwohl es nicht länger die Bedrohung durch Diggory gab, würde es stets rivalisierende Club-Besitzer geben, die Rykers Schwäche kannten: seine Familie.

Helena nahm die Unterlippe zwischen ihre Zähne. Der metallische Geschmack von Blut füllte ihren Mund, und Entsetzen machte sich in ihr breit. Roberts Blut auf ihren Fingern, das sich auf die schmutzige Londoner Straße ergoss, sein keuchender Atem, der Moment, als er das Bewusstsein verlor …

»Der Albtraum?«

Die tiefe Stimme von Ryker Black drang durch die lähmende Furcht, und sie drehte sich so abrupt um, dass sie sich fast den Hals verrenkte. Ja, der Albtraum – nur dieses Mal ein neuer, der schlimmer war als das, was sie selbst in Mac Diggorys Händen erlitten hatte.

»Ryker.« Sie legte den Stift hin und erhob sich langsam.

Ihr Bruder war ein paar Schritte entfernt, die rauen Flächen seines vernarbten Gesichts auf vertraute Weise leer und reglos.

So standen sie da und trugen mit den Blicken ein stummes Duell aus.

»Es ist nicht die Zeit für mein wöchentliches Treffen mit dir«, erklärte Helena schließlich, brach damit die Anspannung.

Ryker verschränkte die Arme vor seiner breiten Brust und zog eine schwarze Augenbraue hoch. »Ich habe dir eine Frage gestellt.«

Nein, er hatte zwei Wörter zu ihr gesagt. Was stand hinter seinem Schweigen? Welche Dämonen plagten ihn? Sie war seine Schwester und kannte ihn den Großteil ihres Lebens, aber dennoch wusste sie so gut wie nichts darüber, wer er in Wahrheit war. Sie reckte das Kinn.

»Wir sprechen nicht über die Vergangenheit, Ryker. Die Regeln, weißt du?« Genau die, deretwegen sie weggeschickt worden war.

Aber wenn man Ryker Black persönlich war, konnte man jede Regel brechen, besonders die eigenen.

»Diggory ist tot und kann dir nie wieder etwas antun. Du warst es, Helena. Du hast diesen Dämon selbst erschlagen.« Das heisere Flüstern sandte ihr einen Schauer über den Rücken. Wie beiläufig er darüber sprach, dass sie an jenem Tag in der Gasse Diggory eine Kugel in den Kopf gejagt hatte.

»Ich mache mir keine Sorgen wegen Diggory«, erwiderte sie ruhig und fuhr mit den Fingern über die Rückenlehne ihres Stuhls. Sondern wegen des unausweichlichen Kriegs, der darauf folgen würde, dass der Anführer vom Devil's Den ausgeschaltet worden war.

Er trat einen Schritt näher, seine Augen zu schmalen Schlitzen verengt. »Du möchtest zurück«, fuhr er fort, ließ ihr keine Gelegenheit zu einer Antwort. »Obwohl Wilkinsons Frau versucht hat, dich auszuschalten, würdest du in diese Welt zurückkehren.« Wilkinson. Nicht »Vater«. Nicht »unser Vater«. Genau der Mann, den er so verachtete, hatte sich letzten Endes für das Richtige entschieden, indem er seine Frau in eine Irrenanstalt eingewiesen hatte.

Helena ließ ihren Blick über das Gesicht ihres Bruders wandern. »O Ryker, du siehst die Aristokratie, und für dich sind sie alle gleich.« Er nahm nur den Verrat der Duchess of Wilkinson wahr, nicht jedoch die Freundlichkeit des Herzogs. Oder Dianas Tapferkeit, die sie bewiesen hatte, als sie an jenem Tag ohne Rücksicht auf ihren eigenen Ruf in den »Hell & Sin«-Club gelaufen war und Hilfe geholt hatte, was letzten Endes dann auch ihren gesellschaftlichen Ruin bedeutet hatte.

Schuldgefühle bohrten sich in ihr Herz. »Du verurteilst mich, weil ich sie nicht verurteile?« Ein hartes Lachen entrang sich ihr. »Du bist so verstrickt in deinen Hass auf diese Leute, dass er dich blind macht.« Vor zwei Monaten noch hätte sie sich eher auf die Zunge gebissen, als diese Worte auszusprechen, die Ryker vermutlich nicht hören wollte und die ihren Platz in diesem Universum gefährdeten. Aber jetzt nicht mehr. So stolz sie auch auf ihre innere Kraft war, sie war nicht stark genug gewesen, sich ihren Platz zu sichern, sich in diesem Club und in ihrer Familie zu behaupten.

Außer einem zuckenden Muskel an seinem rechten Auge zeigte er keine körperliche Reaktion auf ihren Vorwurf. »Ich hasse sie wirklich«, erwiderte er und verriet ihr damit mehr über sich als je zuvor. »Doch Westfield hat sich dadurch, dass er seinen eigenen Hals riskiert hat und dir gefolgt ist, meinen Respekt verdient.« Was für einen Mann, der nur wenige respektierte und noch weniger schätzte, eine Menge bedeutete.

Sie schüttelte traurig den Kopf. Natürlich würde Ryker diesen Akt der ultimativen Tapferkeit, Narrheit und Selbstlosigkeit bewundern. Aber auch das würde nie die Jahre des Hasses aufwiegen. Stattdessen würde er ihre Liebe zu Robert, Diana und ihrem Vater als Beweis ihrer Schwäche betrachten.

»Gibt es irgendetwas sonst, was du benötigst?«, erkundigte sie sich knapp.

Ryker schüttelte den Kopf. Ohne ein weiteres Wort machte er auf dem Absatz kehrt und ging.

Sie starrte auf die geschlossene Tür und ließ die Anspannung aus ihren Schultern weichen. In ihrer Kindheit war ihr Leben strikt schwarz und weiß gewesen. Es hatte keine Frage und keine Verwirrungen über ihren Platz in der Welt gegeben. Als der einer Frau, die von den Straßen Londons gezeichnet war, hätte ihr Platz nie klarer sein können. Doch irgendwo entlang des Wegs hatte sie begonnen, in einer Zwischenwelt aus Grautönen zu existieren, wo alles, woran sie geglaubt hatte, sich als wesentlich komplexer herausgestellt hatte.

Helena beschloss, für den Tag mit der Arbeit aufzuhören, schlug die Rechnungsbücher zu und nahm ihre Brille vom Schreibtisch. Sie schritt zur Tür, zog sie auf und trat hinaus auf den Flur.

Sie machte sich auf den vertrauten Weg, den sie schon so oft gegangen war … und erstarrte.

Ihr Blick fiel auf einen lilafarbenen Fleck. Ungebeten trugen ihre Beine sie zu der Stelle. Verstohlen sah sie sich um, dann bückte sie sich und hob das Kohlblatt auf, hielt es sich dicht vor die Augen. Ihr Herz schlug schneller, als sie sich aufrichtete und der Spur dieser lila Blattfetzen folgte, die jäh vor ihren Zimmern endete.

Mit heftig klopfendem Herzen stand Helena vor der hölzernen Tür, dann drückte sie die Klinke. Sie blinzelte ein paarmal, ließ ihren Augen einen Moment, um sich an das Dämmerlicht im Raum zu gewöhnen, bevor sie eintrat.

Alle Luft wich ihr aus der Lunge.

Lila Blüten, wohin sie auch sah, bis zu ihrem Bett, das ebenfalls mit Blüten bedeckt war. Tränen traten ihr in die Augen, und sie suchte nach ihm. Das vertraute Gefühl, eine irgendwie geladene Spannung, die sie immer verbunden hatte, durchlief sie, und sie drehte sich langsam um.

Robert stand hinter ihr auf der Schwelle. »Helena«, sagte er in dem weichen Bariton, der ihre Verteidigung geschwächt hatte, seit sie ihn das erste Mal getroffen hatte.

»Robert«, flüsterte sie. Was tat er hier?

Die Arme gefüllt mit mehreren ledergebundenen Büchern, trat er ein und kam zu ihr, verringerte mit seinen großen Schritten schnell den Abstand zwischen ihnen.

Ihre Lider senkten sich. Gewiss hatte sie ihn mit ihrem Verlangen, ihn zu sehen, heraufbeschworen.

»Weißt du, Helena«, sagte er mit solcher Nüchternheit, dass ihre Augen sich wieder öffneten, »ich habe eine Menge über deinen Weggang nachgedacht.«

»A-ach ja?«, gelang es ihr zu erwidern, wobei sie verfolgte, wie er seine Last auf dem mit violetten Iris übersäten Bett ablud.

Er senkte den Kopf und holte dann etwas aus seinem Stiefelschaft. »Das hier hast du vergessen.«

Sie folgte seiner Bewegung und erkannte den mit Rubinen besetzten Dolch in seiner großen Hand. Helena befeuchtete sich die Lippen und blickte von dem Dolch zu den Blumen in ihrem Zimmer und wieder zurück. »Ist das der Grund, weshalb du hergekommen bist?«

Ein sehnsüchtiges Lächeln spielte um Roberts Lippen, während er näher trat. Dicht vor ihr blieb er stehen. »Ist es das, was du glaubst?«, erkundigte er sich mit leiser Belustigung in der Stimme. Er streichelte ihr die Wange, und bei der schmetterlingszarten Liebkosung begannen ihre Lider zu flattern.

Sie lehnte sich in seine Hand. »Ich weiß nicht, warum du hier bist.« Oder wie er auch nur Zutritt erhalten hatte. Erneut.

»Deine Brüder standen meiner Anwesenheit in diesem Flur aufgeschlossener gegenüber, nachdem ich meine Absichten erklärt hatte«, sagte er und bewies damit wieder einmal, dass er genau wusste, was sie dachte.

Helenas Augen öffneten sich. Seine Absichten? Ihr Herz setzte einen Schlag aus.

»Sicherlich hast du doch nicht geglaubt, dass ich zulassen würde, dass du einfach so verschwindest?«, murmelte er und senkte seine Stirn auf ihre. »Nicht ohne wenigstens vernünftig um deine Hand anzuhalten.«

Helena schmiegte sich an ihn, genoss die Wärme, die sein kräftiger und überaus lebendiger Körper ausstrahlte. Sie atmete den Sandelholzduft ein, der so perfekt zu Robert Dennington passte. »Das hast du bereits getan.« Sie hatte das Geschenk angenommen, es aber rasch zurückgewiesen, als die Wirklichkeit über sie hereingebrochen war.

Er schnalzte missbilligend mit der Zunge, und mit seinen Fingerknöcheln hob er ihr Kinn an, zwang sie, seinen Blick zu erwidern. »Aber das habe ich nicht. Nicht wirklich. Ich habe dir die Ehe angeboten.«

Oh, wie verzweifelt wünschte sie sich diese Zukunft mit ihm, eine Zukunft voller Lachen und Liebe und Kinder …

»Doch ich habe nicht an all das gedacht, was du aufgeben müsstest.« Er breitete die Arme aus, deutete auf ihre Zimmer, und sie vermisste seine Berührung sofort. Robert nahm ein paar der Lederbücher, die er auf das Bett gelegt hatte, und hielt sie hoch. »Weißt du, Helena, ich kann dir geben, was jede andere Frau bislang haben wollte – einen Titel.« Was für Närrinnen. »Aber dank meiner maroden Landsitze kann ich dir nicht mehr bieten.«

»Das hat mir nie etwas bedeutet, Robert«, gelang es ihr zu flüstern.

Er grinste. »Oh, das weiß ich. Du hast dich unmissverständlich ausgedrückt, als du mir mitgeteilt hast, du würdest dich eher an Boneys verblichene Gebeine ketten.«

Ein ersticktes Lachen war zu hören. Hatte sie das wirklich gesagt?

»Ich versichere dir, das hast du.« Was für eine Harmonie doch zwischen ihnen war. »Und dann, während ich im Bett lag, was ich übrigens lange tun musste.« Er macht eine Pause. »Sehr lange.« Die Klinge der Schuldgefühle bohrte sich tiefer. *Meine Schuld. Das war meine Schuld.* Er klopfte sich mit einer Fingerspitze ans Kinn und sprach weiter: »… habe ich überlegt, was ich einer Frau zu bieten habe, die nicht an meinem Titel interessiert ist und keine Verwendung für Reichtum hat.«

Nichts. Sie brauchte nichts als ihn …

Er ließ den kleinen Bücherstapel in ihre Arme fallen. Mit gerunzelter Stirn blickte Helena auf die Bände.

»Das sind die Rechnungsbücher meiner Familie«, fuhr er fort. »Ich hab meinem Vater nach einem Monat Brüten über den Zahlen erklärt, dass die Familie dem finanziellen Ruin geweiht ist, solange Stonely sich um die Vermögensverwaltung kümmert. Ich habe entschieden, und er hat mir beigepflichtet, dass nur ein einziger Mensch sich einen Reim auf die Buchhaltung machen kann.«

Ihr Herz setzte einen Schlag aus.

»Ich würde dir die Aufgabe übertragen, falls du das möchtest.« Er schnitt eine Grimasse. »Ich hege keinen Zweifel daran, dass du mit deinem scharfen Verstand mein Vermögen besser retten kannst als irgendein Verwalter im gesamten Königreich.« Wieder schaute er sich um. »Oder wenn du als Buchhalterin lieber hierbleiben möchtest, würde ich dir nicht im Wege stehen. Deine Mitgift würde in deinen Händen verbleiben, für unsere Kinder.« Er sah sie zärtlich an. »Ich würde dich jedoch bitten, dass du mir gestattest, hier mit dir zu leben.«

O Gott. Wie war es möglich, sich noch weiter in ihn zu verlieben? Er würde dieses Opfer für sie bringen? Er würde ihr sein Vermögen zur Verwaltung anvertrauen? Ihr bebendes Schluchzen war deutlich zu hören, dann legte sie die Bücher vorsichtig aufs Bett.

Robert erwiderte ihren Blick, setzte seine gnadenlose Attacke auf ihre geschwächte Verteidigung fort. »Ich liebe dich, Helena Banbury«, erklärte er mit so viel Gefühl in den blauen Augen, dass sie sich auf die Bettkante setzen musste. Sie schlang sich die Arme um die Mitte und schaute auf ihre Füße, versteifte sich, als sich Robert vor ihr auf ein Knie niederließ. »Wenn du gegangen bist, weil du mich verachtest und alles, was mit meinem Titel zu tun hat …«

»So empfinde ich schon lange nicht mehr«, sagte sie mit einem zitternden Flüstern. Jetzt war er alles, wonach ihr Herz sich sehnte. Das wusste er doch gewiss, oder?

Robert liebkoste ihr Gesicht mit seinem Blick. »Ich habe darüber nachgedacht, was ich dir anbieten kann«, fuhr er in ernstem Ton fort, und ihre Gefühle durchströmten sie mit Macht. »Ich würde dir mein Herz schenken, aber du weißt ja, dass du das bereits besitzt, und es war ja nicht genug.«

Eine Träne rann ihr aus dem Augenwinkel und über die Wange hinab. Gefolgt von einer weiteren. Und noch einer. »Ist es das, was du glaubst?« Ihre Stimme klang rau.

Er hob eine Augenbraue. »Ist es nicht so?«

Wie konnte er nicht wissen, dass ihr Herz nur für ihn schlug, dass er ihre Freude und ihr Licht war? Diggorys hässliches Lachen hallte durch ihre Gedanken, schneidend wie ein Pistolenschuss. Sie fuhr mit einem frustrierten Laut herum, stand auf und begann, auf und ab zu gehen. »Du bist beinahe gestorben.«

»Und das würde ich, ohne zu zögern, wieder tun«, erklärte er mit einer solchen Ruhe, dass sie die Geduld verlor.

»Ich will aber nicht, dass du dieses Opfer für mich bringst«, schluchzte sie. »Ich möchte dich lebendig und glücklich und …«, aller Kampfeswille verließ sie, »nicht tot.« Sie schloss die Augen, hasste die Schwäche in sich, die sie dazu drängte, sich selbstsüchtig zu nehmen, was er ihr anbot.

Warme, starke Hände packten ihre, und sie schlug die Augen auf. »Ist es das, worum es geht?«, fragte er, ohne sie loszulassen. »Mich zu beschützen?«

Da war so viel Zärtlichkeit und Liebe in dieser Frage, dass ihr erneut die Tränen in die Augen stiegen. Sie nickte knapp. »Diggorys Männer werden nicht ruhen, bis er gerächt ist.«

»Dann werden wir uns ihnen gemeinsam stellen.«

Ein Laut, halb Lachen, halb Schluchzen, entrang sich ihr. Wie entschieden er klang. »Ich kann nicht, Robert.« Ihre Stimme brach. Warum wollte er die Gefahr nicht wahrhaben, die es für ihn bedeutete, sie zu heiraten?

»O Helena«, murmelte er und fing mit einem Daumen den einzelnen Tropfen auf, der ihr über die Wange lief. »Du sprichst davon, dass du mich lebendig und glücklich willst, aber wie kannst du das nicht wissen?«

Ihre Unterlippe bebte. »Was wissen?«

»Dass ich nur dann wirklich lebendig und glücklich bin, wenn du in meinem Leben bist.«

O Gott.

»Heirate mich, Helena Banbury«, bat er.

»Aber …«

Er nahm ihr Gesicht zwischen seine Hände, schaute ihr tief in die Augen. »Heirate mich in dem Wissen, dass Kämpfe vor uns liegen können und Traurigkeit, wir aber mithilfe unserer Liebe füreinander gegenseitig Stärke und Glück in uns finden werden.«

Helena lehnte sich gegen ihn und schloss die Augen. *Nimm das Geschenk, das er dir hinhält … Hab keine Angst e*

Und nach einem Leben in der Dunkelheit öffnete sie die Augen, und die Schatten hoben sich, sogleich ersetzt durch das Versprechen von Liebe und die Ewigkeit in seinen Augen.

Mit einem Lächeln strich ihm Helena zitternd über die Wange. »Ich liebe dich.«

Sein Blick glitt über ihr Gesicht. »Ist das ein …?«

Sie stellte sich auf die Zehenspitzen und küsste ihn, brachte seine Frage zum Verstummen. Als sie sich von ihm löste, erklärte sie: »Ich hab so viel Zeit in meinem Leben damit verbracht, zu hassen und das Leben außerhalb dieser Mauern zu fürchten. Ich war so davon überzeugt, dass ich niemanden brauchte als mich selbst und meine Arbeit.« Ihre Stimme brach. »Aber dich zu brauchen macht mich nicht schwach. Dich in meinem Leben zu haben macht mich nur stärker.«

Mit einem Stöhnen eroberte Robert ihre Lippen einmal mehr, und helles Licht vertrieb die Dunkelheit, die sie so lange ausgefüllt hatte.

Endlich – sie war zu Hause.

Danksagung

Schriftstellerin zu sein bedeutet, zahllose Stunden damit zu verbringen, Handlungsfäden zu ersinnen und Geschichten aufzuschreiben. Wenn man viel Glück hat, findet man Freunde entlang des Weges, die die Freude und Aufregung mit einem teilen, die jedes Buch bedeutet.

Eva Devon, ich danke dir, dass du eine dieser Freundinnen bist, die ich das Glück hatte, zu finden.

Und für meinen Ehemann Doug. Du bist vielleicht kein Liebesromanautor, aber du bist immer bereit, dir meine Ideen anzuhören … und ich könnte dich dafür nicht mehr lieben.

31173521R00229

Printed in Great Britain
by Amazon